Sommer der Erinnerung

Das Buch

Kirsty wacht im Krankenhaus auf. Man bringt sie in ein fremdes Haus und behauptet, es sei ihr Zuhause. Ein kleines Mädchen nennt sie »Mummy«, aber Kirsty hat die Kleine noch nie gesehen. Ein Mann erzählt ihr, sie seien miteinander verheiratet. Er ist überhaupt nicht ihr Typ. Alle beharren darauf: Sie sei nicht Kirsty Middleton – eine zwanzigjährige Photographiestudentin –, sondern Kirsten Villiers, neunundzwanzig, verheiratet, Mutter. Hat sie wirklich zehn Jahre ihres Lebens vergessen? Einfach so? Für Kirsty ist das alles ein Alptraum. Fremde behaupten, sie zu kennen, und vertraute Gesichter sind plötzlich gealtert. Erst als sie langsam hinter das Geheimnis ihrer Amnesie kommt, beginnt sie zu begreifen: Vergessen ist manchmal leichter, als sich zu erinnern.

Die Autorin

Crysse Morrison wuchs in London auf und studierte am Trinity College in Dublin. Heute lebt sie als Schriftstellerin in Somerset. *Sommer der Erinnerung* ist ihr erster Roman.

CRYSSE MORRISON

Sommer der Erinnerung

ROMAN

Aus dem Englischen von
Carmen v. Samson-Himmelstjerna

List Taschenbuch Verlag

GRANDE

List Taschenbuch Verlag 2000
Der List Taschenbuch Verlag ist ein Unternehmen der
Econ Ullstein List Verlag GmbH & Co. KG, München
Deutsche Erstausgabe

Titel der englischen Originalausgabe: Frozen Summer
(Hodder and Stoughton, London)
Übersetzung: Carmen v. Samson-Himmelstjerna
Redaktion: Ingrid Klein
Umschlagkonzept u. -gestaltung: HildenDesign,
München – Stefan Hilden
Titelabbildung: HildenDesign, München
Gesetzt aus der Bembo
Satz: Dörlemann Satz, Lemförde
Druck und Bindearbeiten: Clausen & Bosse, Leck
Printed in Germany
ISBN 3-612-65010-6

Mein Dank gilt Sarah, Jill, Annabelle, Emily, Debby und Amy für ihre anhaltende Zuversicht. Ich danke Serafina und Kirsty, daß sie dieses Buch möglich gemacht haben, sowie Stephen für das Programm von Glastonbury 1987. Schließlich danke ich Alex für den Macintosh und für vieles, vieles mehr.

ERSTE WOCHE

Kate?«

Allein schon den Hörer abzuheben war so beängstigend, daß ich erleichtert bin, bloß sagen zu müssen: »Tut mir leid, Sie haben sich verwählt.«

»Kate? Kate?«

Merkwürdig. Hat der mich nicht gehört? Ich lege auf.

Eine Katze – vermutlich meine Katze – ist mit nassen Pfoten über den Notizblock neben dem Telefon gelaufen. Ich reiße das verschmutzte Blatt ab, zerknülle es und werfe es in den Mülleimer in der Küche. Ich denke darüber nach, wie diese leere Seite darauf gewartet hat, beschrieben zu werden, vielleicht mit einer wichtigen Nachricht. Und nun ist sie abgerissen und weggeworfen. Ich setze mich auf das Bett, stütze den Kopf in meine Hände und weine. Ich denke nicht: Kommt mir vor wie mein Leben. Ich denke überhaupt nichts. Ich weine nur um dieses arme kleine Stückchen Papier und wünschte, ich hätte es nicht zerrissen.

Ein Kind kommt ins Zimmer. Ein kleines Mädchen von ungefähr sieben Jahren. Ich höre auf zu weinen.

»Warum sind deine Haare ganz anders?«

Ist das unhöflich? Über Kinder in diesem Alter weiß ich nichts. »Anders als was?« frage ich.

Sie ändert das Thema. »Wann können wir endlich einen Hasen kaufen, Mummy?«

Ich wünschte, sie würde mit dieser Mummy-Tour aufhören. Das versetzt mich in Angst und Schrecken. Der Psychiater sagte zwar, sie sollte ruhig damit weitermachen, das könnte mir helfen, mich zu erinnern. Aber es kommt mir komisch vor.

Der Mann, dem dieses Haus gehört, kommt herein. Er schaut

mich auf diese halb besorgte, halb mißtrauische Art an, die er an sich hat.

»Immer noch im Land des seligen Vergessens?« fragt er und fügt dann lächelnd hinzu: »Es war doch nur ein kleiner Sturz. Der kann doch nicht so weh getan haben. Und mehr als zwei Minuten warst du nicht weg. Wie lange dauert das denn, sich davon zu erholen, Herrgott noch mal?« Das »Herrgott noch mal« ist so lang gedehnt, daß es bedrohlich klingt. Er lacht gekünstelt, als hätte er meinen Schauder nicht gesehen. Als wäre das alles ein großer Witz. Ein höchst unangenehmer Mensch.

Er kommt zu mir herüber und packt mich mit seinen großen, braunen, nach Seife riechenden Händen an den Schultern. Ich schließe die Augen. Ein Kuß fährt wie ein Schlag auf meinen Schädel nieder, und er murmelt: »Liebling«, und dann noch einmal bittend: »Liebling?« Von nahem riecht er nach Pfefferminzkaugummi und nach stechendem männlichem Schweiß.

»Wie lange noch, Kirsten?« fragt er.

»Kirsty«, sage ich. »Ich bin Kirsty.«

Er fragt noch einmal: »Wie lange noch?«

Ich weiß es nicht. Ich kenne diesen Mann nicht, und ich kenne dieses Mädchen nicht. Ich weiß auch nicht, wie lange es noch dauern wird. Wie lange, bis ich verstehe, warum man mich in diesem Haus, an diesem Ort, in dieser merkwürdigen Welt namens 1996 gefangenhält. Es ist nicht die Welt, die ich kenne.

Sie haben mich heute aus dem Krankenhaus abgeholt. Ich habe alle Sachen angezogen, die ich anziehen sollte: ein blaßblaues Jeansoberteil mit eingenähter Spitzenborte, enge Jeans und weiße Sandalen mit hohen Absätzen. Weiße Schuhe, und dazu noch hochhackig!

Ich stehe vor dem langen Spiegel an der Tür des Krankenhauszimmers. Die Frau darin beäugt mich argwöhnisch. Sie ist erheblich älter als ich, obwohl ihre Figur sich nicht wesentlich von meiner unterscheidet. Ich habe mir mit einem Kohlestift einen Ring um die Augen gezogen, mir Rouge auf die Wangen gerieben. Die rotblonden Haare mit der zotteligen Dauerwelle habe ich zurückgebunden.

»Wo habe ich diese Kleider her?« frage ich den Mann, als er hereinkommt.

»Das meiste aus dem Katalog. Helens Katalog.«

Helen. Schon wieder dieser Name.

»Ich kenne keine Helen.«

»Deine beste Freundin.«

Lächerlich. Meine beste Freundin ist Debs. Warum ist sie mich eigentlich nicht besuchen gekommen?

Von den Medikamenten im Krankenhaus bekam ich Alpträume. Ich träumte, ein Mann beugte sich über mich, hielt mich an den Armen und rüttelte mich. »Kate, Kate, Kate«, sagte er immer wieder, flüsternd und so intensiv, wie man in einen Brunnen hinabruft. Vielleicht war ich auch wach. Ich weiß es nicht mehr.

Ich hatte noch einen anderen Traum und wachte schreiend auf, dachte, ich fiele in ein Schlammloch. Dann versuchte ich herauszukommen. Ein kleines Mädchen weinte, und ich ging zu Fuß und ging doch nicht, fiel hin und rappelte mich wieder auf. Ich kenne diese Menschen nicht. Am Handgelenk habe ich eines dieser Namensarmbänder, die man Neugeborenen oder Verrückten umbindet. Ich zerre daran, bis es reißt. Kleine Perlen verteilen sich überall. Ich werfe das Band aus geflochtenen Fäden auf den Boden. Die Krankenschwester hebt es auf und nimmt es fort, aber ich sehe immer noch winzige Splitter aus rosa und lila Glas auf dem dunklen Fußboden herumrollen. Warum starren mich alle so an? Wo bin ich? Wo ist mein Zelt? Wo ist Debs? Ich möchte nach Hause.

Aber das war alles gestern, im Krankenhaus. Bevor man mich hierhergebracht hat. Es muß an der Spritze liegen, daß ich mich so merkwürdig fühle. Und meine Haare sind ganz falsch – das ist nicht mein Haar, obwohl es auf meinem Kopf wächst. Die Panik rinnt mir aus den Poren, Tropfen heißen Schweißes krabbeln mir wie winzige Spinnen über den Hals. Ich kann nicht stehen, die Knie werden mir weich, ich falle schon wieder. Ich will nach Hause.

»Du bist doch zu Hause, Mummy«, sagt das kleine Mädchen. Es überläuft mich heiß und kalt.

Ich höre jemanden an der Haustür, und dann die Stimme dieses knurrigen Mannes. »Sie kommt gar nicht gut damit zurecht – diese Tabletten machen alles nur noch schlimmer.«

Was macht er mit mir? Warum tun die mir das an?

»Ich bin Kirsty Middleton«, erkläre ich der Ärztin noch einmal. Diese hier trägt einen grauen Rock und eine rosa Bluse und behauptet, sie wäre meine Hausärztin. Sie sagt, sie wäre im Team der behandelnden Ärzte, die sich um meine Reha kümmern.

»Erzählen Sie mir von Kirsty«, sagt sie. Also erzähle ich ihr von meinem Leben. Ich bin in diesem Monat zwanzig Jahre alt geworden und studiere Photographie an der Exeter University. Gerade habe ich das erste Studienjahr abgeschlossen. Ich lebe mit meinen Eltern in Newton Abbot und fahre mit der Vorortbahn zum College. Aber ich mache demnächst den Führerschein. Mein neuestes Projekt beschäftigt sich mit Autobiographie – große, traurige Landschaftsaufnahmen der Moore. Ich habe die Bilder ganz dunkel gehalten. Diese hohen, felsigen Hügel im Dartmoor, die sogenannten Tors, sind mein Schönstes. Ihr das zu erzählen beruhigt mich etwas, obwohl alles und alle um mich herum irgendwie verschwunden zu sein scheinen. Immerhin hört sie mir zu.

»Haben Sie einen Freund?« fragt sie, und ich erzähle ihr, daß mein Freund Miles heißt – es ist aber nichts Ernstes mit uns, wir sind im Prinzip nur gute Freunde. Meistens sind wir zu viert unterwegs, mit meiner Freundin Debs und ihrem Typen Paul. Ich mag Paul sehr, aber das erzähle ich der Ärztin nicht.

Sie sitzt da, nickt, und während meine Stimme immer leiser wird, fragt sie: »Und wer ist zur Zeit Premierminister?«

»Den Test hat man neulich schon mit mir gemacht«, sage ich

schlau. Aus irgendeinem Grund habe ich keine Lust, ihr zu antworten.

Sie nickt noch einmal. »Möchten Sie Ihre Antwort von damals ändern?«

»Nein«, sage ich. »Das könnte ich wohl kaum vergessen. Die Wahlen waren doch erst vor ein paar Wochen. Mrs. Thatcher ist weiter im Amt.«

»Und wann war die Wahl?«

»Am elften Juni.«

»Neunzehnhundert ...?«

»... siebenundachtzig«, beende ich den Satz. Die Zahlen hängen in der Luft.

»Und welches Datum haben wir heute?«

An diesem Punkt wird mir ein bißchen mulmig. Es ist ungefähr Ende Juni, aber das genaue Datum weiß ich nicht sicher. Ich hatte noch etwas vor, nur bin ich mir nicht darüber im klaren, was genau. Ich weiß, daß das Semester gerade vorbei ist, also muß es um den neunzehnten Juni herum sein. Aber dann fällt mir noch etwas anderes ein. »Wie lange war ich im Krankenhaus?«

»Nur drei Tage. Sie sind am Freitag abend eingeliefert worden. Heute ist Montag.«

»Also ist alles vorbei?«

»Was ist vorbei?« fragt die Ärztin, schneller als ich nachdenken kann. Ich bin verwirrt. Das weiß ich eigentlich nicht. Etwas war mir eingefallen, als ich das sagte, aber jetzt ist es schon wieder weg.

»Ein posttraumatischer Gedächtnisverlust diesen Ausmaßes ist außerordentlich selten«, hatte der Spezialist im Krankenhaus gesagt. »Das wird aber in den kommenden Wochen mit aller Wahrscheinlichkeit nachlassen.«

»Ich möchte nach Hause«, sagte ich, und er meinte, das könnte ich auch. »Wir müssen Sie nicht stationär behandeln – im Gegenteil, möglicherweise wäre das sogar ganz kontraindiziert. Aus der Computertomographie ist ersichtlich, daß Sie keine größeren Läsionen haben. Vorausgesetzt, Sie gehen regelmäßig zur Behandlung und teilen uns sofort mit, wenn Sie eines der Symptome an sich bemerken, über die wir gesprochen haben, werden Sie sich zu Hause bestimmt viel besser erholen.«

Aber man hat mich nicht nach Hause gebracht. Man hat mich hierhergebracht, in dieses Reihenhaus in einem Dorf, in dem ich keine Menschenseele kenne. Der Mann und das Mädchen schauen mich vorwurfsvoll, mißtrauisch an. Sie wollen, daß ich mich an sie erinnere. Sie behaupten, sie wären jetzt meine Familie.

Der Spezialist sagt, ich müßte mit einem gewissen Ausmaß an Verwirrung rechnen. »Ein gewisses Ausmaß an Verwirrung ist normal«, sagt Dr. Rahmin doch tatsächlich zu dem ernst dreinblickenden Duo, das meine Kleider in eine Flugtasche gepackt hat, dem Kind und dem Mann, die gekommen sind, um mich aus dem Krankenhaus abzuholen. Offensichtlich wollen sie, daß ich jetzt hinter dem Vorhang verschwinde und dahinter auf wundersame Weise zur Mutter, zur Ehefrau mutiere. Der Mann hält die Tasche ganz ungeschickt, als wäre sie ein Blumenstrauß, der gleich welken könnte. Das Kind hat ein Porzellanfigürchen fest umklammert. Es versucht dauernd, die Unterhaltung zu unterbrechen und flüstert: »Das hab' ich dir mal geschenkt, Mummy«, und der Mann legt ihr eine Hand auf den Kopf und sagt »Schsch«. Er runzelt die Stirn und blickt zu Boden, um zu demonstrieren, daß er dem Onkel Doktor zuhört. Das kleine Mädchen starrt mich an, ignoriert ihn und formt lautlos die Worte: »Das hast du doch so gern.«

Dr. Rahmin fährt mit seiner Liste fort, wobei er die einzelnen Punkte an den Fingern abzählt. »Gelegentlich etwas unberechenbare Antworten. Verworrene Gefühle – grundloses Lachen oder Weinen. Und rasche Ermüdung. Müdigkeit ist eine natürliche Folge von Kopfverletzungen, jedenfalls in den meisten Fällen. Im Fall von Mrs. Villiers wird die Belastung durch eine beeinträchtigte Wahrnehmung von Raum und Zeit erheblich sein. Geduld. Geduld und häusliche Pflege sind das Beste, was ich Ihnen empfehlen kann.«

Sie nicken, alle beide. Dr. Rahmin preßt seine wunderschön manikürten Fingerspitzen gegeneinander, und wir beobachten sie alle wie gebannt. Er scheint zu merken, daß wir noch mehr von ihm wollen. Bislang sind seine freundlichen Worte um den wichtigsten Teil herumgeschlichen. Die fehlenden zehn Jahre.

»Eine retrograde Amnesie …«, sagt der Arzt vorsichtig, und ich sehe, wie die blassen Augen des Mannes unruhig werden. Er möchte so gern eine eindeutige Auskunft erhalten »… ist mitnichten eine Seltenheit, sogar bei einer vergleichsweise leichten Kopfverletzung wie dieser. Die Erinnerungen sind zwar noch vorhanden, aber der Mechanismus, sie hervorzuholen, setzt vorübergehend aus. Ich habe viele, viele Fälle erlebt, bei denen der oder die Verletzte keinerlei Erinnerung mehr an Ereignisse hat, die mehrere Stunden, Tage oder sogar Wochen vor dem Unfall stattgefunden haben.«

Immer noch warten wir.

»Neun Jahre«, gesteht Dr. Rahmin zu, »sind allerdings verwirrend. Unsere Tests haben ergeben, daß mit dem Gehirn in physiologischer Hinsicht alles in bester Ordnung ist.«

»Es gibt also keinen Grund«, sagt der Mann langsam.

»Es gibt keinen Grund, den wir erkennen können«, verbessert ihn der Arzt. »Und weitere Computertomographien würden nichts ergeben, das kann ich Ihnen versichern. Zeit ist ein großartiges Heilmittel.«

»Wir haben dir was zum Anziehen mitgebracht«, sagt der Mann. Und sie lassen mich mit dem Porzellanstaubfänger und der Flugtasche allein. Ich ziehe mir die fremden Sachen an und trete wieder hervor.

»Wie geht es dir jetzt, Liebling?« fragt der Mann ein bißchen zu laut. Als wolle er nicht, daß ein zufälliger Ohrenzeuge merkt, wie fremd ich mich fühle.

»Ich bin müde«, sage ich. Und das bin ich wirklich. Er führt mich aus dem Krankenhaus zu einem dunkelblauen Auto, und wir fahren davon.

Ich heiße Kirsten Villiers. Ich bin neunundzwanzig Jahre alt. Ich habe einen Mann, eine Tochter, und eine Halbtagsstelle. Ich lebe in einem Reihenhaus in einem kleinen Dorf. Ich wiederhole diese Dinge genau so, wie man sie mir beigebracht hat. Mir bedeutet das alles nichts. Ich habe über zwanzig Jahre eine Identität gehabt, und jetzt ist mir die Person, die ich kannte, genommen worden. Es gibt jetzt nur noch Kirsten Villiers, verheiratet, ein Kind.

»Du warst doch nur ein paar Minuten ohnmächtig«, wiederholt der Mann. Er sagt es immer wieder: »Ein paar Minuten. Höchstens«, als hätte ich kein Recht, die Dinge plötzlich so kompliziert zu machen. »Es war gerade mal ein Meter Wasser, in dem du ausgerutscht bist. Du hattest nicht mal einen blauen Fleck.«

»Und warum habt ihr mich dann ins Krankenhaus gebracht?«

»Weil du nicht mehr wußtest, wo du bist. Als wir dir aufgeholfen haben, wirktest du irgendwie verwirrt.«

»Und wo war ich?«

»Am Fluß. Wir waren am Lido, wie wir die Stelle nennen. Wir gehen dort im Sommer immer schwimmen, wenn es abends noch warm ist. Wo wir immer picknicken. Mit Janey und Sam, Helen und Jeremy.«

Kein Wunder, daß ich verwirrt war.

Die Beschäftigungstherapeutin hat gesagt, ich sollte mir die Details dieses Zimmers einprägen. Des Zimmers, in das man mich gebracht hat und von dem die beiden behaupten, es wäre mein Zimmer. Ich habe aber keine Lust dazu. Ich schließe die Augen und denke an mein eigenes Zimmer, als wäre diese Bettdecke meine, tue so, als fiele das Licht aus dem Durchgang in Wirklichkeit gefiltert durch das Fenster hinter dem Fliederbusch vor meinem wirklichen Zuhause herein.

Sie haben mich zu Bett gehen lassen, obwohl es noch früh am Abend ist, und ich darf jetzt hier schlafen. Man hat mir ein cremefarbenes Nachthemd mit Spitzenbesatz gegeben, nicht mein T-Shirt von Live Aid. Ich wollte kein Abendessen. Eine Weile dämmere ich vor mich hin, höre die Geräusche des Fernsehers aus dem Nachbarzimmer – die Einleitungsmusik von »Coronation Street«, was meine Mutter immer gerne sieht. Die Erkennungsmelodie der Zehnuhrnachrichten. Die Töne klingen ein bißchen anders, verzerrt. Nach einer Weile wird es still.

Ich wache in dem angenehmen, vertrauten Schatten meines eigenen Zimmers auf, fühle mich ganz geborgen, von weicher Wärme eingehüllt. Die Wände sind in hellem Rosa gestrichen, und es gibt ein riesiges Photo von einem Sonnenblumenfeld in Frankreich. Das Bild habe ich auf einem Schulausflug gemacht. Damals wurde mir klar, daß ich auf dem College Photographie studieren wollte. Jede Menge Kram liegt herum – Stapel meiner Kassetten auf dem Schreibtisch, Jeans und Oberteile auf dem Boden. Meine Schwester und ich teilen uns den großen Mahagonischrank auf dem Treppenabsatz, aber meistens leben meine Klamotten in einem Haufen vor sich hin.

Ich nehme dieses gemütliche Durcheinander immer deutlicher wahr, aber plötzlich erkenne ich, daß es dort drüben an der Wand keine Tür gibt. Ich werde von Panik erfaßt. Diese Schatten sind ganz falsch, die Winkel stimmen nicht. Der winzige Raum ist ein Gefängnis. Das ist nicht mein Zimmer. Und ich bin nicht allein. Neben mir im Bett liegt ein Mann. Er ist groß – kräftige Glieder, breiter Rücken, fester Brustkorb –, und er riecht nach Schlaf und einer unvertrauten Männlichkeit. Das ist nicht mein Freund. Ich kenne ihn nicht. Innerhalb von Sekunden werde ich von meinem eigenen vertrauten Zimmer an diesen Ort versetzt. Mein Herz hämmert, mein Atem geht flach. Ich möchte unbedingt weinen, aber ich habe zu große Angst.

Das Aufwachen ist das Schlimmste an Alpträumen.

Ich habe mich die ganze Zeit nach Mum und Dad gesehnt. Es hat mich wirklich erstaunt, daß sie mich nicht im Krankenhaus besuchen gekommen sind. Er sagt, sie würden kommen, sobald es geht – »sobald sie einen Flug bekommen«. Das ergibt nun wieder gar keinen Sinn.

»Einen Flug? Aus Devon? Du hast doch gesagt, hier wäre Somerset. Das kann doch nicht mehr als ein paar Stunden Autofahrt entfernt sein.«

»Aus Spanien. Sie wohnen jetzt an der Costa Brava, Kirsten.«

Unmöglich. Ich war doch vor ein paar Tagen noch bei ihnen. Ich versuche, mich zu erinnern, was mir als letztes gesagt wurde, bevor ich im Krankenhaus aufwachte. Da sind Stimmen in meinem Kopf, verschwommene, flüsternde Stimmen, aber ich kann mich nicht erinnern, wer da spricht – vielleicht meine Schwester, die wie immer nervte, während ich meine Sachen packte. Die letzte Sache – wirklich zu albern – die letzte Unterhaltung, an die ich mich richtig erinnern kann, drehte sich um eine tote Fliege. Es war sogar eine Schmeißfliege. Ich erinnere mich, als wäre es gestern. Ich kam in die Küche, und da stand Suzy und jammerte Mum etwas vor, ich hätte ihr eine tote Schmeißfliege auf den weißen Zuckerguß ihres Kuchens gelegt. Und ich sagte: »Mach dich nicht lächerlich, Suuhs. Seh ich so aus, als würde ich mich mit deinem Zuckerzeug abgeben? Das Viech ist wahrscheinlich im Sturzflug da reingerast und klebengeblieben. Ist doch klar. Wieso sollte ich so etwas tun?«

»Um mir heimzuzahlen, daß ich Nagellack auf deine Kassette von Bon Jovi getropft habe«, sagte sie mit einem bockigen Siegerblick, der mich besonders ärgerte, weil ich noch gar nicht gemerkt hatte, daß ihr das passiert war. Also sagte ich: »Mensch, werd endlich erwachsen. Ja, genau, ich habe eine tote Fliege auf deinen blöden Kuchen geklebt, und in den Teig habe ich auch gespuckt.« Aber sie wußte, daß ich das nicht getan hatte, also zischte ich als Dreingabe: »Und in diesem Rock sehen deine Knie ganz dick aus.« Jetzt verlor sie die Fassung. In ihrem Gesicht wurde es feucht wie im Anfängerschwimmbecken. Dann rannte sie hoch in ihr Zimmer und machte dabei diese schnaufenden Geräusche, die sie immer macht, wenn sie weint.

Ich wünschte, ich hätte das nicht getan. Ich wünschte, sie würde jetzt hier hereinspaziert kommen, in ihrem zerknüllten Minirock aus Jeansstoff mit dem Reißverschluß vorn. Dann würde ich ihr sagen, daß sie aussieht wie Madonna. Aber vermutlich will sie das gar nicht mehr.

Ich versuche, mich an das zu erinnern, was man mir im Krankenhaus beigebracht hat. Ich heiße Kirsten Villiers. Ich bin neunundzwanzig Jahre alt. Ich habe einen Mann namens Clyde und eine Tochter namens Janey.

Mein richtiges Leben sehe ich deutlich vor Augen. Unsere Küche mit dem Emaillespülstein, der dringend ersetzt werden muß (sagt Mum fast täglich). Die Sonne, die genau so durch das Fenster scheint, daß der Apfelbaum lange Schatten über den blaßgeschrubbten Holztisch wirft. Der ist so groß, daß nichts sonst in unsere winzige Küche paßt. In seiner langen Besteckschublade liegen keine Messer und Gabeln (die sind eigentlich immer nur im Abtropfgestell zu finden), sondern Bleistifte und Nadeln und die Gebrauchsanweisung für den Toaster, ausgediente Bindfäden und ausgeleierte Gummibänder. Dies ist das Zimmer, in dem alle ihre Sachen erledigen, so daß meistens am einen Ende des Tisches ein großer Haufen Papier und Arbeitskleidung liegt, der zum Essen etwas beiseite geschoben wird. Mum beschwert sich immer, aber es ist nicht nur meine Unordnung, sie kommt von uns allen.

Kam von uns allen. Natürlich muß ich das in der Vergangenheit formulieren. Heute wohnen dort andere Leute, und den alten Tisch wird man auf den Sperrmüll geworfen haben.

Das ist mir klar, aber genausogut weiß ich auch, daß das unmöglich sein kann. Ich sehe alles mit absoluter Klarheit vor mir. Mum hatte sich einen Strauß Freesien gekauft und sie mitten in die Unordnung auf den Tisch gestellt, in der Vase mit dem dünnen Hals und dem blaugefärbten, rundgeblasenen Körper. Diese Vase finde ich wunderschön. Ich sehe den dunklen Schatten der eleganten Stiele vor mir, sehe, wie er sich über die Tischfläche erstreckt, und auch, wie der saphirfarbene Schatten des bauchigen Glases anschwillt, wie die Luftblasen im Glas sich zu Tausenden Zauberaugen verwandeln. Davon habe ich mal ein Photo gemacht.

Es kommt mir vor wie gestern. Es war auch gestern. Es kann gar nicht anders sein – schließlich rieche ich sogar noch die Erdnußbutter. Als sich dieser lächerliche Streit um den Kuchen entspann, schmierte ich mir gerade ein Sandwich.

Erdnußbutterflecken am Ärmelaufschlag meiner Jacke. Ich wischte sie mit einem Stück Küchenkrepp ab. Mein Rucksack lag auf dem Boden (»Damit man besser darüber stolpern kann«, sagte meine Mutter, weswegen ich ihn auch da liegen ließ und prompt darüber stolperte, als ich die Rolle Küchenkrepp holen wollte). Es war Freitag nachmittag, und ich wartete darauf, abgeholt zu werden ... wohin eigentlich?

Clyde kommt mit einem Haufen Photoalben zurück. »Die Beschäftigungstherapeutin hat gesagt ...«

»Ich weiß«, sage ich. »Die hattest du schon im Krankenhaus angeschleppt.«

Er steht da und sieht aus wie ein kleines Kind, dem man eine Ohrfeige verpaßt hat. Dann sagt er störrisch: »Na ja, sie meinte, wir sollten es einfach weiter versuchen. Du hast ja kaum hingeschaut.«

Das stimmt. Ich hatte eine Seite aufgeschlagen und das Photo einer Frau mit dünnen, glatten Haaren und glänzendem Gesicht gesehen, die ein kleines Baby liebevoll auf dem Arm hält – und die Alben gleich wieder fortgeschoben.

Er legt mir jetzt eins auf den Schoß und will mir über den Kopf streichen. Ich zucke zusammen. Ich bin doch kein kleiner Hund, will ich sagen, aber er sieht so deprimiert aus, und das kleine Mädchen wirkt so hoffnungsvoll. Ich habe das Gefühl, unter Anklage zu stehen.

Sie kuschelt sich auf dem Sofa an mich. Ich gebe mir richtig

Mühe und zwinge mich zu lächeln. »Möchtest du mir erklären, wer da alles drin ist?«

Sie nickt voller Stolz. Gemeinsam öffnen wir das Album. Lauter Hochzeitsbilder. Der Himmel schimmert wie Perlmutt, es scheint ein kalter Tag gewesen zu sein. Da stehe ich. Sehe ungefähr so aus, wie ich mich kenne, mit langem, glattem Haar. Ich trage ein elfenbeinfarbenes Kleid mit sehr voluminösem Rock und habe Blumen im Haar. Ich bin die Braut, und Clyde ist der Bräutigam. Er wirkt schrecklich glücklich. Auf den Bildern ist sein Haar voller, fällt mir auf, obwohl er auch da älter wirkt als ich. Meine Eltern lächeln in die Kamera, und da ist auch meine Schwester Suzy. Nur die Kirche erkenne ich nicht wieder. Janey zeigt mir die Menschen und nennt ihre Namen, aber ich kann mich nicht konzentrieren: Mir ist etwas anderes eingefallen.

»Wo sind meine Photographien?«

»Welche Photos meinst du denn?«

»Meine eigenen – die schwarzweißen.« Abgesehen von den Installationen, die zu groß waren, habe ich alle meine Arbeiten aus dem Studium behalten. Neben den Autobiographiesachen gibt es eine ganze Serie zu Umweltthemen. Nach dem Tschernobyl-Unfall im letzten Jahr habe ich eine Photoserie zu verschiedenen aktuellen Themen angefangen, über sauren Regen und so weiter. Da sind ein paar wirklich hübsche Nahaufnahmen dabei, von Blättern und Spinnweben mit Regentropfen darauf.

»Deine Schwarzweißphotographien?«

Ich erhebe mich mühsam. In mir kommt Panik hoch. Er versucht, mich zu beruhigen. »Die sind im Gästezimmer«, sagt er. »Soll ich dir den Karton holen?«

Der Gedanke an eine Schachtel in einem Gästezimmer ängstigt mich sogar noch mehr. Ich stelle mir etwas Staubiges, Übersehenes vor, gefüllt mit zerdrückten, weggeworfenen Bildern. Ich spüre den Verlust meiner wunderschönen, jungfräulichen Abzüge so schmerzhaft, als würden sie langsam vor meinen ausgestreckten Händen zu Fetzen zerrissen. Ich sage: »Nein. Ich schau später nach. Laß uns fürs erste diese Bilder hier anschauen.«

Ich gebe mir Mühe. Ich gebe mir wirklich Mühe. Nach einer Weile ist aber klar, daß ich nichts mehr aufnehmen kann. Er sagt zu Janey: »Das reicht jetzt für Mummy, sie ist müde. Schließlich ist sie heute den ersten Tag zu Hause, das dürfen wir nicht vergessen.«

Janey zerrt das Album auf den Fußboden und beugt sich schweigend darüber. Sie hat das Gesicht so tief über die Bilder gebeugt, daß sie sie unmöglich richtig sehen kann. Clyde sagt nicht, sie solle das lassen. Er steht bloß da, die Hände in die Hüften gestützt, und schaut erst sie hilflos an und dann mich. Ich lehne mich zurück und schließe die Augen.

Er sagt: »Möchtest du eine Tasse Tee?« Und ich höre, wie er in der Küche hantiert, Wasser aufsetzt und Janey ein Glas Saft eingießt. Sie ist ihm gefolgt und möchte ständig etwas anderes. Ich bin froh, daß er sich mit ihr abgibt: Sie scheint ziemlich anstrengend zu sein.

Ich gehe zur Glastür, die in den Garten führt, und schaue hinaus. Alles ordentlich, bestens aufgeräumt, genau wie das Haus. Die Sonne steht schon niedrig, und es ist ein heller, klarer Abend. »Vergiß nicht, sie ist heute den ersten Tag zu Hause«, hatte Clyde gesagt. Der Gedanke an weitere endlose Tage hier ist entsetzlich.

Er kommt mit einem Tablett herein. Er ist ein großer Mann, schwer gebaut und groß gewachsen, ungefähr Mitte Dreißig, nehme ich an. Sein Haar ist rötlichbraun. Er trägt eine Brille, und wenn er entspannt ist, hat sein Gesicht einen etwas säuerlichen Ausdruck. In körperlicher Hinsicht ist er absolut nicht mein Typ, und ich kann eine Übereinstimmung auf emotionaler Ebene nicht erkennen.

Ich mache eine Geste zum fortgelegten Photoalbum. »Warum …?«

»Warum was?« Er setzt sich neben mich auf die Couch, und auch Janey gesellt sich zu uns.

»Warum wohnen wir hier?«

Sein rechter Fuß tippt unruhig auf den Boden: Leicht fällt ihm das nicht.

»Du wolltest das. Du wolltest auf dem Dorf leben.«

»Aber ... ich meine, warum ausgerechnet hier?«

»Ich arbeite in einer Autowerkstatt in der Stadt, nicht weit – mit dem Auto sind es zehn Minuten. Du wolltest, daß Janey ländlich aufwächst.«

»Aha.«

»Und du dachtest, das Leben auf dem Dorf würde dir gefallen.«

»Und hat es das – gefällt es mir auf dem Dorf?«

Er lacht, steht auf, setzt sich wieder. »Ich glaub' schon.«

»Aber was tue ich denn? Du hast doch gesagt, ich würde an manchen Abenden im Pizzaladen arbeiten, und du kümmerst dich dann ums Kind. Was mache ich sonst noch?«

Er ist ganz rot im Gesicht. Sein Knie zuckt rhythmisch. Er wirbelt herum. »Hör mal, willst du hierbleiben, ja oder nein?«

»Ich weiß es nicht«, sage ich.

Er kommt mit seinem Gesicht ganz nah an meines. »Ja oder nein?«

Ich wende mich ab. Janey fängt an zu weinen.

Jetzt ist er auf den Knien, neben dem Sofa, versucht mich zu umarmen. »Es tut mir leid. Es tut mir leid, Kirsten. Das ist alles so schwierig. Ich weiß, daß es auch dir schwerfällt, aber zum Teufel noch mal ...«

Janeys Schniefen hört auf. Ich starre nach unten. Sein Daumennagel müßte geschnitten werden: Er ist in Zacken abgerissen. Irgend etwas daran rührt mich. Ich weiß nicht, was ich tun soll, aber ich weiß sicher, daß ich nicht noch einmal von ihm so unter Druck gesetzt werden möchte. Also lege ich meine Hand auf seine, und da sitzen wir dann, als spielten wir eines dieser Kinderspiele. Wer zieht als erster die Hand weg? Glücklicherweise klingelt das Telephon.

Janey saust los, um ranzugehen. Clyde sagt mir: »Danke.«

Er sagt das so bescheiden, daß ich mich auf merkwürdige Weise schäme.

Der Anruf ist für mich: Suzy, die mir mitteilt, Mum und Dad würden vorbeikommen, um mich zu besuchen.

Suzy. Meine fünfzehn Jahre alte Schwester – pummelig, mürrisch, ein Möchtegern-Punk – war im Krankenhaus erschienen. Sie trug einen Hosenanzug und hatte kurzgeschnittene, mit Henna gefärbte Haare. Sie hat erzählt, sie würde jetzt für eine Rückversicherung in London arbeiten und hätte eine Wohnung in Hammersmith. Sie hat sich nicht davon abbringen lassen, mittlerweile vierundzwanzig Jahre alt zu sein. Ich mußte an die Geschichte von Rip van Winkle denken und merkte plötzlich, daß ich zitterte. In dem Augenblick begriff ich, daß meine Familie fort ist, daß sie mich an diesem entsetzlichen Ort allein gelassen hat. Und daß keiner von ihnen zurückkommen wird.

Es scheint Suzy zu beeindrucken, daß ich mich immer noch nicht erinnern kann, so als täte ich etwas ziemlich Wildes, voll im Trend. Dauernd sagt sie: »Wirklich? Ist ja irre.« Am Telephon ist Suzy leichter wiederzuerkennen – da kann ich sie nicht sehen. Typisch, ihre Taktlosigkeit. Sie plappert weiter, und ich bekomme das Gefühl, daß sie ausführliche Telephonate unter Schwestern gewöhnt ist. Dabei habe ich mich Suzy nie anvertraut – einem Kid mit Postern von Madonna an der Wand und einer grünen Stirnfranse zum Wochenende. Damit fange ich auch jetzt nicht mehr an. Ich weiß schlicht und einfach nicht, was ich sagen soll. Ich versuche es doch. »Irre? Ich verliere dabei tatsächlich den Verstand«, sage ich.

Sie lacht unsicher, als hätte ich einen Scherz gemacht, und sagt: »Übrigens eine großartige Ausrede, wenn die Spürwagen herumfahren und man seinen Fernseher nicht angemeldet hat.«

Suzy hat zwar mittlerweile gelernt, auch das Gute an den Dingen zu sehen, aber über ihre Witze kann ich immer noch nicht lachen.

Clyde kommt zurück. Er hat Janey wohl irgend etwas zu essen gemacht oder so. Er sieht, wie ich ein Farbphoto oben auf dem Fernseher anschaue. Es ist Janey in einem grellblauen Pullover mit V-Ausschnitt, mit großen, mit Schleifen zusammengebundenen Zöpfen, die ihr links und rechts vom Kopf abstehen, und einem eher frechen Lächeln. Clyde sagt: »Das war zur Einschulung. Weißt du noch?«

»Es sagt mir nichts, absolut nichts.«

Er schaut sich um und flüstert dann wütend: »Kannst du dir nicht wenigstens ihretwegen Mühe geben?«

Mühe geben? Mühe? Ich hätte nicht übel Lust zu schreien. Wie schwer von Begriff dieser Mann aber auch ist. Dauernd redet er davon, wie es seinem Kind geht. Meine Gefühle und meine Angst scheinen für ihn nicht zu existieren.

In der Nacht wache ich auf mit einer dieser absoluten Gewißheiten, die einen von Kopf bis Fuß erschüttern können. Plötzlich ist mir alles klar. Kirsten ist meine Schwester, sie ist gar nicht ich – sie ist meine ältere Schwester, die ich vor langer Zeit verloren habe. Deswegen kann ich mich an nichts erinnern, und deswegen gehöre ich auch nicht hierher. Man hat uns verwechselt, klarer Fall, wie manchmal Neugeborene im Krankenhaus. Eine unglaubliche Erleichterung durchflutet mich, und die Anspannung in meinen Muskeln läßt nach. Im selben Augenblick erkenne ich voller Kummer, daß diese Einbildung zu nichts führt. Sie erklärt nichts. Ich bin neunundzwanzig Jahre alt, ich habe mein Leben verloren und ich weiß nicht, wer ich bin. Kirsty ist fort, verschwindet gerade in einem schwarzen Zeitloch. Ihre Welt wird niemals zurückkehren. Der Schmerz schneidet tief, der Kopf und die Magengrube tun mir weh, und mein Kissen ist klatschnaß von Tränen.

Neben mir im Bett stöhnt Clyde im Schlaf. Das Grauen, hier sein zu müssen, schnürt mir die Kehle zu. Ich starre die grauen Formen im fremden Zimmer an und warte hilflos auf Rettung.

Ich habe mir die Schwarzweißphotos in meiner alten Mappe aus Studienzeiten angeschaut, die im Gästezimmer liegt. Clyde hat den Karton für mich hervorgeholt. Er hat zwei Koffer beiseite geräumt, ein paar Decken in Plastikhüllen und eine Schachtel mit Weihnachtsbaumschmuck heruntergenommen – alles ganz sachlich. Es war entsetzlich. Zu sehen, wie meine wichtigsten Sachen so herabgewürdigt worden sind, wie sie hinter all diesem vergänglichen und unnützen Zeug liegen. Ich hatte das Gefühl, die letzten Reste meiner Persönlichkeit zu verlieren. Als ich sah, wie lange er mit der Schachtel herumfummelte, bis er sie endlich in den Händen hielt, dachte ich in einer plötzlichen Anwandlung von Trauer, alle meine Bilder könnten sich in welke Blumen verwandelt haben. Ich stellte mir vor, wie sie aus dem halbgeöffneten Karton heruntersegelten, morsch und gepreßt, vom schweren Gewicht der Zeit flachgedrückt. In der Schachtel liegen lauter alte Aufsätze von mir, Kontaktabzüge, Plastikfolien für die Negativstreifen und ein paar Probeabzüge. Und meine kostbare Mappe, in der ich meine schönsten Abzüge auf Pappe aufgezogen hatte. Ich schaue mir die Seiten an. Eine ganze Menge scheint zu fehlen.

»Deine Mutter hat ein paar mitgenommen, um sie rahmen zu lassen. Für das neue Haus«, sagt mir Clyde. »Die Landschaftsaufnahmen.« Er steht im Türrahmen und beobachtet mich, wie ich mir die Abzüge und Kontaktbögen immer wieder ansehe, so als könnte ich dort den Schlüssel finden zu dem, was mit mir passiert ist – oder vielleicht eine Tür, durch die ich mich schlängeln kann, um von hier fortzukommen.

Die Bilder sind stark und frisch und für mich klar verständlich. Sie zeigen Orte und Menschen, die ich kenne. Landschaftsaufnahmen vom Moorland. Debs, die die Zunge herausstreckt, ein Punk in aufgeschlitzten Leggings mit Sicherheitsnadeln, der irgendwo in einer Bar Cider schlürft. Sie hat mich angefaucht, als ich dieses Photo machte. Ein Porträt von Paul und Miles an einem regnerischen Morgen. Das Licht war so schwach, daß sie eine halbe Minute lang stillstehen mußten und ich den Tisch als Stativ benutzte. Miles' Lächeln ist ein wenig verwischt, aber die wunderschönen Augen von Paul glänzen wie die eines Habichts.

Und da – einige Landschaften und freie Kompositionen, die ich für meine Autobiographiemappe aufgenommen habe. Als ich mit den Mooren und den hohen Hügeln der Tors fertig war, fiel mir nichts Originelles mehr ein, was ich noch über mich selbst sagen konnte. Also zog ich über das Unigelände – das wirklich hübsch ist – und nahm meine Familie als Bäume und Büsche auf. Der winkende Baum ist Dad, weil er so unglaublich groß gewachsen ist, mit einem einzigen, in die Luft hineinragenden Ast. Sieht aus wie der winkende Arm, an den ich mich aus einem seiner Hippielieder erinnere. Mum ist der Rhododendron in der Nähe vom Duftgarten. Suzy ist das Pampasgras. Sie hat protestiert und gefragt: »Kann ich nicht die blühende Glyzinie am Uhrturm sein?« Ich habe ihr geantwortet: »Nein. Es ist meine Mappe. Du kannst ja deine eigene machen.« Aber sie hat Kunst nicht, noch nicht mal als Nebenfach. Es fühlt sich gut an, daß ich etwas besser kann als meine anstrengende kleine Schwester. Auf die Idee kam ich übrigens durch den verrückten Baum am Ende der Straße am Bahnhof. Er hat zwei ganz dicke Äste unten am Stamm, auf denen man sitzen kann. Da haben wir letztes Jahr Miles und Paul kennengelernt.

Nicht letztes Jahr. Es ist fast zehn Jahre her.

Ich schließe die Mappe und ziehe langsam den Reißverschluß drumherum. Ich hocke immer noch auf den Knien und streichle das schwarze Leder; ich habe anscheinend nicht die Kraft aufzustehen.

»Mache ich jetzt keine Photos mehr?«

»Na ja, im Urlaub und zu besonderen Anlässen manchmal schon. Oder ich mache welche.«

»Ich meine Bilder, nicht Schnappschüsse fürs Familienalbum. Wo ist überhaupt meine Pentax?«

Clyde schaut weg. »Du hast jetzt eine neue Kamera«, sagt er, »eine vernünftige. Ich hab' sie dir geschenkt.«

Ich verstehe nicht, was dieser Tonfall soll. Er klingt ärgerlich – vorwurfsvoll. Mache ich seinetwegen keine Photos mehr?

Meine Gewißheit, daß ich Kirsty Middleton bin und Photographie studiere, läßt nach. Alle um mich herum sind sich so sicher, daß sie fort ist. Daß es jetzt nur noch Kirsten gibt. Ich bin umgeben von lauter Zeug, das mir nicht gehört und doch Teil meines Lebens sein soll.

Es ist so schwierig, die Umrisse einer Person in diesem Vakuum auszumachen. Ich suche die Konturen des Menschen, der wohl ich sein muß, aber dieses Haus ist so blitzblank und steril wie ein Musterhaus, so still wie ein Altersheim. Ich habe nach Musik gesucht, aber es gibt keine Platten, noch nicht einmal einen Plattenspieler. Nur CDs und ein paar Kassetten. Auf eine wurde »Everything must go« gekritzelt. Meine Handschrift ist das nicht.

Ich sitze oft in einem der korbgeflochtenen Sessel mit den geblümten Bezügen, tief in die mintgrünen Rohseidenkissen gekuschelt. Mitunter kommt die Katze und setzt sich auf meinen Schoß. Die Stühle sind alle zum Fernseher gedreht, aber ich stelle ihn nicht an. Gelegentlich konzentriere ich mich darauf, mich an das Zimmer zu erinnern.

Auf halber Höhe des Raums verläuft eine geblümte Bordüre; darüber sind die Wände in einem verwaschenen Blau gestrichen, darunter in einem grünstichigen Blau mit großen, willkürlich verteilten Klecksen. Wirkt irgendwie gewollt.

»Das hast du gemacht«, sagt Clyde. »Du warst im College auf einem Wochenendkurs und hast es da gelernt.«

Ich versuche es mir vorzustellen. Im Geiste sehe ich den Raum vor mir: die auf dem Teppich ausgelegten Zeitungen, die zur Seite geschobenen oder abgedeckten Sessel, den Fernseher und den hochglanzpolierten Bücherschrank aus Walnußimitat mit seinen perläugigen, diamantgeschliffenen Glastüren, und alles mit alten Laken zugehängt. Ich stelle mir vor, wie ich kniend an der vergißmeinnichtblauen Scheuerleiste mit tropfenden Schwämmen mit lagunenblauer Farbe herumwische.

Schwämme. Es müssen Schwämme gewesen sein, oder nicht? Oder ist das ein Erinnerungsfetzen?

Ich starre meine Hand an und stelle mir die Farbtränen vor, die mir über die Finger rinnen – nein, über den Handschuh. Einen gelben Gummihandschuh.

Ich bin mir sicher. Ich halte die Luft an, klammere mich an ein Fitzelchen von etwas, woran ich mich möglicherweise tatsächlich erinnere. Aber es ist einer dieser Schnappschüsse. Nicht ein wirklicher Augenblick aus dem richtigen Leben, sondern bloß eine Polaroidaufnahme, die seitlich in das Album eingesteckt war. Gestern abend war sie mir aufgefallen. Ich hatte die Haare aufgesteckt wie eine posierende Odaliske, kniete auf dem Fußboden und drehte mich lächelnd um. Irgend jemand stand im Türrahmen gegenüber und hat mich gerufen, und ich habe mich in dem Augenblick umgedreht, als er blitzte, und gelächelt. Und ich weiß noch nicht einmal, wer dieser Mensch war.

Solche Kleinigkeiten bringen mich für Stunden aus dem Lot. Wenn ich zum Beispiel auf der Suche bin nach einem sauberen Handtuch und man mir gesagt hat, wo die Handtücher aufbewahrt werden. Also gehe ich dorthin, öffne den Schrank und nehme eines von dem Stapel. Und dann weiß ich es. Das ist mein Badetuch. Plötzlich, mitten in der ganzen Mühsal, in der öden Auswendiglernerei gibt es etwas, was ich wirklich weiß. Verzweifelt halte ich es in den Händen wie einen verlorenen Schatz. Ein verlorenes Kind, hätte ich fast gesagt, aber im Moment ist mir nicht besonders danach, irgendein Kind an mich zu ziehen. Ich fühle mich selbst wie ein verlorenes Kind. Aber dieses Handtuch müßte eigentlich satte, leuchtende Farben haben und flauschig sein; statt dessen ist es plattgedrückt und verblichen. Ich weiß, noch während ich es berühre und daran rieche, daß es neun Jahre älter geworden ist. So ein winziges Ereignis macht mir klar, daß es kein Alptraum ist, sondern hellichter Tag. Derlei kann dazu führen, daß ich weine und weine.

Meinen Walkman wiederzufinden war fast genauso schlimm. Der Clip für den Gürtel ist abgebrochen, und es sind andere Kopfhörer daran, winzige Stöpsel anstelle der schwammigen, die ich erwartet hatte. Aber es ist eindeutig mein Walkman.

Das wäre also alles, was von Kirsty Middleton übriggeblieben ist? Ein Walkman und ein Handtuch. Es muß doch noch mehr geben.

Ich bin alle Kleider durchgegangen, die im Schrank oben im Schlafzimmer hängen. Bei jeder Tür, die ich öffne, hoffe ich insgeheim, daß ich aus dieser zähflüssigen Traumwelt zurück in meine Realität finden werde. Aber mit der Garderobe wird das todsicher nicht passieren. Beim Anblick dieser Kleider überkommt mich das Gefühl, im Leben einer anderen Frau herumzuschnüffeln. Ein paar Sachen sind getragen und noch nicht gewaschen. Sie riechen sogar nach einer anderen Frau. Ein blumiger, süßer Duft. Nicht meiner, nicht ich.

Hier gibt es nichts, was ich tragen will.

Es ist ja nicht so, als wären diese Sachen wirklich scheußlich, ich kann mir nur nicht vorstellen, sie anzuziehen – schlimmer noch, ich kann mir auch die Frau nicht vorstellen, die diese Kleider getragen hat. Es ist alles so übertrieben. Selbst die Jeans sind keine, die ich mir kaufen würde: An der Hüfte sind kleine Schmetterlinge aufgestickt, und es gibt eine passende blaßblaue Jeansjacke mit noch mehr Schmetterlingen, die leicht tailliert ist. Eine weiße Jeans sieht so aus, als säße sie richtig eng. Die Taschenränder sind mit winzigen Satinstreifen eingefaßt. Es gibt jede Menge Oberteile mit solchen kleinen Details. Manche haben Spitzenbordüren am Hals und an den Ärmeln. Schließlich hängen da noch ein paar Kleider, die meisten mit langen Röcken und buntgeblümt.

Ich versuche, mir den Charakter der Frau vorzustellen, die diese Sachen getragen hat. Ich bin nicht beeindruckt. Es muß doch irgendeinen Hinweis auf ihre Interessen geben – ein Eiskunstlauf-Dress, Wanderstiefel, meinetwegen auch ein Tanzkleid mit selbst aufgenähten Pailletten. Aber abgesehen von einem Aerobicanzug und ein paar Badeanzügen ist es im wesentlichen dieses auf femininen, lässigen Schick aufgemotzte Zeug. Ein kleines Schwarzes, nichts Besonderes, eher ein Kleid von sogenannter »schlichter Eleganz«, das unbedingt mit durchsichtigen schwarzen Strumpfhosen getragen werden muß. Ganz schick, meinetwegen, aber keinesfalls ich.

Vielleicht bin ich ja gar nicht wirklich hier, sondern in ein schreckliches Experiment hineingeraten, das mit halluzinogenen Drogen zu tun hat. Ich bewege mich nicht wirklich in diesem Haus, sehe nicht wirklich und berühre nicht wirklich diese fremden Dinge. Meine Wärter testen mein Gehirn; sie haben überhaupt kein Mitleid, haben überhaupt keine Gefühle, außer Neugier. *Interessant, aber unlogisch,* notiert das Ersatzkind in seinem Bericht. Es beobachtet mich, jedenfalls genug, um meine Analytikerin sein zu können. Und sie stellen Gegenstände um. Vielleicht wollen sie auch meine Reaktionen beobachten. Gestern war da noch dieses gerahmte Bild von Janey in ihrer Schuluniform auf dem Fernseher, und heute ist es weg.

Clyde kommt von der Arbeit nach Hause. Er starrt mich an.

»Was?« Ich nehme die Kopfhörer ab.

»Ich hab' nichts gesagt.«

Aber sein Gesicht sprach Bände. Es war eine schwere Maske aus Zorn und Verblüffung.

»Ich habe diese Kassette gespielt, die ich am Bett gefunden habe, um zu sehen, ob ich mich daran erinnere.«

»Und, tust du das?«

Ich zucke mit den Achseln. Er geht weg. Ich versuche, normale Hausarbeit zu machen, aber ich bekomme die Waschmaschine nicht auf. Sie scheint mit dem Schleudern aufgehört zu haben, und es ist auch kein Wasser mehr drin, aber ich kann keinen Griff für die runde Tür vorne finden. Es gibt einen erleuchteten Knopf, den ich gedrückt habe; das Licht geht aus. Ich drücke auf die anderen Knöpfe. Ein Tablett für das Waschmittel gleitet heraus, das ist alles. Langsam gerate ich in Panik. Clyde kommt zu mir. Ich mache wortlos eine Geste. Er beugt sich vor und drückt einen Knopf, den ich nicht gesehen hatte, und die Tür geht mit einem Klicken auf. »Diese Technik ist eigentlich schon ziemlich alt«, sagt er.

Sein Tonfall soll wohl witzig sein, tut so, als würde er mich nicht herausfordern. *Eigentlich.* Was will er damit andeuten? Daß er das Ganze für einen Schwindel hält, alles, was ich tue, daß er mich erwischt hat bei einem Fehler in meiner Zeitrechnung? Das schneidende Gefühl, beschuldigt zu werden, läßt mich vor Wut laut nach Luft schnappen. Plötzlich ist der Küchenfußboden mit zerknäulten, nassen Kleidern übersät, seinen Hemden, Bettlaken, dem ganzen Kram, den ich ihm vor die Füße geworfen habe.

Er starrt mich an. Ich weiß nicht, wie ich diesen Aussetzer rechtfertigen soll. Ich möchte etwas sagen, das ihn überzeugt, das ihn dazu bringt, mit den gemeinen Bemerkungen aufzuhören und mir zu helfen, aber ich will seine Hilfe nicht, will ihn nicht, will auch seine Wäsche nicht. Mehr gibt es eigentlich nicht zu sagen. Ich gehe hinauf, lasse ihn dort stehen, sich über die Unordnung beugen, schweigend die Dinge aufheben und aussortieren. Ich gehe hinaus in den Garten und setze mich in einen der Sessel auf der Terrasse.

Ich begreife, daß Janey nicht akzeptieren kann, daß ich sie nicht kenne. Für ein kleines Mädchen ist das sicher ganz schön beängstigend. Und mittlerweile erkenne ich sie ja immerhin. Kenne auch ihren Lieblingsteddy, der eigentlich kein Teddy ist, sondern ein eher häßlicher, staubwedelgelber Löwe namens Sindbad, glaube ich. Also gehe ich davon aus, daß sie sich eingeredet hat, meine Vergeßlichkeit läge jetzt hinter uns, wäre unwichtig geworden. Aber Clyde begreife ich nicht. Manchmal sagt er Dinge wie eben mit der Waschmaschine, als wäre er sicher, daß ich nicht alles vergessen haben kann, jedenfalls nicht komplett. Ich tue das mit Absicht, bin faul, vielleicht gebe ich mir nur einfach nicht genug Mühe. Und ich frage mich: Was für einen Idioten habe ich eigentlich geheiratet, wenn er glaubt, ich könnte eine solche Masche aufrechterhalten, und was für einen brutalen Kerl habe ich geheiratet, der glauben kann, daß ich so etwas wollte? Schließlich frage ich mich, was für eine blöde Zicke ich war, wenn er mich dessen wirklich für fähig hält. Und das jagt mir wirklich einen Schrecken ein.

Ich schließe die Augen und bade mein Gesicht in der Sonne, lasse mich von der warmen und duftenden Luft trösten. In der Ferne höre ich Ringeltauben. Ich denke an Devon und an meine Freunde. Vor allem an Miles und Debs und Paul.

Und Nico ist auch immer unterwegs mit uns. Der war vielleicht ein Komiker.

Nico ist so ein verrückter Typ, der immerzu jonglieren muß. Oder er macht mit Löffeln Musik – überall, auf Tischen, an Wänden, auf seinen Beinen oder auf den Beinen anderer. Oder er zählt eins-zwei-drei. Er hat grüne Augen und einen dünnen, drahtigen kleinen Bart, der an seinem langen Kinn hinunterwächst wie ein Eichhörnchen, das einen Skihang hinunterrutscht. Er streicht ihn mit den Händen glatt, erst mit der Linken, dann mit der Rechten, dann wieder mit der Linken, eins-, zwei-, dreimal, klatscht sich dann auf die Knie und läßt einen Trommelwirbel ertönen. Überall. An der Seite eines Billardtisches.

Paul ging auf ihn los mit seinem Queue, als wäre er ein Ritter mit einer Lanze. »Fick dich ins Knie, Nico, du alter Spasti«, sagte er freundlich.

Nico wich zurück bis zu einem Tablett mit leeren Gläsern und Dosen, griff sich dort drei Dosen und fing an zu jonglieren. Sprühender Nebel und ein Geruch nach Lagerbier. Wir lachten, während Paul sich über die Haare wischte und fluchte. »Geschieht dir ganz recht«, sagte Debs, »was bist du auch so gemein.« Und Paul sagte: »Genau – würde ja die Spastiker beleidigen, wenn man sie Nico nennt.« Debs trat ihm in den Hintern und zwinkerte Nico mit aufgeworfenen Lippen zu. Er zwinkerte zurück und fuhr sich weiter mit den Händen über das Kinn.

Nico macht es nichts aus, hochgenommen zu werden. Er ist ein echt netter Kerl. Momentan ist er in Frankreich bei der Weinlese. Wir haben ihn alle an die Autobahnauffahrt gebracht, um zu sehen, wie er den ersten Wagen anhält. Er tanzte auf der Grasböschung wie eine Marionette am Faden, und wir starben fast vor Lachen. »Die Trauben, die er pflückt, müssen gar nicht mehr getreten werden«, sagte Miles. »Die sind schon fermentiert, wenn er sie aus den Fingern läßt.« Nachdem wir ihm zugesehen hatten, wie er in die Fahrerkabine eines Lastwagens gestiegen war, sind wir in die Raststätte gegangen und haben uns etwas zu trinken geholt. Es war heiß, und wir nahmen die Getränke mit nach draußen. Ich streckte mich im langen Gras aus und hörte dem Verkehrslärm zu, gleichbleibend wie Wind in meinen Ohren. Ich fühlte mich so frei und so glücklich. Als würde gleich etwas wirklich Aufregendes passieren.

Auf meinen Augenlidern ein Schatten. Jemand steht da und schaut mich an, einer, der in der schimmernden Süße des Gartens die Sonne verdeckt. Ich öffne die Augen, aber es ist bloß Clyde.

»Brauchst du etwas?«

Ich schüttle langsam den Kopf, und meine Augen laufen über. Ich blinzle die brennenden Tränen fort. Er geht mit dem ungeschickten, schlurfenden Gang weg, der ihm eigen ist. Dann bleibt er stehen und kommt zurück. Er stellt sich hinter mich und legt seine riesigen Hände auf meine Schultern. Sie verspannen sich augenblicklich bei seiner Berührung, aber er streichelt sie sanft. Das ist nett. Ich spüre, wie sich meine Muskeln wieder ein kleines bißchen lockern. Irgendwo unter der straffen Haut spüre ich, daß meine Nervenenden dieses Streicheln wiedererkennen. Mein Verstand ist entgeistert, aber meine treulosen Schultern schnurren ganz leise, als wären sie eine faul in der Sonne liegende Katze. Etwas tief in mir kennt tatsächlich die Berührung dieses Mannes. Von meinem eigenen Körper verraten, spüre ich, wie die heißen Tränen fallen.

ZWEITE WOCHE

Es dauert nicht lange, die Anlage dieses Hauses zu verstehen. Es sind all die anderen Dinge, die einfach nicht kommen wollen – die damit verbundenen Gefühle. Was mir gefiel und was ich nur ertrug, was ich ändern wollte. Ich meine, habe ich diese Handcreme ausgesucht, oder hat sie mir jemand gegeben? Waren diese jadegrünen Handtücher ein Geschenk, oder habe ich sie selbst gekauft? Und falls ja, habe ich stundenlang gesucht, um genau diesen Ton zu finden, oder waren sie ein Spontankauf irgendwo auf einem Markt? Warum habe ich diese Kanne mit dem Riß behalten? Stand ich kurz davor, sie fortzuwerfen, oder habe ich Tränen der Wehmut darüber vergossen und sie traurig wieder ins Regal gestellt?

Solche Dinge kann ich nicht fragen. Oder kann es doch, natürlich, aber wer wird das schon wissen? Jeder Mensch hat seine eigenen Gedanken über die Dinge, die ihn umgeben. Woher soll dieser Mann wissen, ob halbflüssige Marmeladen meine Leidenschaft sind oder ein Kompromiß, den ich mit der Familie eingegangen bin. »Die schmeckt uns allen gut«, sagt er und fügt mürrisch hinzu: »Mir und Janey jedenfalls.«

Clyde gibt sich Mühe, aber es ist offensichtlich, daß er nichts weiß. Und meine Fragen machen ihm deutlich, wie wenig er seine Frau eigentlich kannte. Ich verstehe nicht, warum er so gekränkt tut – eigentlich kennt doch niemand wirklich einen anderen, oder? Nicht diese intimen, inneren Dinge. Warum nimmt er das so persönlich? Ist das typisch männlich oder bloß typisch Clyde?

Dann sind da diese sonderbaren Zweifel, welchen tieferen Sinn das alles hat. Wenn ich Gegenstände finde, dann weiß ich nicht, ob sie wichtig sind oder einfach nur trivial. Zum Beispiel ist da ein Tagebuch in der großen, dunkelblauen Umhängetasche, aber es ist so schmal, daß man gar keinen Platz hat, irgend etwas zu notieren, und es steht auch nicht sehr viel drin. Ein paar Zahlen, manche unterstrichen, andere durchkreuzt, und ich weiß nicht, ob irgendwelche davon wichtig sind. Bei manchen Daten sind auch Uhrzeiten notiert. Am letzten Freitag steht da: »22:00 Friends!« Als ich Clyde danach frage, schaut er in Richtung meines Zeigefingers und sagt, es sei eine Fernsehsendung und ich hätte wahrscheinlich vorgehabt, sie auf Video aufzunehmen. Sind das die Grenzen meines Lebens? Und falls nicht, was dann? Warum trage ich keine Uhr? Warum liegen meine Ringe in einem muschelförmigen Schälchen neben dem Spülstein in der Küche? Der Verlobungsring ist einer dieser riesigen Glitzersteine, die in Katalogen immer mit Glimmereffekt und einem weichen geschwungenen Schriftzug darüber abgebildet werden: »Diamanten sind ewige Liebe.« Auch in den Ehering sind winzige Diamantensplitter eingelassen. Clyde sagte mir, ich würde beide beim Geschirrspülen ablegen, aber das erscheint mir zweifelhaft. Diamanten sollen doch der härteste Stoff sein, den es gibt – jedenfalls härter als Porzellan –, und sollen Eheringe nicht auch bei größeren Operationen getragen werden? Clyde scheint in diesen Angelegenheiten keine Meinung zu haben. Aber vielleicht sagt Clyde ja auch nicht immer die Wahrheit.

Wenn Clyde mein Ehemann war, dann muß ich ihn mir ausgesucht haben, und ich muß herausfinden, aus welchem Grund. Vielleicht hilft es, wenn ich mir ein klareres Bild über unsere ersten Tage miteinander verschaffen kann. Ich hole noch einmal die Photoalben hervor.

Die Hochzeitsbilder sind die frühesten, die ich finde. Es gibt jede Menge Kinderbilder, und auch Photos von einem Kleinkind, das nackt in einem aufblasbaren Schwimmbecken steht – vermutlich ist das Janey. Die jüngsten scheinen letzten Sommer gemacht worden sein. Es gibt ein paar Bilder von Kindern, die in einem Fluß waten. Die Sonne scheint durch Schilfrohre, so daß die langen Blätter fluoreszierend grün wirken, und das Wasser ist von dunklem, klarem Braun. Da ist eine Nahaufnahme von Janey, so wie sie heute aussieht, das Haar mit einer Klammer aufgesteckt, und ihr Gesicht ist über und über mit Blumen bemalt. Auf einem anderen Blatt gibt es mehrere Ansichten von einem Komplex spanisch aussehender Häuser vor einem heiß wirkenden blauen Himmel. Jasmin windet sich um die bogenförmigen Durchgänge, und auf dem ausgedörrten Gras stehen Liegestühle. Eine Frau steht winkend in der Tür. Sie ist so braungebrannt, daß sie fast nur aus einem strahlenden Lächeln im Schatten besteht. Ein wenig sieht sie aus wie meine Mutter.

Ich habe auch eine Schachtel mit Karten gefunden, eine bunte Mischung aus Weihnachts- und Geburtstagskarten, ein paar Postkarten aus den Ferien, alle aus den vergangenen Jahren. Die meisten Namen erkenne ich nicht wieder. Manche kann ich gar nicht lesen, und es gibt eine, auf der steht: »Für Kate«. Ich weiß nicht, warum sie aufgehoben wird. Am Flurspiegel steckt eine Klappkarte mit einer Zeichnung vom großen Hügel von Glastonbury, dem Glastonbury Tor, aber die Handschrift kann ich nirgends unterbringen. »Was für ein herrlicher Tag!« Und dann irgend etwas hingekrakelt mit einem großen P und einem deutlichen L, und ein Kringel in der Mitte. Der Falz, an dem die Karte so lange über dem Spiegel gehangen hat, ist staubig.

»Von wem ist das?«

»Kannst du's nicht lesen?« Ich kann seine Miene nicht deuten, als er herübergeschlurft kommt. Er nimmt mir die Karte aus den Händen, und ich muß an einen Bär denken, der eine Pflanze aus dem Boden zerrt. »Pol«, sagt er ohne besondere Betonung, als er sie mir zurückgibt.

»Es steht kein Datum drauf«, sage ich und warte auf mehr. Er ist schließlich mein selbsternannter Erinnerungshelfer. Er runzelt die Stirn, als würde er die Beweislage bedenken. Dann kommt er zu einem Urteil. »Letztes Jahr. Ihr seid zum Chalice Well gegangen. Nur ihr beide. Ihr seid auf die Tors geklettert.«

Pol … Das sagt mir nichts. »War sie … Ist sie eine besondere Freundin von mir?«

»Eigentlich nicht. Eine Mutter aus der Nachbarschaft.« Es scheint ihm unangenehm zu sein. Er sagt: »Du mußt sie doch schon mal gesehen haben. Sie kommt jeden Tag am Haus vorbei, wenn sie Alice zur Schule bringt.«

Seine Sicherheit macht mich rasend. »Woher soll ich es denn wissen?«

»Sie holt Janey ab. Die beiden gehen zusammen zur Schule.«

Um ehrlich zu sein, habe ich auf Janeys Kommen und Gehen nicht besonders geachtet. Außerdem haben diese Vereinbarungen nicht sonderlich viel mit mir zu tun. »Haben wir viel gemeinsam unternommen, ich und Pol?«

»Nur das eine Mal, glaube ich. Ich weiß es nicht.«

Ich stecke die Karte zurück. Es gibt nichts von Miles, nichts von meinen Freunden am College.

Miles fehlt mir, aber am meisten fehlen mir Debs und die Clique, mit der ich damals unterwegs war. Ich sitze mit der Schachtel auf dem Boden, tue so, als würde ich diese verwirrenden Beweisstücke untersuchen, drehe und wende sie in den Händen wie komplizierte Teile eines Puzzles. Aber in Wirklichkeit denke ich an die Freunde in meinem richtigen Leben.

Debs und ich kennen uns schon ewig und machen immer noch viel zusammen, obwohl sie jetzt ein Lehrerstudium macht. Ihr Freund Paul studiert Journalistik. Miles ist bei mir im Kurs. Wir haben uns im ersten Semester für ein Semesterabschlußprojekt zusammengetan und sind danach einfach zusammengeblieben. Zukunftspläne haben wir keine. Miles ist ehrgeiziger als ich. Er will zurück nach London und Aufträge von den wichtigen Zeitungen kriegen und sich einen Namen im Photojournalismus machen. Ich will einfach nur photographieren. Und Debs will natürlich unterrichten. Paul nörgelt deswegen immer an ihr herum. »Das Ausbildungssystem ist völlig im Arsch«, sagt er, und sie erwidert: »Und deswegen studierst du, ja?«

Miles läßt an meinen Plänen auch kein gutes Haar. Er zieht mich damit auf, daß ich mir von der Universität meinen künstlerischen, Höhere-Töchter-Spleen diplomieren lassen wolle, daß ich aber innerhalb eines Jahres nach meinem Abschluß als Hausfrau enden werde.

Debs sagt: »Ach, laß die beiden doch. Wer von uns hat denn die besseren Noten? Die sind nur eifersüchtig.« Stimmt. Ich habe alle damit überrascht, mich selbst an erster Stelle, wie gut ich an der Uni war. Mein Vertrauensdozent sagte, wenn ich so weitermache, dann könnte ich durchaus an der Universität Karriere machen.

Mein Vertrauensdozent ist Andy Gray. Er sieht ganz gut aus, so wie manche Männer, wenn sie schwarze Lederjacken tragen, hat die Haare oben kurz geschnitten und hinten lang genug, um sie zum Pferdeschwanz zusammenzubinden. Er geht auf die Dreißig zu, versucht aber, sich studentisch zu geben – als er uns das letzte Mal in einer Kneipe gesehen hat, rief er uns zu: »Wir sehen uns wahrscheinlich auf dem Festival«, damit nur ja alle mitkriegen, daß er auch nach Glastonbury fährt. Mit anderen Worten, er hält sich für cool, ist aber eigentlich ein bißchen lächerlich. Während meiner ersten beiden Semester kam ich ganz gut mit ihm zurecht, aber meine letzte Mappe fand er furchtbar. Ich hatte eine Reihe von Landschaftsaufnahmen am Hinkley Point gemacht und Schlagzeilen über Tschernobyl aus den Zeitungen darauf geklebt.

Er verteilte alle meine Abzüge auf dem Schreibtisch und schaute sie sich an, ohne auch nur ein Wort zu sagen, eine ganze Weile lang. Dann pfiff er leise durch die Zähne. Dann sagte er: »Worum geht's hier eigentlich?«

»Darum, daß wir möglicherweise demnächst einen Super-GAU erleben, und –«

Er unterbrach mich: »Du kannst von deinem Rednerpodest runtersteigen, Kirsty, der Kontext ist mir durchaus bewußt. Ich habe dich gebeten, mir etwas über deine Abzüge zu erzählen. Warum sind zum Beispiel diese Details hier im Vordergrund unscharf?« Er tippte mit dem Finger auf den Kerbel und die Grashalme, die das Bild in einem weichen, zerbrechlichen Durcheinander umrahmten. »Was ist denn mit deinem Stativ los? Du wirst doch eins haben, nehme ich mal an?«

Ich sagte: »Ich habe kein Stativ benutzt. Ich war wandern –«

»– und da war es dir zu schwer!« beendete er den Satz für mich. Er steckte die Hände in seine Jeanstaschen und starrte mich ohne sein übliches nichtssagendes Lächeln unter seinen halbgeschlossenen Lidern an.

Ich gab mir Mühe, beschämt auszusehen, aber obwohl Andy so streng war, kam ich mir eigentlich nicht gescholten vor. Irgend etwas Undefinierbares lag in der Luft, und es gefiel mir, wie er sich auf meine Bilder konzentrierte, sich in mich hineinzuversetzen versuchte. »Protest als Dekoration«, sagte er langsam und traurig wie ein Pilger, der seinen Glauben verloren hat, und rieb sich mit den Fingern über die Stirn. Dann wurde er wieder streng. »In technischer Hinsicht werde ich dich schlechter benoten für diese Arbeit«, sagte er. »Du mußt dir viel genauer überlegen, was du eigentlich tust. Du könntest eine hervorragende Stilleben-Photographin sein, wenn du üben würdest, was man dir beigebracht hat, anstatt deine Zeit mit Leuten zu verplempern, die das Meckern zum Beruf gemacht haben. Mut zur eigenen Meinung. Verschwende deine Zeit nicht mit künstlichem Getue und grünen Parolen.«

Ich war völlig verwirrt, als ich aus seinem Büro kam. »Andy tut im Unterricht so, als wäre er radikal, aber er spricht mir das Recht auf eine eigene Meinung ab«, beschwerte ich mich bei den anderen, als ich ihnen von der Hausarbeit erzählte. Die Sache mit dem Stativ fing an, mir weh zu tun.

»Du solltest dich in aller Form beschweren«, sagte Debs. Wir waren in der Studenten-Cafeteria, und sie mußte brüllen, um sich über den allgemeinen Krach und Whitney Houston in der Juke Box hinweg verständlich zu machen.

»Das lass' ich bleiben. Ich bin ja durchgekommen. Mehr oder minder. Trotzdem bin ich enttäuscht – er kann ja meine Art zu photographieren kritisieren, aber es ist schließlich meine Sache, mit wem ich befreundet bin. Er soll sich doch ins Knie ficken mit seinen Leuten, die das Meckern zum Beruf gemacht haben!«

Paul klang eigentlich ganz zufrieden. »Das bin ja wohl ich, oder? Der traut den Journalisten aber auch nicht von hier bis da.«

»Ich bin auch gemeint«, sagte Miles. »Er hat sich auch über meine Sachen beschwert, hat es naiven Neoaktivismus genannt. So ein Arsch. Vermutlich will er dir einfach an die Wäsche, Kirsty.«

»Das Stativ zu schwer!« rief Debs aus. »Dafür könntest du ihn richtig drankriegen, Kirsty. Sag deinem Jahrgangssprecher, daß du es eigentlich nicht darauf angelegt hattest, irgendwie aufzufallen, aber daß Andy dir vorgeworfen hat, du wärst nicht in der Lage, die Ausrüstung zu tragen. Das ist sexuelle Diskriminierung und Belästigung. So was kann er nicht machen.«

»Das war ein bißchen gemein«, stimmte ich ihr zu, »aber er hatte in gewisser Hinsicht recht. Ich hatte einfach keine Lust, das Stativ mit mir herumzuschleppen.«

»Aber das ist doch nicht dasselbe wie nicht können! Du solltest ihn dir wirklich vorknöpfen, Kirsty. Aus Solidarität mit allen anderen Studentinnen. Schreib ihm einen Brief – schreib, du hättest darüber nachgedacht und daß es dich gestört hätte.«

Aber ich habe nicht geschrieben. Ich habe mit Mum darüber geredet, und sie wirkte bei der Vorstellung schockiert, daß man sich über ein Mitglied des Lehrkörpers beschweren könnte. Dad lachte einfach nur. »Du hättest dich in dem Moment verteidigen müssen. Jetzt hat es keinen Sinn mehr. Vergiß es.«

Vergiß es. Dad sagt das oft. Wenn Mum versucht, mit ihm zu streiten, winkt er ab: »Vergiß es.« Manchmal, wenn Suzy genervt ist, sagt sie das auch, mit schriller, beleidigter Stimme, und Mum geht auf sie los, weil sie so unhöflich ist. Dad sagt sie das aber nie.

Sie fehlen mir alle so.

Ich stelle die Schachtel mit den nichtssagenden Erinnerungsstücken zurück in das Gästezimmer. Das Gästezimmer ist eher eine Rumpelkammer, und ich mußte die Idee, Clyde zu fragen, ob einer von uns dort schlafen könnte, und sei es nur für kurze Zeit, streichen. Es taugt nicht zum Gästezimmer – zwar gibt es ein Bett, aber das ist bloß eine Campingliege, und es fehlt ohnehin der Platz, um sie aufzuklappen. Dann ist da ein kleiner Schreibtisch mit einem Computer darauf, davor gerade noch soviel Platz, um sich zu setzen. Der Rest des Zimmers ist Stauraum für Schachteln und Teedosen und Sachen, die wie Autozubehör aussehen – Scheinwerfer und schwarze Gegenstände mit Drähten daran. Ich weiß nicht, warum, die Garage ist schließlich riesengroß. Clyde sagt, er hätte sie noch nicht isoliert. Es scheint ihn unruhig zu machen, wenn ich umherschleiche und Fragen stelle. Offensichtlich wäre es ihm lieber, wenn ich mich auf die Familienschnappschüsse im Wohnzimmer konzentrieren würde. Aber ich wandere immer wieder zurück in das Gästezimmer und schaue das Regal an. Das muß ihn mitleidig gestimmt haben, denn diesmal steht die Schachtel auf dem Fußboden neben der Tür, schon geöffnet.

Ich hole meine vertraute schwarze Mappe hervor und ziehe langsam den Reißverschluß auf.

Die Bilder in den Plastikhüllen sind immer noch glatt und frisch. Sie sehen so aus, als hätte ich sie erst vor ein paar Wochen einsortiert.

Ich betrachtete meine Landschaftsaufnahmen. Bei den Abzügen habe ich die Himmel nachgedunkelt, damit sie düster und schwermütig aussehen, als nahe ein Unwetter. Da ist eine Aufnahme vom Hinkley Point in der Ferne, im Vordergrund Feldblumen. Ich schaue sie lange an. Die Blumen sind weich, und das Bild sieht grob und amateurhaft aus.

Ich zerreiße es langsam.

»Scheiße«, sage ich mit lauter Stimme. »Das ist alles nur Scheiße.« Aber ich kann die anderen Bilder nicht mehr anschauen, weil ich so sehr weine. Ich schluchze immer noch, während ich die Schachtel schließe und sie fortschiebe.

Clyde sitzt auf dem Zweisitzer, lehnt verkrampft an den geblümten Sofakissen. Die Sofagarnitur ist eine dieser korbgeflochtenen Geschichten, und die Blumen auf den Bezügen sind irgendwie geißblattartig auf einem grauen, glänzenden Baumwollhintergrund. Es sieht nicht so aus, als fände er sie gemütlich. Aber er sieht auch nicht wie ein Mann aus, dem es leichtfiele, es sich in einem hübschen, gouvernantenhaft wirkenden Wohnzimmer wie diesem gemütlich zu machen.

Ich schaue ihn an und denke an Miles. Miles, wie er auf seinem schmalen Bett mit der rotgerippten Überdecke ausgestreckt liegt, in dem Zimmer, das er sich mit Paul geteilt hat. Vielleicht könnte ich ihn anrufen. Clyde sagt, ich hätte meine Freunde aus dem College schon seit Jahren nicht mehr gesehen. »Nicht, seit ich dich kenne«, waren seine genauen Worte gewesen, während er mich kummervoll ansah, als hätte ich ihn gebeten, mir die Sterne vom Himmel zu pflücken. Aber wenn ich alleine bin, erinnere ich mich leichter an das Gesicht von Miles als an seines.

Manchmal gehen sie beide ineinander über, obwohl Miles natürlich jünger ist. Miles' Kinn ist immer so glatt. Verwöhnt ist das Wort, das mir dafür einfällt. Er rasiert sich zweimal am Tag, ob er muß oder nicht – und er muß nicht. Manchmal habe ich winzigen, babyfeinen Haarflaum gefunden, der sich im Dreck in ihrem Waschbecken gesammelt hat. Debs sagt, ich sollte es nicht für sie putzen. Sollen es die beiden doch einsauen, wenn sie das wollen. Aber ich plansche gern mit Wasser. Schon immer.

Gott, wo sind sie? Ich wache immer noch mitten in der Nacht auf, jede Nacht.

Ich wache plötzlich auf, und der Seidenstoff, den ich trage, klebt mir am Leib. Ich mag nicht neben Clyde liegen, weswegen ich vor Hitze fast ersticke und mein Puls wie wild geht und ich in Panik gerate, weil ich irgend etwas wahnsinnig Wichtiges vergessen habe. Es schnürt mir die Brust zusammen, und die Angst ist ein fester Schmerz. Ich liege angespannt da und höre dem dunklen Pochen meines Herzens zu und warte, daß der Wirbelsturm panischer Angst in meinem Kopf sich legt. Aber er hört nicht auf, denn es stimmt ja. Ich habe etwas Wichtiges vergessen: mich. Jeder kleine Teil von mir selbst, die Gedanken, die Seufzer, das Schluchzen, meine eigene Haut. Alles fort. Manchmal denke ich, ich werde mich auflösen in dem weißglühenden Grauen der Nacht, in der Trostlosigkeit der Furcht.

In diesem Dorf gibt es nicht einmal einen Laden. Ich weiß nicht, wie die Leute hier damit zurechtkommen, wenn sie nur einmal wöchentlich einkaufen fahren können. Lebensmittel besorgen. Es ist so, als wäre man am Nordpol oder sonstwo. Ich habe heute morgen meine Blutungen bekommen und dann eine halbe Stunde lang panisch nach Kirstens Tampons gesucht – warum bewahrt sie sie nicht einfach im Badezimmer auf, wie Suzy und ich das immer getan haben? Schließlich fand ich sie in einem der Fächer der großen Pralinenschachtel, in der sie ihren Schmuck aufbewahrt, neben einem fast aufgebrauchten Pillenrädchen. Ganz offenbar hätte ich die weiter nehmen müssen. Warum hat er mir das nicht gesagt?

Ich habe irgend etwas gesucht, meinetwegen auch Nippes, was ich erkennen könnte. Gefunden habe ich ein paar Porzellantiere, die so aussehen wie meine. Sie stehen in Janeys Zimmer, was mir merkwürdig vorkam, aber die ganzen anderen Dinge im Haus gehören mir nicht. Das fehlende Schulphoto habe ich übrigens unter Janeys Bett gefunden, in kleine Schnipsel zerschnitten. Ich finde, daß man ihr keine Schere in die Hand geben sollte, wenn sie solchen Unsinn macht. Ich kann meine Uhr nicht finden und meinen kleinen Jade-Otter auch nicht. Meist antwortet Clyde »Hochzeitsgeschenk«, wenn ich ihn frage, wo die Dinge herkommen. Er behauptet, er wisse es nicht mehr, wer uns was geschenkt hatte. Als ich allerdings einmal sagte: »Wer verschenkt eigentlich eine so absolut scheußliche Lampe wie die da drüben?« warf er mir einen strengen Blick zu und sagte: »Meine Mutter.« Meine Eltern haben anscheinend diese Frontladerwaschmaschine finanziert. Man benutzt Pingpongbälle aus Plastik, die mit einer flüssigen Waschemulsion gefüllt werden, anstelle von Waschpulver.

Der Garten hier ist schön – beide Gärten sogar. Der Vorgarten ist voller pfirsichfarbener und weißer Rosen und Lavendelbüsche, und hinten ist eine Art Terrasse angelegt neben einem kleinen Rasen. Hinter unserem Zaun erstrecken sich weit hinaus Felder. Das Haus steht ein bißchen zurückgesetzt von der Straße und liegt an einer Ecke, so daß wir keine direkten Nachbarn haben. Gegenüber gibt es eine lange, hohe Mauer, an der tiefrosa der Baldrian blüht, und etwas weiter auf unserer Straßenseite stehen ein paar Reihenhäuser. Im ersten, dem Haus, das unserem am nächsten ist und zu dessen Garten ein Pfad bis zur anderen Seite unseres Zaunes führt, wohnt eine alte Frau. Sie hat einen dieser kreisrunden Wäscheständer im Garten. Neulich stand sie draußen und hing den Inhalt eines Wäschekorbs auf. Sie sah mich nicht, und ich sprach sie nicht an. Momentan fühle ich mich Nachbarn noch nicht gewachsen. Clyde habe ich gesagt, ich würde gern versuchen, noch ein paar Sachen auswendig zu lernen, bevor ich irgend jemand anderes treffe. Ich will mich zumindest auf den neuesten Stand bringen, worüber man gerade spricht.

Janey weiß ganz gut Bescheid, was ich mir gern im Fernsehen anschaue, jedenfalls, bevor sie zu Bett geht. Das ist aber weniger hilfreich, als ich gehofft hätte, und die neuen Vorabendserien erscheinen mir nicht sehr komisch.

»Warum läuft so gutes Zeug wie ›Die schwarze Mamba‹ nicht mehr?« beschwere ich mich bei Clyde.

»Du wirst alle Folgen wieder sehen können«, sagt er. »Nächstes Jahr haben wir Kabelfernsehen. Achtundvierzig Kanäle, und auf den meisten werden Serien wiederholt.«

Er versteht es nicht. Ich will diese Serien nicht als Wiederholung auf achtundvierzig Kanälen sehen, selbst wenn das wahr ist und keine maßlose Übertreibung. Ich will, daß sie neu und frisch sind. Ich will, daß sie jetzt stattfinden.

Die Seifenopern sind jetzt auch alle ganz anders. Den und Angie sind nicht mehr bei »Vic«, und bei »Coronation Street« kenne ich kaum noch jemanden.

Wenigstens ist Janey nicht entsetzt, wenn ich alle diese Dinge wissen will. Es scheint ihr sogar Spaß zu machen, mir ein paar Kleinigkeiten zu verraten, wenn es ihr gerade einfällt. Die Informationsschnipsel stammen alle aus ihrem Leben – wer ihr welches Spielzeug und welche Klamotten geschenkt hat. Sie hat mir einen Familienstammbaum unserer Haustiere gemacht. Die Katze heißt Dandy und hatte einmal fünf Junge, die alle von Janey Namen bekamen – »Die waren echt niedlich!« – bevor wir sie weggegeben haben. Dandy ist jetzt, so ist diesem Dokument zu entnehmen, »katziert«. Sogar die Goldfische im Teich haben Namen, und Janey hat ganz unten, bemerke ich, »Rupert Rabbit (mit Schlappohren)« eingefügt, der hektische, von ihr mit oranger Kreide gezeichnete Strahlen aussendet. Ich nehme an, daß sich dies auf die immer wiederkehrende Unterhaltung bezieht, die regelmäßig mit dem Hinweis endet: »Daddy sagt, er baut auch einen Käfig.« Ich denke, sie will mich damit unter Druck setzen, so daß ich mir eine Bemerkung erspare.

Ich bringe Clyde dazu, die Sachen im Eisschrank durchzugehen und mir davon zu erzählen. Aber nachfragen zu müssen macht alles nur noch schlimmer. Eine Packung Margarine in die Hand zu nehmen und wissen zu wollen: »Kaufen wir diese Sorte immer, oder war das ein Sonderangebot?« läßt noch so viele Fragen offen. Wie sieht das Cholesterinproblem heutzutage aus – und wo habe ich diese Sachen überhaupt gekauft? Hier zeigt sich um so deutlicher, daß da, wo Alltagserfahrungen sein sollten, Leere ist. Die ganze Struktur von Entscheidungen, die zu den betreffenden Käufen geführt hat, ist verschwunden. Und dauernd denke ich: In Ordnung, die Margarine ist egal, aber was ist sonst noch ausgelöscht? Und gibt es momentan Wichtiges, das ich tun sollte, das aber mit den Nebensächlichkeiten verschwunden ist? Ich weiß es nicht, ich weiß es wirklich nicht.

Am Donnerstag abend wird Clyde uns zum Supermarkt in der Stadt fahren. Er hat gesagt, ich sollte schon mal meine Unterschrift üben.

Er holt den kleinen Notizblock neben dem Telefon und beobachtet mich, während ich meinen Namen schreibe. Nicht Kirsty Middleton, sondern meinen neuen Namen.

Ich schreibe *K. Villiers.*

»Ziemlich ähnlich«, sagt er. Er wirft mir einen nachdenklichen Blick zu.

»Was denn sonst?« sage ich irritiert. »Ich habe schließlich keinen Schlaganfall gehabt.«

»Stimmt, da hast du wohl recht«, pflichtet er mir bei und fügt dann hinzu: »Sonst könntest du ja auch nichts einkaufen, nicht wahr?«

»Was soll das heißen?«

Ich weiß, was es heißen soll. Es heißt, daß er mir den Gedächtnisverlust immer noch nicht abnimmt.

Plötzlich bin ich wütend. Ich zerknülle das Blatt und werfe es quer durch den Raum; ich versuche, den Notizblock zu zerreißen, und er nimmt ihn mir schweigend aus der Hand.

Er sieht wütend aus, und mir fällt ein, daß es ein Ausweg wäre, wenn er mich schlüge. Ich könnte die Polizei anrufen und ihn aus dem Haus werfen lassen. Vielleicht hat er das längst verdient – vielleicht kommandiert er mich schon seit Jahren herum. Er hat nie richtig erklärt, wie es dazu kam, daß ich mich im Fluß verletzt habe, jedenfalls nicht so, daß es mir einleuchtet. Warum besteht er ständig darauf, daß ich *eigentlich* ausgerutscht bin – daß ich mir *eigentlich* den Kopf am *Ufer* gestoßen habe? Ich weiß, daß ich vor ihm nicht zurückzucke, aber vielleicht liegt das nur daran, daß ich alles vergessen habe. Kirsten hat vielleicht irgendwo ein Tagebuch gehabt, in dem eine ganze Reihe von Übergriffen notiert ist, und er hat es gefunden und versteckt.

Aber Clyde schlägt mich nicht, und ich habe nicht die Kraft, ihn absichtlich weiter zu provozieren.

Das ist das Problem. Ich habe nicht die Kraft, irgend jemand zu sein. Kirsty Middleton, eine zwanzigjährige Studentin, ist für mich Realität; die Städte und Moore von Devon sind das, was ich kenne. Aber hier ist der Ort, an dem ich lebe. Hier zu sein fordert meine gesamte Konzentrationsfähigkeit, so daß diese anderen Dinge langsam verschwimmen. Sie sind immer noch real, sind mir immer noch vertrauter als diese Fremde, aber es scheint zwischen mir und der Welt, wie ich sie kenne, eine Scheibe aus dickem Glas zu stehen.

Also setze ich eine Einkaufsliste auf, und wir gehen einkaufen.

Der Supermarkt gleicht in nichts denen, die ich kenne. Er hat automatische, zweiflügelige Türen wie ein Flughafen, und wenn man hineingeht, sieht man als erstes Blumen, große Wannen mit bunten Sträußen und Rosen in Zehnerpacks. Dann ganze Reihen von Zeitschriften, CDs und Videos – es ist wie ein ganzes Einkaufszentrum in einer einzigen Lagerhalle. Und die Gerüche! Ein köstlicher Duft nach frisch Gebackenem, wie in den Patisserien in Paris, die ich von einem Schulausflug kenne. Regale über Regale mit Baguettes und Croissants – *pains au chocolat* und *pains aux raisins* –, ich will schon fragen, ob heute französische Woche ist, als ich jede Menge italienisches Brot sehe und amerikanische Bagels und Muffins, und dann die dänische Feinbäckerei ... Die Backkunst der gesamten Welt ist hier in durchsichtiger Folie versammelt. Dieser Laden ist einfach unfaßbar. Große, breite Gänge, in denen sich die Regale vor Essen nur so biegen. »Das ist ja riesig«, sage ich Clyde, aber er widerspricht: Das hier sei eigentlich ziemlich klein, in Bath gäbe es noch einen größeren, in dem auch Kleider verkauft würden. Ich bin erleichtert, daß er mich nicht dorthin mitgenommen hat, dies hier ist gespenstisch genug. So viele Käsesorten habe ich ja noch nie gesehen – eine ganze Wand voll damit, und dann noch eine ganze Menge mehr in der Delikatessenabteilung, daneben Unmengen Salate und fünf Sorten Oliven. Der Bereich mit dem Frischobst sieht aus wie eine riesige Farbpalette. Rosa und rot bei den sommerlichen Beeren, dann ein Streifen goldener Aprikosen und Pfirsiche, dunkles, weiches Grün von Melonen, und dann eine ganze Kaskade von Zitrusfarben am Ende – Orangen und Grapefruits, Zitronen und Limonen. Außerdem massenhaft exotische Früchte – Sternfrüchte, Kaktusfeigen und winzige Früchte, die aussehen wie kleine chinesische Papierlaternen.

Auch in der Gemüseabteilung haut es einen schier um. Plastikschüsseln mit küchenfertig vorbereitetem Salat, schon geschnitten, gewaschen und sortiert, dazu ein kleiner Beutel mit Sauce. Hier ist ein ganzer Gang mit Tomaten – Tomaten, die wie Murmeln aussehen, Tomaten wie Mangos, tiefrote Eiertomaten und goldgelbe Tomaten, Berge von Landtomaten, Zweige von Strauchtomaten, die aussehen wie Weintrauben am Stamm.

Ich bekomme langsam das Gefühl, daß dieser Überfluß etwas Obszönes hat. Wenn man zwischen diesen Haufen von glänzenden Früchten und gewaschenem Gemüse umhergeht, weiß man gar nicht mehr, in welchem Land man sich befindet. Das Obst der ganzen Welt ist vor uns ausgebreitet worden, und ich frage mich unwillkürlich, ob manche der Menschen, die das hier anpflanzen und pflücken und verpacken, jemals so gut essen. »Über wieviel Kilometer, glaubst du, ist dieses ganze Zeug hier eingeflogen worden?« frage ich Clyde.

Er überlegt einen Augenblick und erwidert dann: »Verbraucher schätzen eine große Auswahl.« Er zeigt auf eine Familienpackung Tomaten mit 30% Gratiszugabe, und Janey wirft sie in unseren Einkaufswagen.

Janey kennt alle unsere Lieblingsmarken. Clyde holt sie ihr aus dem Regal, sie legt sie in unseren Wagen und schiebt ihn dann weiter. Ich bin überrascht, daß sich Sojaburger zu den Einkäufen gesellen, aber Clyde sagt, das wäre wegen der ganzen Aufregung um BSE. Nach dem, was er mir erzählt hat, ist das eine Seuche, die das Gehirn in einen Schwamm verwandelt, so daß man stirbt; wenn dieses Sci-fi-Märchen stimmt, dann überrascht es mich, daß heutzutage überhaupt noch jemand Fleisch ißt. Janey sagt, Alice sei Vegetarierin und daß sie überlegt, auch Vegetarierin zu werden. Sie scheint das Gefühl zu haben, das läge nicht in ihrer freien Entscheidung. Wie ein Gelee es sich nicht aussuchen kann, in welcher Form es aus der Schale fallen wird.

»Wie können wir uns denn sicher sein, daß die Steaks, die wir gekauft haben, in Ordnung sind?« frage ich, aber Clyde bedeutet mir, darüber würde er lieber später sprechen. Das Thema sei in einer ländlichen Gegend wie unserer ein schwieriges. Er legt eine Packung Schokoladeneis am Stiel mit einem kostenlosen extra über die Sojaburger, und es geht weiter mit uns.

Viele dieser Packungen sehen eher wie Spielzeug aus als wie Essen. Die Joghurts haben alle die Form von Cartoon-Figuren, kleine Meerjungfrauen und Supermänner, Eisenbahnen, die lächeln können und witzige Schildkröten – ich erwarte dauernd, daß die gleich auf ihre kleinen Füße springen und durch die Tiefkühltruhe tanzen. Das beschränkt sich nicht auf Kindernahrung: Überall kleben bunte Etiketten und baumeln zusätzliche Tütchen, als müßten wir alle zum Essen überredet werden.

Während ich an der Kasse warte, starre ich ungläubig auf die Ladung in unserem Einkaufswagen. Alle Etiketten sehen so merkwürdig aus. Es steht auch soviel darauf. Ich hebe eine kleine Dose mit passierten Tomaten hoch. »›Zwölf Kalorien pro hundert Gramm. Unter Verwendung von genetisch veränderten Tomaten hergestellt.‹ Was ist das?«

Ohne mich anzuschauen, erwidert Clyde: »Wissenschaftliche Neuentwicklung.«

»Klingt aber nicht sehr gesund.«

»Gewöhn dich schon mal dran. Bald ist das bei allen Sachen so.«

Das ist wirklich beunruhigend. »Klingt doch ein bißchen dämlich nach diesem ganzen Aufruhr wegen dem Rindfleisch. Da hatte man doch auch in etwas hineingepfuscht, was fürchterlich schiefgegangen ist, oder?«

Er schaut die Dose an. »›Weniger Müll und geringerer Energieaufwand in der Herstellung‹«, liest er mir vor. »Außerdem ist es billiger.«

»Willst du damit sagen, daß unsere Gesundheit egal ist oder daß du das richtig findest?«

»Nein. Will ich nicht. Ich finde es nicht gut, daß wir in der Natur herumpfuschen. Aber ich werde in der Sache ja nicht gefragt, oder? Die werden das tun, ob es uns paßt oder nicht, und wenn wir uns darüber aufregen, dann werden die uns irgendwann gar nicht mehr informieren. Hör mal, wir können uns doch jetzt nicht wegen der genetischen Veränderung von Lebensmitteln mitten in der Schlange vor einer Kasse streiten.«

Wieso eigentlich nicht? Ein Ort, so gut wie jeder andere auch. Aber wir sind dran, also schlurfe ich nach vorn.

Die Preise sind unglaublich. Trotz all der Familien- und Sparpackungen und Sonderangebote kostet ein vollgeladener Einkaufswagen weit über siebzig Pfund. Ich kann es nicht fassen, daß unsere Plastikkarten das alles decken werden.

Kirsten hat unglaublich viele Karten. Ich hatte eine Scheckkarte und eine Karte als Organspenderin, letztere aus Papier. Ihre Lederbrieftasche ist voll davon. Es gibt Karten für das Sportstudio, für den Fall, daß das Auto streikt, eine Telefonkarte; es gibt Kreditkarten, Treuekarten und verschiedene Einkaufskarten. Allein für den Supermarkt brauche ich schon zwei. Eine sammelt meine Punkte, mit der anderen bezahle ich. Die Zahlkarte kann man für alles mögliche verwenden. Clyde und Kirsten brauchen eigentlich kein Scheckheft mehr: Macht alles die Plastikkarte.

Janey kennt sich mit all diesen Dingen aus. Sie weiß, welche Karte sie an der Kasse rüberreichen muß. Ein Junge schiebt alles durch, und es wird wie von Zauberhand eingebongt. Es gibt eine kleine Schachtel an der Kasse, die wie eine Anschlagtafel für Ankünfte und Abreisen im Flughafen aussieht, und die erkennt alles, was ich gekauft habe, sogar die Farbe der Grapefruit. Zwischendrin macht die Kasse eine Zwischensumme, und Janey singt dann: »Vorteilskauf« oder »Einen bezahlen, zwei mitnehmen« oder »Extra-Bonus-Punkte«. Sie spricht über unseren Einkauf in Werbesprüchen, als wäre das eine wirkliche Unterhaltung.

Auf dem Parkplatz des Supermarkts gibt es eine Altpapiersammelstelle und einen Altglascontainer. Clyde fährt hinüber und fängt an, Sachen aus dem Kofferraum hineinzuwerfen, hält dann inne und reicht mir eine Zeitung von dem großen Stapel Altpapier, den er zusammengesammelt hat. »Da kannst du ja mal durchsehen. Vielleicht klingelt dann irgendwas bei dir.« Die Zeitung ist immer noch an der Seite aufgefaltet, auf der es um den Europapokal geht, den er letzten Sonntag gesehen hat.

»Vielleicht«, sage ich. Vielleicht auch nicht. Ich stecke die Zeitung in meine Tasche. Clyde seufzt und steigt ins Auto ein.

Auf dem Weg nach Hause weist er mich auf andere Autos hin. »An diesen Wagen erinnerst du dich bestimmt«, sagt er.

»Wieso? Wer hat so einen?«

»Ich meine das Modell. Es ist ein 1986er Sierra. Das wirst du schon damals gesehen haben.«

Ganz offensichtlich versucht Clyde, mir zu helfen. Im Auto wirkt er gelassen. Er hat nicht mehr diesen Ausdruck traurigen Mißtrauens auf dem Gesicht und versucht sogar, sich von dem Geist des letzten Jahrzehnts tragen zu lassen. Er spielt »Autos erkennen«, um mir zu helfen, mich zu entspannen. Wäre Clyde in meiner Lage, würde er es wahrscheinlich zuerst daran merken, daß er überall Autos sieht, die er nicht kennt. Er zeigt mir einen Honda Civic, dann einen Prelude. »Sehr auffälliges Styling.«

Dazu fällt mir nichts ein, aber ich will ihn nicht entmutigen. Er hat sich um diesen Aspekt meines Traumas offensichtlich Gedanken gemacht.

»Vermutlich wirken moderne Autos auf dich ziemlich futuristisch«, bemerkt er. Eigentlich sehen sie aus wie große, abgelutschte Bonbons, aber ich nicke teilnahmslos.

»Das liegt am CW-Wert«, fährt Clyde fort. »Luftwiderstands-Koeffizient. Das wird in einem Windkanal geprüft. Ein niedriger CW-Wert spart Benzin, dieser Tage sehr wichtig – ist aerodynamischer. Und den Grünen gefällt das auch.«

»Aber die Autos haben doch eher alle möglichen Grautöne,

kein Grün«, widerspreche ich vorsichtig, und er schmunzelt wie ein kleiner Junge.

»Ich meine die Grünen, die Öko-Partei. So was gefällt dir doch. Ich habe in unser Auto einen Katalysator einbauen lassen, und wir benutzen bleifreies Benzin. Das war auch deine Idee. Eine gute.« Er klingt ganz stolz. Ich bin mir nicht sicher, ob sich das auf den Katalysator bezieht oder auf die Tatsache, daß wir uns in einer Sache haben einigen können.

»Die Escorts haben sich ganz schön verändert«, erzählt mir Clyde, dem das Thema zusehends Spaß macht. »In den vergangenen Jahren hat sich das Design von Grund auf verändert.« Ich nicke heftiger. Ich weiß es, weil Clydes Auto in nichts dem von Paul ähnelt. Ich versuche, mir etwas einfallen zu lassen, was ich über unseren Escort sagen könnte. Anscheinend fahre ich auch einen. Clyde beschließt, daß es mir wahrscheinlich guttun wird, wenn ich mich einmal hinter das Steuer setze. Das macht mir angst. »Du bist früher jede Woche gefahren«, sagt Clyde. »Du wirst dich schon wieder erinnern.«

»Aber ich lerne – ich hab' doch im College noch fahren gelernt«, sage ich. »Was wäre ...«

»Ich begleite dich, wenn du möchtest. Am Sonnabend.«

Ich bin mir immer noch nicht sicher.

»Ich werde dich irgendwo hinfahren, wo es ruhig ist, und dann kannst du üben. So haben wir das auch damals gemacht, nach deiner Führerscheinprüfung.«

»Du hast mir geholfen, den Führerschein zu machen?« Er nickt. An dieser Angelegenheit immerhin hat er Freude. Es scheint ihn nicht zu deprimieren wie diese ganzen anderen Dinge, die ich vergessen habe. Vielleicht liegt das daran, daß er das hier tatsächlich nachvollziehen kann, anders als den grauen Nebel, der die meisten Dinge zu umgeben scheint. Das kann ich verstehen.

Am nächsten Abend klingelt das Telefon, und Clyde geht dran. Es hat schon ein paarmal geklingelt, ehe er nach Hause kam, aber ich nehme nicht gerne ab. Letztes Mal war es wieder einer von diesen merkwürdigen »Kate, Kate«-Anrufen. Jetzt beobachte ich ihn, wie er dasteht, eine Hand in der Hosentasche, mit dem Wechselgeld spielt. »Ich weiß«, sagt er dauernd, »ich weiß.« Dann: »Ich wollte dich damit nicht belasten.«

Er dreht sich um, nimmt den Hörer in die andere Hand und spielt mit den Windungen der Telefonschnur. »Es geht uns gut«, sagt er, »bestens.« Dann: »Ja, sie ist auch hier.«

Ich richte mich steif in meinem Sessel auf, aber er streckt Janey den Hörer entgegen, die auf dem Fußboden kniet und sich die Fernsehzeitschriften durchliest. Sie springt auf und sagt: »Hallo, Granny.«

»Meine Mutter«, raunt mir Clyde leise zu, während er sich setzt. Janey plaudert weiter. Es ist eindeutig ein Teil des altbekannten Rituals, daß Janey das Gespräch übernimmt.

»Sie hat gehört, was mit dir passiert ist«, sagt mir Clyde. »Ich wollte es ihr erst erzählen, wenn es dir etwas besser geht, aber sie hat es so herausgefunden.«

An seinem Tonfall kann ich nicht erkennen, ob diese Vorsicht dazu diente, seine Mutter zu schützen oder mich. »Ist sie beleidigt?« frage ich.

»Eigentlich nicht. Sie wird aber wahrscheinlich vorbeikommen, um sich das alles selber anzuschauen.«

Plötzlich erfaßt mich eine Panik und gleichzeitig Traurigkeit bei dem Gedanken, daß eine fremde Schwiegermutter im Anmarsch ist, um mich anzuschauen. Ich frage: »Wann? Wann wird sie kommen?«, aber er zuckt nur mit den Achseln.

Janey sagt gerade: »Na ja, ich muß jetzt Schluß machen, Granny. Ja, ich dich auch. Tschü-hüs.« Sie hängt auf, ohne den Hörer Clyde zu reichen, daß er sich verabschieden könnte. Mich hat sie gar nicht erst angeschaut.

Am Sonnabend morgen erinnert mich Clyde daran, daß wir fahren üben wollen. Er fährt mit mir zu einem großen Parkplatz am Rand eines Waldes. Ich bin immer noch ein bißchen nervös, aber als wir die Plätze tauschen, stelle ich fest, daß es lächerlich einfach ist, mit dem Auto herumzukurven, zu parken, rückwärts zu fahren. Ich habe es bestens unter Kontrolle. Er gibt mir Anweisungen in dem ernsten Tonfall eines Fahrlehrers, und ich gehorche ohne Widerworte. Alles läuft vollkommen glatt.

»Großartig«, sagt er schließlich und tätschelt mir das Knie. Janey – die uns begleitet hat – wirft vom Rücksitz die Arme um meinen Hals und küßt mich, und ich bin auch einigermaßen gerührt, wie sehr die beiden sich freuen.

Er steigt aus, macht mir ein Zeichen, ich solle wieder auf den Beifahrersitz gehen, damit er uns nach Hause fahren kann. Ich gehorche. Ich bin merkwürdig erschöpft.

Er fährt zügig, aber nicht denselben Weg zurück, sondern zu einem Pub. Ein großer Biergarten ist dahinter, viel Park und Bäume. Er parkt den Wagen und begleitet mich zu einem der Holztische. »Das muß gefeiert werden«, sagt er. »Oder möchtest du lieber hineingehen?«

Mir wird langsam flau. Ich schüttele den Kopf. »Hier draußen ist es herrlich«, kann ich gerade noch flüstern.

Janey tanzt zu einem Tisch mit zwei Bänken unter einem riesigen Kastanienbaum, und ich folge ihr. Sie ist ein ganz selbstsicheres, fröhliches kleines Mädchen. Das freut mich. Wäre es nicht schrecklich, wenn sie ein ewig quengelndes Kind wäre – und zwar bloß meinetwegen?

Bald danach erscheint Clyde mit einem Tablett und Getränken darauf. Ein Bier, ein Weißwein, ein Orangensaft und drei große, körnige Brötchen, ringsum mit leuchtenden Salatblättern garniert, aus denen der Belag schon herausfällt.

»Das sieht ja köstlich aus«, sage ich, und er lächelt. Ein richtiges Lächeln. Er sieht viel sympathischer aus, wenn er lächelt.

Er stellt das Tablett ab. »Nun?« fragt er.

Jetzt weiß ich, warum mir so flau ist. Es ist ein Test. Ich nehme den Wein.

»Ja!« quietscht Janey.

Ich werde noch deprimierter. Die beiden haben das geplant. »Wenn die das mit dem Fahren hinbekommt«, hat er zu unserer Tochter gesagt, »dann fahren wir mit ihr in unseren Pub. Wir holen unser Essen, und Klick! kommt sie wieder auf die richtige Spur.« Es ist nicht die Verschwörung, die mich so zittrig macht: Es ist, weil ich es nicht schaffe. Es tut mir so leid – für die beiden, nicht für mich. Zum ersten Mal sehe ich, daß auch diesen beiden Menschen etwas Schreckliches passiert ist, nicht nur mir.

Ich starre die drei Brötchen mit ihren Füllungen an. Shrimps, Cheddar- und Stilton-Käse.

»Die sehen alle drei köstlich aus«, versuche ich. Ich schaue Janey an. Sie mustert alle drei. Clyde schaut mich aufmerksam an.

Meine Gedanken überschlagen sich. Der Cheddar kann es nicht sein, so was kann nur ein Mann mögen. Aber würde ein Kind pikanten Stilton essen? Das Brötchen mit dem Stilton muß also seins sein. Ich habe einfach nicht aufgepaßt, was er sonst ißt.

Ich strecke die Hand aus.

Nehme das Brötchen mit den Shrimps.

In dem Augenblick hören sogar die Vögel auf zu singen. Dann fragt Janey mit leiser Stimme: »Und welches ist dann für mich, Daddy?«

Ich weine und weine. Ich will nur noch nach Hause.

»Wir fahren nach Hause«, sagt er. Er klingt erschrocken, als sei er ein Teil davon, stünde nicht mehr außerhalb. Jetzt ist er imstande, die Dinge schlimmer zu machen. Ich will ihm sagen, daß ich nicht sein Zuhause meine, daß ich mein Zuhause meine, das in Devon, das Haus meiner Eltern, in dem ich früher gewohnt habe und wo ich in meiner Vorstellung immer noch wohne.

Wir haben das Mittagessen hinter uns gebracht. Ich konnte es nicht ertragen, die beiden von dem Tablett fortgehen zu sehen, auf dem ein jämmerlicher Haufen zerstörter Hoffnungen liegt.

»Es tut mir leid«, sage ich, als wir im Haus sind. »Ich kann mich –«

»Ich weiß«, unterbricht er mich. »Du kannst dich nicht erinnern.«

»Den Versuch war es wert. Ist es jedesmal.« Es kostet mich Überwindung, das zu sagen. Eigentlich würde ich gerne sagen: »Wehe, ihr führt mich noch einmal so hinters Licht. Die Leere ist auch ohne solche Quälerei schlimm genug.«

Er sagt: »Ich fühle mich so nutzlos. Es ist, als hättest du mich aus deinem Leben gestrichen.«

Ich weiß, daß ich jetzt sagen sollte: *Ich kann bestimmt lernen, dich wieder zu lieben – wir können eine neue Seite aufschlagen.* Aber das will ich nicht sagen. Ich bin zu verletzt, um irgend jemand berühren zu können. Vielleicht Janeys warme kleine Hand, aber nicht diesen großen, schweren Mann, der so voller Zorn und Unglück ist. Wie stark habe ich mich an ihn gebunden? Wie sehr er sich an mich? Es gibt keine neuen Seiten. Oder doch? Nicht, wenn das Buch schon gedruckt ist.

In der Schale neben dem Küchenfenster liegt eine Kiwi. Die Schüssel ist aus durchsichtigem, hellblauen Plastik, und die Sonne scheint durch sie auf die Arbeitsfläche und schafft eine Pfütze aus blau leuchtendem Schatten. Ich habe mir die Kiwi jeden Tag angeschaut und beobachtet, wie die moosgrüne Haut langsam dunkel wird. Ein blauer Fleck. Sie hat einen weichen, verquollenen Ausdruck, als wäre die Berührung eines Fingers später auf der matten Oberfläche noch sichtbar. Ich habe mich gefragt, warum niemand sie ißt. Vielleicht war sie zur Dekoration eines Desserts gedacht, das nie bereitet worden ist – eine Packung mit Käsekuchenmischung steht im Vorratsraum, und Janey ißt gerne diese süßen, künstlichen Sachen. Vielleicht hatten wir vor, ihn zusammen zu backen. Nur hat sich bislang noch keiner getraut, mich daran zu erinnern. Vielleicht bin ich auch die einzige in der Familie, die gerne Kiwis ißt.

Und ich weiß es einfach nicht. Es ist so lächerlich, und gleichzeitig so schmerzhaft. Aber ich denke die ganze Zeit darüber nach, weil dieses Problem so klein und abgegrenzt ist. Das winzige Rätsel, warum diese eine Kiwi in der Schale geblieben ist, macht mir weniger zu schaffen, als zu fragen, warum diese Küche, dieses Haus, dieses Dorf, dieses Leben, warum das alles? Warum jetzt, warum überhaupt? Nein, eine naßfaule Kiwi läßt sich leichter verstehen als all das andere.

Abends bin ich schon wieder müde. Ich schaue den Stapel Bücher neben meiner Seite des Bettes an, weil ich noch etwas lesen möchte – ich hatte damals »Die Fliegen« von Miles geborgt –, aber hier gibt es nur Zeitschriften, eine auf Hochglanzpapier und einige Frauenzeitschriften. Außerdem gibt es ein paar Kassetten mit Namen wie *Entspannungstechniken* und *Wie Sie die Energiefarben Ihres Chakras ausbalancieren können.* Ich lege eine in meinen Walkman und drücke auf ›Play‹. *Spüren Sie das Licht an Ihrer Schläfe, wie es nach vorne in das schwarze Nichts schießt, die Grenzen der Zeit hinter sich läßt, über die Grenzen des bekannten Universums hinausgeht. Diese Kraft kann genutzt werden, um Kontakt zu ätherischen Intelligenzen im Weltall aufzunehmen, sollten Sie das wollen.*

Ich nehme den Kopfhörer ab und stelle fest, daß ich weine, laut und verzweifelt schluchze. Clyde erscheint in der Tür. »Gibt es hier im Haus überhaupt keine Bücher?« frage ich. Meine Stimme klingt quengelig, befehlend. Clyde verschwindet und kehrt mit einem Taschenbuch zurück, einem Roman namens »Die Geisterstraße«. Ich nehme das Buch und sehe vorne den Namen »Polly« in Bleistift eingetragen. Das Lesezeichen steckt auf Seite zehn.

»Du hast dir das ausgeliehen, aber ich glaube, daß du davon nicht sehr begeistert warst«, sagt Clyde.

Er schaut mich mit diesem schrecklichen, sehnsüchtigen Blick an, der noch schlimmer ist als der verwirrte, gänzlich mutlose Blick, den er sonst hat, als hätte ich nicht gehört, wie er leise sagt: »Wie lange noch, Kirsten?« Er sagt das oft. *Wie lange noch, Kirsten?* Die Frage erfüllt mich mit Panik, Ekel. Zuerst dachte ich, daß er damit meinte: *Wie lange noch, bevor du dich an mich erinnerst?*, was mich völlig aus dem Lot brachte, oder *Wie lange noch, bevor du zugeben willst, daß du dich an mich erinnern kannst?*, was mich wütend macht. Jetzt erkenne ich, daß damit noch etwas anderes gemeint ist. Er meint, daß er mich begehrt. Das große Bett mit dem Überwurf mit Zweigmuster steht zwischen uns, als ich seinem Blick begegne und mich abwende.

Meine Beschäftigungstherapeutin heißt Jemima. Sie trägt Zöpfe und Haarteile und sagt, daß Neuropsychologie eigentlich nicht ihr Ding sei, aber daß sie an einer Supervision teilnehme. Ich sage, ich glaube nicht, daß ihr Fachgebiet so wichtig sei, denn schließlich sei ich es ja, die die Erinnerungsarbeit tun muß. Sie sieht ein bißchen schockiert aus, als hätte ich ihr jegliche Professionalität abgesprochen. Aber wenn es eine durchgebrannte Sicherung in meinem System gibt und einen Schalter, der umgelegt werden muß, wie es mein Hausarzt erklärt hat, dann kann ich wirklich nicht glauben, daß diese Tests viel bringen, so oder so. Sie machen mir nichts aus, aber glauben kann ich nicht daran. Es erscheint mir hilfreicher, wenn wir uns einfach unterhalten. Sie schlägt vor, daß ich eine Liste der Dinge mache, die ich gerne über Clyde wissen würde – welche Musik ihm gefällt, seine Lieblingsgerichte und -tiere, solche Dinge. Und dann können wir sie durchgehen, als wäre es ein Spiel. Ich hab' meine Liste gemacht. Ich erzähle von ihr, als er nach Hause kommt.

Er schaut mich blaß an und sagt dann: »Das ist mein Hemd.« Ich trage ein dunkelrotes Baumwollhemd, das herumlag. Die Ärmel habe ich aufgerollt, die Hemdzipfel um die Taille gebunden. Und ich habe meine alten Turnschuhe gefunden. Ich habe in einer schwarzen Tasche im Gästezimmer nachgesehen – im wesentlichen waren Babysachen darin – und da waren sie.

Ich sagte: »Hast du was dagegen, wenn ich es trage?«

Er sagt: »Du siehst anders aus.«

Das ist eigentlich keine Antwort. Aber es scheint ihm nichts auszumachen. Er sieht verwirrt aus, aber nicht genervt. Er sagt: »Das sieht wirklich hübsch aus.« Dann blickt er sorgenvoll drein, als könnte ich die Stirn runzeln oder mich abwenden.

Eines möchte ich jetzt wirklich wissen: »Liegt es daran, daß ich mich ihm gegenüber jetzt anders verhalte, oder hat Clyde immer Angst davor, seiner Frau Komplimente zu machen wie »Das sieht hübsch aus«?

Es ist merkwürdig und beängstigend zu wissen, daß er auf die Erlaubnis wartet, mit mir Sex zu haben. Er hat es noch nicht versucht, was mich sehr erleichtert. Neben einem fremden Mann aufzuwachen ist traumatisch genug. Ich habe ihn noch nicht ein einziges Mal nackt gesehen. Er schläft in einer Pyjamahose, Gott sei Dank. Die Haare auf seiner Brust und unter seinen Armen sind ingwerfarben und ringeln sich. Bin ich mit den Fingern durch sie gefahren? Habe ich leidenschaftlich die Schweißtropfen von ihnen weggeküßt? Schwer, sich über diese Dinge Gedanken zu machen.

Das Oberteil seines Blaumanns ist heruntergezogen, weil es so heiß ist. Also hängen die Ärmel herab; er hat einen großen Ölfleck auf seinem billigen T-Shirt aus Acryl – eines dieser Pseudo-Polohemden mit einem dunkelblauen Streifen am Kragen. Ich finde, schmutzig sieht es besser aus. Er sagt rasch: »Ich geh' mich mal waschen« und verschwindet im Bad.

Ich höre meinen Herzschlag. Ich weiß: Wenn er zurückkommt, sollte ich ihn küssen. Ich glaube nicht, daß er mich dazu zwingen wird, aber eben waren wir einer Zärtlichkeit am nächsten, ohne daß es Spannungen gab. Und ich weiß, daß ich ihn nicht einfach vorübergehen lassen kann. Wenn er mein Mann ist, wenn das hier mein Leben sein wird, dann muß ich es versuchen.

Prompt kommt er langsam zurück in die Küche, geradewegs auf mich zu, läßt mich nicht aus den Augen. Er hat sich frisch rasiert und riecht nach etwas mit Moschus. Die schmutzigen Kleider hat er ausgezogen und trägt eine Jeans, aber kein frisches T-Shirt. Jetzt nimmt er die Brille ab und legt sie auf die Arbeitsfläche in der Küche. Dieser große, nackte, muskulöse Brustkorb ist dicht neben mir, berührt mich aber nicht. Ich habe Zeit, selber zu entscheiden, mich leicht zu ihm zu beugen, und ich höre ihn leise aufkeuchen, fast schon aufstöhnen, als sich unsere Körper auf ganzer Länge berühren. Ich schiebe ein Bein nach vorn, um mich zu schützen. Er drückt sich nicht gegen mich, aber sein Brustkorb ist ganz dicht vor meinem, fest und schwer und warm.

Seine Lippen suchen meine. Er läßt die Augen offen, also schließe ich meine. Sein Kuß ist zärtlich, sanft. Ich mag es eigentlich, fest geküßt zu werden, aber ich weiß nicht, wie ich ihm das sagen soll. Nach einer Weile ziehe ich mein Gesicht fort, ganz langsam, bleibe aber stehen, so daß er mich immer noch umarmt. Unsere erste Umarmung scheint ihn zu freuen.

Ich drehe mich weg, damit er nicht sieht, daß ich nicht anders kann, als mir den Mund zu wischen, mit den Fingern heftig die feuchte Stelle auf meinen Lippen zu reiben, die er hinterlassen hat und die sich plötzlich unerträglich wie Schleim anfühlt. Er setzt seine Brille wieder auf, und ich weiß nicht, ob er es gesehen hat.

Wir setzen uns, und ich beginne mit den Fragen.

»Lieblingsfarbe?«

»Wieso willst du das denn wissen? Lieblingsfarbe wovon?«

»Irgendwas – eben eine Farbe, die du magst.«

»Weiß nicht. Rot.«

Vielleicht wird uns das doch nicht wesentlich weiterbringen.

»Du gibst dir keine Mühe«, beschwere ich mich, aber er sagt, doch, und was denn meine Lieblingsfarbe sei, wenn wir das schon besprechen, denn das sei schließlich etwas, was wir nie besprochen hätten.

Ich lasse die Liste zu Boden fallen, aber er hebt sie auf und sagt, ich solle weitermachen.

»Wozu? Du hast schon recht, eine Beziehung ist keine Ansammlung von Fakten übereinander.«

»Aber es ist ein Anfang«, läßt er nicht locker. »Komm schon, frag mich was anderes.«

»Lieblingsurlaubsort«, sage ich mürrisch.

»Hier.«

»Mit wem hast du am liebsten gespielt, als du noch Kind warst?«

»Mit meinem Bruder.«

Das erscheint nützlich. Ich stelle ihm Fragen über seinen Bruder, aber Clyde sagt: »Er ist von einem Auto überfahren worden, als er neun Jahre alt war. Ich war damals sieben.«

Das überrascht mich. Ich bekomme ein komisches Gefühl, das mir nicht gefällt. Ich versuche, das Bild eines Clyde fortzuschieben, der nicht groß ist und nicht für sich selbst sorgen kann, sondern ein kleiner, trauernder Junge, der Angst hat und sich einsam fühlt. Ich möchte ihn umarmen, und das ängstigt mich noch mehr. »Es tut mir leid«, sage ich tonlos.

»Sind das alle Fragen?«

Und so machen wir weiter. Ich schreibe seine Antworten auf. Lieblingssänger (im wesentlichen Soulmusik, was mich überrascht), Lieblingsfernsehshows (Sportschau) ...

»Lieblingssport?«

»Als Zuschauer oder selber?«

»Selber – oder etwas, was du gerne versuchen würdest?«

»Ein Mikroflugzeug steuern oder Drachenfliegen.«

Vor meinem geistigen Auge sehe ich ein Bild von Clyde, wie er weit oben in der Luft über mir hängt, eine Art Ikarus, der nicht herumflattert und fällt, sondern schwebt. Die Sonne blitzt auf seiner Brille, und der Himmel ist sehr blau. Hoch und höher schwebt er, bis er nur noch ein ferner, winziger Punkt ist.

»Wie sieht's bei dir aus?«

»Ach ... Wasser«, sage ich. »Irgend etwas, was spritzt. Windsurfen vielleicht.«

»Dir haben die Rutschbahnen toll gefallen, als wir zu Janeys Geburtstag ins Schwimmcenter gefahren sind. Du hattest noch mehr Spaß daran als sie selbst. Die hohe Rutschbahn, hast du gesagt, wäre wie ein Orgasmus. Und ich sagte, ich würde lieber auf einen richtigen warten.«

Vor meinem geistigen Auge fällt Clyde krachend auf die Erde. Er wirft die Leinwandflügel ab. Wir stehen allein auf einem windigen Hügel.

Ich schaue auf meine Frageliste. »Worüber streiten wir uns?«

»Streiten? Wie meinst du das denn?«

»Ich weiß es eigentlich nicht.« Das da ist eine von Jemimas Ideen gewesen. »Streitereien ... Du weißt schon, Auseinandersetzungen. Brüllen.«

»So was machst du nicht«, sagt er.

Es gibt in jeder Beziehung Streitereien, sagt Jemima. Ich glaube eigentlich nicht, daß das stimmt. Meine Eltern streiten sich nie, jedenfalls nicht so, daß es einem auffiele. Dad sagte früher immer: »Wenn du glaubst, daß dir die Antwort nicht gefallen wird, dann stell die Frage einfach nicht.« Mum wurde manchmal über irgend etwas wütend und knallte mit fest aufeinandergepreßten Lippen ein paar Türen. Zum Gegenschlag hat sie aber nie ausgeholt. Dad ging einfach schweigend weg, bis alles vorbei war – was auch immer es war. Meistens habe ich nicht einmal etwas gemerkt.

»Na ja, das freut mich«, sage ich. »Ich finde, es ist besser für Kinder, wenn sich die Eltern nicht streiten.«

»Ja«, sagt er. »Ich weiß, daß du das findest.«

Sein sachlicher Tonfall irritiert mich. »Du nicht?«

Er antwortet nicht sofort, sagt dann aber: »Mit elf Jahren war ich der größte Junge in der Schule. Mit dreizehn war ich schon größer als die Lehrer. Ich habe früh begriffen, daß man mir die Schuld geben würde bei Streit. Man hat mich als Schläger bezeichnet, bevor ich überhaupt wußte, was das Wort bedeutet. Nein, ich mag Streit nicht.«

Das ist die längste Rede, die ich je von Clyde gehört habe, bei der es nicht um Autos geht. Das Spiel wird langsam ernst. Ich suche auf meiner Liste etwas, das ein wenig leichter daherkommt.

»Was ist besser als Sex?«

Ich erwarte, daß er »Autos« sagt, aber das tut er nicht. Er schaut mich hungrig an. Dann sagt er leise: »Besser als Sex mit dir? Nichts.«

Es folgt ein Schweigen, das man mit einem Seufzer zerschneiden könnte. Dann sagt er: »Ich liebe dich.«

Dieser große, ernste Mann sagt *Ich liebe dich*, und ich weiß nicht, was ich tun soll, und ich weiß nicht, wie oft, wie viele Hunderte von Malen er das schon gesagt hat oder ob er das noch nie gesagt hat. Für mich ist es absolut neu, und das schokkiert mich.

Er erholt sich rasch. »Aber andere Sachen sind auch schön. Zu sehen, wie Janey beim Sportfest läuft. Das war großartig. Spiegeleier mit Schinken. Auf einer guten Straße einmal richtig auf die Tube drücken.«

Ich bin dankbar. Bald werde ich eine Entscheidung über die Sache mit den ehelichen Pflichten fällen müssen, aber bitte nicht heute, nicht heute abend.

Janey kommt aus dem Garten, und ich lege meine Notizen fort. Eigentlich habe ich nicht mehr gelernt, als daß Clyde Kirsten geliebt hat. Und jetzt sagt er, er würde mich lieben.

Als ich über seinen hungrigen Blick nachdenke, fühle ich mich an Miles erinnert. »Ich hab' Hunger.« Das sagt er immer. Ich meine, das hat er früher immer gesagt. Er hat es gejammert, leise und voller Bedeutung, hat mich unter seinen langen Wimpern angschaut. Er hungerte nach Liebe. *»Ich habe Hunger, Hunger Hunger ...«* Er meinte, daß er Lust auf Sex hatte, und er wußte, daß mir das gefiel.

Während ich über Miles nachdenke, erkenne ich, daß es nicht allzu erstaunlich ist, daß wir uns aus den Augen verloren haben. Es war eigentlich nie die große, lodernde Leidenschaft. Wir fanden mehr und minder zufällig als Paar zusammen. Es war an dem Tag, an dem Debs und ich mit Miles und Paul nach Dartmoor gefahren sind. Da die beiden Stadtjungen waren, bestanden wir darauf, daß wir die Tors, die berühmten Granitfelsen, besuchten.

Paul hatte eine Art Auto, eher einen rostigen Schrotthaufen, der mehr Zeit in der Werkstatt verbrachte als auf der Straße. Es ist – oder besser gesagt, es war in seiner Jugend – ein silberner Escort, der ihn nur hundert Pfund gekostet hat. Ursprünglich sollte er hundertfünfzig kosten, aber der Preis sank kontinuierlich, während Paul seine Eltern um finanzielle Hilfe bat. Das Problem war nicht das Auto, auch nicht das Benzin, sondern die Versicherung. Er bat seine Tante Miriam, ihm dabei zu helfen (Pauls Eltern waren im Ausland – sein Vater war irgend etwas Megawichtiges in der Botschaft in Italien). Als Mims Finanzspritze endlich kam, war es Zeit für unseren Ausflug zu den Tors.

Wir baten Paul, in der Nähe des größten Felsens zu parken, am Hay Tor, und wanderten dann durch die Farne zur grauen Steinmasse vor uns. Die Felsen liegen überall verstreut, riesig und im struppigen Gras halb verborgen, und dann findet man einen Steinhaufen, der sich vielleicht sieben oder zehn Meter hoch türmt. Auch an warmen Tagen ist es da oben ziemlich kalt. Der Wind zerrte an uns, als wir anfingen, die groben in den Granit eingeschlagenen Stufen zu besteigen. Auf halber Strecke vom Hay Tor gibt es eine große Lücke, über die man springen muß. Ich zeigte ihnen, wie das geht. Aber an dem Tag hatte Paul einen Kater und sagte: »Vergiß es, für so was tauge ich heute nicht.« Er ging nach unten zu einem flachen Teil, band seine um die Taille geschlungene Jacke los, ließ sich auf den flachen Felsenboden fallen und legte sich hin. Debs setzte sich rasch neben ihn. Ich war schon weiter oben, kletterte die grob ausgehauenen Stufen hinauf, die sich um den Tor winden, hielt mich fest, während der Wind an mir zog. Es war zu spät, um jetzt umzukehren.

Miles folgte dicht hinter mir. »Schwächling«, rief er und lachte. Ich lachte auch, aber Paul antwortete nicht. Wir kamen oben an.

Als wir an die Stelle zurückkehrten, an der sich der Stein unter der Lücke ausdehnte, lagen Debs und Paul eng umschlungen im struppigen Gras. Stechginster und Hasenködel schienen ihnen egal zu sein. Miles faßte mich am Handgelenk, um mich zu stützen, aber etwas fester, als unbedingt nötig. Er zog mich zu sich. Ich schrie halb auf, als ich in dem böigen Wind wankte, und so nahm er mich noch fester in die Arme. In unsicherem

Gleichgewicht miteinander verbunden, hoch über den gezackten Felsen küßte er mich auf die Lippen. Seine Zunge fühlte sich kalt an, als er sie mir in den Mund zwang; ich fürchtete, daß meine klappernden Zähne darauf beißen würden. Er hielt mich an sich gedrückt, bis wir hörten, wie Paul und Debs uns von unten riefen, und so wußten wir, daß sie sich voneinander gelöst hatten und uns sahen. Wir kletterten zu ihnen herunter. Pauls Jacke lag jetzt um Debs' Schultern; Miles hielt meine kalten Hände umfaßt, um sie zu wärmen. Und damit war es beschlossene Sache. Er gehörte ihr, und Miles mir. So fing es an, und wir haben uns nie darüber unterhalten. Miles war durchaus nett, aber uninteressant. Wenn ich darüber nachdenke, sieht er ein bißchen aus wie Clyde. Nichts Besonderes.

Nach dem Abendessen frage ich Clyde etwas, was mich seit unserem Quiz beschäftigte. »Haben wir je versucht, noch mehr Kinder zu haben?«

»Du wolltest immer nur eins.«

»Und du?«

Er zuckt mit den Achseln.

»Ich habe sie immer wie mein eigenes behandelt«, sagt er und fügt dann hinzu, als er meinen Gesichtsausdruck bemerkt: »Janey ist nicht mein Kind, Kirsten. Das sieht man doch – das mußt du doch erkannt haben.«

Aber das habe ich nicht. In letzter Zeit hatte ich wirklich keine Lust, Zeitrechnungen anzustellen. Sollte ich aber. Janey ist nicht Clydes Kind. Sie ist meine letzte Verbindung zu Kirsty und dem Sommer von 1987.

DRITTE WOCHE

Janeys Schule ist sehr nett. Es ist ein langes, niedriges Gebäude mit einem Spielplatz vorne und einer großen Grasfläche mit Bäumen hinten. An einem Sommertag dort zu spielen ist bestimmt herrlich. Parkplatz ist knapp, aber Janey geht sowieso immer zu Fuß, so sagt sie mir, mit ihrer Freundin Alice und Alices Mum, die dort ehrenamtlich hilft. Ich habe es Alices Mum Polly überlassen, dieses Arrangement beizubehalten, ohne mich einzumischen. Aber Jemima hält es für wichtig, mich stärker mit der Janey-Seite der Dinge zu befassen.

Dies ist ein verabredeter Termin. Ich habe mit Mrs. Crabbe, der Lehrerin von Janey, abgesprochen, daß ich heute vormittag im Unterricht dabeisein werde. Anscheinend kam ich gelegentlich montags dazu, um die Kinder »abzuhören« – ich war wohl eine von mehreren Freiwilligen, die den Kindern beim Lesenlernen halfen. Die Idee ist rauszufinden, ob die Aktion irgendwelche jüngeren Erinnerungen weckt. Ich bin nicht optimistisch. Ich habe mir Janeys Bücher angeschaut, und keines davon bedeutet mir etwas.

Diese Sache mit Janey bringt mich noch um den Verstand.

Als Clyde sagte, sie sei nicht sein Kind, habe ich ihm das sofort geglaubt. Es ist wie ein kleines Stück eines Puzzles, das sofort am richtigen Platz lag. Aber das Bild ist dadurch nicht deutlicher, sondern noch verwirrender geworden. Es ist so, als ob das Puzzle, das ich im Kopf lege, mir mit diesem neuen Teil gezeigt hat, daß eine Sache, die ich fast schon identifiziert hatte, in Wahrheit etwas ganz anderes ist – so, als ob ein Fleck Blau, den ich für Himmel hielt, in Wirklichkeit Wasser ist. Auf diese Weise begreife ich, daß ich das ganze Bild verkehrt herum angefangen habe. So ist mir zumute.

Janey ist Ende März acht geworden, sie könnte also durchaus Miles' Kind sein. Warum habe ich Clyde das nicht gesagt? Warum unterstützt Miles uns nicht mit Geld? Und wieso waren wir überhaupt so leichtsinnig? Ich sage mir dauernd, daß ich wirklich einmal darüber nachdenken muß, aber es ist alles zu verwirrend und schrecklich. Ich verschiebe das auf den Tag, an dem Mum und Dad kommen. Sie müssen es doch wissen, wenn Clyde schon nichts weiß.

Und in der Zwischenzeit kann ich mir genausogut einmal Janeys Schule anschauen. Ob ich es will oder nicht, Janey ist ein Teil meines Lebens, und ich bin ein Teil von ihrem. Alle sind sie schon hineingegangen – ich habe darauf bestanden, den anderen Müttern aus dem Weg zu gehen –, und ich hole tief Luft, während ich Janey durch die Tür folge.

Innen ist ein breiter Flur, in dem unglaublich viele, ordentlich mit Namen bezeichnete Kinderbilder hängen. »Heute ist lundi«, informiert mich ein Schild, und auf einem Bild mit einer Sonne erfahre ich: »Il fait beau.«

»Was ist das?« frage ich Janey und versuche, Interesse aufzubringen. Wenn ich mich an meine Grundschulzeit richtig erinnere, dann stellten einem die Leute andauernd Fragen, deren Antworten sie eigentlich kannten, nur um sich zu vergewissern, daß man selbst sie auch kannte. Janey wirft kaum einen Blick darauf. »Das sind die Großen«, sagt sie nebenher. »Die machen verschiedene Themen.«

Sie hüpft in einen großen Raum, der mit kleinen Pulten und Tischen vollgestellt ist. Ich folge ihr. Drinnen wirbeln Kinder umeinander, die alle ungefähr so groß sind wie sie und alle blaue Pullover mit V-Ausschnitt tragen. An einem so warmen Tag dürfte das etwas ungemütlich sein. Janey tut um sich herum Namen in einem singenden Tonfall kund. Manche der Kinder schauen hoch zu mir und lächeln, andere sind so beschäftigt mit unverständlichen, kindlichen Debatten, die ihre gesamte Aufmerksamkeit zu beanspruchen scheinen und keinen Raum mehr lassen für die Wahrnehmung anderer Menschen. Haben die ein Glück, denke ich. Ich lächle kläglich.

Janey zeigt mir ein kleines Mädchen mit Sommersprossen und tut kund, das sei Alice. Die wirft mir ein freundliches Lächeln zu und fährt fort, ein Chamäleon zu malen. Nächstes Mal, wenn wir meine Eltern in ihrer spanischen Villa, wo diese Photos gemacht wurden, besuchen, wird Alice mit uns kommen. Janey hat mir erzählt, daß wir da in den Ferien hinfahren, aber erst, wenn der Sommer vorbei ist, weil die Sonne sie da sticht und sie krank wird, wenn es zu heiß ist. Der Videoladen meiner Eltern kassiert anscheinend bei den sonnengedörrten Auswanderern an der Costa Brava kräftig ab. Deswegen werden meine Eltern auch nicht von Devon hierherfahren, wenn sie mich nächste Woche besuchen kommen, sondern aus Spanien herfliegen.

Mrs. Crabbe kommt hereingestürmt, und meine Beine werden ganz weich und wackelig vor lauter Schulpanik. Es war mir beim Telefonat wirklich schwergefallen, Mrs. Crabbe die Sache zu erklären. Schließlich habe ich Jemima gebeten, einen Brief für mich zu schreiben. Den überreiche ich ihr jetzt und habe dabei das Gefühl, als wollte ich mich vom Sportunterricht freistellen lassen. Sie liest das Schreiben mit gerunzelter Stirn.

»Kein Problem«, sagt sie. »Dornröschen hatte schließlich ein ganzes Jahrhundert nachzuholen.« Sie wirft mir ein munteres Lächeln zu, und ich beschließe, daß ein unpassender Witz immer noch besser ist als schlecht kaschierte Peinlichkeit.

Mrs. Crabbe trägt Leggings und ein großes, sackartiges T-Shirt, und sie hat kurze, strubbelige Haare. Sie sieht aus wie eine Hundebesitzerin. Mit den Kindern geht sie nicht ironisch um, auch nicht so zappelig, wie ich es von meinen Lehrern kenne. Sie läßt sie lieber herumsausen, bis sie sich von alleine setzen. Sie hat ein Kind hinausgeschickt, um mir einen Stuhl in Erwachsenengröße aus dem Flur zu holen, und ich sitze neben ihrem Schreibtisch und beobachte, wie sie die Namen in einer Liste abhakt, indem sie durch das Zimmer schaut. Sie ruft niemanden auf.

Wenn sie merkt, daß eines der Kinder sie anschaut und auf sein Häkchen wartet – ganz offenbar weiß man, in welcher Reihenfolge sie vorgeht –, zieht sie eine alberne Grimasse, und alles kichert. Die Kinder kommen allerdings sofort zur Ruhe, als sie das Klassenbuch schließt. Sie streckte die Hand aus, ohne ein Wort zu sagen, und ein kleines Mädchen nimmt es entgegen und verschwindet damit aus dem Zimmer.

»Heute ist eine große Versammlung«, sagt Mrs. Crabbe. »Irgend etwas Besonderes passiert heute, aber ich habe schon wieder vergessen, worum es geht.«

Ich beschließe, daß ich Mrs. Crabbe mag. Ich kann mich aber nicht an sie erinnern. Auch nicht an dieses Zimmer und nicht an diese Gesichter; nicht an das sonnenbeschienene Feld mit den Margeriten vor dem Fenster, noch nicht einmal an den Schulgeruch. Ich könnte mit absoluter Sicherheit sagen, daß ich vor heute morgen noch nie in meinem Leben hiergewesen bin. Aber da hätte ich mich wieder einmal geirrt.

Die Kinder holen Lesebücher aus ihren Pulten und Taschen. Manche sind zu einem Regalbrett gegangen, auf dem Bücher hinter Gummibändern stecken, und haben ein bißchen getauscht und Häkchen hinter irgendwelche Tabellen gemacht. Es wirkt alles ziemlich entspannt. Ich sitze auf dem Stuhl und fühle mich entrückt.

»Möchten Sie Daniel abhören?« fragt Mrs. Crabbe. »Er braucht ein bißchen Aufmerksamkeit und jede Menge Ermutigung.«

Ich schaue Daniel an und denke, jede Wette tut er das. Dies ist ein Kind, das ein warmes Bad, einen Besuch beim Friseur und eine Umarmung jede Nacht braucht, damit sich die Furche zwischen seinen stoppeligen Augenbrauen wieder glättet. Ich setze mich neben ihn auf einen der kleinen Stühle.

»Hallo, Janeysmum«, knurrt Daniel.

Er starrt sein Buch an, und einen Augenblick lang denke ich, daß das Vorlesen schon begonnen hat. Die Erkenntnis, daß dies eine Begrüßung ist, schockiert mich. Darauf hätte ich vorbereitet sein sollen. Natürlich. Vermutlich hat mich jedes Kind in diesem Raum schon einmal gesehen und erkennt mich jetzt, selbst mit meinen »anderen Haaren«. Aber ich bin nach dem Vogel-Strauß-Prinzip verfahren. Weil ich niemanden erkenne, habe ich mich in dem Glauben gewiegt, daß sie mich auch nicht kennen.

»Hallo, Daniel.«

Daniel hat kein richtiges Buch vor sich, sondern einen Ordner mit ein paar Zettelchen, die in eine Art kleine Halterung gesteckt sind. Darauf stehen Wörter wie »Daniel« und »Dad«, »Hund« und »Ball«. Drei solcher kleiner Zettelchen sind zusammengeschoben, und darauf steht: »Ich spiele Ball.«

»Möchtest du mir das vorlesen?« frage ich.

»Fußball«, sagt er sofort und dreht sich dann zu mir. »Hast du die Spiele letzte Woche gesehen, Janeysmum? Hast du England gesehen? Wir haben haushoch gewonnen, nicht wahr? Wir haben Deutschland nicht geschlagen, aber dafür Holland. Und Spanien.« Er schaut mich mit leuchtenden Augen und tropfender Nase an.

Ich hole ein Papiertaschentuch heraus und ändere letzteres. Mir fällt ein, daß ich in der Tasche immer noch die Zeitung habe, die Clyde mir gegeben hat, die mit dem Artikel über den Europapokal. So verbringt Daniel seine Lesezeit damit, sich die Berichte über die Spiele anzuschauen und mir von den Spielern auf den Bildern in einer Mischung aus Zuneigung und Schmähung Geschichten zu erzählen. Außerdem entwirft er ein zweites Trikot für die englische Nationalmannschaft, das besser aussieht als der Mist, den sie im Halbfinale anziehen mußten, sagt er.

Am Ende dieser Stunde haben die Kinder eine kurze Pause vor der großen Versammlung. Daniel wirft den Ordner in sein Pult und stolpert hinter der lärmenden Horde her, und ich sage zu Mrs. Crabbe: »Ich hoffe, das war in Ordnung. Es schien ihn nicht gerade zu begeistern, diese Lesezeit.«

»Keine Sorge. Es war in Ordnung. Hat aber bei Ihnen offenbar ... keine Erinnerungen wachgerufen?«

Ich zucke mit den Achseln. Das müßte doch klar sein.

»Sie hatten schon immer eine kleine Schwäche für Daniel«, sagt Mrs. Crabbe. Sie lacht. »Wenn es Ihnen nichts ausmacht, daß ich das so sage, dann hat sich Ihre Herangehensweise aber ziemlich drastisch verändert.«

»Warum? Was war vorher falsch?«

»Ach, nichts. Sie haben damals lehrbuchmäßiger gearbeitet.«

»Habe ich also heute etwas falsch gemacht?«

»Auf gar keinen Fall. Daniel wird ab September Förderunterricht erhalten. Sie sollten sich dafür bewerben.« Sie hebt ihre Tasche hoch. »Kaffeepause. Wollen Sie mit ins Lehrerzimmer kommen? Die freiwilligen Helfer dürfen das. Es könnte ja ...«

Ich weiß, daß nichts dort irgend etwas in mir wachrufen wird, oder wie auch immer man das formulieren will. Aber es geht mir gut bei Mrs. Crabbe. Sie ist ganz direkt. Sie sagt: »Ich werde niemandem von Ihrem Gedächtnisverlust erzählen, wenn Sie das nicht wollen. Die freiwilligen Helfer sind hier ohnehin relativ anonym, und es wird Ihnen vielleicht leichter fallen, einfach von Anfang an neu zu lernen, wer wer ist, ohne daß Sie irgend etwas erklären müssen. Ich kann ja neben Ihnen sitzen und Sie immer wieder auf Kurs bringen, wenn Sie das möchten.«

Ich erkenne plötzlich, daß in den vergangenen zwei Wochen all meine Fragen mit verschiedenen Versionen derselben Antwort bedacht wurden: »Das solltest du doch wirklich wissen.« Die Vorstellung, daß ich heute einfach von vorne anfangen kann, neue Leute kennenlernen und dann besser kennenlernen könnte, ist sehr beruhigend.

Ich schaue sie dankbar an. »Das wäre mir sehr lieb. Ich fühle mich so schon abartig genug.«

Während wir hinausgehen, sehe ich ein Katzenbild, mit Wachsmalstiften gemalt, das an der Tür hängt. Darunter steht ein Gedicht in einer sorgfältigen, runden Schrift und umgeben von einem farbigen Rahmen. Der Name darunter fällt mir auf. Janey Villiers. Ich kann nicht anders: Ich bin richtig stolz.

»Das ist ja hübsch«, sage ich.

»Ja«, sagt Mrs. Crabbe und schaut sich um. »Wahrscheinlich

ist das in diesem Halbjahr ihre beste Arbeit. Sie haben sich fürchterlich aufgeregt, als eine der anderen Mütter gesagt hat, Sie hätten wohl dabei geholfen. Jedenfalls sind Sie eines Tages in Tränen ausgebrochen und haben gesagt, es sei deswegen.«

»Tatsächlich?« Ich spüre, wie ein langsames Erröten über mein Gesicht geht. Wie albern, sich über so etwas aufzuregen. »Wer war denn die andere Mutter?« sage ich und will mit den Achseln zucken, will lächeln, herausfinden, ob mehr daran ist als Kirstens lächerlicher Verfolgungswahn.

»Helen Montague. Die ist an manchen Tagen ein bißchen merkwürdig. Da würde ich mir keine Sorgen machen.«

»Ich mache mir keine Sorgen«, sage ich. Aber unruhig bin ich doch. Schon wieder dieser Name. Meine Freundin Helen, die ich immer noch nicht gesehen habe. Vielleicht hat sie momentan eine ganze Reihe ihrer berühmt-berüchtigten merkwürdigen Tage hintereinander.

»Wissen Sie, heute sind Sie ganz anders«, sagt Mrs. Crabbe, die neben mir im Lehrerzimmer sitzt und einen Kaffeebecher auf einem Knie balanciert, während sie ihre Post öffnet.

»Wie war ich denn vorher?« Das ist eine wirklich absurde Frage. Ich lächle, um zu demonstrieren, daß ich weiß, wie albern es ist. Ich möchte aber unbedingt, daß sie mir die Wahrheit sagt, aber nur die, die ich gern höre.

Sie wirft ihre Post in den Mülleimer und konzentriert sich auf ihren Kaffee.

»Na ja, Sie sind jetzt viel entspannter. Viel – merkwürdig, denn Sie müssen ja unter einem ungeheuren Druck stehen, aber ich erlebe Sie als viel gelassener.« Während ich das verdaue und meinen Kaffee schlürfe, fragt sie: »Haben Sie sich mal überlegt, Hypnose zu machen?«

Ich schüttele den Kopf.

»Das wäre doch eine Idee, oder?«

»Auf keinen Fall. Ich komme mir jetzt schon so ohnmächtig vor. Die Vorstellung, noch einmal das Bewußtsein zu verlieren, versetzt mich in eine Scheißpanik. Und woher soll ich wissen, ob die Erinnerungen, die mir dann kommen, auch die richtigen sind und wirklich zu meinem jetzigen Leben gehören? Ich habe überhaupt keine normalen Sicherheiten mehr. Am Ende wache ich auf und glaube, ich wäre Kleopatra.«

Sie zieht eine ihrer Grimassen. »Kann ich verstehen. In dem Punkt sind Sie übrigens auch anders. Ich habe Sie noch nie ›Scheiße‹ sagen hören.«

Janeys Schule ist viel hübscher als meine Grundschule mit den hohen Mauern und dem gepflasterten Spielplatz. Ich ging in dieselbe Schule, in die auch meine Mum gegangen war, und schon damals war das Gebäude nicht neu. Daß die Schule mitten in der Stadt lag, hat's nicht besser gemacht. Hier hat man auf den Spielplätzen ein Gefühl der Weite: Man kann bis zum Wald und zu den Feldern in der Ferne sehen, was nicht zu vergleichen ist mit den Mauern, die wir damals vor der Nase hatten. Früher bin ich immer neben der hochgezogenen Mauer zu Fuß nach Hause gewandert, wo die Häuser so hoch über der Straße lagen, daß man einige Stufen hochsteigen mußte, um zum Bürgersteig zu kommen. Dann um die Ecke zum großen Platz mit der Kirche in der Mitte. Als ich klein war, erschien mir dieser Platz so riesig, daß ich dachte, es gäbe am anderen Ende der Stadt noch eine Straße mit demselben Namen wie unsere.

An unserem Haus gab es einen langen Vorgarten mit einem gepflasterten Pfad an einer Mauer entlang, deren Abschluß oben ganz flach war, so daß man darauf gehen konnte. Als sie noch zu hoch für mich war, hob mein Dad mich am Tor hinauf, damit ich dort oben bis zur Haustür gehen konnte. Ich reichte ihm darauf bis zur Schulter. Über die Jahre ist die Mauer irgendwie immer niedriger geworden, bis sie so niedrig war, daß man sich darauf setzen konnte.

Das Haus schrumpfte auch irgendwann auf Normalgröße. Alle Häuser in unserer Straße wurden eleganter, während ich älter wurde – ich meine wirklich eleganter, also in gegenläufiger Entwicklung zur Metamorphose des Erwachsenwerdens, die den Marktplatz und die Gartenmauer schrumpfen ließ. Sie kamen in Mode, und schlaue Firmen haben die Häuser aufgekauft und sie cremefarben und grün streichen lassen, also in Farben, die besser zu den georgianischen Fassaden paßten. Dad hat auch unsere anstreichen lassen und dabei über die »Verbürgerlichung« gestöhnt, als wäre das schlimmer, als eine Glatze zu bekommen.

Debs redet immer von *Altvorderen*, als wären die wirklich langweilig, aber ich habe oft das Gefühl, daß meine ein interessanteres Leben hatten, als ich es jetzt führe. Die Eltern von Debs sind Lehrer, also hat sie in ihrem Fall vielleicht recht – aber wenn das so ist, warum ist Debs dann auf einer pädagogischen Hochschule? Aber meine sind ganz interessant. In den sechziger Jahren war mein Vater so etwas wie ein Hippie. Dann bekam er eine Stelle in einem Heim für jugendliche Straftäter in Devon, wo er auch Mum kennenlernte, die gerade versuchte, Malerin und Bildhauerin zu werden, und gleichzeitig in einer abgerockten Kneipe am Tresen Bier zapfte. Sie haben erst geheiratet, als ich fast fünf Jahre alt war – es gibt Bilder von mir bei der Hochzeit in einem blauen Taftkleidchen mit Kornblumen im Haar –, und auch nur, weil Gran damals krank war und Mum ihr eine Freude machen wollte. Die Feier haben sie in der Kirche gegenüber von ihrem Haus am Devon Square abgehalten. Ich erinnere mich, daß Gran, auf einen Gehstock gestützt, in ihrem dunkelblauen Kostüm streng und elegant aussah. Mit ihren Creolen in den Ohren sah sie wie eine aristokratische Zigeunerin aus. Sie ist bald danach gestorben, und wir sind in das Haus eingezogen. Vorher wohnten wir in einer Wohnung in Teignmouth, aber daran kann ich mich nicht so richtig erinnern.

Dad kaufte etwas weiter die Straße hinunter einen Laden, den er »The Corner Shop« taufte, obwohl er mitten in einer Reihenhaussiedlung lag. Ich glaube, meine früheste Erinnerung ist, wie ich Kartoffeln eintüte. Ich rieche ihren erdigen Duft, spüre das kieselige Gefühl und wie die weiche Erde an den Fingern haftenbleibt. Wir aßen immer merkwürdige Menüs, die Mum unsere Haltbarkeitsdatumsessen nannte. Als die neuen Gesetze erlassen wurden, hörte Dad mit den Frischwaren auf und wechselte die Branche: Er verlieh jetzt Videos. Der hob wirklich ab. Als ich studierte, war der Laden von zehn Uhr morgens bis zehn Uhr abends auf, und es gab dort nichts als Videos.

Hier war die Arbeit ziemlich leicht. Wenn ich Dienst hatte, mußte ich nur am Tresen sitzen, konnte lesen und fernsehen. Man mußte nur die Videos ein- oder ausbuchen. Kein Abwiegen oder Eintüten, und zu berechnen gab es auch nicht viel. Ein Pfund für einen Abend, oder einsfünfzig bei den Neuerscheinungen. Und natürlich konnte ich sie alle vorher sehen. *The Breakfast Club, Pretty in Pink, Ferris Bueller's Day Off* – die neusten Filme sah ich alle als erste auf Video.

Debs wollte, daß wir in Exeter zusammenziehen. Sie glaubte, ich sei eine alte Langweilerin, weil mich das nicht gerade begeisterte. »Wozu denn?« fragte ich. »Wir können es uns nicht wirklich leisten, und ich müßte trotzdem jedes Wochenende nach Hause, um im Laden zu helfen. Das bin ich meinen Eltern schuldig für das viele Geld, das sie für mich ausgeben.«

»Wozu denn?« äfft sie mich nach und grinst. »Kirsty, die Freiheit ist es, wozu man das macht. Männer sind es, wozu man das macht. Hättest du nicht gerne einen etwas angenehmeren Ort für dich und Miles als den Friedhof oder den Rücksitz von Pauls Auto?«

Aber ich bin mir nicht sicher, daß ich das möchte. Es gefällt mir sogar, der Kitzel, wenn man plötzlich ein ungenutztes Zimmer auf einer Party entdeckt oder nachts in den Wald schleicht oder sogar die Mülleimer in einem Hintereingang klappern läßt. Mir kommt der Gedanke, daß Miles Erwartungen entwikkeln könnte, wenn es ein Schlafzimmer gibt, das jederzeit genutzt werden kann. Ich glaube, die Situation, so wie sie jetzt ist, gefällt mir bestens.

Allerdings würde es mir wahrscheinlich anders gehen, wenn ich Debs' Paul hätte. Dann wäre ich wohl immer in der richtigen Stimmung, bräuchte nicht den Kitzel des Verbotenen, um in

Fahrt zu kommen. Paul ist hinreißend. Debs weiß das gar nicht zu würdigen – sie sagt, Miles hätte ihr eigentlich immer besser gefallen.

»Miles!« Unvorstellbar.

»Jetzt tu mal nicht so, als wäre er eine Schnecke auf einem Salatblatt, Kirsty. Er ist doch dein Freund, also muß er dir doch auch gefallen.«

Muß wohl so sein, aber Paul ...

Ich frage mich, wie Paul heute aussieht. Damals hatte er jedenfalls eine tolle Figur, weil er soviel Sport trieb. Ich erinnere mich, wie ich ihm interessierte Blicke zuwarf, während er am Strand in seinen Boxershorts entlanglief. Damals, als wir alle die Vorlesung schwänzten.

Es war fast das Ende des Sommersemesters, aber nicht ganz. Wir trafen uns an der Steinmauer vom Domgarten. Wir trafen uns oft dort, weil ich vom Bahnhof dort vorbeikomme und das Zimmer der Jungs auf der gegenüberliegenden Seite des Universitätsgeländes liegt – und außerdem liegt es ungefähr auf halbem Wege zwischen unseren und Debs Vorlesungsorten. Es war mitten am Vormittag und ein viel zu schöner Morgen, um ans Studieren überhaupt zu denken. Paul beschloß, daß wir an den Strand fahren sollten. Torquay. Und Debs sagte, nein, Torquay besteht doch nur aus Rentnern und Pekinesen, ordinären T-Shirts und Spielhöllen. Teignmouth wäre besser. Also sind wir nach Teignmouth gefahren.

Der Ort liegt ungefähr zwanzig Kilometer von Newton Abbot entfernt, für einen vernünftigen Fahrer also eine halbe Stunde von Exeter, und exakt dreiundzwanzig Minuten, wenn man mit einem Wahnsinnigen wie Paul fährt. Wir hatten weder Handtücher noch Badeanzüge noch sonst etwas mit, so daß wir uns erst mal auf dem Pier in eine Kneipe setzten und uns ein Krabbensandwich und ein Bier gönnten.

Wir saßen draußen und sahen den Segelbooten zu, als Miles die kleine, schwarzweiß gestrichene Fähre sah, die über den Sund nach Shaldon dampfte. Er fragte: »Wo fährt die denn hin?« Wir sagten es ihm, und plötzlich wollten beide Jungs damit fahren.

»Das lohnt sich gar nicht«, sagte Debs. »Das ist echt langweilig da drüben, nichts als georgianische Fassaden und ein Dorfplatz und ein paar neureiche, schicke Häuser dahinter.«

Aber Miles hatte in der Kneipe eine Broschüre gefunden, in der stand, daß es in Shaldon einen Schmugglertunnel an einem Strand gibt, der unter dem hohen Cliff liegt, und er bestand darauf, daß wir da unbedingt hinmüßten. Also stellten wir uns am Strand in einer Schlange für die Fähre an, und zwanzig Minuten später wurden wir am anderen Ende der Bucht wieder ausgeladen.

Der Schmugglertunnel roch nach Urin, und der Strand war winzig und voller Steine.

»Hab' ich doch gesagt, daß es hier langweilig ist«, sagte Debs, aber Miles erwiderte: »Wie kannst du so etwas sagen, wenn es hier Jet-Ski gibt?« Und er raste in das Wasser, immer noch in seinen Jeans und Turnschuhen, und rauschte darin auf und ab wie ein Jet-Ski. Paul zog seine Jeans aus und folgte ihm hinein. Sie zogen in den Wellen hin und her und machten Brumm-Brumm. Debs und ich starben vor Lachen. Dann verwandelten sie sich in Rennboote und schließlich in Wasserskiläufer, wobei sie abwechselnd einer hinter dem anderen herliefen, beide Arme ausgestreckt, als würden sie sich an einem Zugseil halten, erst mit der einen Hand, dann mit der anderen, dann – »Aaaach!« brüllte Paul, als Miles eine scharfe Kurve machte, und dann fiel er wie ein gefällter Baum direkt vor Debs und mir ins Wasser, ganz dramatisch, so daß er uns in dem flachen Wasser von oben bis unten naßspritzte. Da konnten wir genausogut auch unsere Jeans und T-Shirts ausziehen. Eine Familie, die in der Nähe Frisbee spielte, zog mit ihrem Windschutz etwas weiter den Strand hinunter und gab dabei deutlich zu erkennen, daß das unseretwegen geschah. Wir brachen noch einmal in Gelächter aus.

Als wir genug davon hatten, von den Motorbooten und dem

Surfen im flachen Wasser, setzten wir uns auf die von dem Seegang glattpolierten Felsen und beobachteten winzige, fast durchsichtige Krabben, die an den Rändern der von Felsblöcken umgrenzten Wasserfläche im Seetang zitterten. Gelangweilt stritten wir darüber, ob es sich lohnte, irgendwo etwas zu essen zu suchen. Als der blaue Himmel blasser wurde und wir zu schaudern anfingen, gingen wir durch das ordentliche kleine Dorf mit den peinlichst genau gestutzten Rosenstöcken und über die lange Brücke nach Teignmouth.

Ich erinnere mich noch wie heute daran. Paul legte eine Kassette von der Oysterband in den Kassettenrekorder, den er in das Handschuhfach eingebaut hatte, und wir sangen die Texte mit.

Ich frage mich, wo Paul und Debs jetzt sind. Ich frage mich, wo Miles ist.

Die Gedanken an Miles nisten sich auf verwirrende Weise in meinem Kopf ein. Ich weiß immer weniger, wie er aussieht, und empfinde eine andere Art von Einsamkeit, die stärker schmerzt als der restliche große Schlamassel von Verwirrung, in dem ich mich befinde. Das unscharfe, neblige Gefühl rührt daher, daß alles Fehlende für mich wirklicher ist als die konkreten Dinge um mich herum. Ich kann zwar jeden Baustein meines Lebens auflisten, aber vor jeden Punkt muß ich eine Verneinung setzen. Kein College, kein Studentencafé, kein eiliges Laufen durch den Park zum Bahnhof, um den Zug noch zu bekommen, kein Miles, der mich am Baum mit den Dromedar-Ästen trifft, keine Streitereien mit der Materialverwaltung der Uni, ob man die Großbildkamera ausleihen darf, kein Andy, der mir über eine Kaffeetasse hinweg einen ironischen Blick zuwirft, keine Debs mit ihrem unglaublichen Lachen, kein schöner Schatten von Paul am Fenster, wo er sitzt und seine winzigen selbstgedrehten Zigaretten raucht. Ich kann mich nicht damit abfinden, daß sich all das völlig aufgelöst haben soll, nicht von einem Augenblick auf den nächsten, sondern allmählich, mit dem Vorübergehen der Jahre.

Ich bleibe den ganzen Tag über in Janeys Schule, mache Verschiedenes. In der letzten Stunde gehe ich aus ihrem Klassenzimmer und helfe einigen der Kleineren, sich nach dem Sportunterricht umzuziehen. Die sind so niedlich. Manche sind erst fünf.

Für heute ist verabredet, daß ich mit Janey und Alice und auch Alices Mum Polly nach Hause gehe, also mit der, von der Clyde sagt, sie wäre »einfach nur eine andere Mutter aus der Nachbarschaft«. Sie kommt mir alt vor – fast vierzig, würde ich meinen. Ich muß ihr die Sache mit dem Vergessen aber erklären, falls wir uns früher viel besser verstanden haben, als ich heute glaube. Der Gedanke, daß Alice und Janey nach einer vergessenen Sonderstunde nicht abgeholt werden könnten, versetzt mich in Panik, aber Polly sagt, daß sie in der Regel die Kinder abholt. Als ich ihr begreiflich machen kann, daß ich mich wirklich nicht daran erinnere, auch nicht an sie, scheint sie das nicht zu beleidigen. »Wir schauen einfach mal, wie das weitergeht«, sagt sie beiläufig.

Während wir den lauten Spielplatz verlassen, sagt Janey: »Manchmal gehe ich auch mit Sam nach Hause.« Sie hat mir den ganzen Tag über einige Kinder gezeigt. Ich kann das alles nicht mehr aufnehmen. Sam hat sie schon ein paarmal genannt, ein lebendiger, selbstbewußter kleiner Junge mit teuren Turnschuhen. Er steigt in einen blaßgrauen Peugeot, der direkt am Schulausgang geparkt ist – wo man gerade nicht parken soll, weil man dann die Schülerlotsen nicht mehr richtig sehen kann. Die Frau im Fahrersitz hat sich die Sonnenbrille hoch in ihr kastanienbraunes Haar geschoben. Sie blickt in den Rückspiegel und scheint mich zu beobachten.

»Warum?« frage ich Janey. »Das ist doch nicht so weit, daß man gefahren werden muß.«

»Ich meine, manchmal spiele ich bei ihm zu Hause und bleibe zum Tee.« Das Kind sitzt jetzt auf dem Rücksitz des Autos. Es zieht die Tür zu, winkt in eine allgemeine Richtung, und die Frau schiebt sich die Brille wieder auf die Nase und fährt ab.

Ich bin unglaublich müde, als ich nach Hause komme. Irgendwo jault eine Katze, wahrscheinlich unsere. Ich höre, wie Janey mit ihr redet, dann klappert Trockenfutter in die Schüssel.

Ich sollte wirklich einmal etwas wegen dieses Kaninchens unternehmen, nach dem Janey dauernd fragt. Es scheint ganz wichtig für sie geworden zu sein, als wäre die Anschaffung eines solchen Tieres gleichbedeutend mit einem riesigen Ja zu allem, einem Nachgeben in all den Punkten, die ich nicht verstehe. Als ob es, sobald einmal ein Hase da ist, kein Zurück mehr gibt.

Im Radio läuft ein Lied, das ich schon einmal gehört habe. Irgend etwas über die Ironie der Geschichte.

Ich habe noch mehr in den Schachteln im Gästezimmer herumgekramt, aber vorsichtig. Ich denke dauernd an die Geschichte mit Pandora. Es gibt jede Menge Notizen und Bilder mit Wachsmalstiften – Kirsten muß wirklich jedes Bild aufgehoben haben, das Janey je gemalt hat. Ich habe auch meine alten Zeugnisse gefunden, ein ganzes Bündel, das in einer roten Spiralbindung steckt. Ich blättere es durch. Kästchen mit Häkchen. *Wird sicher beherrscht, wird sicher beherrscht.* Dann ein paar handgeschriebene Bemerkungen. Mein Kunstlehrer gab mir ausgezeichnete Noten und schrieb: »Kirsty hat eine große, noch ungenutzte Kreativität. Es freut mich, daß sie ein Kunststudium anstrebt.« Und dann der Satz vom Klassenlehrer, der alles zusammenfaßt. »Kirsty sollte lernen, sich zu entscheiden. Unter ihrer unverbindlichen Oberfläche hat sie viel zu bieten, muß aber noch herausfinden, was sie tatsächlich geben kann und was sie vom Leben erwartet. Sie muß lernen, selbst die Initiative zu ergreifen.«

Ich stelle den Ordner fort und kehre in die Küche zurück. Das Lied läuft immer noch im Radio. Das mit der Ironie der Geschichte scheint mir ziemlich gut getroffen.

Clyde macht vegetarische Würstchen mit Bohnen und dazu diese Kartoffel-Waffel-Dinger, die Janey so gut schmecken. Als ich hereinkomme, holt er einen dritten Teller hervor. »Möchtest du auch was essen?« fragt er, aber ich habe keinen Hunger. Ich gieße mir einen Becher Tee aus der Kanne ein und gehe hinaus in den Garten.

Dieser Morgen in Janeys Schule kommt mir nun, wo ich wieder hier bin, ganz irreal vor. Wie ein Videofilm, der zu Ende ist und sich nicht zurückspulen läßt. Ich wünschte, ich könnte ihn in seine Schachtel zurücktun, irgendwo in einem Gästezimmer verstauen und wieder in das Leben zurückkehren, das ich wirklich kenne.

Ich kann es nicht fassen, daß es alles vorbeisein soll. Ich bin mir so sicher, daß es nur ein paar Tage her ist, als wir alle davon redeten, im September unser drittes Semester anzufangen. Das war direkt nachdem wir losgezogen waren, um Nico zu verabschieden, der nach London getrampt ist, der ersten Etappe auf seiner Reise nach Frankreich. Wir hatten ihm zugewinkt, als er in die Fahrerkabine des Lasters kletterte. Dann waren wir zurück zur Raststätte gegangen, hatten uns auf die steile Grasböschung gesetzt und Clausthaler Lagerbier getrunken.

»Das war ziemlich cool, unser zweites Studienjahr«, sagte Paul. Debs schob sich die Sonnenbrille in die Haare. »He, ich bin im zweiten Jahr, was bin ich coo-ool«, spottete sie. Miles und ich hatten uns auf dem Gras ausgestreckt, mein Kopf lehnte an seiner Brust. Die Kamera hing mir um den Hals. Ich stellte das Objektiv auf einen Busch von Wildblumen ein. Dahinter war ein großer Kühllastwagen – ein gutes Motiv, fand ich.

»Wie gehst du da ran?« fragte Paul.

Ich schaute auf den Zoom. »Eher weit. Ungefähr fünfunddreißig.«

Er lachte. »Ich meine deine eigene Herangehensweise, nicht die von deinem Objektiv. Hier – mach eine Aussage über Umweltverschmutzung.« Er trank seine Dose aus und warf sie mitten in meinen Bildausschnitt.

Debs kicherte und verschluckte sich fast auf dem Grashalm, an dem sie gerade kaute. »Genau, richtig! Aufmüpfige Gänseblümchen.«

Miles sagte: »Paul erwartet von jedem, daß er die Wahrheit manipuliert, weil die Journalisten das tun.«

»Alle Medien manipulieren die Wahrheit«, sagte Paul. »Ein Photo kann genauso lügen wie Worte.«

»Da hast du wahrscheinlich recht«, sagte ich, und als Miles den Kopf schüttelte: »Und was ist mit dem Bild von Don McCullin, von der Hungersnot in Biafra? Von dieser verhungernden Frau, die ein Kind stillen wollte. Es war nicht einmal ihr Baby.«

»Ja, aber im Bild liegt eine wesentliche Wahrheit, die wichtiger ist als die Fakten. Es zeigt die Wahrheit über die Folgen eines Krieges.«

Debs schauderte. »Ich fände es schrecklich, im Krieg ein Kind zu kriegen. Was für ein Alptraum. Diese Verantwortung.«

»Ich tu' ja auch mein Bestes, das zu verhindern«, sagte Paul grinsend. »Ich bin nämlich Pazifist.«

Miles gab ihm eine leichte Kopfnuß. »Du Lügner. Du würdest noch heute einen Krieg anfangen, wenn du dadurch eine tolle Geschichte bekämst.«

Bei dem Gedanken an Paul und Miles in Armeekluft, irgendwo in einem Dschungel schwitzend, während über ihnen Militärhubschrauber sirren, wurde ich vor lauter Aufregung ganz schwach. Ich lehnte mich zurück und hörte zu, während Miles und Paul darüber stritten, ob Worte oder Bilder verdorbener sind.

»Journalisten folgen den Kriegen, aber die Kriege folgen euch«, sagte Paul drängend. »Ihr Photographen laßt die Dinge geschehen – weil ihr da seid. Ist doch klar – jedes Kind wird in eine Kamera lächeln oder eine Grimasse ziehen. Wie ist das denn mit dieser Fernsehreporterin, dieser Kate Adie? Kaum taucht sie irgendwo auf, gibt es ein Gefecht.«

Das gab Miles zu, konterte aber dann: »Und was ist mit diesem Typen im Kongo, oder wo auch immer das war? ›Ist hier jemand vergewaltigt worden und spricht englisch?‹ Schamlose Reportagen wie diese sind doch Teil des Problems.«

»Seien wir mal ehrlich, wir sind alle Teil des Problems«, sagte Debs. »Die Lösung der einen Person ist das Problem der anderen. Das muß man einfach akzeptieren.«

Ich genieße es, wenn wir so reden. Mir fällt nie etwas Kluges ein, was ich sagen könnte, aber es fühlt sich so cool an, mit zu analysieren, zu wissen, daß wir die Medienmacher der Zukunft sind.

Paul hatte Gänseblümchen gepflückt und legte sie in einer Reihe auf Debs Bein. »Du bildest dir wohl ein, daß wir Medienmänner die Zukunft der Welt in Händen halten?« sagte er.

Debs erwiderte: »Medienleute, wenn ich bitten darf.« Sie zuckte mit dem Bein, und die Blumen fielen ins Gras. Er hob sie auf und erschuf seine weiße Blütenblätterstraße auf meinem Arm neu. Meine Haut, die von der Sonne schon ein bißchen klebrig war, schmolz noch ein bißchen mehr von der Berührung seiner Fingerspitzen. Dann setzte sich Paul auf, beugte sich, auf den Ellbogen gestützt, zu mir herüber und sagte mit ernster Stimme: »Deine Aufgabe – solltest du sie auf dich nehmen – ist es, in die Zukunft zu schauen.« Er legte alle Gänseblümchen in seine Hand. »Komm schon. Schlag ein Kreuz über die Blümchen in meiner Hand, und sag mir die Zukunft voraus. In fünf Jahren ...« – plötzlich sprang er auf – »in fünf Jahren, was werden wir da tun?«

Keiner von uns antwortete sofort, so daß er die Frage veränderte. »In Ordnung, was *wollt* ihr da machen?«

»Ich weiß nicht«, sagte ich. »Einfach nur irgendwo Photos machen. Bilder schaffen.«

Debs beschloß: »Unterrichten, wahrscheinlich im Ausland.«

Miles sagte: »Na ja, in fünf Jahren müßte ich selbständig sein – auf Reisen, natürlich, aber mit einem guten Standbein irgendwo.«

Debs fragte: »Verheiratet?«

»Um Gottes willen, nein.« Miles warf mir rasch einen Blick zu und lachte. »Jedenfalls noch nicht. Das ist also immer noch der Traum aller Frauen. Nach all den Jahren Feminismus.«

Und Debs sagte: »Meiner nicht. Ich will reisen.«

Ich frage mich, wo Debs gerade auf Reisen ist.

Es klingelt an der Haustür. Irgend jemand, der mit Clyde reden will, vermutlich über Autos. Clyde scheint merkwürdige Arbeitszeiten zu haben, so daß ich gar nicht weiß, wie seine Freunde wissen können, wann sie ihn zu Hause antreffen. Ich höre Fetzen einer leisen Unterhaltung an der Haustür und komme aus dem Wohnzimmer. Clyde dreht mir an der Schwelle zum Haus den Rücken zu, auf seine übliche Art mit dem Ellbogen an den Türrahmen gelehnt. Ich höre die Stimme eines anderen Mannes, aber die geflüsterten Worte begreife ich erst, nachdem ich sie gehört habe. »Hat sie wirklich alles vergessen?« fragte der Besucher. Dieses Arschloch von Clyde muß ihm hinterrücks zu verstehen gegeben haben, daß ich es vielleicht nur vorspiele, wenn er das fragt.

Clyde sagt: »Ganz genau«, mit einer trockenen Zufriedenheit, die mich auf die Palme bringt. Er fragt dauernd nach, als würde er mir nicht glauben, und jetzt höre ich ihn sagen: »Ganz genau«, als wäre ich ein Zirkustier, dem er neue Kunststückchen beigebracht hat.

Ich gehe zurück in den Garten.

Später an dem Tag – ich meine an jenem anderen Tag, der aus der Zeit, die sich wie *jetzt* anfühlt, aber irgendwie in das schwarze Loch von *damals* hineingewirbelt ist und gleich den Rest meines ganzen Lebens mitgenommen hat – fragte Debs mich, ob es mir was ausgemacht hatte. Das, was Miles über das Nicht-heiraten-Wollen gesagt hatte. Und ich sagte, natürlich nicht. Wahrscheinlich war ich doch ein bißchen beleidigt, daß er nicht den brennenden Wunsch kundgetan hatte, mich, koste es, was es wolle, in seinem Leben zu behalten. Aber ich wußte, daß er recht hatte. Ich wußte, das Studium war nicht die Zeit, einen Lebenspartner zu finden.

»Es ist ja auch keiner von uns wirklich verliebt, nicht wahr?« stimmte Debs zu.

Das fand ich auch, obwohl mein Atem plötzlich heftiger ging, weil ich dachte: Nur bin ich vielleicht doch ein bißchen verliebt. Aber in Paul. Was für eine Ironie, wenn er insgeheim auch ein bißchen in mich verliebt wäre. Aber ich sagte nur: »Es hat gar keinen Sinn, hier irgendwie besitzergreifend zu werden. Miles und ich sind einfach nur ein bißchen zusammen, so wie du und Paul.«

Dad mag Miles – mochte Miles damals –, aber ich sah zu, daß sie sich nicht allzuoft trafen, um meinen Freund vor seinen alten Hippie-Angewohnheiten zu schützen. »Die Studenten heutzutage wissen ja gar nicht mehr, wie man Demos macht«, sagte er, als ich Miles das letzte Mal nach Hause mitgenommen hatte. Es war nur ein kurzer Besuch, um ein Paar Stiefel und einen Regenmantel zu holen, aber Dad redete und redete über die »Achtundsechziger«, als wäre es eine große alte Dampflokomotive aus den guten alten Tagen, die leider, ach so leider vergangen seien. Tage, die die Welt verändert hatten, sagte er und ratterte Namen herunter, ließ zentimeterweise einen stolzen Drachen mit Rebellen in einen weiten blauen Himmel aufsteigen. Nelson Mandela ... Tariq Ali ... Peter Haine ... Che Guevara ...

»Alles Männer«, sagte Mum, während sie den Biskuitkuchen austeilte.

»Na ja, ihr habt auch eine Menge dazu beigetragen, radikale Politik neu zu definieren. Feminismus!« sagte Dad, den Mund voller weicher Krümel. »Heutzutage kann man ja einer Dame schon nicht mehr die Tür öffnen, ohne eins auf die Finger zu kriegen.« Er zwinkerte Miles zu.

»Genau der Grund, warum ich keine Freunde mehr nach Hause mitnehme«, sagte ich der Gesellschaft im allgemeinen. »Dad, du bist so eklig. Du weißt ganz genau, daß das jetzt Frauen heißt, nicht Damen.«

»Auf den Klotüren seid ihr aber immer noch Damen«, sagte Miles.

»Und du übst einen schlechten Einfluß auf meinen Freund aus«, sagte ich Dad. Nicht, daß Miles groß auf ihn achtete.

Während wir in der Garage nach einer Zeltbahn suchten, frage ich ihn, ob er mit meinem Vater übereinstimmte, daß die Studenten heute eher ein apathischer Haufen wären.

Er sagte: »Keine Ahnung, ob apathisch das richtige Wort ist. Realistisch vielleicht. Bei allem Respekt für deinen Vater, Kirsty. Ich weiß, daß er bei dir ganz hoch im Kurs steht – aber Flowerpower ist doch mit Pauken und Trompeten untergegangen. Und wann hätten wir schon Zeit, radikal zu sein?« Ziemlich ironisch, nachdem wir den ganzen Nachmittag auf einer Grasböschung verbracht und Blümchenketten gebastelt hatten. Als ich das erwähnte, erwiderte er: »Du weißt schon, wie ich das meine. Wir arbeiten wahrscheinlich viel mehr als die Generation deines Vaters damals in den Sechzigern, die bloß davon gesungen hat, daß die Zeiten sich verändern, high von irgendeinem Kraut und mit einem vollen Stipendium. Und im übrigen, welchen Sinn hat es, so militant zu sein? Demonstrationen ändern letztlich gar nichts.«

»Aber wenn wir das schon für sinnlos halten, also die Leute, die später allen anderen zeigen wollen, was in der Welt gerade vor sich geht, welche Hoffnung besteht denn dann für den Rest?«

Ich wollte das wirklich wissen, Miles aber nicht. Er küßte mich einfach.

Clyde räumt auf, sortiert die alten Sonntagszeitungen. Wir haben zwei abonniert, eine überregionale Zeitung und eine Boulevardzeitung. Ich erkenne einen Namen in einer Schlagzeile und frage Clyde: »Gorbatschow? Was ist mit dem passiert?«

»Jetzt ist Jelzin dran«, sagt Clyde.

»Aber seine Reformen – haben die gegriffen?« Ich nehme mir die Zeitung noch einmal und versuche, den Artikel rasch zu überfliegen. Aber es werden darin Dinge erörtert, von denen ich nichts verstehe.

Clyde sagt: »Die haben die gesamte Sowjetunion aufgelöst. In Rußland sind die Kommunisten nicht mehr an der Regierung.«

Nicht zu fassen. Unglaublich. Etwas so Gewichtiges ist passiert, und wir gehen unverändert durch die Welt. Also ist der kalte Krieg, der meine gesamte Jugend überschattete, vorüber: Keine Bomben mehr, keine Waffenlager. Andererseits gibt es nichts mehr, was den Kapitalismus aufhalten kann. Ich frage: »Ist das gut?« Was Clydes politische Haltung angeht, stochere ich total im dunkeln. Ich weiß noch nicht einmal, was er wählt. Er könnte durchaus auch, das weiß ich schließlich nicht, zur Lieber-tot-als-rot-Fraktion gehören – eine Möglichkeit, die mich ganz schön beunruhigt. »Findest du, daß das gut ist oder schlecht?«

Er zuckt nur mit den Achseln. »Du glaubst doch nicht, daß wir hier alles erfahren, was da drüben vor sich geht, oder?«

Wahrscheinlich hat er damit recht, aber seine Gleichgültigkeit macht mich rasend. Ich weiß einfach nicht, was Clyde von irgendwelchen wichtigen Dingen hält. Mum und Dad haben sich immer über Politik gestritten, und zum Schluß haben sie einfach nicht mehr darüber diskutiert. Mum sagte, die Benimmregel, die Religion und Politik als Gesprächsstoff ausschloß, hätte wirklich einen tiefen Sinn. Dad lachte über ihre Auffassung, daß wir eine »starke Frau« als Führung brauchten. Er meinte, es sei typisch Frau, am Ende doch wieder alles auf die Geschlechterfrage zu reduzieren. Es gab eine Zeit, in der sie ziemlich verbittert waren wegen ihrer Meinungsverschiedenheiten. Dad ärgerte sich über das, was er die kapitalistische Philosophie der Gier nannte, und Mum schnappte zurück: »Na ja, dem Spargroschen meiner Mutter hat diese Philosophie aber gut gefallen, oder möchtest du lieber, daß wir wieder stempeln gehen?« Irgendwann haben sie anscheinend akzeptiert, unterschiedlicher Meinung zu sein, oder vielleicht sind sie gar nicht mehr so unterschiedlicher Meinung. Dad sagt, er wäre der Politik entwachsen.

Aber ich glaube nicht, daß sie Dad jetzt egal ist. Wie kann das sein, wenn es früher einmal so wichtig war? Es ist anders, wenn man sich nie im Leben dafür interessiert hat wie Miles und Paul und eine Menge meiner Freunde. Ich weiß selber nicht so genau, wo ich stehe. Vielleicht haben die Grünen die besten Vorschläge.

Jetzt fällt mir auf, daß ich nicht einmal weiß, ob es immer noch eine grüne Partei gibt. Ich hole die Tüte mit den alten Zeitungen, die weggeworfen werden sollen, aus dem Flur. Ich habe keine einzige davon richtig angeschaut, und plötzlich will ich wissen, was in letzter Zeit geschehen ist. Überall auf der Welt.

Ich verstehe nicht, warum mir das nicht früher eingefallen ist. Natürlich werde ich meine verlorene Welt nicht in einem Haus oder in einem Klassenzimmer finden. Hier sind die Nachrichten, hier ist aufgeschrieben, was um mich herum passiert ist in dieser veränderten Welt, in dieser anderen Zeit.

Ich drehe die Seiten um und suche aufmerksam. Ich versuche, mir eine Vorstellung zu machen, wie sich die Welt verändert hat und warum sie dennoch weiter dieselbe ist.

In der Zeitung von Mittwoch gibt es eine Geschichte über einen Mann, der mit einer Machete auf Kinder in einem Klassenzimmer losgegangen ist. Der Artikel vergleicht das mit dem »Dunblane-Massaker«, und Clyde sagt, das sei ein bewaffneter Mann gewesen, der ungefähr dreißig Kinder ermordet, sie einfach alle über den Haufen geschossen hat. Und dieses ermordete kleine Mädchen namens Jade, wieso ist das »genauso wie der Bulger-Fall«? Clyde erzählt mir von Kindermördern, und es dauert einen Augenblick, bis es mir gruselig die Wirbelsäule hochkriecht: Damit ist gemeint, die Kinder sind die Mörder, nicht die Opfer.

»Warum sollen denn zwei kleine Jungs ein Kleinkind umbringen?«

»Woher soll ich das wissen?«

Es ist eine verdammt merkwürdige Welt, in der ich aufgewacht bin. Die Hälfte der Nachrichten geht um Millionen-Pfund-Gewinne, die andere Hälfte befaßt sich mit Greueltaten. Schöne Lotterie. Erwachsene, die Kinder umbringen; Kinder, die einander umbringen. Ich wünschte, es gäbe jemanden, mit dem ich über all das reden könnte. Jemand wie Debs, aber hier. Jemand, der mir erklären könnte, wie wir von damals zu heute geraten sind. Als ich aufwuchs, passierten ein paar schreckliche Dinge, Hungersnöte und saurer Regen, aber als die in den Nachrichten waren, dachten wir, daß das Problem behoben werden würde. Daran glaubte ich wirklich: Zu wissen, daß etwas nicht in Ordnung ist, sei der erste Schritt zur Besserung. Was ist mit der Hoffnung passiert? Das möchte ich wissen. Was ist aus der Idee geworden, den Hunger in der Welt abzuschaffen, aus den Friedensdemos, aus der »Rainbow Warrior«?

Der Fußboden ist mit Zeitungen übersät. Clyde steht da und wirkt hilflos, während ich mich über die Seiten beuge, immer noch die Blätter umdrehe. Das Dumme ist nur, daß das alles für Menschen geschrieben ist, die schon wissen, was los ist, die nur kurz eine Neuigkeit brauchen. Ich muß aber versuchen, ein ganzes Jahrzehnt zu verstehen.

»Da bin ich kein Experte«, sagt Clyde mit diesem verärgerten Gesichtsausdruck, den er immer kriegt. Als würde ich das nur tun, um ihn zu nerven. »Abends laufen immer Nachrichten. Hörst du da nicht zu?«

Nein, das tue ich nicht. Ich lasse die Töne an mir vorbeirauschen und die Bilder an mir vorüberziehen. Alles klingt abgehackt und hat scharfe Kanten. Alle Menschen sehen fehl am Platz aus. Er versteht das nicht.

»Ich weiß nicht, was du von mir hören willst«, sagt Clyde. »Ich kann es einfach nicht so sehen wie du. Diese Dinge sind einfach passiert, eins nach dem anderen.«

Okay, er will mir damit sagen, daß er sich nicht erinnert. Darüber kann ich mich wirklich nicht beschweren. Einen Unterschied gibt es allerdings. Seine Erinnerung ist nicht völlig fortgewischt wie der Schmutz von einem Spiegelglas; nur Teile davon, als wäre jemand mit einem angeleckten Finger drübergefahren.«

Ich versuche es noch einmal. »Was sind die wirklich wichtigen Sachen?«

»Also zum einen ist Nelson Mandela aus dem Gefängnis entlassen worden, und er ist jetzt der Präsident von Südafrika.«

Ich springe auf und umarme ihn, kann gar nicht anders. »Das ist ja großartig.«

»Ja«, sagt er. »Das hat dich damals schon ziemlich gefreut.«

»Findest du nicht, daß das einfach phantastisch ist?«

»Natürlich tue ich das. Ich habe mich bloß schon daran gewöhnt. Das ist alles. Wie die Tatsache, daß die Berliner Mauer gefallen ist. Wir waren alle eine Weile richtig aufgewühlt davon. Aber das Leben geht weiter, und schon bald zeigen sich die ersten Probleme.«

Clyde ist hoffnungslos. Ich möchte mit jemandem reden, der versteht, was ich zu fragen versuche. Hier aber scheint es niemanden zu geben. Ich könnte Suzy anrufen und fragen, ob sie vorbeikommen, ein paar Tage hier wohnen möchte. Aber als Suzy mich im Krankenhaus besuchen kam, war ich einfach verwirrt, wie weit sie von dem pickligen Teenager, den ich zu sehen erwartet hatte, entfernt war. Alle meine Kraft ging dafür drauf, diese Fremde in Suzy zurückzuverwandeln, und ich konnte gar nicht begreifen, wovon sie überhaupt redete. Für das hier brauche ich meine Freunde aus Studienzeiten. Möglicherweise sind sie Zyniker, aber auf außergewöhnliche Nachrichten wie diese würden sie niemals so blasiert reagieren. Vielleicht aber doch – vielleicht waren wir alle so, vielleicht ist uns die Kraft deshalb verlorengegangen.

Ich kehre zum Stapel Zeitungen zurück. »Wollen die Leute keine Auslandsnachrichten mehr? Guck mal, diese Titelseite besteht nur aus Liebesbeziehungen von Schauspielern und Angeboten für billige Reisen nach Frankreich, damit man zollfrei Alkohol kaufen kann.«

Was ist denn jetzt wieder? Warum steht er in der Tür und schaut mich an, als hätte ich etwas falsch gemacht.

»Es freut mich, daß du die Welt retten willst«, sagte er. »Dir geht es wohl wieder besser.«

Ich finde nicht, daß dieser Satz einer Antwort würdig ist, aber ich kann mich doch nicht daran hindern. »Du willst doch auch, daß ich weiß, wer ich bin, oder etwa nicht? Da muß ich wohl bei mir im Kopf anfangen.«

»Du könntest auch mit deiner Tochter anfangen«, sagt er und knallt die Tür hinter sich zu.

Arschloch.

Sie ist in ihrem Zimmer und spielt. Dort verbringt sie eine Menge Zeit. Man vergißt leicht, daß sie überhaupt da ist. Eigentlich ist das ziemlich anstrengend, ein Kind im Haus zu haben; man muß immer gucken, wo es gerade ist. Als wäre man ein permanenter Babysitter.

Ich sehe zu, daß ich in Janeys Zimmer sitze und mir von ihr vorlesen lasse, als Clyde wieder hereinkommt. Sie hat sich eine Geschichte ausgesucht über irgendwelche Kinder, die bis ans Ende des Regenbogens reisen auf der Suche nach einem Topf voller Gold. »Natürlich ist das nur eine Geschichte«, sagt sie wegwerfend, während sie das Buch schließt. »Dort ist gar kein Gold. Kann ja auch nicht.«

»Warum denn nicht?« Ich frage mich, ob sie mir jetzt einen kleinen Vortrag halten wird über prismatische Lichtreflektion, aus einem naturwissenschaftlichen Projekt von Mrs. Crabbe.

»Weil es natürlich keine Feen gibt. Aber ich würde trotzdem gerne mal ans Ende eines Regenbogens gehen. Es wäre so schön, die bunten Regentropfen überall heruntertröpfeln zu sehen.«

Janey versetzt mich in Erstaunen. Sie kann den Videorekorder einstellen, sich in der Mikrowelle selbst den Tee heiß machen, das Telefon bedienen und trotzdem gibt es irgendwo in ihrem Kopf diesen magischen Ort, wo – Feen hin oder her – regenbogenbunte Tröpfchen fallen wie strahlendhelle, farbige Kristalle, wenn man nur das Ende des Regenbogens findet.

Ich habe gerade unsere Nachbarin vom Reihenendhaus getroffen, deren Garten direkt an unseren grenzt. Diese alte Frau beugte sich mit ihren fleckigen Armen über den Zaun und rief jammernd zu mir herüber: »Haben Sie meine Wäsche gesehen?«

Ich weiß nicht, wovon sie spricht. Ihr runder Wäscheständer ist voll von dem üblichen formlosen Zeug in der Farbe von Haferschleim; sie wirbelt die kreisrunde Wäschespinne mit einer Hand herum, und ihr verwirrtes Gesicht verschwindet immer wieder hinter den sich aufblähenden Unterhosen, die in der Luft herumkreisen.

»Haben Sie meine Wäsche gesehen?« fragt sie noch einmal, auf eine ängstliche und gleichzeitig befehlsgewohnte Art. »Alle meine Sachen sind weg. Das Taufkleidchen. Handgeklöppelte Spitze, meine Tante hat sie selbst gemacht, der ganze Saum ist damit verziert. Und die kleinen gepunkteten Kleidchen mit dem Smok. Ich hab' sie alle heute morgen gewaschen und zum Trocknen aufgehängt. Irgend jemand hat alles genommen. Alles.« Und sie starrt entsetzt auf die plumpen Kleidungsstücke, die langsam um sie herumschweben.

Ich lächele weiter, schüttle den Kopf und verschwinde durch unseren Garten ins Haus hinein. Eine verdammt komische Gegend, in die ich da geraten bin.

Am Sonntag nachmittag schlägt Clyde vor, wir sollten Erdbeeren pflücken gehen, und er fährt uns ans andere Ende des Dorfes, wo vor einem Haus ein Schild steht: »Erdbeeren zum Selberpflücken«. Der wie ein Park ausgelegte Garten ist riesig, und die Reihen von Erdbeerpflanzen liegen auf einer Anhöhe. Die Frau gibt uns einen Korb und sagt, die Erdbeeren wären bald alle, es wäre die letzte Woche, und wir müßten vorsichtig pflücken.

Janey macht das großartig: Sie sollte sich um eine Stelle bewerben, bei der man Pflücker nach Stückzahl entlohnt. Sie setzt sich neben die Reihen ins Beet und geht die leuchtenden Büsche mit den Beeren wie ein kleines Eichhörnchen durch, rasch und sorgfältig. Sie hat sogar ein paar von meinen Erdbeeren aussortiert, die ihrer strengen Qualitätskontrolle nicht entsprachen. Nebenbei ißt sie eine Menge, stopft sie sich unverblümt in den Mund, läßt roten Saft ihr Kinn herunterrinnen. Clyde sagt ihr nicht, sie sollte das lassen. Er mampft heimlich sogar selber welche.

»Ist das nicht wie Stehlen?« frage ich streng.

Er zuckt mit den Schultern. »Man wird nicht gewogen, wenn man ankommt und wenn man geht. Die Leute müssen doch probieren dürfen. Versuch mal eine.«

Ich beuge mich über eine Traube sehr roter Früchte, die schwer und tief über dem Teppich aus Blättern und schwarzer, faseriger Erde hängen. Die Beere an meiner Hand ist warm von der Sonne. Während ich sie pflücke, gibt die feste Frucht leicht dem Druck meiner Finger nach. Ich schiebe sie mir in den Mund. Sie ist warm und süß und saftig. Ich esse sie langsam.

Clyde beobachtet mich und lächelte dabei. »Kein Vergleich mit gekauften, was?«

»Ich habe noch nie etwas so Köstliches gegessen.«

Er will etwas sagen, ißt aber statt dessen eine weitere Erdbeere und lächelt. Er hat ein nettes Lächeln. Nicht albern oder breit grinsend, wie das bei manchen großen Männern sein kann. Er hat den Mund meistens geschlossen, aber seine Gesichtsmuskeln heben den einen Mundwinkel schelmisch zur Seite. Es ist so ansteckend, daß man plötzlich selber lächeln muß. Mir fällt auf, daß Janey auf die gleiche Weise lächelt, was interessant ist.

Als wir zurückkehren, tut Clyde einen Teil der Früchte in Schälchen und löffelt Eiskrem aus einem großen Becher mit weichem Eis aus dem Gefrierschrank dazu. Er bringt das alles in den Garten hinaus. Wir sitzen auf der kleinen Terrasse auf den grünen Plastikstühlen unter dem gestreiften Sonnenschirm.

Ich schaue mir den Garten an, und es fällt mir zum ersten Mal auf, wieviel Arbeit darin getan worden ist. Von Clyde, nehme ich an. Vielleicht schneidet Kirsten gelegentlich ein paar der duftenden, pfirsichfarbenen Rosen ab. Aber ich kann mir schon denken, wer den kleinen Teich angelegt hat und wer die Hecke schneidet.

Janey stellt den Springbrunnen an und zeigt mir die Fische. Sie glitzern unter der Oberfläche, ein dunkles Rot unter den cremefarbenen Seerosen. Sie zeigt mir die Stelle, wo sie den kleinen Hasenstall hinstellen will. Das Gras dort ist lang und üppig, und darüber hängt Kapuzinerkresse.

»Und der Grund, warum du kein Kaninchen hast, ist ...?«

»Daddy sagt, das hängt von dir ab.«

»Und was sage ich dazu?«

Sie blickt mich vorsichtig an, bohrt ein bißchen in der Nase und sagt dann: »Du sagst: ›Schauen wir mal.‹«

Eine große Wut auf Kirsten überschwemmt mich.

»Na ja, wir haben ja jetzt geschaut, du kannst eines haben. Noch nicht jetzt, aber sehr bald.«

Sie wirft sich auf mich, faßt mich um die Taille. Warme, klebrige Hände liegen eng auf mir. Ihr kleiner Kopf bohrt sich in meine Lenden. Ich versuche, nicht über die Verbindlichkeit dieses Häschen-Versprechens nachzudenken. Ich setze mich auf das Gras, damit sie mich ein bißchen leichter umarmen kann. Ihr Haar riecht wunderbar. »Hast du das selbst gewaschen? Es sieht so üppig aus.«

»Daddy hilft mir.«

Ich würde gerne fragen: Was ist eigentlich mit mir? Ist das der Grund, warum Kirsten weggegangen ist? Sie hat einfach nur immer weniger getan und sich zuletzt gänzlich ausgeblendet?

Abends, als Janey schläft, beschließe ich, mit Clyde den Film im Fernsehen zu sehen. Er heißt *Das Piano* und handelt von einer Frau, die sehr eigensinnig und voller Schläue ist und es schafft, alle um sich herum mit ihren Wutanfällen in Schach zu halten. Angeblich hat der Film ein Happy-End, denn nachdem sie ihren Mann betrogen hat, läuft sie mit einem anderen fort. Aber mir scheint, daß die Traumata, die sie verursacht hat, ihre Tochter für den Rest ihres Lebens in Verwirrung stürzen müßten.

Clyde fragt, was ich von dem Film halte. Er sieht besonders unschuldig aus dabei. Mir fällt ein, daß er vielleicht die erotischen Szenen im Kopf hat: Diese Frau schien ihr eigener Widerstand zu erregen. Vielleicht hat er für uns beide ein ähnliches Szenario im Kopf. »Ich konnte sie überhaupt nicht leiden«, sage ich. »Sie hat das kleine Mädchen herumkommandiert, nur um sie dann auszuschließen, als es etwas gab, was sie noch lieber wollte.«

Wir redeten nicht weiter über den Film. Ich bin jetzt überzeugt, daß er ihn nur wegen der Fummelszenen geschaut hat, und das ist mir unangenehm. Ich bin ziemlich sicher, daß er nicht versuchen wird, mit mir zu schlafen, ohne daß ich auf irgendeine Weise signalisiere, daß mir das recht ist. Aber ich will nicht über diese Dinge reden. Meistens ist die Kluft zwischen uns tief und unüberwindlich, aber manchmal wird sie so schmal, daß ich Angst habe. Das kann durch einen Blick geschehen, einen seiner langsamen, ruhigen Blicke, oder durch etwas Komisches, was Janey sagt, so daß wir beide plötzlich lächeln. Unser Lachen berührt sich dann in der Luft.

Ich spüre, daß solche Dinge uns manchmal ins Bett taumeln ließen: Ich weiß, daß Clyde das jetzt gerne hätte. Aber ich kann nicht. Und weiß nicht, ob ich es je können werde.

In dem Augenblick klingelt das Telefon, und Clyde geht in den Flur, um abzunehmen. Ich höre sein leises Murmeln. Ich folge ihm bis zur Tür und sehe gerade noch, wie er auflegt.

»Das war Helen«, sagt Clyde. Er ist rot geworden. Vor Wut, oder?

»Meine Freundin Helen?« frage ich. Ich versuche, gelassen zu klingen. Versuche, die Ängstlichkeit zu unterdrücken, die mich bei seinem Ausweichen überfällt und die die andere Spannung verdrängt hat.

»Ja.«

»Meine auf mysteriöse Weise unsichtbare beste Freundin?« Diese ironische Frage ist wie ein Refrain in meinem Kopf. »Will sie schon nach drei Wochen vorbeikommen, oder was?«

Clyde antwortet nicht. Er steht einfach nur da und sieht groß und dämlich aus, und ich verabscheue ihn. Ich will ihm etwas an den Kopf werfen und schreien, aber ich will Janey nicht wecken.

»Eins nach dem anderen«, sagt Clyde auf seine langsame, nervende Art. »Deine Mum und dein Dad kommen morgen zu Besuch.«

Ich erinnere mich mit einer plötzlichen Panik an das Gästezimmer. »Wo werden sie denn übernachten?«

»Sie werden im ›Bell‹ wohnen. Wie immer.«

In dem Augenblick hasse ich ihn und seinen hochmütigen, genervten Singsang. Ich werfe ihm allerdings nichts an den Kopf, und ich antworte ihm auch nicht. Ich tröste mich mit dem sicheren Wissen, daß ich bald, sobald meine Eltern hier sind, ein paar Antworten bekommen werde. Und wenn mir nicht gefällt, was ich höre, dann bleibe ich eben nicht. Ich gehe einfach heim mit meiner Mum und meinem Dad und werde niemals wieder in dieses Haus zurückkehren.

VIERTE WOCHE

Dad ist gealtert. Er ist ein bißchen kleiner, und seine Haare sind dünner und grauer geworden. Er ist immer noch muskulös, aber die Haut um seinen Hals und im Nacken ist schlaff, welk von der Sonne. Mum ist ganz braun gebrannt, mit einem Fächer kleiner Fältchen an den Augen, die wie Ammoniten aussehen. Das wird an Spanien liegen. Der Teil von mir, der nicht wirklich daran geglaubt hat, daß sie dort hingezogen sind, selbst nach diesen schwerverständlichen Anrufen, bei denen alles, was man sagt, wie ein Echo hallt, ist endgültig zum Schweigen gebracht worden.

Den gestrigen Abend haben sie bei Suzy verbracht, »weil das näher am Flughafen ist« – mit anderen Worten, damit meine Schwester ihnen weitere Details über dieses merkwürdige Geschehen berichten, vielleicht sie überhaupt erst einmal einweihen kann. Vielleicht hat sie Mum gesagt, sie solle sich nicht aufregen, und Dad, er solle nicht so kariert gucken. Falls ja, funktioniert es jedenfalls nicht besonders gut.

Ich werfe mich Mum in die Arme. Ich will nach Hause. In mir weint es: *Nimm mich nach Hause.* Aber das hat ja keinen Sinn, wenn ich ihr »neues Zuhause« gar nicht kenne. Also klammere ich mich bloß weiter an sie. Ihre Arme sind ganz braun und weich und riechen nach Duschgel und Mütterlichkeit. Sie streicht mir übers Haar und sagt: »Schon gut, schon gut.« Dad hat einen großen Packen Photos vom Haus in Spanien mitgebracht und versucht, sie uns im Auto zu zeigen, während Clyde uns alle nach Hause fährt.

Ich glaube, er hofft, daß ich einen Blick darauf werfe und gleich jauchze: *»Ach so, ja natürlich, ein Schwimmbad! Jetzt kann ich mich wieder an alles erinnern.«*

Er fingert an ihnen herum und lächelt. Das muß einer dieser unangenehmen Momente sein, in denen man etwas in den Fingern haben muß. Er tut mir wirklich sehr leid, aber ich tue mir noch mehr leid.

Als wir zu Hause ankommen, wird der Packen Photos wieder hervorgeholt, während Clyde die Koffer hereinträgt und Janey mit dem Cellophan um befremdlich aussehende Süßigkeiten kämpft. So ungesundes Zeug durfte ich nie essen. Clyde fragt: »Tee?« auf seine klagende Art, aber ich hatte es in den Taschen klimpern hören. Also sage ich: »Oder wie wäre es mit einem Glas Wein?« Also wird alles hervorgeholt, die zollfreien Einkäufe und die Flaschen Elegido. Es ist fast schon eine Party. Ich kann es nicht fassen, daß Mum ins Ausland gezogen ist. Sie ist so in Devon verwurzelt – schließlich ist sie nach dem Studium an der Kunsthochschule in ihre Heimatstadt zurückgekehrt.

»War ich nicht überrascht, als ihr mir gesagt habt, daß ihr umzieht?« will ich wissen. »Haben wir das überhaupt miteinander besprochen?«

Sie lacht und blickt Clyde an, als erbitte sie sich von ihm Unterstützung. (Clyde schaut sie an! Meine Mutter!) »Du wußtest immer darüber Bescheid, Schätzchen. Du hast gesagt, daß es auch für euch schön wäre, für die Ferien.«

Also lächle ich begütigend. Aber wie soll ich jemals erfahren, was ich wirklich gedacht habe. Vielleicht haben wir nie vernünftig darüber geredet, bevor sie umgezogen sind. Mum gießt noch ein bißchen Wein nach und sagt: »Wir hatten doch immer vor, das zu machen, sobald du und Suzy erwachsen wärt. Deswegen hat euer Dad ja auch nie zugelassen, daß ihr einen Hund bekommt.«

Ich lasse mich breitschlagen und schaue mir Dads Spanien-Photos an. Sie sind vor drei Jahren hingezogen, so daß Janey auf manchen Bildern sehr klein ist. Ein paar wirken vertrauter, aber das liegt daran, daß wir einen zweiten Abzug bekommen haben. Ich blättere unser Photoalbum durch, um zu belegen, was ich meine, und Dads Blick bleibt auf dem Photo von Janey im Schwimmbecken haften.

»So ein Photo dürfte man heute gar nicht mehr machen«, sagt er seufzend. »Das würden die heute gar nicht mehr abziehen.«

Clyde blickt auf die Seite und stimmt ihm zu. »Das Labor würde die Aufnahme wahrscheinlich sofort der Polizei übergeben«, sagt er. Einen Augenblick bin ich verwirrt, und dann überkommt mich ein Ekel, als ich verstehe, was er meint, als ich wieder die unschuldigen kleinen Hügelchen und dieses vertrauensselige Lächeln anschaue. Befürchtet Clyde das nur, oder denkt er das wirklich? Ich bin überrascht, daß mein Vater nickt und Mum gleichfalls.

Ich wünschte, Dad hätte ein paar ihrer alten Bilder aus der Zeit, als wir noch in Devon wohnten, mitgebracht, aber Mum sagt, ich sollte mich auf die vergangenen Jahre konzentrieren. Die fehlenden Jahre, meint sie. Sie erzählt mir Anekdoten voller Details über all die Schnappschüsse, bis mir der Kopf raucht und ich höchst erleichtert bin, als Clyde vorschlägt, daß man jetzt wohl besser im Hotel einchecken sollte. Er geht mit ihnen die Straße hinunter, und ich bin froh über die Stille.

Als Clyde zurückkehrt, sieht er, wie ich mir unsere Photoalben noch einmal anschaue. Ich bin bei unseren Hochzeitsbildern. Noch einmal versuche ich, sie zu begreifen. Diesmal erkenne ich, daß das Kleid mit dem weiten Rock einen ziemlich runden Bauch verdeckt. Ich versuche, den Ort zu erkennen, aber die Mauer im Hintergrund kann ich nicht identifizieren. Es ist nicht die richtige Art Stein für die Kirche am Devon Square, die ich so gut kenne, weil sie ganz in der Nähe unseres Hauses ist. Ich meine, des alten Hauses meiner Eltern. Clyde sagt mir brüsk, das wäre in der Stadt gewesen, in der er arbeitet, als ich frage, wo wir geheiratet haben. Ich habe das Gefühl, als hätte ich ihm diese Frage schon einmal gestellt. Auf dem Bild gibt es auch eine betrübt aussehende Frau in einem schokoladenfarbenen, karierten Kostüm, die eine rosa Handtasche trägt. Das muß wohl die Schwiegermutter sein, die sich leibhaftig für demnächst angesagt hat. Ich bin auf einer Seite von Suzy und auf der anderen von einer Brautjungfer flankiert, die ich nicht kenne.

Clyde späht auf meinen zeigenden Finger herab. »Das ist Leila. Deine Mitbewohnerin.«

»Erzähl es mir …«, bitte ich, und er blickt mich stumm an, so daß ich hinzufüge: »… noch einmal. Bitte.«

Und er erzählt mir, daß ich die Universität verlassen habe, um eine Stelle in einer Druckerei anzunehmen in der Stadt, einer Firma, die Photobände herstellt. Ich arbeitete im Labor und teilte mir eine Wohnung mit einem anderen Mädchen, das auch in der Firma beschäftigt war. Und dann heiratete ich ihn, und wir zogen hierher.

»Wie lang habe ich mit dieser Leila zusammengewohnt?«

»Weniger als ein Jahr. Vom Sommer siebenundachtzig bis zum Frühjahr achtundachtzig, als wir geheiratet haben.«

»Und treffen wir uns gelegentlich mit ihr?«

»Nicht oft. Du hast ein paarmal mit ihr zu Mittag gegessen. Ein bißchen getratscht und so.«

Vermutlich entspricht das Clydes Vorstellung von Frauen. Die Männer unternehmen Dinge miteinander, Sport, Gespräche, männliches Zeug; die Frauen tratschen ein bißchen und so.

Ich möchte mehr über diese Wohnung wissen. »Gibt es Photos davon, wie ich mit Leila gewohnt habe? In einem anderen Album?«

»Es könnten ein paar in einem Umschlag irgendwo herumliegen, Photos von Feten in eurer WG vielleicht. Wir können uns das morgen anschauen.«

Aber für morgen habe ich bereits andere Nachforschungen eingeplant. Morgen werden meine Eltern früh herüberkommen, und sobald Clyde aus dem Haus ist, will ich ihnen den ganzen Tag lang Fragen stellen. Sie müssen so viel wissen, was er mir nicht erzählen kann. Da ist die Geschichte mit dem Kind, und von wem es ist, klar, aber ich habe das Gefühl, das will gut vorbereitet sein. Ich habe vor, da anzufangen, wo ich aufgehört habe, also im beginnenden Sommer 1987.

Ich warte, bis Dad mit Janey am Computer spielt, und lotse Mum mit einem Becher Kaffee hinaus in den Garten. Wir setzen uns auf die grünen Plastikstühle unter dem Sonnenschirm mit den Bommeln dran. Ich gewöhne mich langsam daran, wie sie jetzt aussieht, obwohl ihr Lächeln mich immer noch entsetzt. Sie hatte glatte rote Lippen, aber von ihren Mundwinkeln gehen winzige Falten wie Federn aus, als wären es dünne kleine, blutende Adern. Als ob sie den Lippenstift mit etwas ganz Scharfem abgetupft hätte. Früher sah sie nie so aus.

»Ihr habt es ja wirklich wunderhübsch hier«, sagt Mum, um mir dann noch einmal mitzuteilen, wie wunderbar Clyde sich um alles kümmert, auch um Janey. Und mich.

Ich stimme ihr mechanisch zu und sage dann: »Wer hat mir eigentlich von der Stelle in der Druckerei in dem Sommer erzählt, damals?«

Sie trinkt einen Schluck. Dann setzt sie ihre Sonnenbrille auf und lehnt sich zurück, das Gesicht zur Sonne. »Dein Vertrauenslehrer, dieser Mr. Gray. Der hatte die Idee. Er hat dich in der ersten Woche der Ferien angerufen. Die Ausschreibung war zu spät eingesandt worden, als daß man sie auf dem schwarzen Brett hätte aushängen können, sagte er, und er meinte, es wäre eine gute Gelegenheit für dich. Er wußte, daß du für den Sommer Arbeit suchtest, und er fand, das würde dir vielleicht liegen. Dad hat dich zum Vorstellungsgespräch gefahren, und die haben dich vom Fleck weg engagiert. Gleich am selben Tag hast du auch Leila kennengelernt und mit ihr ausgemacht, daß du für den Sommer bei ihr wohnst, bis sie eine andere Mitbewohnerin findet.«

Ich sitze schweigend eine Weile da und denke darüber nach. Ich verstehe, warum das für die Semesterferien ein idealer Job war. Wenn ich die Farbtrennung in der Praxis lernte, konnte ich bei dem theoretischen Projekt im zweiten Jahr sicherlich besser abschneiden. »Also war das nur ein Job auf Zeit, und ich wollte mein Studium fertig machen?«

Mum zerpflückt ihr Papiertaschentuch zu winzigen Rollen. »Natürlich. Aber dann war das nächste, was wir von dir hörten, daß du dein Studium aufgegeben hast. Du wolltest bei der Druckerei bleiben und endgültig bei Leila einziehen. Und dann hattest du ja vor zu heiraten. Clyde.«

»Und darüber haben wir nicht miteinander gesprochen?«

»Na ja, wir haben natürlich gesehen, daß du schwanger warst, als du über Weihnachten nach Hause kamst. Aber du hast nie darüber gesprochen, Schätzchen. Du hast dich einfach entschieden und hattest keine Lust, Fragen zu beantworten. Und Clyde schien ein so netter Mann zu sein. Ich habe dir natürlich gesagt, weißt du, daß man nicht unbedingt heiraten muß, heutzutage wenigstens. Und Clyde hätte dich bestimmt unterstützt. Er hätte ganz zweifellos Unterhalt gezahlt.«

Darauf kann ich nicht viel erwidern. Sie glaubt offensichtlich, daß Janey Clydes Tochter ist. Mir scheint, daß ich geheiratet habe, um das Kind versorgt zu haben. Daß ich keine andere Möglichkeit sah. Meine Eltern haben davon offenbar keine Ahnung. Ich frage mich, wie tief ihre Achtung vor mir sinken würde, wie wenig sie von mir halten würden, wenn sie die Wahrheit wüßten. Ist das der Grund, warum ich sie ihnen nie erzählt habe? Ist das der Grund, warum ich Debs und meine anderen Freunde aus den Augen verloren habe? Schämte ich mich einfach zu sehr für das, was ich getan hatte, um mich irgendwo zu zeigen, um jemandem davon zu erzählen?

Aber was hatte ich denn getan?

Janey ruft meine Mutter, die irgendeinen Punktestand bewundern soll, den sie und ihr Großvater erreicht haben. Ich bleibe draußen sitzen, trinke meinen Kaffee aus, bin froh, für kurze Zeit allein zu sein. Ich hatte so sehr gehofft, daß Mum alles wissen würde. Auf die Idee, daß es anders sein könnte, war ich gar nicht gekommen. Ich wollte jedes Detail in mich hineinfressen wie ein Vogeljunges, das den Schnabel weit aufreißt. Ich wollte die Teile dieses Puzzles, das mich so verwirrt, finden und Stück für Stück aneinanderlegen.

Nach einer Weile kommen sie wieder in den Garten. Janey will vorführen, wie sie Fahrrad fahren kann. Ungläubige Ausrufe meines Vaters über ihre Schnelligkeit und Geschicklichkeit – übrigens kann ich mich nicht daran erinnern, daß er mich jemals so gelobt hat, als ich Fahrrad fahren lernte – und dann sagt er: »Ist sie nicht wunderschön? Sie ähnelt ihrer Mutter mit jedem Tag mehr.«

Janey sieht tatsächlich aus wie ich als Kind auf Photos. Jedenfalls hat sie dieselbe Gesichtsform und dasselbe Kinn. Dasselbe dunkelblonde Haar. Er küßt sie auf den Kopf. »Aber die blauen Augen hat sie von ihrem Daddy«, sagt er. »Nicht wahr? So ein Glückskind. Deine Schönheit, und dazu noch Clydes blaue Augen.«

Dieser Besuch bringt nicht, was ich mir davon erhofft habe. Wenn es nur ein normaler Familienbesuch wäre, ginge das alles schon in Ordnung. Dann könnten wir Ausflüge mit Janey machen und neue Orte erforschen, aber meine Eltern konzentrieren sich darauf, alle Schritte noch einmal zu gehen, die wir miteinander gegangen waren. Als wollten sie uralte Mythen unserer Vorfahren wiederentdecken. Das bringt erhebliche Diskussionen zwischen ihnen beiden mit sich, die gefährlich in die Nähe von Streitereien geraten, wobei Janey eine unparteiische Schiedsrichterin ist.

Mum scheint zu glauben, daß in meiner prekären psychischen Lage jede neue Erfahrung mich zusätzlich verwirrt. Ich erwische sie dabei, wie sie mich sorgenvoll betrachtet, als würde ich ohne ihre mangelnde Zuwendung plötzlich aufstehen und sagen: »Wer sind Sie eigentlich?« Ich kann ihr das nicht ankreiden, aber es berunruhigt mich, meine Mutter so ratlos zu sehen. Selbst wenn ich nicht ihrer Meinung war, dachte ich früher immer, sie selbst wäre wenigstens davon überzeugt, recht zu haben. Wenn sie so perplex ist, fühle ich mich noch orientierungsloser.

Meine Eltern versuchen so offensichtlich, meiner Erinnerung auf die Sprünge zu helfen. Nur klappt das nicht. Manchmal denke ich, daß ich mich tatsächlich an eine Kleinigkeit erinnern kann, und dann fällt mir doch wieder ein, daß Clyde es mir vor einer Woche gezeigt hat. Alles ist immer noch neu für mich, nur ist manches nicht ganz so neu wie der Rest.

Ich habe versucht, ein Gefühl von entspannter Vertrautheit mit meiner Mutter zurückzubekommen, aber das liegt in so weiter Ferne, daß ich mich langsam frage, ob meine Erinnerungen an ein gutes Verhältnis mit ihr einfach nur rosarot gefärbte Einbildungen sind. Es gibt heikle Augenblicke zwischen uns. Jedesmal, wenn ich ihr meine Gefühle anvertrauen oder sie nach ihren fragen will. Ich weiß nicht, ob das an dieser Sache mit dem Vergessen liegt, oder ob es ein tieferes Schweigen zwischen uns gibt, das über die Jahre einfach größer geworden ist. Vielleicht ist sie enttäuscht, weil ich damals das Studium abgebrochen habe. Vielleicht hat sie mir das auch damals gesagt – vielleicht hatten wir einen riesigen Streit, der sie so erschöpft hat, daß sie beschlossen hat: *nie wieder.* Vielleicht sind die Wunden niemals geheilt. Und als die Eltern nach Spanien gegangen sind, gab es anstelle von Umarmungen und Tränen nur ein ruhiges Händeschütteln allerseits, und Dad sagte möglicherweise: »Ich glaube, es ist wirklich besser so.« Vielleicht irre ich mich auch. Vielleicht blieb alles beim alten, liebevollen Umgang zu Hause in Devon, und ich habe sie jede Woche angerufen und gesagt: »Ich wünschte wirklich, ich könnte öfter bei euch vorbeikommen, aber …«

Aber was?

Ich folge Mum in die Küche, wo sie einen Tee aufsetzt. Als sie den Wasserkocher gefüllt und den Stecker eingesteckt hat, frage ich sie: »Hat es euch etwas ausgemacht, daß ich weggegangen bin?«

Sie begegnet meinem direkten Blick mit einem unschuldigen Lächeln und weit aufgerissenen Augen. »Schätzchen! Wir wollten doch nur, daß du glücklich bist. Das ist doch ganz selbstverständlich.«

»Aber was war mit euren Gefühlen? Wart ihr gar nicht enttäuscht?«

Sie wiederholt noch einmal: »Wir wollten, daß du glücklich bist.« Sie befingert ihre Kette aus Jettperlen, die sich um die schlaffe Grube an ihrem Hals schmiegt. Die Haut dort ist jetzt ganz seidig und war früher einmal weich. Ich weiß, und Traurigkeit steigt wieder in mir auf, daß sie mir nicht sagen wird, was sie damals wirklich dachte. Ich verstehe langsam, daß sie es mir auch nie gesagt hat, aber trotzdem warte ich.

Der Teekocher pfeift, und sie gießt mit knappen Bewegungen etwas Wasser in die Teekanne, schüttet das Ganze in den Spülstein aus und beschäftigt sich dann mit Teebeuteln und Bechern und sucht nach einem Tablett. »Und natürlich sind wir wahnsinnig gerne Großeltern!« sagt sie, während das kochende Wasser zwischen uns Dampfschwaden aufwirft, und fügt gelassen und ganz unerwartet hinzu: »Du weißt doch selbst, wie störrisch du sein konntest, wenn du keine Lust hattest, über etwas zu reden.«

»Nein! Nein, das weiß ich nicht.« Ich möchte sie daran erinnern, daß das gar nicht stimmt. Will behaupten, daß ich nie störrisch war. Ich bräuchte jetzt eine leichte und freundliche Stimme, damit wir uns nicht streiten, aber während ich schlucke und warte, daß sie mir kommt, summt die Wut wie ein in meinem Kopf eingesperrter Kolibri. Also sage ich nichts, und Mum fährt ahnungslos damit fort, ihre eigene Geschichte zu erfinden. »Dein Dad wurde außerdem immer so wütend, das war es einfach nicht wert – es hatte gar keinen Sinn, es dir ausreden zu wollen, wenn du dich einmal entschlossen hattest. Das habe ich auch der Studienberaterin gesagt –«

Jetzt verstummt Mum, knallrot im Gesicht. Sie drückt einen Finger an ihre scharlachroten Lippen, als versuche sie, diese Mitteilung wieder zurückzuschieben.

Ich glaube, daß ich endlich die notwendige leichte Stimme gefunden habe, aber sie klingt doch eher genervt als fröhlich. »Wieso um alles in der Welt hast du mit Brenda Billinge geredet? Sie hat doch nichts damit zu tun, wenn Studenten das Studium abbrechen.« Hört sich für mich so an, als wäre meine Mutter ganz und gar nicht glücklich gewesen, als ich das Studium abbrach. Wenn sie mit der blöden Billinge geredet hat, warum dann nicht mit mir?

Und wenn sie doch mit mir geredet hat, warum habe ich ihr dann nicht alles erklärt?

Mum stellt die Becher auf dem Tablett um, ohne mir zu antworten, und sagt dann: »Schätzchen, das ist alles so lange her. Ist schon so viel Wasser unter der Brücke hindurchgeflossen, wie dein Vater immer sagt. Du mußt jetzt an die Gegenwart denken und daran, wieder gesund zu werden.« Sie schenkt mir ein strahlendes Lächeln, als hätte sie dieser Einfall wirklich außerordentlich aufgemuntert, und geht dann in den Garten mit dem Ruf: »Etwas zu trinken für alle, die möchten!« Ich eile ihr hinterher. Eine Frage brennt im Zusammenhang mit dieser Tabuzeit noch in mir.

»Mum, Clyde sagt, wir hätten uns im Juli kennengelernt. Janey hat Ende März Geburtstag.«

Meine Mutter gerät kein bißchen aus dem Tritt. »Sie kam wohl ein bißchen früh«, sagt sie.

»Tatsächlich? Kommen erste Kinder nicht in der Regel etwas später?«

»Ach, nicht immer.«

Sie ist so außerordentlich unbekümmert. Was auch immer sie damals vermutet oder gedacht hat, ist so tief vergraben, daß ich weiß: Ich werde es nie aufdecken können.

Jemima hat vorgeschlagen, meine Eltern sollten direkt an den Anfang zurückgehen. »Als würde man noch einmal gehen lernen«, sagt sie. »Man muß erst einmal wieder krabbeln, um die Bewegungen der Gliedmaßen zu koordinieren.« Also hatten wir jede Menge Gesprächsstoff zum Thema »Weißt du noch?« Über meine Kindheit und meine Schuljahre. Aber es endet immer an derselben Stelle: im Sommer 1987, gegen Ende Juni. Die frühen Jahre sind bestens; das ist die übliche Familienfolklore, vieles davon niedlich und lustig, und wir kennen die Dialogzeilen alle auswendig. Traurig macht mich, daß wir, als ich Teenager war, schon so sehr auseinanderdrifteten. Die »Freunde«, an die meine Eltern mich erinnern, spielten nur am Rande eine Rolle und haben keine Ahnung, was ich dachte. Und als ich dann zur Uni kam, wußten sie eigentlich überhaupt nichts mehr von mir.

Aber das merken sie gar nicht. Offensichtlich glauben sie, wir würden dieselben Erinnerungen teilen bis zu dem Tag, an dem ich aufhörte, mich an irgend etwas zu erinnern. Die ganze Zeit über, in der ich dachte, ich hätte ein vertrautes Familienleben, hörten sie, ohne zuzuhören, lebten in einer Welt, die genauso aussah wie meine, es aber in Wirklichkeit nicht war. Als wäre ihnen Kirsty schon vor langer Zeit entglitten.

Und ich weiß, daß ich ihnen deswegen keinen Vorwurf machen darf. Die Kindheit ist eine Art Kokon, und erwachsen zu werden bedeutet, einen Kampf auf sich zu nehmen, um fortfliegen zu können. Aber man soll doch nur einmal wegfliegen, oder? Die meisten Leute müssen die ganze Sache nicht noch einmal von vorn durchmachen. Für mich ist das, als würde ich in ein Sicherheitsnetz fallen, und ich weiß, daß ich es gewesen sein muß, die es zerschnitten hat.

Also führen wir den ganzen Tag lang gestelzte Unterhaltungen. Mum und Dad sprechen vorsichtig mit mir, als wäre ich eine Rekonvaleszentin, deren Krankheit nicht erwähnt werden darf, aber auch nicht vergessen werden kann. Und für das richtige, normale Gespräch warten sie auf Clyde. Sie sitzen abends mit ihm zusammen, trinken Rotwein und schauen fern und unterhalten sich entspannt über alles mögliche.

Bis zu diesem Zeitpunkt hätte ich gesagt, daß ich mit meiner Mum über die meisten Dinge reden konnte. Wenn ich aber jetzt zurückdenke, will mir scheinen, daß wir eigentlich nie über die wichtigen Dinge gesprochen haben – weder in ihrem Leben, noch in meinem. Zum Beispiel, warum sie mit der Kunst aufgehört hat? Und warum sie den Totem zerstört hat?

Im Garten vom Devon Square stand während der gesamten Kindheit eine Skulptur, die Dad das »Meisterwerk deiner Mutter« nannte. Sie sah auf den ersten Blick aus wie eine silberne Puppe – aus Aluminium, nicht ausgegossen, aber trotzdem sehr schwer. Mum hatte sie gemacht, als sie noch Kunst studierte, hatte sie nach einem Modell geformt, das sie einer Schaufensterpuppe nachgebildet hatte. In die makellosen Wangen mit den hohen Knochen hatte sie mit Säure einen Tränenstrom geätzt. Auf der Skulptur war ein Schriftzug: »Totem«. Sie redete mit mir nie über diese Skulptur, auch sonst nicht über ihre Arbeit, und ich erinnere mich nicht, sie je gefragt zu haben. An dem Tag, an dem Dad einen Container gemietet hatte, um den Bauschutt vom alten Schuppen im Garten zu beseitigen, kehrte ich von der Schule zurück und sah, wie sie in Baumwollkleid und Sandalen den Totem den Pfad hinunterschleppte. Meine ungläubigen Proteste unterbrach sie: »Hilf mir lieber«, sagte sie, und zusammen schleppten wir ihn die letzten paar Meter und warfen ihn über den Rand des Müllcontainers. Es machte ein Geräusch wie ein riesiger Gong. Ich lachte wider Willen, nervös. Ich schaute sie an, wollte von ihr ein beruhigendes Lächeln, aber sie richtete nur ihren in Unordnung geratenen Rock, wandte sich ab und ging ohne ein weiteres Wort ins Haus zurück.

Ich habe sie nie gefragt, warum, und auch von Dad wurde diese Geschichte nie wieder erwähnt.

Wir gehen um das Dorf herum spazieren. Mum möchte, daß ich mich an Besonderheiten der Landschaft erinnere – persönliche Dinge, besondere Bäume, die uns auf dem Dorfanger gefallen, ein Stich von der alten Mühle. »Da ist doch diese wunderhübsche alte Kapelle, weißt du noch, die in ein Designerbüro umgewandelt worden ist. Die haben da einen Farbkopierer drin und alles mögliche an Ausrüstung. Einer eurer Freunde hat es gemietet – wir waren sogar schon einmal drin.«

»Tatsächlich?« Ich folge meiner Mutter, höre ihren geplapperten Reminiszenzen zu, jeder Schritt begleitet vom »Weiß-ich-nicht-mehr, weiß-ich-nicht-mehr«, das in meinem Kopf klappert wie die Kieselsteine unter meinen Absätzen. Fast fühle ich mich schon vernichtet und gebe auf. Fast fasse ich schon den Entschluß, hier in meiner eigenen Welt des Nichtwissens zu bleiben, ein hybrides Wesen außerhalb meiner eigenen Zeit und im Widerstand gegen die der anderen. Durch die Tage zu gehen ohne Verständnis und ohne Verpflichtung. Das beschließe ich fast, aber nicht ganz.

Wir gehen noch weiter hinaus, machen kleine Abstecher zu Sehenswürdigkeiten in der Nähe. Ein italienischer Garten – »Ich weiß noch genau, da spielten sie wunderschöne mittelalterliche Musik, und es gab Kerzen« –, ein Landsitz mit einem riesigen Park, in dem man sich verlieren konnte, und ein Skulpturenpfad durch den Wald. »Da ist die Jagdhütte, wo immer das Kinderfest stattfindet. Ich weiß noch genau, letztes Jahr hast du mir ein ganz süßes Photo von Janey geschickt, die das ganze Gesicht mit blauen Blumen bemalt hatte.« Das ist Mums neue Variante: Sie denkt jetzt laut über ihre eigenen Erinnerungen nach, anstatt mich zu eigenen anzuspornen. Jetzt holt sie sich noch Janey hinzu, für einen Zweiflankenangriff. »Kannst du dich auch noch daran erinnern, Schätzchen?«

»Sam wurde auch bemalt. Er war Spiderman«, weicht Janey diplomatisch aus.

Die Energie, die diese Ausflüge erfordern, fehlt mir. Ich gehe früh zu Bett, sehne mich nach Schlaf, aber dann wache ich nachts auf und fühle mich einsam. Manchmal, tief in der Nacht, fürchte ich, daß dies alles eine Verschwörung ist und daß irgend etwas anderes mit mir nicht stimmt. Ich bin verrückt, total verrückt, und diese Fassade wurde aufgebaut, um mich unter Kontrolle und friedlich zu halten. Vielleicht bin ich gar nicht jung, sondern eine ganz alte Frau in den Fängen einer Geisteskrankheit. Die tun mir gegenüber so, als wäre ich noch jung, und manchmal trägt dieser Schwindel auch, aber mein nachlassendes Gedächtnis kann keine einzige Zeit richtig erfassen, so daß sie wieder versinkt, immer weiter zurück, und deswegen bin ich gefangen in diesen beiden Zeitsphären. Und keine von beiden ist wirklich.

»Das muß doch nett für Sie sein, wenn Ihre Eltern zu Besuch sind«, sagt Jemima, als ich am Telefon die Sitzung von dieser Woche storniere, und ich sage ja. »Und für Ihren Mann natürlich auch, da hat er ein bißchen Hilfe bei seiner Sorge«, sagt sie. Ich will schon sagen, daß Janey nicht mehr umsorgt werden muß, als mir klar wird, daß sie *mich* damit meint. Meine Eltern helfen Clyde, mich zu umsorgen. Ich lege beschämt und in weinerlicher Stimmung auf und krieche zurück ins Bett.

Der Besuch meiner Eltern hat immerhin eines geklärt: Was für ein Durcheinander dieses verdammte Rätsel ist. Muß ja ein toller Job gewesen sein, daß ich mein Studium dafür geschmissen habe – aber dann habe ich ja auch den Job geschmissen. Außerdem gibt es all diese neuen Leute in meinem Leben. Ich kannte weder Leila noch Clyde Anfang dieses Sommers, und im nächsten Jahr habe ich ihn geheiratet, und sie stand mir nahe genug, um meine Brautjungfer zu sein.

Obwohl ich mich an die anderen acht Jahre auch nicht erinnern kann, scheint mir dieser erste Sommer am bedrohlichsten zu sein. Mittlerweile habe ich drei Wochen Übung, an diesem Ort zu wohnen, so daß ich immerhin mit alltäglichen Aufgaben zurechtkomme, obwohl es mir immer noch schwerfällt, mich mit Menschen zu treffen. Ich möchte unbedingt wissen, wie ich hier überhaupt hergekommen bin. In diesen fehlenden Monaten habe ich einige wesentliche Entscheidungen getroffen, und wenn meine Eltern nicht wissen, warum, dann weiß ich auch nicht, wie ich das jemals herausfinden soll.

Leila ist das erste Glied in der Kette. Clyde behauptet, er hätte sie kaum gekannt. Er sagt mir, sie sei »nur die Freundin von Freunden« gewesen. Und nein, mit diesen Freunden steht er nicht mehr in Kontakt, das war ein Kollege, der vor Urzeiten gegangen ist. Und er sagt mit unglaublicher Feindseligkeit: »Es ist schließlich fast zehn Jahre her, Kirsten.«

Mum sagt, ich sollte mich nicht so aufregen und daß Clyde in ihren Ohren überhaupt nicht feindselig geklungen hätte.

Warum können mich alle nicht ausstehen? In der Sache mit Leila kann sie mir auch nicht helfen. Sie sagt, sie hätte sie nie kennengelernt.

Und noch etwas anderes passiert in diesem Kampf der Gefühle. Wie in einem Traum, wenn man erkennt, daß man etwas sehr Wichtiges vergessen hat und eine namenlose Angst in einem aufsteigt, immer höher – so ein Gefühl ist das. Während ich an diesem Abend Mum anschaue, weiß ich plötzlich, worum es mir geht.

»Wann ist eigentlich Glastonbury?« frage ich. »Habe ich es schon verpaßt?«

Mum schaut Dad an, und er sagt: »Ich dachte mir schon, daß wir das früher oder später gefragt würden«, und sie sagt ihm: »Schsch.«

Clyde sagt: »Dieses Jahr gibt es kein Festival in Glastonbury.«

Plötzlich strömen die Tränen aus meinen Augen. Mein Gesicht ist so naß, daß ich spüre, wie sie mir heiß und salzig in den Mund tropfen. Es ist merkwürdig, weil ich gar nicht schluchze oder heule, sondern nur die Tränen strömen lasse. »Es ist also ganz vorbei damit?« bekomme ich gerade noch heraus.

»Nein«, sagt Clyde. »Nächstes Jahr findet es wieder statt.« Dad sagt: »Kirsty, Liebes, du bist seit 1987 nicht mehr dagewesen.«

Mum sagt beruhigend: »Du bist mit ein paar deiner Freunde von der Uni gefahren.«

»Ich weiß«, sage ich. Ich bin überrascht, daß es mir erst jetzt eingefallen ist.

Wir sind zu viert in Pauls Auto hingefahren. Miles und ich, Debs und Paul. Wir hatten zwei Zweimannzelte, und wir haben sie in der Gegend von Green aufgeschlagen. Miles und ich haben uns in Debs' Zelt niedergelassen, und sie übernachtete in dem von Paul mit ihm. Die Erinnerung kommt mir jetzt so klar, als wäre es letzte Woche gewesen. Ich hatte mich schon Monate vorher darauf gefreut. Unvorstellbar, daß ich das hatte vergessen können.

Mum hat die Hand an den Hals gelegt und ist völlig aufgeregt. »Es fällt ihr wieder ein!« flüstert sie. Sie ist ganz errötet und aufgeregt, als sei das der letzte Tropfen vor dem Überlaufen des Fasses. Sie liegt total falsch – ich fühle mich immer noch wie Kirsty, und für mich ist immer noch 1987. Aber an das Festival von Glastonbury erinnere ich mich tatsächlich. Es fühlt sich eigentlich so an, als wäre ich gerade erst zurückgekommen, als stünde ich direkt am Anfang der Sommerferien.

»Weißt du noch, wie naß du warst? Du warst bis auf die Knochen durchnäßt«, sagt Mum. In mir spüre ich wieder, wie etwas zerbröselt.

»Nein«, sage ich.

»Damals hast du auch kaum was davon gemerkt«, sagt Dad.

Schrecklich, das ist ja wirklich schrecklich. Jetzt gibt es einen zweiten schlechten Traum innerhalb dieser Alpträume. Das ist alles ihre Schuld – ich hatte eine solche Sehnsucht, meine Eltern zu sehen, und jetzt, wo sie da sind, sehen sie gar nicht so aus, wie sie aussehen sollen, und alles, was sie sagen, ist völlig daneben.

»Wollt ihr damit sagen, daß ich das schon mal erlebt habe? Versucht ihr gerade, mir klarzumachen, ich hätte schon einmal meine Erinnerung verloren?« frage ich.

Mum tätschelt mir den Arm. »Das war mit diesem Erlebnis jetzt nicht zu vergleichen«, sagt sie und wirft Dad einen ihrer Blicke zu, der deutlich sagt: Das war keine große Hilfe. »Als du von dem Festival zurückkamst, warst du vollkommen durchnäßt und voller Schlamm, und du konntest dich nicht erinnern, wie das passiert war. Mehr nicht.«

»Wahrscheinlich hast du das ganze Wochenende irgendwelche komischen Smarties eingeworfen«, sagt Dad. Er lacht, aber sein Mund ist angespannt. Mir scheint, daß das ein alter Streitpunkt war – allerdings ein bißchen verlogen für jemand, der im Gewächshaus Marihuana angebaut hat, als Suzy und ich klein waren.

»Nein«, sage ich. »Ich weiß, daß du dich irrst.« Und das weiß ich wirklich. Ich würde nicht behaupten, daß ich nie Drogen genommen hätte – oder besser gesagt, daß ich damals nicht Hasch geraucht hätte, denn das neue Ich, das ich jetzt bin, scheint ja kaum etwas zu tun –, aber in Glastonbury habe ich nichts genommen. Wir haben gar nichts dabeigehabt, und nur ein Idiot hätte dort etwas gekauft, wo es teuer und von schlechter Qualität war. Und wieso sollte man auch teure Eintrittskarten kaufen und sich dann so zukiffen, daß man gar nicht mehr weiß, welche Band man gerade hört? Und außerdem – wenn man noch einen weiteren Grund anführen will –, wir hatten vier Kisten Wein im Kofferraum von Pauls Auto verstaut, und das schien uns genug bewußtseinsverändernder Stoff für ein paar Tage. Wir kamen am späten Nachmittag des Freitags auf der Festivalwiese an. Wir brauchten ewig, um da hinzukommen. Keiner von uns war vorher dagewesen, und es hat uns echt beeindruckt, als wir feststellten, wie groß das alles war. Ich holte mir ein Programm, und der Verkäufer sagte, wir sollten uns gut merken, wo wir unsere Zelte aufbauten, weil die Felder nicht wiederzuerkennen wären, wenn sie sich füllen, und daß wir die Schließfächer benutzen sollten, weil auch Diebe da wären. Als wir das alles hinter uns gebracht hatten und in der Zwischenzeit auch schon mit einer der Weinkisten angefangen hatten, war es gegen neun Uhr abends, und die Oysterband hatte gleich ihren Auftritt. Sie trat auf einer der kleineren Bühnen auf, aber vor einer unglaublich großen Menschenmenge. Debs und ich sind wie wild zu ihrem neuen Song herumgehüpft, der einen wirklich packenden Refrain hatte.

»Never had a chance to prove them wrong«, brüllten wir mit allen anderen, bis wir völlig heiser waren. Miles und Paul tanzten zwar nicht, waren aber da und sangen auch mit.

Ziemlich bald war klar, daß es schwierig sein würde, als Vierergruppe zusammenzubleiben. Es war immer noch hell draußen, aber es gab so viele Ablenkungen – Straßentheater und Musik, Zirkusdrachen und Lasershows –, und jedesmal, wenn man stehenblieb, um sich etwas anzuschauen, kam eine Menschenmenge auf einen zugewalzt und trennte einen von den anderen. Debs und ich blieben stehen, um diese mit Flüssigkeit gefüllten Plastikstäbe zu kaufen, die rosa und silber und blau leuchten. Man formte sie zu einem Kreis und konnte sie als Stirnband tragen. Als wir das irgendwie hinbekommen hatten, waren die Jungs weg, und die hatten den Wein dabei.

»Ist doch egal«, sagte Debs. »Wir wissen doch, daß sie Womad hören wollen. Wir treffen sie am Festzelt schon wieder.«

Aber wir haben sie nicht getroffen, und wir haben sie auch nicht bei den Bhundu Boys gesehen. Obwohl, da war es uns schon egal. Wir tanzten wie die Wilden zu den pulsierenden Rhythmen und amüsierten uns prächtig. Nach dem letzten Set für den Abend gingen wir hinunter auf das Green, um zu sehen, ob dort Trommler waren, die improvisierten.

Es waren welche da. Ein Typ in zerfransten, abgeschnittenen Jeans mit weißgefärbten Rastalocken zeigte ein paar Leuten den Rhythmus, den er auf einer großen *Djembe* vorgab. Es klang großartig, als immer mehr von den Zuhörern und Teilnehmern auf verschiedenen Trommeln mitmachten. »Das ist ein Initiationsritus der Zulu für die jungen Frauen«, sagte er, und Debs streckte sofort ihren Hintern heraus und fing an, sich auf eine Weise zu bewegen, die sie wohl für einen afrikanischen Tanz hielt. Der Trommler rief ihr zu: »Langsamer, langsamer. Du gehst jetzt zurück zu deiner Familie, gehst mit Stolz.« Also stolzierten wir beide herum, frech und sexy, und als das Trommeln wilder wurde und der Rhythmus fordernder, dachten wir uns unseren eigenen wilden Tanz aus, wiegten die Hüften und stampften und sprangen, und ich wußte, daß die Leute stehenblieben, um uns zuzusehen. Und ich genoß es in vollen Zügen.

Am Sonnabend morgen waren wir alle einigermaßen verkatert. Ich kroch so gegen elf Uhr aus dem Zelt und fand Debs draußen, wie sie unseren Gaskocher anstarrte. Jemand hatte unsere Gasflasche geklaut und uns eine kleine dagelassen, mit einem winzigen Zulauf. Das Feuer von gestern war heruntergebrannt, wenn auch nicht ganz fort, und das verkohlte Holz war verdächtig feucht. »Es sieht nach Regen aus«, sagte sie. »Ich werd' den Teufel tun und mich weiter mit diesem Teil abplagen. Los, wir gehen zum Tiny Tea Tent und besorgen uns ein Frühstück.«

Mir fiel die reglose Gestalt im Schlafsack in unserem Zelt ein. »Sollten wir den Jungs nicht wenigstens einen Zettel dalassen?«

»Ach, vergiß es. Es sei denn, du glaubst ernsthaft, Miles wird aufwachen und sich auch nur das geringste bißchen Sorgen machen. Paul wird es jedenfalls nicht.« Sie marschierte mit gerunzelter Stirn los und richtete ihre derzeit ganz überflüssige Sonnenbrille.

Ich griff mir meine Handtasche und holte sie ein. »Es war also keine gute Nacht?«

»Paul ist völlig hoffnungslos. Ich hätte nicht übel Lust, hinter eine Bühne zu gehen, egal welche, und mir einen Roadie zu schnappen. Jemanden, der weiß, was er tut.«

Ich dachte bei mir: Aber Paul sieht doch aus wie jemand, der weiß, was er tut. Eigentlich sind doch manche seiner langen, tiefen Blicke ganz aufregend und wissend. Fast, als wäre er ein Lexikon.

Ich fragte: »Was war denn? Zu grob, zu schnell?« Wir hatten unsere jeweiligen erotischen Vorlieben oft genug erörtert, so daß ich Debs' Ansichten kannte, obwohl sie sich noch nie über Pauls Fähigkeiten beschwert hatte.

»Zu betrunken«, sagte Debs. »Einfach nicht interessiert. Die erste Nacht, die wir ganz allein verbringen, in einem eigenen Zimmer – na ja, sozusagen – und ohne Unterbrechungen, und er hat nichts Besseres zu tun, als in Tiefschlaf zu verfallen. Wie war es denn mit Miles?«

»Wie immer«, sagte ich. »Zärtlich.« Zärtlich, sanft, gewissenhaft. Ich dachte an Pauls wunderschönen Körper, wie er im Zelt lag. Und ich wollte zurücklaufen und ihn von oben bis unten ablecken, meine Hand langsam und sanft in seine Hose schieben. Ich wollte hören, wie er vor Verlangen aufstöhnt.

»Zärtlich ...«, sagte Debs sehnsüchtig. »Ach, Scheiße, Kirsty, genau so etwas könnte ich jetzt gerade gebrauchen. Warum tauschen wir nicht einfach?«

Allein der Gedanke war für mich wie ein elektrischer Schock. Aber ich sagte: »Danke schön, Debs. Du hast mir doch gerade gesagt, Paul wäre impotent.«

»Nicht immer«, korrigierte sie sich rasch. »Wenn er scharf ist, ist er unglaublich gut.«

Wir redeten ziemlich viel über Sex, Debs und ich. Wir fragten uns gegenseitig, was für uns das Sexieste am Sex ist. Für mich ist es, begehrt zu werden. Ich habe dieses wunderbare, weiche Gefühl in mir, sobald ich merke, daß der Typ, mit dem ich zusammen bin, steif wird und mich will. Ich genieße es, sie zu beobachten, wie sie einen anstarren und unruhig werden; wie sie dabei ganz normal auszusehen versuchen; ich genieße es, wie ihr Atem flach wird, wie sie rot werden und sich nicht auf das konzentrieren können, was sie sagen; wie ihre Augen groß werden und funkeln. Ich mag es, mich dann an sie zu lehnen, nur ganz wenig, nur um das Versprechen ihrer Gier an meinem prickelnden Oberschenkel zu spüren. Ich mache die Männer nicht um des Anmachens willen an, und ich bin auch keine Schlampe; ich bin vernünftig – so jedenfalls sehe ich das. Aber für mich ist dieses heimliche Vorspiel das beste am Sex. Ich genieße es, mich selbst so zu sehen, wie sie mich in ihren Vorstellungen sehen – wunderschön nackt und potentiell ganz ihnen hingegeben. Es ist mir egal, wie schnell oder egoistisch sie sind, wenn wir schließlich soweit sind. Ich zittere schon bei der ersten Berührung, muß nur das gerötete Gesicht der Männer sehen und den ersten Stoß fühlen, und schon bin ich da.

Weswegen vermutlich die Männer, die ich gut finde, meistens etwas Bedürftiges an sich haben. Ich habe irgendwo gelesen, daß Männer die meiste Zeit an Sex denken; falls das stimmt, ist es erstaunlich, wie viele von ihnen gar nicht zeigen können, woran sie eigentlich denken. Vermutlich haben sie diese Befragungen im Stil von Cosmopolitan gelesen, in denen die Frauen mitteilen, »Was sie wirklich antörnt«; eigentlich immer »Humor« und »ein knackiger Hintern«. Natürlich ist das auch in Ordnung, aber das steht auf meiner Liste wesentlich weiter unten als das

Anfangsstadium der Lust. Mir gefallen Männer mit lasziven Augen, mit einer bestimmten Art, ihre Oberlippe ganz leicht mit der Zunge zu berühren, als würden sie die schon einmal ausprobieren. Ich genieße diese Schweigepausen in einer Unterhaltung, in denen eine unausgesprochene Begierde im Raum steht. Doppeldeutigkeiten und plumpe Anmachen mag ich gar nicht: Die haben keine Eleganz. Die Direktheit reiner Begierde ist es, die mich antörnt. Sobald ich weiß, daß ich deren Ziel bin, gerate ich in Wallung und bin kurz vor dem Überkochen.

Natürlich widerspricht mir Debs. »Du bist für die nur vorübergehend von Interesse. Wenn ein Typ sagt, daß du ihm gefällst, dann meint er damit nur, daß ihm seine Chancen bei dir gefallen.«

»Na und? Ich suche ja nicht nach einem Lebenspartner. Nur ein bißchen Spaß mit einem, dem ich vertrauen kann. Die Art Typen, die ich gut finde, müssen nie mit einer Handvoll Wechselgeld im Männerklo der Kneipe verschwinden, die sind schon vorher gut ausgerüstet.«

Aber sie spricht weiter über Miles, sagt, daß er sich nicht ausleben kann und daß das eigentlich nicht fair von mir ist. »Paul ist da anders«, sagt sie, »ich weiß nie, was er gerade anstellt. Aber vermutlich würde dir das nicht das geringste ausmachen.«

Das Festival kam langsam wieder in Gang. Wir gingen über den Markt und schauten uns die ganzen Stände an. Es gab soviel herrliches Zeug da – traumhaft schöne Stoffe und Schmuckstücke, Windharfen aus verbogenem Besteck, Postkarten, alles nur Erdenkliche, was man sich gerne kaufen wollte. Ich kaufte mir ein T-Shirt vom Festival, und Debs ein langes Kleid mit psychedelisch flirrenden Farben, und dann gingen wir zurück zu den Zelten.

Die Jungs waren wach geworden und aßen riesige Burger und tranken Bier aus der Dose. Debs regte sich fürchterlich auf. »Wir machen uns diese ganze Mühe, unser eigenes Essen mitzunehmen, damit wir Geld sparen, und euch ist es schon zuviel, mal die Kühlbox aufzumachen.«

»Na ja, ich kaufe mir jedenfalls von meinem Geld keine neue Klamotte«, sagte Paul. Er zwinkerte mir zu. Ich sagte Debs, daß es doch sinnlos sei, sich zu ärgern, dadurch hätten wir beide mehr zu essen.

Wir setzten uns neben sie auf die Plane auf dem Boden, tranken Bier und schauten uns das Programm an, um den Rest des Tages zu planen. Mittlerweile nieselte es.

Natürlich erinnere ich mich an den Regen. Ich weiß nicht, warum meine Eltern ein solches Geheimnis daraus machen. Wahrscheinlich wollte ich nur nicht in irgendein dämliches Verhör darüber hineingezogen werden, warum die Campingausrüstung so mitgenommen war. Mum dachte wahrscheinlich, daß Debs und ich bessere Hausfrauen hätten sein sollen, und ich hatte keine Lust, ihr zu erklären, daß ich das Zelt mit Miles geteilt hatte. Und Dad, das Original-Blumenkind aus den Sechzigern, hat mittlerweile diese irrationale Beschützermacke. Wieso werden alte Leute so verlogen?

Nachdem ich mich jetzt an das Festival erinnert habe, bin ich weniger verwirrt, empfinde beinahe Zuversicht. Da ist immer noch diese große Unsicherheit, aber ich habe das Gefühl, daß ich jetzt etwas habe, woran ich mich festhalten kann – ein Datum. Ich kann mich jetzt an mein letztes Wochenende erinnern, oder besser gesagt, ich kann mich erinnern, welches Wochenende mein letztes war. Bis zum 20. Juni 1987 ist mein Leben immerhin in Ordnung.

Der Rückflug meiner Eltern ist am Freitag so früh am Morgen, daß sie am Donnerstag spät abends los müssen, um einzuchecken. Mum sagt, ich bräuchte nicht mit zum Flughafen kommen, um sie zu verabschieden, weil das viel zu spät sei für Janey.

»Sie kann doch im Auto schlafen«, sage ich, aber Dad findet, es wäre für uns beide besser, wenn wir die Nacht zu Hause durchschlafen. In Ordnung, sage ich. Es ist mir egal: Wenn sie nicht von mir verabschiedet werden wollen, dann sollen sie es so machen, wie sie wollen.

Jetzt, wo sie weg sind, schaut Clyde mich argwöhnisch an, aber mir ist nicht mehr nach Weinen zumute. Ich habe ein neues Gefühl, eine Art Widerstandsfähigkeit, die mich fast schon fröhlich macht. Vielleicht ist das so bei Gefangenen, die eine lange Freiheitsstrafe bekommen haben; sobald sie sich daran gewöhnt haben, daß dies nun das Leben ist, mit dem sie klarkommen müssen, bekommen sie dank einer entschlossenen Fröhlichkeit wieder Oberwasser. Wenn ich schon in dieser Zeit und an diesem Ort gestrandet sein soll, auf ewig isoliert von jedem vertrauten Gesicht, dann werde ich einen Neuanfang machen müssen. *Kirsty muß lernen, die Initiative zu ergreifen.* Ich bin in letzter Zeit herumgetorkelt wie ein Zombie. Ich habe zugelassen, daß Clyde mich spazierenfährt, als wäre ich eine Puppe in einem Kinderwagen, bin mit Janey herumgestolpert, als wäre auch ich acht Jahre alt. Es ist an der Zeit, daß ich ein paar Leute meines eigenen Alters kennenlerne und mir selbst ein eigenes Leben verschaffe.

Eine Frau kommt den Weg zu unserem Haus hoch. Sie hat kastanienbraunes Haar, ich würde sagen gefärbt, und trägt eine mintgrüne, enge Jeans mit einem weiten Trägertop. Sogar durch das Fenster kann ich die Stickerei in zur Hose passendem Grün am Ausschnitt erkennen. Sie schaut mich forschend an, als ich die Tür öffne, packt mich dann an den Armen und preßt ihr Gesicht an mein Ohr. Dazu macht sie leise: »Oh, oh.«

»Helen«, sage ich.

»Oh, Kirsten! Du erinnerst dich also! Tatsäch–«

Ich beschließe, daß ich ihr besser den Wind aus den Segeln nehme. »Ich hab' nur geraten. Ich hab' den Stil wiedererkannt.«

Sie tritt einen Schritt zurück. Sie sieht aus, als hätte ich ihr eine Ohrfeige gegeben.

»Entschuldige bitte«, sage ich. »Clyde sagt, daß wir seit zwei oder drei Jahren Freundinnen sind. Seit Sam und Janey zusammen eingeschult wurden. Er hat es dir sicherlich schon erzählt. Bei mir ist alles vollkommen weg.«

Sie beißt sich auf die Unterlippe und nickt. Sie sieht so bekümmert aus, als wäre ihr Verstand im Eimer und nicht meiner.

Ich füge hinzu: »Beste Freundinnen, sagt er. Also komm doch rein, wo du schon da bist.«

»Kirsten, sei mir nicht böse. Ich wollte schon früher kommen, aber nachdem du mich im Krankenhaus nicht erkannt hast ...«

Sie folgt mir in die Küche. Der Weg ist ihr anscheinend vertraut.

»Im Krankenhaus?« Ich bin überrascht. Ich nehme zwei Becher.

»Daran kannst du dich auch nicht erinnern?«

Jetzt wird es ein bißchen mühsam. Ich kann mich zwar an eine Frau erinnern, die im Krankenhaus geweint und gebrüllt hat, aber ich kannte sie nicht und dachte, sie sei viel älter als ich. Also habe ich nicht besonders darauf geachtet. Außerdem ist die Frau dann auch wieder gegangen.

»Es tut mir leid«, sage ich noch einmal. »Posttraumatischer Gedächtnisverlust, vermute ich. Vielleicht auch nur ein Kulturschock.«

Wir lachen beide, obwohl ich nicht glaube, daß sie auch nur ahnt, wovon zum Teufel ich da rede. Trotzdem ist mir ein bißchen leichter ums Herz.

Das Wasser kocht.

»Einen Kaffee?«

»Für mich entkoffeiniert. Der steht hier, bei den Kräutertees. Und Kirsten, ich nehm' immer diesen Becher.« Sie hat einen Porzellanbecher aus dem Schrank geholt, der mit Beeren verziert ist. »Das macht dir doch nichts aus, daß ich so etwas erwähne, oder? Ich denke nur, das könnte ...«

»Nicht im mindesten«, sage ich. »Jedes kleine bißchen hilft mir. Welchen nehme ich denn immer?«

»Du bist nicht wählerisch«, sagt sie. Das erleichtert mich ungemein.

»Nehme ich auch entkoffeinierten Kaffee, wenn du zu Besuch kommst?«

»Meistens ja. Kirsten, kannst du dich wirklich an gar nichts mehr erinnern?«

Was soll ich ihr antworten? Ich weiß noch nicht einmal, warum sie glaubt, daß ich mich erinnern sollte. Mir ist diese Küche fremd, mir sind diese Becher fremd. Ich kenne sie nicht und mich selbst auch nicht.

Ich sage einfach: »Nein.«

Aber ich erinnere mich doch an etwas Merkwürdiges. Es ist kein Durchbruch, nur etwas von vorletzter Woche, als ich aus der Schule kam. Die Frau im Auto, die wartete, die mich beobachtete. Wie ein kleiner Junge auf den Rücksitz kletterte, wie sie die Sonnenbrille von ihren glänzenden Haaren über die Augen zog und fortfuhr. Das war diese Frau. Das war Helen. Meine beste Freundin. Irgend etwas stimmt hier nicht.

Ich reiche Helen ihren entkoffeinierten Kaffee und biete ihr die Keksdose an. Sie tätschelt sich den Bauch und schmollt, äugt dann doch hinein und sucht sich schließlich eine kleine Praline mit Bourbon aus. Ich hätte nicht übel Lust, mir gleich drei rauszunehmen und sie mir auf einmal in den Mund zu stopfen, aber das tue ich nicht, weil ich zu meiner besten Freundin Helen wieder ein gutes Verhältnis haben will.

Ich frage mich, worüber wir jetzt sprechen sollen. Debs und ich redeten von der Regel, von Männern im allgemeinen, und von Männern im besonderen. Worüber reden verheiratete Frauen? Helen sieht nicht so aus, als ob sie sich wegen Unterleibsschmerzen besondere Gedanken macht oder Panik bekommt, wenn sie einen Tag zu spät dran ist.

»Sam hat eine wunderhübsche Handpuppe für die Theatergruppe gemacht«, legt sie hilfreich los. »Er wird später bestimmt etwas Künstlerisches tun, wie sein Vater.«

Sie schaut mich fragend an, als erwarte sie eine Bestätigung, also nicke ich und mache nachdenkliche, murmelnde Geräusche. »Und er hat ein ausgezeichnetes Gehör«, fügt sie hinzu.

»Wie schön«, sage ich eher einfallslos.

»Schreibt deine Janey immer noch diese hübschen Gedichte?«

»Vermutlich«, sage ich und bin erleichtert, daß es heute wohl keine Verschwörungstheorie wegen der Katzengedichte gibt.

»So begabt, alle beide. Was haben wir beide doch für ein Glück.«

Sie sieht nicht so aus, als sei sie besonders glücklich. Ihre Hand auf dem Tisch zittert leicht, als wäre ihr das Gewicht der Ringe fast zu schwer. Sie trinkt feierlich einen Schluck von ihrem entkoffeinierten Kaffee.

»Abgesehen von den Kindern«, sage ich, weil ich finde, daß wir die schier unglaublichen Fähigkeiten von Sam und Janey zur Genüge gewürdigt haben, »worüber haben wir meistens geredet?« Ich füge das »meistens« hinzu, um die Frage etwas weniger unvermittelt scheinen zu lassen.

»Alles mögliche.«

»Zum Beispiel?«

»Na ja, zum Beispiel diese Rezeptkarten im Supermarkt, für Vollwertkost. Wir haben sie ausprobiert und unsere Erfahrungen verglichen. Und dann haben wir oft darüber gesprochen, was wir im Fernsehen gesehen hatten.«

Darüber mußte ich erst einmal nachdenken. Debs und ich unterhielten uns früher immer darüber, ob Samenflüssigkeit Protein enthielt, aber ansonsten hatten wir mit Rezepten nicht viel am Hut. Also frage ich nach: »Haben wir über irgend etwas in den Nachrichten gesprochen?«

»Oh, manchmal schon. Charles und Diana selbstverständlich.«

Also machen wir da weiter. Sie erzählt mir von dem Scheitern der königlichen Ehe und wie alle Partei ergreifen: die Frauen für Diana und die Männer für Charles. »Wir finden, Diana ist schäbig behandelt worden«, erklärt sie mir und nimmt dabei die Rolle der Sprecherin unseres Geschlechtes an. Es geht hier nicht um den Pluralis majestatis. »Sie ist der Sündenbock einer königlichen Familie, bei der es drunter und drüber geht.«

Ich bin beeindruckt. Königstreue hieß früher, Bildchen aus den Zeitschriften auszuschneiden oder im Nieselregen zu stehen und mit kleinen Fähnchen zu winken. Diese neue Variante: die Monarchie durch Verunglimpfung zum Götzenbild mit umgekehrten Vorzeichen zu machen scheint mir ein bißchen ungesund zu sein.

»Und sie ist so tapfer«, sagt Helen. Sie fährt mit einem bestens manikürten, austernfarbenen Fingernagel am Rand ihres Porzellanbechers mit den Waldbeeren entlang und seufzt tief. Tapfer? denke ich. Sie ist eine Prinzessin. Ich könnte ein Lied davon singen, wofür man Mut braucht: Wenn man morgens aufsteht und sich isoliert fühlt und ängstlich ist, wenn man nicht weiß, wer man den Rest seines Lebens über sein wird. Wie ich.

»Erzähl mir mehr«, bitte ich, und das tut sie auch. Sie vermittelt mir mehr Einzelheiten über die Schwierigkeiten von Prinzessin Diana, als ich über meine eigenen weiß.

Interessant an der ganzen Sache ist, wie sehr sich die Einstellung dazu, sein Innerstes zu offenbaren, verändert haben muß. Schmutzige Wäsche in der Öffentlichkeit waschen, so nannte man das früher, und das tat man nicht, wenn man zu den oberen Zehntausend gehörte. In unserem Studienjahr gab es ein Mädchen, das angeblich Bulimie hatte, aber das war nur ein Gerücht, das flüsternd verbreitet wurde. Selbst herbeigeführtes Erbrechen war nicht in aller Munde, sozusagen.

Ich würde das Helen gerne sagen, aber ich bin nicht überzeugt, daß sie über den Spruch lachen würde. Debs garantiert.

Debs konnte ich alles sagen. Ich konnte ihr mit allem kommen, was mir gerade durch den Sinn ging, und derzeit ist es folgende Frage: Wenn ein Löwenbändiger plötzlich denkt: Wozu das alles? Ob das der Augenblick ist, in dem der Löwe ihn angreift? Ich habe keine Lust, das mit Helen zu besprechen. Ohne meine Freunde, also meine Freunde von der Uni. Wen hab' ich denn in meinem Leben, dem ich solche Dinge sagen kann? (Ja, da ist natürlich Jemima. Immerhin interessiert sie das. Aber sie würde dann gleich eine Frage stellen wie: »Und wer ist der Löwe? Ihr Mann? Oder Sie selbst?« Was ja nicht wirklich zur Debatte steht. Oder doch?)

Also befassen Helen und ich uns mit leichteren Themen, zum Beispiel damit, was andere Leute arbeiten und wie man sich pflegen soll. Was auch immer Helen auf der Seele lastet, es fällt ihr offenbar leichter, über Dianas Sorgen zu reden als über ihre eigenen. Ich habe das unangenehme Gefühl, daß wahrscheinlich ich es bin, die sie beunruhigt – die Art vielleicht, wie ich sie ansehe, als wäre sie eine völlig Fremde.

Ich versuche, ihr zu erklären, daß ich auf diese Weise auch in den Spiegel schaue, aber sie scheint nicht zu begreifen, wieso. »Du bist doch eine sehr gutaussehende Frau«, sagt sie. »Und du siehst richtig jung aus. Keiner würde dich für fast dreißig halten.«

Helen ist dreißig Jahre alt. Ich habe das Gefühl, sie hätte gern, daß ich dieses Keiner-würde-das-für-möglich-halten erwidere, aber das kann ich nicht, weil sie in meinen Augen wirklich aussieht wie dreißig, wie ich übrigens auch. Es sind nur ältere Leute, die das Alter bemänteln wollen und behaupten: »Ach, so alt siehst du gar nicht aus!« Ältere Leute sagen Mum dauernd: »Eine studierende Tochter? So alt *können* Sie doch gar nicht sein!« Und natürlich ist sie so alt, und sie sieht genauso alt aus wie die meisten anderen Mütter. Hat sie früher, meine ich.

Ich habe die Frau in meinem Spiegel begutachtet und sehe wohl, daß sie mit Gesichtscreme und ähnlichem herumgemacht hat, und trotzdem sind da winzige Falten in meinem Gesicht, das insgesamt verändert scheint. Immerhin bin ich einigermaßen fit – wahrscheinlich fitter, als ich es vorher war. Kirsten hat meinen Körper gut versorgt.

Helen will mir zeigen, wie ich das mache. Sie wird mich nächste Woche zu einem unserer traditionellen Ausflüge mitnehmen. »Das hätte ich schon vorher getan«, sagt sie. »Aber ich dachte, du bist noch nicht soweit. Du kamst mir so desorientiert vor.«

Unsere Ausflüge bedeuten anscheinend einen Besuch im Sportstudio, ein Mittagessen und ein bißchen einkaufen. Helen kommt mit mir ins Schlafzimmer und zeigt mir, was ich zum

Sport trage – nicht das, was ich für meine Sportsachen hielt (»Heutzutage sind Sportklamotten fürchterlich spießig, da sieht man aus wie direkt aus den achtziger Jahren gebeamt«, sagt Helen. Vielen herzlichen Dank, Helen), sondern ein paar dunkelrote Radlerhosen und ein Oberteil, das den Bauchnabel freiläßt. Wo sie schon dabei ist, hält sie mir einen Kurzvortrag darüber, was man heute anziehen kann und was nicht. Wie Clyde mir schon gesagt hatte: Helen war meine Modeberaterin.

»Vermutlich wirst du demnächst ein paar neue Kleider kaufen wollen, damit du dich ein bißchen wohler fühlst«, sagt sie. »Etwas … Feminines.«

Ich trage gerade eine schwarze Weste und ein Paar Shorts, die Clyde bis zum Knie reichen (es sind ja auch seine), an mir aber länger und immer noch sehr schlabberig sind, obwohl ich sie mit einem breiten Gürtel trage. Dieses Outfit entspricht offensichtlich nicht Helens Vorstellung von Weiblichkeit – wahrscheinlich auch nicht Kirstens. Ich suche in der Pralinenschachtel auf dem Schminktischchen nach einem Schmuckstück, was die Sache etwas weicher machen könnte, und finde einen hübschen Mondstein an einer silbernen Kette. Ich habe Clyde schon gefragt, ob er mir das geschenkt hat, aber er hat es verneint. Er zuckte nur mit den Acheln, als ich ihn fragte, ob er sich erinnern könne, woher ich das hatte.

»Habe ich dir jemals erzählt, wo ich das herhabe?« frage ich jetzt Helen, während sie die Kette um meinen Hals schließt. Helen zieht, wie Clyde, offensichtlich dem sanften Schimmer eines Mondsteins Goldkettchen und glitzernde Edelsteine vor.

»Ich hab' dich das noch nie tragen sehen«, sagt sie. »Es ist sehr … niedlich.«

Ich hatte ein Leben, bevor ich Clyde heiratete, versteht sich. Ich hatte den Anfang eines Sommers, als ich eine neue Stelle begann, und habe neue Menschen kennengelernt, ich habe mit ihnen gearbeitet und Feste mit ihnen gefeiert. Vielleicht gehört der Mondstein im Puzzleteil der fehlenden Jahre, zu diesen scharfen Kanten, an die ich stoße, wohin ich mich auch wende.

Ich versuche, das Helen zu erklären. »Es ist so, als würde man auf Eierschalen gehen«, sage ich ihr.

»Eier, meinst du sicherlich«, sagt sie. »Das sagen die Leute, wenn es heißt, sie müßten vorsichtig gehen. Als würde man auf Eiern gehen.«

Aber ich glaube nicht, daß ich das meine. Ich habe das Gefühl, alle Eier sind zerbrochen. Ich gehe auf Schleim und den spitzen, schmerzhaften Kanten zertrampelter Eierschalen.

Bevor sie geht, haben wir unseren freien Tag für nächste Woche festgelegt, den Janey bei Helen zu Hause verbringen wird. Helen sagt, es würde ihrem Mann nichts ausmachen, die beiden Kinder zu hüten. Er arbeitet zu Hause. Sein Name ist Jeremy.

Sonnabend nacht. Ich habe geträumt. Ich saß auf der Kante eines sehr hohen Gebäudes – eines Wolkenkratzers, der kilometerhoch in den Himmel ragte. Überall um mich herum lag die Stadt wie kleine Bauklötzchen ausgebreitet, und der glitzernde Fluß ging hindurch. Eine Stimme hinter mir sagte dauernd: »Flieg doch, flieg! Du schaffst es!« Aber ich wußte, daß ich das nicht konnte. Ich wußte, wenn ich zu fliegen versuchte, würde ich in den Tod stürzen, während die Spielzeugstadt unter mir riesig und wirklich werden würde; ich wußte, daß sie auf mich zurasen und mich verschlingen würde.

Clyde stöhnt leise, rollt zur Seite und legt seinen heißen Schenkel schwer über meinen. Ich spüre seinen geschwollenen Schwanz an meiner Hüfte. Ich liege ganz reglos da, hellwach.

Auf einmal fällt mir ein, und zwar mit durchdringender Sicherheit, daß Clyde mich angelogen hat. Janey ist Clydes Tochter. »Aber die blauen Augen hat sie von ihrem Daddy«, hatte mein Vater gesagt.

Ich würge an meinem Zorn und meiner Verachtung. Janey ist die Tochter meines Mannes, und was für ein manipulierendes Monster ist also Clyde? Ich habe ihn arglos geheiratet, und es müssen seine grausamen, psychotischen Spiele sein, durch die mein Kopf wie leergefegt ist. Jetzt spielt er den Unschuldigen und macht mir Schuldgefühle für diesen Schlamassel, den er mir bereitet hat. Ich werde ihm nie wieder glauben können. Ich werde ihn nie lieben.

Ich liege starr da. Nach einer Weile rollt Clyde sich zur Seite, immer noch schlafend.

Am Morgen beobachte ich Janey, wie sie sorgfältig ihren Toast mit Erdnuß- und Schokoladenaufstrich beschmiert. Clyde steht neben ihr an der Theke, summt das Lied im Radio mit. »Von Oasis«, sagt er, als müsse er sich verteidigen, als er beim Hochschauen bemerkt, daß ich ihn beobachte. Als würde mich auch nur das geringste bißchen interessieren, was er singt. Clydes Augen sind von einem blassen Graublau. Janeys sind auch blau. Tiefblau, dunkel wie eine Lagune, funkelnd wie Saphire. Sie sind ausdrucksvoll und zeigen jede ihrer Gefühlsregungen. Janey kann unmöglich Clydes Augen haben.

Janey ist nicht Clydes Tochter. Er ist kein Lügner.

Meine Ich-komm-schon-klar-Zuversicht hat sich in Luft aufgelöst. Anfang der Woche war ich wirklich begeistert, als mir klar wurde, wann mein »eigentliches« Leben aufgehört hatte. Als hätte ich endlich meine eigenen scharfen Kanten in dieser nebulösen Welt gefunden. Und zuerst dachte ich, daß ich das Zutrauen finden würde, Beziehungen einzugehen, wie ich sie mir wünsche. Aber dann habe ich mir überlegt, daß Helen absolut nicht die Art Frau ist, mit der ich jemals freiwillig befreundet sein wollte, und die Unlogik dieser Erkenntnis hilft mir nun wirklich nicht weiter. Ich habe versucht, mit Clyde darüber zu reden. Als würde ich einen Witz machen: »Helen ist ja ziemlich nett, aber eigentlich nicht die Art Frau, die ich mir als Freundin aussuchen würde.« Er hat mir einen Blick zugeworfen, der alles sagte. Nämlich: Ich hatte mir Helen als Freundin ausgesucht, genau so wie ich mir ihn als Ehemann ausgesucht hatte. Und wir wissen ja beide, was ich darüber denke.

Sonntag abend war also mein positives Gefühl vollkommen verschwunden, und ich bin niedergeschlagen und voller Panik.

Mir fällt ein, daß der Besuch meiner Eltern keine Gelegenheit gegeben hat zu reden. Ich muß sie noch einmal sehen, alleine und nicht hier. Ihre Telefonnummer ist unter einer Kurzwahltaste gespeichert, und ich rufe sie an, während Clyde Janey vor dem Schlafengehen etwas vorliest.

Die Verbindung ist schlecht, als würde ich durch Watte sprechen. Ich versuche, deutlich und ruhig zu reden, aber meine Stimme klingt ganz hoch und weinerlich.

»Wie wär's, wenn ich zu Besuch käme und eine Weile bliebe?«

»Ach, Schätzchen! Bei uns ist das Haus doch voll. Wir haben natürlich eure übliche Woche freigehalten in der Nebensaison – und vergiß nicht, Clyde und Janey finden es in der Hochsaison ein bißchen heiß.«

»Mum, ich meine nicht mit Familie, ich meine allein.« Die andere Anruferin in der Leitung, diejenige, die mir alles nachplappert, klingt quengelig und trotzig. Und meine Mutter erzählt mir noch einmal, daß sie das Haus voll hätte, die Freunde von Suzy und überhaupt die halbe Welt, und ich will sagen: *Und was ist mit mir?* Ich muß nach Hause, und der Ort, an dem meine Eltern sind, kommt einem Zuhause im Moment am nächsten. Aber sie sagte gerade: »Ich möchte nicht Partei ergreifen, also zwing mich bitte nicht – du mußt dich mit Clyde selber einigen. Er ist gut zu dir gewesen.«

Wovon redet sie eigentlich? Partei ergreifen? Weswegen? Ich bin so zornig, daß ich einfach auflege. Was hat dieser verdammte Clyde ihnen vor ihrer Abreise gesagt, kurz bevor sie abgereist sind, daß sie sich so gegen mich wenden?

FÜNFTE WOCHE

Brauchst dich nicht zu hetzen«, sagt Jim Wiseman.
»Werd' ich auch nicht«, sage ich ihm.

Der Pizza Parlour ist eigentlich kein so schlechter Arbeitsplatz, aber warum in aller Welt sollte ich da arbeiten, wo ich doch am College angefangen hatte, Photographie zu studieren? Jim hat mir gerade umständlich erklärt, daß seine Verpackungen aus FCKW-freiem Schaumstoff sind, aber ich bin überzeugt, dafür ist dieser bunte Belag auf der Pizza voller Zusatzstoffe. Pizza hat mir noch nie richtig geschmeckt. Vielleicht ist persönlicher Geschmack aber auch keine Einstellungsvoraussetzung.

»Welches ist denn meine Lieblingssorte?« frage ich einen Jungen in einer weißen Jacke. Er schaut nicht von seinem Kohlsalat auf, den er gerade in kleine Plastikbehälter schaufelt.

»Keine Sorte hat dir besonders geschmeckt.«

Das erleichtert mich, obwohl es mich ein wenig deprimiert, daß er die Vergangenheitsform benutzt. Als existierte ich nicht mehr. Na ja, er hat ja recht. Die Person, die er kannte, existiert auch nicht mehr. Vier Jahre lang habe ich dort gearbeitet, anscheinend mehrere Abende pro Woche. Ich muß regelrecht Teil des Inventars gewesen sein, als er dazukam. Ich habe ihm alles gezeigt, Scherze mit ihm gemacht, ihn vielleicht sogar angebrüllt. Jetzt weiß ich nicht mal mehr seinen Namen.

»Ich bin Tim.« Er errötet, als wäre meine geflüsterte Frage ein armseliger Witz. Als würde ich nur schauspielern. Ich würde gerne fragen: Habe ich dich gemocht? Aber er scheint unsere Unterhaltung ohnehin schwierig genug zu finden. Ganz leise erwacht in mir der Beschützerinstinkt. Nicht viel für eine Beziehung von über vier Jahren, aber das wird reichen müssen.

Jim Wiseman läßt mich heute zuschauen, weil am Montag abend nicht viel los ist. Tim hat in letzter Zeit meine Schicht übernommen und behauptet, die zusätzlichen Stunden wären ihm recht. Wenn es viel zu tun gibt, kommt Mrs. Wiseman aus ihrer Wohnung über der Küche, um »die Honneurs zu machen«. »Viele unserer Stammgäste fahren die Kohlehydrate im Sommer etwas herunter«, sagt Jim. »Bis September ist hier eher tote Hose.«

Der Pizza Parlour ist nicht das, was ich erwartet hätte. Die Fassade des Gebäudes besteht aus schwarzweißem Fachwerk und Bogenfenstern, eines zu jeder Seite der Tür. Der Kontrast zum Inneren könnte größer nicht sein, denn der Raum ist von roten und blauen Glühbirnen beleuchtet und ausschließlich mit Maschinen möbliert, die rings an den Wänden stehen. Eine davon ist ein Getränkeautomat, der Rest sind Playstations mit Kino-ähnlichen Animationen, einer Straßenkampfszene, einer Schießerei und einem Autorennen. Alles ist unglaublich lebensecht.

Jim ist möglicherweise meine Verblüffung ob dieses merkwürdigen Miteinanders aufgefallen, denn er sagt fast entschuldigend: »Ich muß die Fassade so lassen, weil das Gebäude unter Denkmalschutz steht.« Er führt mich nach hinten in die Küche, und ich setze mich dort auf einen hohen Stuhl an der saubergeschrubbten Arbeitsfläche und beobachte, wie alle arbeiten. Auf mich wirkt es nur geringfügig komplizierter als der Videoverleih. Hoch oben in der Ecke läuft sogar ein kleiner Fernseher. Der Teig ist schon vorbereitet und zu Bällen geformt. Wenn das Telefon klingelt, nimmt Tim die Bestellung an. Jim sucht die Klumpen in der richtigen Größe aus und bildet flache Teigscheiben aus ihnen. Dann wirft Tim den Belag drauf, während er die Augen kaum von dem kleinen Fernseher wendet, und Jim kritzelt die Rechnung, solange das Ganze im Ofen ist. Schließlich kommt ein ziemlich gutaussehender Kerl in schwarzem Leder aus dem Raum mit den Spielautomaten und trägt den Stapel Kartons hinaus. Ich höre das tiefe Röhren seines Motorrads, als er losdonnert, und das Knirschen seiner Reifen auf dem Kies, als er zurückgerauscht kommt.

Im Verlauf des Abends spielen ein paar Jungs aus dem Dorf an den Geräten – das erkennt man an gelegentlichen Lachsalven oder am Fluchen –, und der Lärm der Spiele nimmt zu. Selbst wenn niemand da drin ist, bleibt ein gewisser Lärmpegel: Diese Spiele scheinen sich alle selber zu spielen; die Herstellung der Pizzen findet bei Gewehrfeuer und Bremsenkreischen statt, gefolgt von Unfallgeräuschen. Es ist fast schon surreal.

Am Ende dieses sehr lehrreichen Abends verpackt Tim die übriggebliebenen Beläge, und Jim verstaut die verbleibenden Teigbälle im Tiefkühlfach. Dann trinken wir alle eine Tasse Kaffee, und Tim begleitet mich nach Hause.

Clyde wartet im Flur direkt hinter der Tür, als wäre ich ein kleines Mädchen, das zu spät von einem Fest zurückkommt. Er säuselt ein Bedanke-mich in Tims Richtung und führt mich hinein. Es ist mir zutiefst peinlich.

»Du siehst müde aus«, sagt er vorwurfsvoll.

»Bin ich aber nicht«, sage ich ärgerlich. Aber eigentlich bin ich es doch.

»Hast du mit Jim gesprochen, wann du wieder anfangen kannst?«

»Nein. Ich hatte den Eindruck, daß er mir die Stelle bis September freihält.«

Clyde muß das erst mal verdauen, auf seine übliche düstere, sprachlose Art. Er ist so negativ, und ich hätte nicht übel Lust, jetzt voller Enthusiasmus zu behaupten, ich wollte unbedingt wieder arbeiten, diese Woche noch, am besten morgen! – aber im Grunde fühle ich mich dem nicht gewachsen.

»Habe ich von Anfang an da gearbeitet?« frage ich beiläufig und versuche, die Frage nicht so klingen zu lassen, wie sie eigentlich gemeint ist: *Warum?*

Er nickt. »Es war eine Art Bistro, als Jim damit angefangen hat, aber der Laden lief nicht gut. Du bist geblieben, als er einen Lieferservice daraus gemacht hat, weil du keine Lust hattest, so hast du es damals formuliert, ›jeden Abend zu Hause zu sitzen‹.«

Das muß jetzt ich verdauen. Mir ist nicht klar, ob die Begründung so egoistisch ist, wie sie klingt, oder ob Clyde sie absichtlich so erscheinen läßt, indem er sie mit diesem halb grausamen, halb beiläufigen Zitat vorbringt.

Am nächsten Morgen weckt mich Janey, damit ich ihr helfe, irgendein Puzzle zu suchen, das sie in die Schule mitnehmen will. Es sind die letzten Tage des Schuljahres, an denen sowieso nur gespielt wird. Clyde, der sie normalerweise für die Schule fertig macht, hat in dieser Sache aufgegeben. Ich finde das fehlende Puzzle unter ihrem Bett. Sie kann nicht richtig danach gesucht haben, weil es sehr leicht zu finden war. Aber ich weiß auch nicht, warum sie ausgerechnet dieses mitnehmen will – die meisten Teile sind verbogen und zerrissen. Sie antwortet nicht auf meine Frage, marschiert nur mit der Schachtel in die Küche und packt sie in ihre Schultasche.

Clyde beugt sich über die Arbeitsfläche und macht sich gerade seine Lunchbox zurecht. Einer inneren Eingebung folgend frage ich: »Haben wir es finanziell nötig, daß ich diesen Pizzajob behalte?«

»Natürlich nicht«, sagt er und sieht ganz unnötig beleidigt aus. »Mit meinen Überstunden kommen wir bestens zurecht.«

»Du hast also nichts dagegen, wenn ich das nicht mehr mache?«

»Natürlich nicht. Du wolltest es ... Ich hab' immer gesagt ...« Und er hört auf zu sprechen und schaut traurig drein. Es ist ein Ausdruck, der mich irritiert, weil er so ausgesprochen selbstmitleidig erscheint. Aber Clyde überrascht mich, indem er sehr sanft schließt: »Was immer du willst, ist in Ordnung. Ich sehe dich so ungern unglücklich.«

Ich unglücklich? Na ja, stimmt schon, aber ... Ich hatte gar nicht begriffen, daß er diesen traurigen Teddybärblick meinetwillen hat. Der nächste Sorgenfaktor.

Helen kommt heute vorbei. Schon bald nachdem Janey zur Schule gegangen ist, sehe ich ihr Auto vorfahren. Sie schaut, ob ich auch meine Tasche dabei habe, und ich frage mich einen absurden Moment, ob sie sich vergewissern will, daß auch das richtige Namensschildchen daran hängt. Aber das tut sie nicht. Sie fährt uns beide zum Sportstudio, damit wir etwas Bewegung haben.

Das Studio ist viel besser, als ich erwartet hatte. Es macht sogar Spaß. Es gibt lauter unglaubliche Geräte mit digitalen Anzeigen, aber die Leute dort sind nicht alles Muskelfetischisten. Helen stellt die Gewichte auf den Geräten für mich ein und programmiert bestimmte Belastungsstufen. Keine große Sache, aber ich glaube nicht, daß ich mich daran erinnere. Ich glaube, es ist nur eine alltägliche Verrichtung.

Im ganzen Zimmer hängen Spiegel, so daß wir uns beobachten können, wie wir Sport treiben, und die Musikvideos im Fernseher sind gut. Viele Sänger sind mir bekannt. Bob Marley, Madonna – sogar Dire Straits. Manchmal erkenne ich den Namen, nur das Lied nicht. Und manche sehen völlig anders aus als vorher – Elton John zum Beispiel. Unfaßbar, als wäre er sein eigener unehelicher Sohn.

Der Pizzaausträger ist in der Ecke, liegt auf dem Rücken, hebt langsam die silbrigglänzenden Hanteln. Der Spiegel an der Wand vor ihm und der direkt neben ihm lassen es so aussehen, als wäre der ganze Raum eine wogende See von Pizzaausträgern, die alle rhythmisch ihre glitzernden Scheiben hoch- und runterheben.

Helen hat für mich ein Gerät ausgesucht, bei dem man im Sitzen trainiert. Ich mache mehrere langsame Drehungen, bei denen ich ihn beobachten kann. Jetzt, wo ich ihn von nahem sehe, merke ich, daß er gar nicht so jung ist, wie ich dachte – er muß um die Dreißig sein. Seine wunderbare Mähne hat er mit einem dünnen Bändchen im Nacken fest zusammengebunden, und er ist schweißnaß.

Er steht auf und legt die Gewichte zurück ins Regal, nickt mir dann mit einem fast unmerklichen Lächeln zu. Er hat meinen Blick offenbar bemerkt. Ich fühle mich ein bißchen wie eine Spannerin und sage: »Ich hätte ja hallo gesagt, aber ich wollte dich nicht ablenken, damit du nicht eines dieser Dinger auf deine Brust fallen läßt.«

»Verstehe. Aber so leicht bin ich nicht abzulenken.« Er hat eine langsame, nachdenkliche Stimme und läßt die zögerliche Erwiderung besonders provozierend klingen. Es ist wohl das Zusammenspiel dieses feinen Lächelns, das Routine sein kann, aber auch die Andeutung von viel mehr, mit seinem emotionslosen Ton. Der Schweiß sammelt sich in prallen, glänzenden Tröpfchen, und er zieht einen langen Streifen Papierhandtuch aus dem Spender und wischt sich um den Hals herum und unter den Achseln ab. Seine Weste ist aus einem ausgewaschenen, grauen Schwarz, und auf dem Brustkorb, wo das Sweatshirt klebte, hat er einen feuchten pechschwarzen Fleck.

Ich bewege mich, wie Helen es mir gezeigt hat. Dann stelle ich mein Gerät neu ein, damit ich mich jetzt zur anderen Seite drehe. Im Spiegel am anderen Ende sehe ich, wie er zu einem neuen Gerät geht und sich auf den Rücken legt, die Knie an die Brust gezogen. Er drückt langsam gegen ein Brett mit Gewichten an seinen Füßen. Langsam, rhythmisch schiebt er es vor und zieht es wieder zurück. Auf dem großen Bildschirm vom Fernseher erscheint der Name Nirvana, und eine rauhe, harte, traurig klingende Musik, die ich nicht kenne, donnert aus den Lautsprechern. Mir gefällt das.

»Du kannst dir jederzeit Wasser holen, wenn du möchtest«, sagt Helen und zeigt mir eine Wasserbombe. Das Wasser ist eiskalt. Ich tunke meine Finger in einen Plastikbecher und spritze mir damit Wasser auf die Stirn und die Brust.

»Gut?« sagt sie, und ich stimme ihr zu. Dieser Sport gibt einem wirklich jede Menge Energie. Ich fühle mich schon viel besser.

Als wir gehen, kommt eine winzige, durchtrainiert aussehende Blondine im Flur an uns vorbei und fragt mich: »Haben

Sie sich noch mal Gedanken gemacht wegen dieses Trainer-Kurses?«

»Ach, noch nicht richtig.« Das immerhin stimmt.

Sie sagt: »Sie sollten ihn wirklich machen. Sie wären sehr gut, und wir brauchen oft Springer zum Aushelfen.«

Helen geht ohne weiteren Kommentar vor zum Auto, so daß ich beschließe, sie in dieser Sache nicht zu befragen. Jedenfalls noch nicht, falls wir es hier mit ein bißchen Rivalität zu tun haben. Aber es fällt mir auf, daß Kirstens Leben durchaus einige Chancen geboten hat.

Unser Mittagessen findet in einem Lokal statt, das Vollwertkost anbietet, in einem Heimwerkergeschäft. Hüttenkäse auf einem recht gehaltvollen braunen Brot und dazu entkoffeinierter Kaffee. Helen taut ein bißchen auf. Sie knabbert ihre Wasserkresse und vertraut mir an: »Jeremy und ich haben ein paar schwierige Zeiten durchgemacht in letzter Zeit. Vermutlich kannst du dich daran nicht erinnern?«

»Tut mir leid.« Das müßte sie enttäuschen, denn wenn sie mir über Wochen, vielleicht sogar Monate ihre Sorgen und ihren Kummer anvertraut hat, ist es natürlich bitter, wenn ich das Ganze schlicht vergessen habe. *Euer Eheschlachtfeld? Das hab' ich doch irgendwo hingetan? Tut mir leid, kann's gerade nicht finden.*

»Aber jetzt geht's euch gut?« sage ich ermunternd. Sie nickt schüchtern. »Na, das ist doch prima«, sage ich und nicke auch. Hoffentlich reicht das.

Es fällt mir auf, daß dies eine Chance sein könnte, herauszufinden, wie sicher eigentlich meine eigene Ehe war. Vielleicht versucht Helen mir durch die Blume zu sagen, daß wir derartige Geheimnisse miteinander geteilt haben. Ich könnte sagen: »Natürlich haben Ehen immer ihre Höhen und Tiefen«, und ihr einen Blick zuwerfen, der ihr die Erlaubnis gäbe, alle meine Geheimnisse augenblicklich auf den schicken Ethnotisch zu legen. Aber das tue ich nicht. Keine Ahnung, wieso nicht. Unbehagen vielleicht, oder das Gefühl, daß ich dazu noch nicht bereit bin. Helen ist schon nett, aber sie scheint zu glauben, daß sie mich bereits in der Tasche hat. Über Clyde will ich mir aber selber Klarheit verschaffen.

Helen nimmt einen Schluck und hinterläßt einen orangefarbenen Kuß auf ihrer biologisch abbaubaren Kaffeetasse, die sie mit der Serviette abwischt, während sie das Thema von ihren Problemen auf meine lenkt. »Hast du dir schon mal überlegt, eure Hochzeit noch einmal zu feiern?« erkundigt sie sich. »Als Therapie, meine ich. Das könnte doch auch deiner Erinnerung auf die Sprünge helfen.«

Du liebes bißchen, was für ein Gedanke. Ich überlege, wie es wäre, mir das elfenbeinfarbene Kleid mit dem V-Ausschnitt nachschneidern zu lassen, vielleicht ein Kissen unter den Rock zu stopfen, um Janey als Embryo nachzubilden, Suzy zu überzeugen, dieses elektrisierende Blau noch einmal anzuziehen. Einladungen zu verschicken. *... würden sich freuen, Sie begrüßen zu dürfen bei einer Rocky-Horror-Hochzeit. Anzug: aus der Altkleidersammlung, vorzugsweise mit einem Namensschildchen, damit die Braut Sie wiedererkennen kann.* Herr Pfarrer, wissen Sie noch, was für Ratschläge Sie vor zehn Jahren Brautpaaren erteilt haben?

»Hm«, sage ich und versuche, nachdenklich auszusehen.

»Hymnen?« fragt sie nach, und ich muß mir schleunigst mit der Serviette die Nase putzen. Glücklicherweise fällt ihr selbst die Antwort ein. »Na ja, vermutlich wäre das wirklich ein Problem, wenn du dich nicht erinnern kannst, welche Lieder ihr euch ausgesucht habt. Männer erinnern sich ja nie an so etwas, nicht wahr? Die kleinen Details scheinen sie einfach nicht zu interessieren. Wie wäre das denn? Du wärst eine hübsche Braut.«

Vorsichtig sage ich: »Ich habe die Hochzeitsrituale eigentlich immer ein bißchen ...« Lächerlich ist das Wort, das jetzt in der Luft hängt: »... unnötig gefunden. Dieses ganze Kostümfest und die Konventionen, du weißt schon.«

Helen wirkt erstaunt. »Ich würde meine Hochzeit liebend gern noch einmal feiern«, sagt sie. »Tatsächlich haben Jeremy und ich überlegt, ob wir im nächsten Jahr unsere Trauung noch einmal bestätigen sollten. Vielleicht am Strand, in der Karibik.«

»Das klingt immerhin wärmer als mein Hochzeitstag.« Clyde hatte mir erzählt, wir hätten im Februar geheiratet.

Sie kommt endlich von diesem Thema ab und geht zu weniger Schrecklichem über, zum Beispiel, wie Großbritannien bei der Olympiade abschneidet und wie gemein doch die Zeitungen sind zu Prinzessin Diana und Fergie wegen ihres Urlaubs in der Provence.

Helen redet mit einer solchen Begeisterung auf mich ein, daß mir klar wird: Sie genießt diese Gelegenheit, alle schlüpfrigen Details noch einmal Revue passieren zu lassen. »Fergie ist natürlich auch geschieden. Genau dasselbe, Affären. Man hat sie im Urlaub mit ihrem Finanzberater photographiert, wie er ihr die Zehen lutscht!«

Das ist ja zum Brüllen komisch. Aber, eigentlich doch nicht. »Was ist mit den Kindern?« frage ich.

Helen versteht nicht richtig, was ich meine, obwohl sie gleich eine Antwort parat hat. »Die sind noch zu klein, um jetzt schon Zielscheiben für die Boulevardpresse zu sein. Es geht ja schließlich um Ethik. Aber sobald die anfangen, abends auszugehen, werden wir die Bilder schon noch zu sehen bekommen – die Paparazzi können es ja nicht lassen!«

Und du genießt es in vollen Zügen, möchte ich sagen. Aber das tue ich lieber nicht, weil mir plötzlich die Röte in die Wangen schießt bei dem Gedanken, daß Kirsten das ja auch genossen haben muß. Statt dessen sage ich vorsichtig: »Vielleicht sollten wir die Zeitungen einfach nicht kaufen, die diese Bilder bringen.«

»Ach, du und deine Theorien«, sagt Helen als Antwort. »Bist nie so ganz dabei, nicht wahr?« Sie lacht seltsam. Meine Bemerkung war ihr sowenig geheuer wie mir selbst. Ich schwöre mir im stillen, mit keinen Freunden mehr zu sprechen, ehe ich diese neue Welt nicht besser kenne.

Ich lasse sie weitertratschen, ohne sie zu unterbrechen. Dieses hirnlose Geplapper hat etwas Friedliches. Ich kann mich ein wenig erholen nach der Anstrengung, auf jede veränderte Nuance dieser schönen, neuen Welt reagieren zu müssen, in die es mich geschleudert hat. Bei der Feststellung, daß es Dinge gibt, die mir wirklich schnurzegal sind.

»War's schön?« fragt Clyde auf seine übliche lakonische Art, als er von der Arbeit heimkommt und im Wohnzimmer über lauter Tüten stolpert. Janey führt die neuen Sommerklamotten vor, die ich ihr an diesem Nachmittag gekauft hatte: ein gemustertes T-Shirt und schlichte Radlerhosen in den wilden Neonfarben Limette und Orange, die ihr so gut gefallen.

»Bestens. Helen hat uns zum Abendessen an diesem Wochenende bei ihnen eingeladen. Sonnabend – nein, Sonntag abend, das hängt irgendwie von unserem Babysitter ab.« Er nickt und sagt mir, Emma würde am Sonnabend nie arbeiten, weil sie da selber ausgehen will.

Es scheint Clyde zu gefallen, daß ich die gekauften Sachen in den Tüten aufbewahrt habe, um sie ihm zu zeigen. Als würde er sonst solche Einblicke nicht erhalten. Aber es macht mir Spaß, sie ihm zu zeigen und zu erzählen; das ist ein Teil der Einkaufsfreude. Debs und ich hätten nie im Leben ein Preisschildchen entfernt, ohne von der anderen ihre Meinung einzuholen. Es ist dieser neue Beleg für die ungeheure Lebensfeindlichkeit von Kirsten, die mich wirklich deprimiert.

Während ich die Sachen in unserem Zimmer wegräume, höre ich eine gedämpfte Unterhaltung im Flur vor Janeys Zimmer. Clyde sagt gerade: »Wir müssen ein bißchen auf Mummy aufpassen.« Das habe ich ihn schon einmal sagen hören. »Wir müssen ein bißchen auf Mummy aufpassen. Es ist nicht ihre Schuld.«

Das klingt so, als würde Janey fragen: »Wessen Schuld ist es denn dann?« Ich höre auf, mit den Sachen herumzurascheln, damit ich seine Antwort hören kann. Ich höre, wie er sagt: »Janey, manche Dinge sind niemandes Schuld. Das ist wie beim Wetter. Niemand hat daran Schuld, wenn es regnet, nicht wahr?«

»Aber beim Regen ...« Und dann murmelt Janey etwas, das ich nicht verstehe.

Ich stehe stocksteif da, halte den Atem an. Clyde flüstert fast: »Sie versucht doch, sich zu erinnern.«

»Dann soll sie es eben doller versuchen.«

Ich setze mich auf die Bettkante. Wie konnte ich mir nach einem einzigen Ausflug vorgaukeln, daß dies ein neuer Anfang wäre? Ich bleibe lange da sitzen, schiebe Haß auf alle und alles. Vor dem Fenster ist es hell und ruhig, und die Sonne scheint. Ich überlege, einen langen, langen Spaziergang zu machen. Ich überlege, einfach wegzugehen und nicht wiederzukommen.

Der Tag endet wie jeder andere Tag, schließt sich um mich wie ein Stück Stoff, das über ein Tier in einem Käfig gebreitet wird.

Am nächsten Tag, während Clyde sich auf den Weg zur Arbeit macht, gibt es im Radio eine entsetzliche Meldung in den Nachrichten – ein kleiner Junge, nicht älter als vier Jahre, ist in Bournemouth unter einem Gebüsch gefunden worden. Da hatte er die ganze Nacht gelegen. Die Polizei kriegt nicht mehr aus ihm heraus, als daß er in Ferien war und seine Mutter ihn dort liegengelassen hat. Man hat sie dann gefunden. Sie hatte irgendwie einen Zusammenbruch und hat ihn vergessen. Plötzlich merke ich, daß ich die Lautstärke ganz aufgedreht habe und jetzt brülle: *»Clyde, Clyde!«*, bevor ich überhaupt darüber nachgedacht habe. Er kommt aus dem Badezimmer getapst, die Zahnbürste im Mund, als würde er auf einem Strohhalm kauen.

Er bekommt noch das Ende der Nachrichtenmeldung mit. Ich sage: »Stell dir vor, was mit Janey an dem Tag am Fluß hätte passieren können, wenn du nicht dagewesen wärest«, und dann fange ich an zu weinen.

»Das ist nicht dasselbe«, sagt er. »Ich war doch da. Und dieses Kind war außerdem Hunderte von Kilometern von seinem Zuhause entfernt.«

»Aber was dort mit mir passiert ist, hätte auch überall sonst passieren können.« Janey hätte weinen und betteln können, und ich hätte mich einfach von ihr abgewandt. Dieser Gedanke erschreckt mich zutiefst. Er sieht mich groß an, weil er seine Brille nicht aufhat, und will mich an seine feuchte Brust ziehen, aber ich muß hinübergehen und mich vergewissern, daß Janey auch wirklich da ist.

Es ist der erste Ferientag. Sie ist noch im Nachthemd und packt die neuen Klamotten in ihren Rucksack. Sie hält inne, als sie mich in der Tür stehen sieht, und wirft mir den typischen Janey-Blick unter ihren langen Wimpern zu.

Ich gehe hinein und setze mich auf das Bett, damit ich sie ordentlich umarmen kann. Ich schiebe ihr dickes Haar beiseite, rieche ihren warmen Hals.

»Ich suche meine Schwimmsachen«, sagt sie. »Am ersten Tag der Ferien gehen wir immer zum Fluß.«

Clyde hört sie. Er steht in der Tür. Er ist so groß, daß er die Hände an den oberen Balken des Rahmens legen und ein bißchen hin- und herschaukeln kann. Er steht oft so da.

»Heute nicht, Janey. Ich möchte nicht, daß deine Mutter ohne mich da hingeht.«

Mir fallen die Photos ein, auf denen das Sonnenlicht durch schlankes Schilf scheint und die Kinder mit ihren großen Hüten als Schattenspender und ihren Netzen, mit denen sie Krabben fangen wollen, im flachen Wasser stehen.

»Es wird schon gehen.«

»Nein.«

Janey sitzt auf dem Bett, hält ihren gerüschten Badeanzug in der Hand und starrt wortlos zu Boden. Ich habe ein starkes Bedürfnis, mich jetzt mit Clyde zu streiten.

»Und was wäre, wenn ich Helen bitte, mit Sam mitzukommen?«

»Nein.«

Im Grunde bin ich erleichtert. Ich möchte schon zum Fluß, aber das Wissen darum, daß ich mir dort den Kopf gestoßen und meine Erinnerung verloren habe, macht mir eine Gänsehaut. Andererseits erscheint es mir Janey gegenüber unfair, ihr das zu verweigern. Ich füge ihrer traurig gesenkten Schulter mein unwirsches Stirnrunzeln hinzu, und Clyde gibt nach.

»Ihr könnt heute nachmittag gehen«, sagt er. »Ich nehme mir sowieso statt richtiger Ferien halbtags frei. Ich komme zum Mittagessen nach Hause, und dann gehen wir alle zusammen.«

»Wir nehmen aber immer ein Picknick mit«, sagt Janey störrisch.

Er wirft seine Lunchbox auf das Bett. »In Ordnung. Du und Mummy macht ein Picknick, und wir essen alle zusammen, wenn wir dort sind.«

Als Clyde zurückkommt, ist es nach ein Uhr. Er reißt sich den Brotknust ab und stopft ihn sich in den Mund, kaum daß er in die Küche gekommen ist. Er muß umkommen vor Hunger. »Seid ihr soweit?« fragt er.

Natürlich ist Janey das. Sie möchte noch in dieser Sekunde aufbrechen, bevor er sich überhaupt gewaschen und umgezogen hat. »Laß deinen Dad vorher noch eine Tasse Tee trinken«, sage ich. Beide starren sie mich an.

»Hast du es dir anders überlegt?« fragt Clyde.

»Nein«, sage ich, und das stimmt auch.

Wir gehen die Straßen hinunter zum Fluß. Es dauert ungefähr zehn Minuten. Janey hat ihren Badeanzug schon an – seit dem Morgen schon. Clyde hat sie aufgefordert, sich einzucremen, und sie hat sich zuviel weiße Sonnencreme auf den Körper geschmiert. Auch ich habe meinen Badeanzug an – türkisblau mit einem tief ausgeschnittenen Rücken – dazu den Wickelrock, den ich gestern gekauft habe. Er ist dunkelblau mit winzig kleinen weißen Blumen, aus einem leichten Baumwollstoff, und reicht mir bis zu den Knöcheln. Clyde trägt die Kühltasche mit unserem Picknick und einen Korb mit Handtüchern und allem möglichen Zeug.

Ich glaube, Clyde hat die Hoffnung aufgegeben, daß ein »besonderes« Erlebnis dasjenige sein wird, das mein ausgetrocknetes Gehirn wieder auf Vordermann bringt. Wenigstens schaut er mich eher beiläufig an, während wir ans Gatter eines Feldes kommen, durch das ein gut ausgetretener Pfad verläuft.

Janey fragt: »Paddelstrand oder Schwimmstrand?«

Er sagt: »Schwimmstrand ist am nächsten, Janey. Laß uns endlich was essen. Mein Magen hängt mir schon in den Knien.«

Sie tanzt den Pfad hinunter zu dem dichten Gebüsch und den Bäumen, hinter denen wohl der Fluß verläuft.

Ich höre ihn, ehe ich ihn sehen kann. Dieses wunderbare, lyrische Geräusch ständig rauschenden Wassers. Dann sehe ich das Glänzen des Sonnenlichts auf dunklem Wasser, wie es durch die Büsche glitzert. Schließlich kommen wir ans Ufer, und dort gibt es eine freie Stelle, an der das lange Gras zu einer Art Landebahn niedergetrampelt ist. Vom Ufer aus kann man auf flache Felsen am Flußrand treten, die zentimeterhoch von klarem Wasser bedeckt sind. Direkt hinter dieser natürlichen Treppe wird der Fluß dunkler und bildet ein tiefbraunes Becken von atemberaubender Schönheit. Gelbe Seerosen schwimmen am anderen Ende, und dichter Hahnenfuß säumt das Ufer.

Ich kann auch sehen, woher das Geräusch der stürzenden Wassermassen kommt. Am anderen Ende dieser unter der Wasseroberfläche liegenden natürlichen Plattform aus Stein stürzt das Wasser einen oder anderthalb Meter senkrecht in die Tiefe, verwandelt sich der Fluß in einen weißen, schäumenden Wasserfall. Mir stockt vor Staunen der Atem: die Kinder springen von den flachen Steinen ins tiefere Wasser, ohne auf das Kliff direkt hinter ihnen zu achten. Ein kleiner Junge paddelt auf einer rotweiß gemusterten Luftmatratze vorbei und winkt Janey zu. Ein älterer Junge läuft an einem Kleinkind vorbei, nur Zentimeter vom Ufer entfernt.

»Und wenn Janey ausrutscht?« frage ich Clyde, während er unsere Sachen auf das lange Gras legt.

»Was soll schon sein? Dann vergißt sie halt, wer sie ist.«

Ich brauche einen Augenblick, um die Ironie in Clydes Antwort zu verstehen.

Als er schwerfällig sagt: »Sollte ja nur ein Scherz sein«, empfinde ich für einen Augenblick tiefen Haß.

»Dort bin ich also gestürzt?« Ich starre auf das schäumende weiße Wasser, versuche, unter die Unterfläche zu schauen und den Fluß darunter zu erkennen.

»Da unten ist nur Schlamm.«

Möglicherweise will Clyde mich nur beruhigen, aber er kommt mir unglaublich blasiert vor, wenn ich bedenke, was mit mir passiert ist. Erst will er nicht darüber reden, aber dann, weil ich dauernd hinschaue, sagt er: »Es rutschen da tatsächlich manchmal Leute aus. Soll vorkommen.«

»Ich will nicht, daß Janey da ausrutscht«, zische ich, und ich sage ihr, sie hätte dort nicht zu schwimmen, wir würden nach dem Mittagessen zum Paddelstrand gehen. Sie streitet sich nicht mit mir darüber; sie ist viel zu beschäftigt damit, unser kleines Picknick auf dem Tuch auszubreiten.

Mir ist nicht nach essen zumute, und Clyde regt an, daß ich schwimmen gehen soll, während er und Janey ihre Sandwiches aufessen. Die Vorstellung ist in jedem Fall verführerisch.

Man setzt sich auf die Kante, und es ist so köstlich kühl. Man spürt genau, wo das Wasser an einem hochkriecht: erst die Knöchel – Waden – Knie – Oberschenkel – dann noch ein bißchen weiter. Man geht Zentimeter um Zentimeter hinein, mit jedem Schritt ein bißchen weiter, und plötzlich steht man im Wasser, dann bewegt man sich darin, dann schwimmt man. Clyde sagt, es würde einem nicht auffallen, wie kalt es ist, wenn man einmal drin ist, und das stimmt. Der Körper gewöhnt sich erstaunlich rasch daran, und nun fühlt es sich weder kalt noch warm an, nur einfach großartig.

Es ist ja herrlich! Die Sonne brennt mir auf das Gesicht und die Schultern, der Himmel ist von einem tiefen, heißen Blau. Ringsum höre ich Planschen und kreischendes Gelächter. Der kleine Junge, der auf der rotweißen Luftmatratze war, ist auf einen Baum am gegenüberliegenden Ufer geklettert und springt mit einem langen, glücklichen Aufschrei ins Wasser.

Clyde steht bis zur Taille im Wasser und hebt Janey auf die Luftmatratze.

Ich schwimme hin. Verärgert spritze ich dabei mit ganz viel Wasser um mich. »Ich hab' doch gesagt, ich will nicht, daß sie hier im Tiefen schwimmt.«

»Ich bin ja bei ihr«, erwidert er ruhig. Er streitet sich nicht, versucht auch nicht, mich zu überzeugen. Er tut einfach, was ihm in den Kram paßt. Wie unsensibel kann ein Mensch eigentlich sein?

Ich wende mich ab und schwimme fort. Noch nie in meinem Leben hat man mich so verletzt. Er hat absolut keinen Respekt vor meinen Gefühlen.

Warum bin ich hier? Unmöglich habe ich diesen säuerlichen, von sich selbst überzeugten Mann jemals geliebt. Wenn ich weiter in seinem Haus herumhänge, werde ich mich fühlen wie eine Nutte. Obwohl das nicht ganz stimmt, denn eine Nutte vögelt ja für ihren Unterhalt. Vielleicht habe ich das früher einmal getan, aber jetzt tue ich es nicht. Clyde sagt, er liebt mich, aber wenn ich ihn nicht liebe, ist die Sache – Vögeln hin, Zahlen her – sowieso vollkommen verfahren. Ich bilde mir dauernd ein, ich müßte herausfinden, wie ich hierhergekommen bin, um dann gehen zu können. Aber so ist es nicht. Ich könnte sofort gehen.

Eine Libelle kommt mit ihren Regenbogennetzflügeln vorbeigeflogen, ganz dicht. Ich gleite an den gelben Seerosen vorbei, das lange Gras hoch über mir.

Als ich herauskomme, ist Janey auch schon wieder draußen, hockt am Ufer mit ganz fransigen Haaren und einem Handtuch um die Schultern.

»Sie bibbert ja vor Kälte«, sage ich.

Er sagt: »Janey, zieh dich wieder an, wenn du nicht noch einmal hinein willst.« Und dann, während sie ihren Badeanzug auszieht, dreht er ihr den Rücken zu und sagt beruhigend zu mir: »Man muß nach einem Sturz auch wieder auf das Pferd steigen, Liebling. Es geht nicht anders.«

»Der Vergleich hinkt aber gewaltig. Ein Fluß, der im Schlamm Steine hat, ist ganz offensichtlich gefährlich. Und du hast meine vollkommen vernünftige Bitte einfach ignoriert, nur um recht zu haben.«

Er wirft mir einen merkwürdig geringschätzigen Blick zu. Dann sagt er: »Egal, was du glaubst, dieser Ort ist nicht verhext. Und du hast es doch genossen, schwimmen zu gehen, oder etwa nicht?«

Das kann ich nicht leugnen, und so trockne ich mich wütend ab. Er sagt: »Und deswegen werde ich jetzt schwimmen gehen. Ich hoffe, du hast nichts dagegen, aufzupassen. Damit Janey nicht plötzlich drei Meter weiter rutscht und von der Kante fällt und dann von einer zwei Stundenkilometer schnellen Strömung davongetragen wird.«

So sarkastisch sagt er das. Seine plötzlich Verwandlung vom netten Kerl zum Ekel überrascht mich, und bevor mir eine wirklich bissige Antwort einfällt, ist er in den Fluß gesprungen. Hat einfach einen Kopfsprung gemacht, die Shorts immer noch an, direkt vom Ufer, auf dem wir sitzen, in das tiefbraune Wasser des Flusses, wo die Äste sich schwarz und silbern auf der Oberfläche widerspiegeln.

Ich muß zugeben, daß das ziemlich beeindruckend war – ihm sagen werde ich das bestimmt nicht.

Gegen sieben Uhr an dem Abend höre ich es im Flur poltern und gehe nachschauen. Ein großer brauner Umschlag, unverschlossen, liegt auf dem Boden. An der eckigen Form ist zu erkennen, daß eine Videokassette darin liegt. Ich hebe ihn auf. Auf den Umschlag ist gekritzelt worden: »Lieber Clyde« – die zärtliche Anrede ist unterstrichen – »ich verstehe ja, was Du mit schrittweiser Annäherung meinst, aber vielleicht würde Euch das helfen? Da ist ein bißchen von Kirstens Geburtstag (letztes Jahr) drauf, von einem Kegelabend und noch andere Sachen. Könnt Ihr so lange behalten, wie Ihr meint. Alles Liebe« – weitere Unterstreichungen – »von uns beiden. Amanda.«

Ich gehe mit dem Umschlag ins Wohnzimmer, wo Clyde die

Olympiade im Fernsehen schaut und gleichzeitig Zeitung liest. »Wer ist Amanda?«

Er schaut auf. »Die Frau von Geoff. Der arbeitet mit mir in der Reparaturwerkstatt.«

»Deine Freunde?«

»Unsere Freunde.«

Ich reiche ihm den Umschlag. Ich unterlasse es, ihm zu sagen: Hast du *unseren* Freunden gesagt, daß ich kein Englisch mehr verstehe und keine Gefühle mehr habe, so daß sie mich bevormunden dürfen? Statt dessen sage ich etwas zickig: »Du hast wohl der ganzen Welt erzählt, daß man mich verstecken muß, wie die verrückte Frau in *Jane Eyre*?«

»Nein, hab' ich nicht«, erwidert er. »Ich habe ihnen gesagt, daß du noch nicht soweit bist, einen ganzen Haufen verschiedener Gesichter zu verarbeiten. Jedenfalls hast du das selbst gesagt.«

Er sieht verärgert aus. Als wolle er sagen, wenn ich Streit will, von ihm aus gern.

Ich weiß nicht, ob ich mich streiten will oder nicht. Er nestelt am Rand des Umschlags, als befürchte er, daß es mich wütend machen würde, wenn er ihn öffnet. Dann sagt er: »Zum Teufel, Kirsten, was glaubst du eigentlich, was ich an diesen Nachmittagen mache, wenn ich dich zur Klinik fahre zu deinen Tests? Im Auto herumsitzen und Däumchen drehen? Ich treffe mich auch mit Leuten. Und die reden mit mir darüber, wie ich mit dieser Sache fertig werden kann. Mein Freundeskreis ist mir wichtig. Ich muß nicht total dicht machen, nur weil du das getan hast. Schließlich tut mir Unterstützung auch gut.«

Für Clyde ist das eine ungewöhnlich lange Rede, und ich erkenne jede Menge Jemima-Sprech. Ich spüre, wie ich erröte. Ich hatte nie darüber nachgedacht, was er macht – hatte mir nie vorgestellt, daß er irgendwo in einem Zimmer sitzt und sich von Fremden trösten läßt, weil seine Frau sich weigert, ihn zu kennen.

Sein Kummer macht mich wahnsinnig. Ich habe keine Lust, mich da hineinzerren zu lassen und plötzlich seinetwegen Gefühle zu bekommen. Es reicht mir schon, daß ich mir über meine eigenen Gefühle klarwerden muß. Ich sage bitter: »Und Janey? Hat die auch eine Unterstützungsgruppe?«

»Janey braucht keine Unterstützung, weil sie das alles nicht versteht. Sie weiß, daß du eine Menge Sachen vergessen hast, aber sie glaubt, es wäre nur die Tatsache, daß du dir den Kopf gestoßen hast, die dich jetzt so verwirrt. Sie begreift nicht, was du eigentlich sagst: daß du nicht mehr weißt, wer sie ist. Herrgott noch mal, Kirsten, was würde das denn bei ihr anrichten? Man kann nicht erwarten, daß sie begreift, daß du sie einfach aus deinem Leben gestrichen hast.«

Langsam werde ich zornig. Mir ist klar, daß er versucht, mir etwas Wichtiges mitzuteilen, aber mir gefällt nicht, daß mein Name mittlerweile zu Herrgott noch mal-Kirsten mutiert zu sein scheint. »Also hast du wenigstens deine Verarbeitungsstrategien nicht mit Janey besprochen. Nur mit Amanda und allen *deinen* Freunden, die früher einmal *unsere* Freunde waren.«

Natürlich, Sarkasmus erkennt er. Er stellt die Lautstärke mit der Fernbedienung leiser und sagt einschmeichelnd: »Sei nicht so häßlich, Liebling.« Ich zucke zusammen. Liebling ist noch schlimmer.

»Deine ›Unterstützung‹ klingt in meinen Ohren wie eine Verschwörung.«

Er sagt: »Na ja, es gibt schon eine Gruppe, in die wir gemeinsam gehen könnten. Eine Selbsthilfegruppe für Menschen, die Kopfverletzungen erlitten haben.«

Noch während er spricht, schüttle ich den Kopf. Ich mache langsamer damit weiter und spüre, wie mir das Haar über die Schultern schwingt. »Ich habe keine Kopfverletzung«, sage ich schließlich. »Geh du doch, wenn du möchtest.«

Er starrt mich an und wirkt genervt. »Es ist eine Familiengruppe«, sagt er störrisch. »Wir werden beide gehen, wenn du soweit bist.«

Die Leute, die in solche Gruppen gehen, habe ich doch schon gesehen. Es sind keine Familien, sondern »Bezugspersonen«

und »Behinderte«. Menschen mit Kopfverletzungen sind nicht wie ich. Sie gehen nicht, sie schlurfen, oder sie werden in Rollstühlen geschoben. Die Bezugspersonen beugen sich über sie, zupfen an ihnen herum, flüstern und richten sich auf und lächeln den anderen Bezugspersonen zu. Eine Welt, die in zwei Arten des Leidens aufgeteilt ist. Will Clyde mir sagen, daß wir genauso sind? Das kann ich nicht glauben. »Und was würdest du Janey darüber erzählen?«

»Janey muß nicht jedes Detail deiner Behandlung kennen. Sie weiß schon genug.«

»Dann sind wir ja zu zweit.« Ich versuche immer noch, spitz zu klingen, aber die Wut ist verraucht, und ich bin nur noch müde. Ich will irgend etwas Grobes darüber sagen, daß er zu glauben scheint, er wisse alles am besten, finde aber nicht die richtigen Worte. Vielleicht glaubt er das auch gar nicht. Vielleicht steckt auch er in einem schwarzen Labyrinth, nur einem anderen als ich.

Wir benutzen die Olympiade als Vorwand, um das Trojanische-Pferd-Video für diesen Abend zu ignorieren, aber am nächsten Tag bin ich schon neugierig. Den Nachmittag habe ich größtenteils dösend im Garten verbracht, während Janey und Alice einen Naturpfad im Feld hinter unserem Garten angelegt haben. Als Alice weg ist und Janey in der Küche, beschließe ich, den Umschlag zu holen und das Video herauszunehmen.

Die Kassette trägt die Aufschrift »Veranstaltungen mit Freunden (2)«. Ich lasse sie zum Anfang zurückspulen und setze mich hin, um zuzuschauen. Janey erscheint, den Mund voller Thunfischsandwich, das sie sich selbst zubereitet hat; es war ein zeitraubender und sehr mayonnaisiger Vorgang.

»Kann ich meine Sachen holen und auch zugucken?« fragt sie.

»Ich sehe keinen Grund, warum nicht.«

Janey Miene, noch vor einem Augenblick glücklich und unschuldig, wechselt sofort zu dunklem Mißtrauen. »Ich mache auch bestimmt keine Flecken«, sagt sie unsicher.

»Gut.«

»Ich darf also?«

»Hab' ich doch gesagt.«

Sie saust hinaus und erscheint wieder mit ihrem Teller und einer Dose Coca-Cola aus dem Eisschrank.

Die ersten Bilder auf dem Video sind so unterbelichtet, daß ich zunächst glaube, mit der Kassette wäre etwas nicht in Ordnung, bis plötzlich ein Feuerwerk auf dem Bildschirm explodiert, dann noch eins und noch eins. Jede Menge Ooohs und Aaahs. Eine Männerstimme ist deutlich zu hören, die, offenbar ganz dicht am Mikrophon, sagt: »Nicht stochern, Tony. Tony, hör auf, darin zu stochern, das fällt sonst alles zusammen.« Eine Kinderstimme, beharrend: »Man muß doch schauen, ob da Igel sind.« Eine freundlichere Erwachsenenstimme sagt: »Die verstecken sich unter Blättern, Lieber, nicht unter Brettern«, während der Ermahner sagt: »Na ja, wenn du einen gebackenen Igel findest, können wir ihn uns teilen.«

Empörtes Gekreische. Das Feuer wird gefilmt. Nahaufnahmen von kohleschwarzem Holz und orangen Flammen, die sich um das Gerippe des Lagerfeuers schlängeln, lange Aufnahmen von Gesichtern im sanften Licht. Da ist der gutaussehende Pizzaausträger, der einen Feuerwerkskörper anzündet. Da bin ich, glaube ich, und Janey. Clyde reicht ihr eine Wunderkerze. Die Kamera fährt um die Gruppe. Sie bleibt bei einem kleinen Jungen stehen, der seine Wunderkerze einem Kleinkind ins Gesicht hält. Das Bild wechselt plötzlich, und jetzt steht derselbe kleine Junge etwas weiter entfernt. Sieht so aus, als wäre er ausgeschimpft worden. Steif reckt er eine neue Wunderkerze empor.

Schnee, die unruhige Videovariante. Plötzlich ist es Weihnachten, und ein Kind, das Tony sein muß, sitzt auf dem Boden und zerreißt Geschenkpapier, während eine Stimme sagt: »Geoff, das ist die falsche Kassette.« Schnee. Die Zeremonie des Geschenkeauspackens muß irgendwo anders aufgenommen worden sein; jetzt geht es weiter mit einer Silvesterparty. Die Männergespräche zieren Bemerkungen wie diese: »Himmel, Arsch und Zwirn, Geoff, schalt das Ding ab.« Damen hüpfen auf Schöße, lassen glänzende schwarze Oberschenkel und Knie sehen. Dann ist es plötzlich Sommer. Hier ist das Ende unseres Gartens – ich erkenne den Blick über das Feld dahinter. Kinder spielen an einem Planschbecken. Wasser stürzt in hohem Bogen aus einem Schlauch, und lange, silbrige Nadeln fallen vor einer sinkenden Sonne. Erwachsene schlendern umher, halten Gläser in der Hand. Hier bin ich von hinten zu sehen, unterhalte mich ernsthaft mit jemandem, den ich nicht erkenne. Irgend jemand sagt: »Kate«, und aus irgendeinem Grund drehe ich mich um. Dann rufen unsichtbare Stimmen sehr laut: »Hast du gesehen, was Tony da macht?«

»Schsch, ich filme doch gerade.«

Eine Frau trägt einen Kuchen heraus, und alles singt: »*Happy birthday*, liebe Kirsten, *happy birthday to you.*« Die Kamera fährt über all diese Gesichter, die Gesichter meiner Freunde.

Plötzlich kreischen Kinder auf. Der Wasserstrahl aus dem Schlauch landet auf dem Kuchen. Ein vielstimmiger Aufschrei: *»Tony.«*

Schnee.

Clyde kommt herein, und ich schalte den Fernseher ab. Ich weiß nicht, warum, ich habe nur das Gefühl, als hätte ich eben etwas sehr Persönliches getan.

Clyde fragt Janey: »Hast du dir kein Glas geholt?«

»Mummy hat gesagt, ich brauch' keins.«

Er blickt mich fragend an. Ich spüre eine starke Solidarität mit Janey. Zwar habe ich das nicht ganz so formuliert, aber ich wußte, was die ihm in aller Ehrlichkeit mitzuteilen versuchte: *Mummy ist es scheißegal, ob ich aus der Dose trinke oder aus einem Glas.*

Ich sage: »Na ja, alle Kinder machen das. Sie sehen das in der Werbung.«

»Wir versuchen aber, ihr gute Manieren beizubringen«, sagt er.

»Sie hat gute Manieren. Sie hat sogar sehr gute Manieren.«

Es überrascht mich selbst, daß ich das sage, und Janey wird vor Freude darüber ganz rot im Gesicht.

Clyde sagt: »Na ja, solange du das nicht bei Granny zu Hause machst.« Aber er setzt sich hin und legt einen Arm um sie, so daß es nicht ganz so mürrisch ankommt, wie seine Worte klingen.

Sie drängelt sich zwischen seine Knie, und er hält sie mit ihnen fest, umarmt sie schwerfällig wie ein großer Bär und wiegt sich mit ihr hin und her. Dann versenkt er seinen Kopf in ihre Halsbeuge und macht *brrrgh* mit seinem Mund an ihrem Hals, so daß sie schrill aufkichert und die Schultern hochzieht. »Das kitzelt!«

Und trotzdem badet er sie nicht, setzt sich nicht zu ihr ans Bett, um ihr eine Gutenachtgeschichte vorzulesen – im Grunde geht er kaum in ihr Zimmer und mag es auch nicht, wenn sie in unseres kommt.

Mein Vater hat uns immer Geschichten erzählt und mit uns im Bett gekuschelt. Ich erinnere mich, wie es war, als Mum im Krankenhaus war und meine Schwester bekam: Ich durfte die ganze Nacht bei ihm im Bett bleiben und habe die Arme um seinen Hals geschlungen. Und als ich noch ein bißchen älter war, aber klein genug, um beim Spaziergang müde zu werden, hob er mich auf seine Schultern und hielt mich an den Beinen fest. Es war genau so, wie man sich den idealen Vater vorstellt, mit vielen Berührungen, viel Liebe, Festigkeit.

Clyde ist völlig anders als meine Vorstellung von einem Vater. Es gibt oft eine Art Förmlichkeit im Kontakt zwischen ihm und Janey. Sie muß in ihrem Schlafzimmer bleiben, bis sie angezogen ist, und sie sieht ihn nie nackt. Ich hoffe, daß er ihr keine zukünftigen Komplexe und Verklemmungen einimpft. Mein Vater hat mir und Suzy erlaubt, als Nackedeis durchs Haus zu laufen, und dachte sich nichts dabei, selber nackt zu erscheinen. Ich halte diese Art von Offenheit auch für gesünder, obwohl ich Clydes Sittsamkeit für mich selbst sehr nützlich finde. Als ich sehe, wie er darauf wartet, daß Janey mit dem Zähneputzen fertig wird, damit er aufs Klo gehen kann, entfährt es mir aber doch: »Ist das nicht ein bißchen sehr prüde?«

»Wenn du meinst«, sagt er schwerfällig. Ganz offensichtlich ist er beleidigt.

Als sie im Bett liegt und ich mich hingesetzt habe, um den Rest von Amandas Videokassette zu schauen, kommt er darauf noch einmal zurück.

»Cleveland war schon vor dem Sommer 1987 in den Nachrichten«, sagt er. Das hat er bestimmt extra nachgeschlagen. »Der Skandal wegen Kindesmißbrauch, erinnerst du dich?«

Ich hasse die langsame Art, wie er *»Erinnerst du dich?«* formuliert, wie einen plumpen Vorwurf.

Natürlich erinnere ich mich daran. An all diese Eltern, die angeklagt und denen die Kinder weggenommen wurden. Niemand glaubte ihrem Protest. »Das war schrecklich. Aber es kann nicht noch einmal passieren, Clyde, nicht, nachdem wir jetzt wissen, daß die Ärzte sich geirrt haben.«

»Es kann jederzeit und überall passieren«, sagt er, und seine Stimme klingt einfach nur traurig, nicht selbstgerecht oder sarkastisch oder genervt. »Die Verhältnisse haben sich geändert, Kirsten. Heutzutage kann man noch nicht einmal Schnappschüsse von einem Kind in der Badewanne machen. Kindesmißbrauch hat uns in größere Angst versetzt als Aids. Es geht nicht nur darum, daß irgendwelche Pädophilen Kinder entführen und sie umbringen, sondern heute muß jeder aufpassen, daß er sich selber schützt. Du kannst dein Kind verlieren, deine Stelle, dein Zuhause. Ich hab' es erlebt. Einer beschließt, daß sein Leben nicht so schön war, und beschuldigt von einer Sekunde auf die nächste ein Elternteil – sogar noch Jahre später, wenn derjenige schon lange aus dem Haus ist –, und der Dreck bleibt hängen.«

Er legt seine Hände über meine, als wäre ich ein Schmetterling, den er gefangen hat und nicht freilassen will. Seine Worte bringen mich ganz durcheinander, von ihm ungewollt, glaube ich. Ich sage: »Wenn ein Geheimnis das Leben eines Menschen zerstört, meinst du nicht, daß derjenige darüber sprechen sollte?«

Er nimmt seine Hände fort. »Ich sage nur, daß diese Dinge zu weit gegangen sind. Heutzutage will niemand mehr für seine eigenen Schwierigkeiten verantwortlich sein.«

Das klingt so glatt und zynisch, daß ich richtig Lust habe, mich mit ihm zu streiten. Nur weiß ich nicht, wie. »Du willst doch, daß Kinder sicher sind, oder?« sage ich störrisch.

»Janey ist sicher, da passe ich schon auf. Und ich bin es auch.«

Ich fühle mich auf merkwürdige Weise getadelt. Ich schalte das Video wieder an und schaue konzentriert auf den Bildschirm.

Beim Kegeln ist der ansonsten allgegenwärtige Tony nicht dabei, und es sieht so aus, als hätten wir alle Spaß gehabt. In der Halle ist nicht genug Licht für klare Bilder, was uns eine Stimme dicht vor dem Mikrophon immer wieder leise mitteilt, aber ich kann trotzdem einige Details erkennen, sogar Gesichter. Meines, das von Clyde. Es ist ein Sommerabend, und wir tragen alle T-Shirts und Shorts. Ich habe ein enges weißes Top an, das meinen Bauchnabel freiläßt, und meine Haare habe ich zu einem Pferdeschwanz auf einer Seite hochgebunden, als wäre ich Schauspielerin in einer dieser topaktuellen Miniserien im Fernsehen. Eindeutig steht da hinten der Pizzaausfahrer, der jetzt seine langen Haare offen und eine knappe Lederweste auf der nackten Haut trägt. Um seinen Oberarm ist eine Kette tätowiert, wie ich bei einer Nahaufnahme bemerke. »Wer ist das?« frage ich Clyde beiläufig. »Den habe ich im Pizzaladen gesehen.«

»Harvey.«

Ich versuche herauszubekommen, ob der zauberhafte Harvey zu jemandem gehört, aber so, wie die Mannschaften eingeteilt sind, kann man überhaupt nicht erkennen, wer zu wem gehört. Es gibt einen großen Aufschrei, als Clyde eine Holzkugel wirft und damit alle Kegel krachend zu Fall bringt. Zwischen den schwerfälligen Würfen schaut er sich um, blickt zur Zuschauergruppe, als suche er ein Gesicht. Als wolle er wissen, ob ich auf ihn achte und stolz auf ihn bin. Aber jedesmal, wenn ich im Film erscheine, unterhalte ich mich mit anderen und sehe ihn überhaupt nicht an.

Polly hat mich heute zum Tee eingeladen. Janey, die dort zu Besuch ist und mit den Meerschweinchen von Alice spielt, kommt nach Hause und holt mich ab. Sie geht mit mir über die Straßen des Dorfes, und ich ermuntere sie, mich auf dieses Treffen vorzubereiten.

»Wie ist denn das Haus von Alices Mutter?«

»Ach, das ist total hübsch«, sagt Janey vage.

Und das ist es auch. Es ist ein großes altes Haus, das mit Wandteppichen und Decken dekoriert ist und in dem eine allgegenwärtige fröhliche Unordnung herrscht. Polly führt mich durch einen fünfeckigen Wintergarten, in dem jede Menge duftende Clematis wächst. Sie trägt ein fließendes, indisches Kleid und hat wehendes graues Haar und redet davon, daß sie Kleider für einen Wohltätigkeitsbasar sammelt, den sie gerade organisiert. Die führt sie regelmäßig durch, erzählt sie mir. Anstatt bar zu bezahlen, gibt es ein Tauschverfahren. Polly scheint das für alles mögliche anzuwenden, selbst für die Johannisbrotkekse, die die Mädchen sich unter der Trauerweide im Garten zu Gemüte führen. Es ist ein wirklich interessantes Modell, und sie verbringt den größten Teil des Nachmittags damit, es mir zu erklären. »Vermutlich hast du mir das alles schon einmal erzählt«, sage ich, und sie widerspricht nicht.

Sie sagt: »Ist mir doch eine Freude«, nimmt einen kleinen Amethyst auf und fragt, ob ich die spirituelle Energie des Steins spüre. Aus irgendeinem Grund, vielleicht wegen des fließenden Kleides und der langen Haare, erinnert mich Polly unter ihrer violetten Clematis an Titania in einem blumengesäumten Tal, kraftvoll, mächtig. Ich stelle mir vor, ihr Gesicht wäre überall mit blauen Blumen bemalt wie Janey auf dem Photo vom Kinderfest.

»Da gibt es noch etwas anderes, was dich vielleicht wieder interessieren könnte«, sagt sie gelassen. »Bodenströmungen. Linien kaum wahrnehmbarer Energie, die unter der Erdoberfläche fließen. Wir befinden uns auf einer direkten Verbindung zum Glastonbury Tor.« Ich will ihr gerade erklären, daß ich einmal in der Nähe vom Tor auf einem Festival war, doch dann fällt mir gerade noch rechtzeitig die bunte Postkarte über dem Spiegel mit der hingekritzelten Bemerkung über unseren wunderbaren Tag ein. Ihr ist also vollkommen klar, wie nah ich am Tor gewesen bin.

Dann fragt Polly, ob sie mir die Runen legen soll.

Die Runen erweisen sich als kleine Kieselsteine, auf denen winzige Kratzer sind. Polly bewahrt sie in einem Seidentuch auf, ungefähr dreißig Stück. Auf diese uralte Art wird die Weisheit des Geistes angesprochen, um die Zukunft zu erkennen, erklärt sie mir. Ich packe das seidige Bündel, in dem es auf mysteriöse Weise klackert. Sie berührt den gefliesten Boden und sagt mir, ich solle drei Steine darauf legen.

Über den ersten verläuft schräg eine Kerbe. Polly berührt sie vorsichtig, als fasse sie in eine Wunde.

»Das ist der Eisstein. Etwas in deinem Herzen ist gefroren. Du mußt geduldig abwarten, was jetzt noch kommt. Du bist eine Schlittschuhläuferin auf festem Eis. Tauwetter kannst du nicht selber herbeiführen. Schau tief in dich hinein, um zu entdecken, wo die Blockade sitzt.« Ihre Stimme ist in eine Art Singsang verfallen, als sei sie ein teilnahmsloses Orakel. Sie schaut mich beim Sprechen nicht an und scheint dieses Spielchen ziemlich ernst zu nehmen.

Der nächste Kieselstein hat einen ähnlichen Einschnitt und zwei weitere Markierungen, die mit der Linie ein Dreieck bilden. »Das ist der Eingang. Du bist sehr weit gekommen, bis an die Schwelle zu einem neuen Leben. Du stehst jetzt an der Tür, kannst aber noch nicht hindurchgehen. Der Eingang ist seitenverkehrt. Noch einmal: Du wirst geduldig sein müssen.«

Als sie den letzten Kieselstein umdreht, ist er auch auf der anderen Seite ohne Zeichen. Obwohl die Narben an den anderen so rätselhaft waren, fühle ich mich zutiefst bedroht, daß dieser Stein so völlig ohne Markierung ist. Polly fährt ungerührt mit ihrer besonderen, sonoren Stimme fort: »Du hast das Zeichen von Odin dem Unerkennbaren gewählt, die mächtigste aller Runen. Hier ist nichts sicher. Du mußt dich in dein Schicksal fallen lassen, ohne Gewißheit, ohne Sicherungen. Vertrau auf dich selbst und in deine Zukunft. Alles liegt in deinen Händen. Aber was das ist, wissen wir zur Zeit nicht.«

»War's das?« frage ich schließlich, als sie aufhört zu sprechen.

Sie nickt und sammelt die Steinchen wieder in ihr Seidentuch. »Noch einen Mangotee?« sagt sie mit normaler Stimme. »Hast du noch Zeit?«

Aber die habe ich nicht mehr, weil Clyde an der Tür steht und uns abholt. Er hat nicht einmal gefragt, ob ich abgeholt werden möchte, und es sind auch nur ein paar Minuten Fußweg. Das alles ist mir furchtbar peinlich.

»Hast du gedacht, ich wüßte nicht mehr, wo ich hinsoll?« frage ich lächelnd und beiläufig, während ich einsteige. Wegen Janey versuche ich, nicht allzu genervt zu klingen.

Das würdigt er keiner Antwort. Ich lasse mir eine subtilere Art einfallen, wie ich ihn gegen den Strich bürsten kann. »Polly hat meine tiefsten Geheimnisse aufgedeckt, indem sie Runensteine geworfen hat.«

»Tatsächlich?«

»Hältst du das für Hokuspokus?«

Ich weiß nicht, was ich jetzt von ihm hören will. Ich erwarte, daß er jetzt ja sagt. Und ich spüre, wie ich jetzt schon ganz heiß vor Wut werde. Aber er sagt: »Weiß nicht. Im Krankenhaus hat man dir ja nicht viel helfen können. Warum nicht einen Versuch mit etwas anderem wagen?«

Schon wieder diese Ochs-vorm-Berg-Tour. Ich warte, bis Janey aus dem Auto gestiegen und den Weg zum Haus gelaufen ist, und zische ihm dann zu: »Na ja, dann haben wir aber ganz schön Pech gehabt. Die Runen sagen nämlich, daß sie mir nichts offenbaren können, absolut nichts.«

Am Sonntag abend sind wir zum Abendessen bei Helen und Jeremy eingeladen.

Es sind nur wir vier da, und alle scheinen wir nervös zu sein. Helen trägt ein leuchtendgrünes Kleid, das am Saum üppig mit

Gold bestickt ist. Die Stickerei verläuft nach oben und wird am Oberteil zu glitzerigen Wirbeln. Sie trägt Goldsandalen und eine dreireihige Kette aus Goldperlen, und ihre Arme haben eine wunderbare bronzene Farbe. Auch Jeremys Schultern sind sonnengebräunt, was unter seinem ärmellosen schwarzen T-Shirt, das er in seine schwarzen Levi's gesteckt hat, gut sichtbar ist. Im Vergleich dazu wirkt Clyde bubihaft und ungeschickt mit seinen dunkelblauen Chinos und dem blauweiß gestreiften, kurzärmeligen Hemd. Ich trage ein weißes, durchgeknöpftes Kleid, das vorne tief und hinten noch tiefer ausgeschnitten ist. Durch den Spitzenbesatz sieht meine Haut wie dunkler Honig aus, und ich merke, daß Clyde das gefällt. Ich habe das Kleid absichtlich angezogen, weil es wahrscheinlich aus einem der Kataloge von Helen stammt. Es ist aus weicher Baumwolle und schlichter geschnitten als das meiste Zeug. Ich trage Sandaletten mit Absätzen und meinen Mondstein. Janey hat mir beim Aussuchen geholfen. Es war ein komisches Gefühl, sie in der Obhut eines Babysitters zu lassen. Emma stellte sich als Teenager mit raspelkurzen Haaren und dicken Stiefeln heraus. Mir kam das alles etwas zweifelhaft vor, aber Janey begrüßte sie wie eine alte Freundin und durchforschte erst einmal ihre Tasche nach Zeitschriften. Das wird schon in Ordnung gehen.

Helen und Jeremy haben einen sehr eleganten Garten mit einem roten Ahornbaum und einer Palme. Es gibt einen kleinen Teich, der wesentlich durchgestylter ist als unserer. An ihm wächst Iris, und Wasser läuft langsam über einen großen Stein. Unter den herabhängenden Blättern hängen diskret verborgene kleine Lämpchen. Hinter der Tür zur Terrasse steht ein Lautsprecher, und wir hören irgend etwas Sanftes.

Wir sitzen am Teich. Die Männer reden von Autos und den Benzinpreisen. Helen und ich halten uns an die gesellschaftlichen Veranstaltungen, die die jüngeren Mitglieder der königlichen Familie besuchen. Es würde mich wirklich interessieren, wie sich meine gesamten Interessen auf diesen kläglichen Rest reduzieren konnten.

Meine Amnesie scheint dieses Pärchen in Angst und Schrekken zu versetzen. Vielleicht glauben die beiden, es wäre anstekkend. Helens Ehemann Jeremy fällt es außerordentlich schwer, meinem Blick zu begegnen. Allerdings hat er nette Augen. Er erinnert mich an jemanden, den ich kenne. Oder besser, an jemanden, den ich früher einmal kannte. Mir gefallen Männer wie er. Richtig gut. Das geht den meisten Frauen so, vermute ich. Er wirkt wie einer, der weiß, daß man sich nach ihm umdreht.

Jeremy kommt mit einer Flasche Weißwein und schenkt uns vorsichtig ein. Die Gläser sind eindeutig gekühlt: Ein leichter Nebelfilm beschlägt sie, während der Wein hineinfließt. Seine Hand zittert ganz leicht, als er bei meinem Glas ankommt. Ein Tropfen gleitet langsam an der Seite entlang zum Stiel hinab. Er hält ihn sanft auf und leckt dann diskret seinen weinbefeuchteten Finger ab. Mein Herz schmilzt ein wenig.

Helen schwebt fort, um irgend etwas in der Küche zu tun – ich darf ihr nicht helfen –, und kehrt mit Pistazien und Oliven in kleinen Schälchen zurück. Dazu gibt es rohes Gemüse mit Dip, was Helen achselzuckend mit den Worten serviert: »So einfach vorzubereiten, weißt du ja selbst.« Weiß ich nicht. Ich esse von allem etwas und hoffe, daß keiner mir sagen wird, was mir besonders gut schmeckt. Die Dinge würden mir nur noch merkwürdiger vorkommen, als sie es ohnehin schon tun. Das macht aber keiner. Die Männer haben die Autos durch und reden jetzt über Sport. Wir trinken den Wein sehr schnell. Jeremy holt noch eine Flasche. Als er zurückkehrt, faßt Helen ihn bei den Händen und sagt zu mir: »Kirsten, wir beide haben beschlossen, daß wir dich nicht zu irgendeiner Erinnerung zwingen wollen. Ich meine, wir werden nicht versuchen, dir dauernd auf die Sprünge zu helfen. Wir wollen ganz neu beginnen, von heute an weitermachen. Das halten wir für das Beste.«

Ich bin durchaus gerührt. Ich denke: Das muß auch für Helen schmerzhaft sein, so auf einen Schlag unsere Freundschaft zu verlieren. Statt dessen aber macht sie sich Gedanken, wie es mir in meiner Situation gehen muß. Wie ich ungeschickt herumstolpere, mich alle naselang vor einem Stolperdraht wiederfinde, über den ich ins nächste Versagen stürzen werde. Gerade will ich ihr danken, da zerrt sie an der Hand ihres Mannes und sagt: »Nicht wahr, Jeremy?«

Jeremy sagt: »Ja«, und meine Dankbarkeitsbezeugungen verwandeln sich in meinem Mund zu Kieseln. Ich weiß, daß sie das nicht für mich gesagt hat. Sondern für sie beide. Keine Ahnung, woher ich das weiß, aber so und nicht anders ist es. Die beiden haben beschlossen, die Kirsten von früher aus ihrem Leben zu entfernen. Sie wollen, daß sie wegbleibt. Sie haben keine Lust, daß ich jetzt hier sitze und frage: »Hat mir dieses Lied gefallen? Ist das mein Lieblingsessen?« Mehr noch, es ist ihnen egal, ob ich diese Dinge herausfinde oder nicht.

Auf irgendeine Weise muß ich die beiden verletzt haben. Ist es die Tatsache, daß ich alles vergessen habe, oder etwas anderes? Ich wünschte, ich wüßte es.

Bis jetzt habe ich mir die ganze Zeit gewünscht, ich könnte wieder Kirsty sein. Ich wollte, daß diese ganze Sache von wegen 1996 einfach wieder verschwindet. Jetzt will ich zu meinem Erstaunen verzweifelt gerne wissen, warum das alles geschehen ist. Ich will wissen, warum ich Kirsten wurde und warum ich dann die Sache mit ihr aufgegeben habe und nun wieder zu mir selbst zurückgekehrt bin. Ich will wissen, was Kirsten getan hat, daß ich sie so aus meinem Kopf verbannt habe. Und warum Helen und Jeremy sie nicht zurückhaben wollen.

Die Dämmerung verwandelt sich langsam zu Dunkelheit, und winzige Fliegen schwärmen um das Licht am Teich. Wir gehen ins Haus, in ein aseptisch designtes Eßzimmer. Wie überlebt ein dermaßen heller Teppich einen kleinen Sohn? Die Wände sind elegant matt gestrichen und ohne jede Dekoration. In den Ecken stehen unauffällig Lampen. Abgesehen von einer riesigen Reproduktion eines Posters von Toulouse-Lautrec hängt kein einziges Bild an der Wand. Noch ein Haus mit Unordnungsphobie, leblos und ohne Herz.

Helen beobachtet mich, wie ich diese sterile Leere um mich herum betrachte. Rasch lasse ich mir etwas einfallen: »Habt ihr eigentlich Bücher? Ich meine, ich würde mir gern etwas ausleihen, wenn es dir nichts ausmacht.«

Sie führt mich in eine Art Vorzimmer, das vom Flur abgeht, und breitet die Arme aus. *»Voilà.«*

Bücher haben sie wahrlich, drei Wände sind mit Regalen zugepflastert. Der Raum ist vollgestellt mit Videokassetten und Büchern, die meistenteils sehr neu aussehen. Manche sind noch in ihrer Klarsichtfolie eingeschweißt.

»Vom Buchclub«, sagt Helen zufrieden. »Alles tolle Titel. Du kannst dir gerne etwas aussuchen. Wir haben eine breite Streuung.«

Und da hat sie recht. »Wie sucht ihr das denn alles aus?« frage ich, nachdem ich das Spektrum all dieser Interessen auf mich einwirken lasse.

»Ach, die machen das für uns. Ich meine, die wissen, was gerade angesagt ist, und wir befolgen einfach ihre Empfehlung. Zu sehr vernünftigen Preisen.«

»Verstehe. Die Videos auch?«

Sie nickt.

Helen, die Katalogkönigin. Bestellqueen aller Katalogkunden. Immerhin kann man sicher sein, daß sie nicht plötzlich Interesse für esoterische Kunst oder Literatur vorspielt, weil das gerade angesagt ist. Helen besorgt sich alles von ihrem Sonderangebotslieferanten.

Ich strecke die Hand aus und nehme einen schmalen Band vom Regal. Lauter Farbaufnahmen von Menschen in Cowboystiefeln. »Wow. *Line-dancing.* Das sieht ja … ähm, sehr interessant aus.«

Sie nimmt mir sanft das Buch aus der Hand und stellt es zurück ins Regal. »Kirsten, ich hab' dich gefragt, ob du mitkommen willst, als ich mich für den Anfängerkurs eingeschrieben hab. Du meintest, lieber würdest du den Stechschritt lernen.«

Ich spüre plötzlich schwesterliche Sympathie für Kirsten aufflackern. Ich murmele: »Tut mir leid. Vermutlich wollte ich nur einen Witz machen.«

Helen findet wieder zu ihrem Wir-wollen-doch-die-Vergangenheit-Vergangenheit-sein-lassen-Ton zurück, und wir gehen wieder zu den anderen, was mich erleichtert. Ich habe mir ein Buch mit dem Titel *Mit aller Macht* ausgesucht, aber nur, weil der Autor anonym ist. »Ich will's mal damit versuchen«, sage ich und halte das Buch in der Hoffnung empor, daß irgend jemand meinen kleinen Witz versteht. Scheint aber kein Erfolg zu sein, mein Scherz.

Während des Abendessens konzentriere ich mich darauf, meine neuen Freunde kennenzulernen. Helen hat eine halbe Stelle an der Kasse des örtlichen Kinos. Jeremy arbeitet freiberuflich als Designer. Ich bin beeindruckt, aber die Selbständigkeit scheint eher aus der Not geboren zu sein, als er von seiner Firma in Bath entlassen wurde. Ich frage höflich nach, ob sich irgendwelche Aufträge am Horizont abzeichnen, aber er weicht der Frage aus. Helen antwortet für ihn und sagt, er hätte gerade einen Auftrag in Wales abgelehnt. »In letzter Sekunde«, sagt sie. »Dieser Tage würdest du gerade damit anfangen, nicht wahr, Schatz? Hättest du dich nicht dagegen entschlossen.«

»Was hat dich denn bewogen, das nicht zu machen?«

»Zu weit weg. Er hat gemeint, er würde doch lieber zu Hause bleiben«, antwortet Helen schon wieder für ihn. Ich überlege: Wenn Wales so unmöglich weit entfernt ist, warum hat er sich dann überhaupt erst um den Auftrag beworben? Aber Jeremy scheint diese fahrengelassene Gelegenheit nicht besonders gerne erörtern zu wollen. Vermutlich hat Helen sie ihm ausgeredet, und die Sache ist zwischen den beiden immer noch ein wunder Punkt.

Clyde und Jeremy reden wieder über Sport. Ob man Linford Christie eine Chance hätte geben sollen, seinen Titel zu verteidigen, auch nach der Disqualifizierung wegen der Fehlstarts. Jeremy redet sehr lebhaft. Er lehnt sich vor, und er drückt seine schlanken Finger leicht an die Stuhlkante. Sein dunkles Haar trägt er länger als Clyde, und es lockt sich zauberhaft über seinem Kragen. Im Vergleich zu ihm ist Clyde stämmig, geschrubbt und sauber gekleidet, wie ein Kind zum Sonntagsausflug. Die lässige Eleganz von Jeremy besitzt er nicht einmal andeutungsweise.

Helen und ich unterhalten uns über das Sportfest an der Schule – besser gesagt, Helen redet darüber. Ich höre zu. Zum Dessert sind wir dann bei einem Thema von allgemeinem Interesse gelandet: Beim Kinderschutzbund, der nach Meinung beider Männer die Väter stark benachteiligt. »Wieviel Selbstmorde brauchen die denn noch, bevor das endlich geändert wird?« fragt Jeremy, und Clyde nickt und sagt: »Das geht langsam wirklich zu weit.«

Ich entschuldigte mich und gehe ins Bad. Oben entdecke ich Sam in seinem Schlafzimmer. Ich bleibe eine Weile bei ihm und sehe zu, wie er ein Videospiel spielt. Die graphischen Darstellungen sind unglaublich, viel besser als die auf den Playstations. Ich hatte zuerst gedacht, er schaue sich einen Zeichentrickfilm im Fernsehen an.

Als ich wieder nach unten gehe, sind die Männer bei einer Diskussion über den Geschlechterkampf gelandet, von der ich gedacht hatte, daß sie seit Urzeiten abgeschlossen sei. Es geht um einen Fall aus der Zeitung: Ein Polizist war wegen sexueller Belästigung am Arbeitsplatz angezeigt worden. Es reicht ihnen nicht, daß er freigesprochen wurde. Sie regen sich jetzt auch noch darüber auf, daß diverse Frauengruppen gegen den Freispruch protestiert haben. Gerade sagt Jeremy: »Die hören doch erst auf, wenn das Gesetz auf den Kopf gestellt wird, wenn für alle Männer die Schuldannahme gilt, bis sie ihre Unschuld beweisen können.«

Clyde nickt. »Das geht langsam wirklich zu weit«, sagt er schon wieder. Ich denke bei mir selbst: Gott, ja, laß dir das doch auf die Zunge tätowieren, dann sparst du dir den Aufwand mit dem Reden. Ich schaue durch die Durchreiche in der Küche, wo Helen das Geschirr in die Spülmaschine räumt. Sie hat das eindeutig auch alles gehört. »Und was hältst du von diesem sexistischen Machogelaber?« frage ich sie und schiebe ihr die Schale mit dem Tiramisu durch, wobei ich einen letzten Rest mit dem Finger auflecke.

Sie trägt ein Tablett mit Kaffee und Tassen herein und verbündet sich, für mich überraschend, mit den Männern. »Der Feminismus mag ja früher einmal einen Sinn gehabt haben, und ich war durchaus dafür«, sagt sie. »Aber jetzt nicht mehr. Viele dieser Belästigungsanschuldigungen sind einfach lächerlich. Frauen, die sich rächen wollen und nicht begreifen, daß sie damit anderen Frauen weh tun – den Ehefrauen und Müttern. Verstehst du, Kirsten, ich habe einen Sohn. Und ich mache mir Sorgen seinetwegen, denn wenn das mit der Gesellschaft so weitergeht ... Eines Tages fragt er ein Mädchen, ob sie mit ihm ausgehen möchte, sie geht freiwillig mit auf sein Zimmer, zieht sich aus und steigt mit ihm ins Bett, aber wenn er sie auch nur berührt, dann erstattet sie Anzeige, und er landet im Gefängnis.«

Helens Kurzfassung von einem Gerichtsverfahren erscheint mir lächerlich, aber die Männer nicken beide, und ich habe keine Lust auf Streit. Also trinke ich meinen Kaffee und esse Pfefferminzschokolädchen. Jeremy legt eine andere CD auf, und die Luft ist plötzlich mit traurigen, klagenden Tönen erfüllt und einer rauhen Stimme, die fast flüstert. Ich sage: »Das ist ja schön«, und Jeremy will gerade etwas erwidern, aber in dem Augenblick kehrt Helen zu uns zurück. Sie kann mich nicht gehört haben, denn sie sagt, er solle etwas anderes auflegen. »Etwas Fröhliches, Schätzchen! Alles schaut so furchtbar ernst.«

Clyde sagt: »Aber überhaupt nicht, wir haben einen wunderbaren Abend bei euch genossen«, und ich murmele etwas Zustimmendes.

»Jeremy sieht aber schrecklich bedrückt aus«, läßt sie nicht locker. »Findest du nicht auch, Kirsten? Sag ihm, er soll sich zusammenreißen. Sag: ›Reiß dich zusammen, es könnte alles noch viel schlimmer kommen!‹«

Ich lächle schwach, denn das ist genau einer von den Sätzen, die ich noch nicht einmal unter Androhung von Folter sagen würde. Ich danke beiden für einen ganz ausgesprochen schönen Abend. Helen begleitet uns nach draußen, und Clyde macht die netten Sätze – müssen wir unbedingt wieder machen, aber das nächste Mal bei uns. Jeremy ist am Tisch stehengeblieben und leert die letzten Reste seines Drambuie. Er wirkt tatsächlich etwas niedergeschlagen. Ich frage mich, ob die kleine Ehekrise irgend etwas mit Helens Art von heute abend zu tun hat. Selbst für einen innig zugetanen Ehemann dürfte es etwas anstrengend mit ihr sein.

Auf dem Weg nach Hause frage ich Clyde: »Hast du Helen gebeten, die Sache mit dem Erinnernhelfen für heute abend bleiben zu lassen? Falls ja, vielen Dank. Es hat mir die Sache sehr erleichtert. Das Gefühl zu haben, ich sei nicht vor Gericht.«

»Das kann ich mir vorstellen«, sagt Clyde. Wir gehen schweigend weiter.

»Vielleicht könnten wir das ja auch zu Hause versuchen«, sage ich nach einer Weile.

Ich will damit sagen: Vielleicht haben wir ja doch eine gemeinsame Zukunft. Für mich ist das ein riesiger Schritt. Ich meine, einen Monat lang habe ich mich der Vorstellung absolut verweigert, daß ich in diesem Leben bleiben muß. Ich wollte unbedingt entkommen, habe alle meine Energie auf Möglichkeiten der Flucht verwandt. Aber jetzt sage ich: Ich könnte akzeptieren lernen, daß du mein Mann bist; ich könnte sogar dieses Leben akzeptieren. Das will er doch, oder? Ich hätte gedacht, seine Augen würden aufleuchten, er würde auf der Straße stehenbleiben und mich umarmen und noch einmal einen seiner vorsichtigen Küsse mit den weichen Lippen versuchen. Vielleicht nicht gleich das volle Orchester, aber auf jeden Fall untermalt vom Lied einer Nachtigall.

Sein Schritt verändert sich um keinen Deut. »Prima«, sagt er. »Wenn du das so spielen willst.«

Etwas Unerwartetes explodiert in mir. Ich glaube, es ist ein Kloß aus purem Haß. Meine Hand schießt vor, und ich sehe, daß ich ihn am Arm gekratzt habe. Und ich hätte ihm meine Krallen ins Gesicht gehackt, hätte er mich gerade angeschaut. *»Spielen?«* frage ich. »Was soll das denn heißen? Ich hab' das nicht alles absichtlich vergessen, du Arschloch.«

»Die Ärztin schien das aber zu glauben. Eine Blockade, hat sie gesagt.«

»Eine Blockade ist nicht dasselbe wie etwas absichtlich tun. Es bedeutet, daß ich nichts dafür kann.«

»Wenn du das meinst.«

Ich schreie. Ich öffne den Mund und schreie, so laut es geht, die vulgärsten Ausdrücke, die mir einfallen. Er legt seine große Hand auf meinen Mund. »Du lieber Gott«, sagt er nur. Das klingt verängstigt. Er hält auch meine Arme nach unten gepreßt, so daß meine prügelnden, kratzenden Hände nicht an ihn herankommen. Er ist angespannt und wütend, aber nicht gewalttätig. Soviel muß ich zugeben, mehr noch: Während er meine Arme festhält, habe ich keine Angst, daß er mich schlagen könnte.

Wir stehen in der Nähe einer Straßenlaterne. Ein Fliederbusch duftet schwer, und das Licht leuchtet durch seine Zweige, so daß es in verrückten, kreisenden Linien um uns herumwirbelt. Die Lichtstrahlen eiern ein bißchen. Ich muß betrunken sein. Einen Augenblick erinnert mich das an etwas anderes, und ich stolpere. Er schüttelt mich, und ich richte mich wieder auf. Ich werde ein bißchen nüchterner. Dann denke ich, wie albern wir aussehen müssen. Ein Mann und eine Frau prügeln sich auf offener Straße. Wer hat geschrien? frage ich mich. Kirsty oder Kirsten? Mutiere ich schon wieder zu ihr? Warum kann Clyde sie so gar nicht ausstehen? Eindeutig liebt er sie, begehrt sie. Warum ist er so brutal zu mir?

Ich schiebe seine Hand von meinem Mund weg. Er läßt es zu. »Clyde, sag mir, was hier vor sich geht. Warum glaubst du, daß ich hier ein Spielchen spiele? Bist du wirklich so dumm, daß du nicht verstehst, was ich durchmache? Oder gibt es einen Grund, warum du mir nicht glauben willst? Da muß irgend etwas sein, was du mir nicht sagst.«

Er geht weiter. Es scheint ihm egal zu sein, ob ich mit ihm Schritt halten kann oder nicht. Ich hasse dieses Arschloch. Ich denke, jetzt könnte ich gut noch einmal losschreien, aber andererseits erschrickt mich dieser Gedanke. Ich weiß nicht, wessen Gedanke es ist – ich weiß überhaupt nicht mehr, wer ich bin. Am Anfang dieses Abends war ich noch Kirsty, hoffte immer noch, daß sich dieser Alptraum, den ich »mein Leben vergessen« nenne, irgendwie auflösen wird, daß ich wieder in meinem richtigen Leben aufwache. Aber diese wilden Gefühle gehören ins Jetzt, nicht in die Zeiten, an die ich mich erinnern kann. Die Grenze zwischen Vergessen und Erinnern wird langsam durchlässig, und ich weiß nicht mehr, wer ich bin.

Ich hole ihn ein. »Bitte, Clyde«, sage ich. »Hilf mir. Bitte.« Ich weine jetzt, kämpfe wieder mit diesem geräuschlosen Schluchzen. Er zieht seine Jacke aus und legt sie mir um die Schultern. *Sagt er damit, es tut ihm leid? Tue ich das? Macht Kirsten das so, duckt sie sich so vor ihm? Attackiert erst, um dann als Heulsuse zu enden? Warum weiß ich das nicht?*

Er sagt: »Schau doch im Computer nach, Kirsten, wenn du das wirklich alles wissen willst.«

Ich bin verwirrt. Im kleinen Arbeitszimmer steht ein PC, aber den habe ich noch kein einziges Mal eingeschaltet. Ich will gerade sagen: »Aber ich weiß doch gar nicht, wie das geht«, halte aber inne. Wenn Kirsten weiß, wie das geht, werde ich das eben herausfinden müssen.

SECHSTE WOCHE

Am nächsten Tag wartete ich, bis Clyde zur Arbeit gegangen war, bevor ich aufstand. Kaum war Janey losgezogen, um mit Alice zu spielen, stellte ich den PC an. Nur wußte ich dann auch nicht weiter. Ich hatte Angst, irgend etwas falsch zu machen, also schaltete ich den Computer nach einer Weile wieder aus. Unruhig ging ich im Haus umher.

Mittlerweile kenne ich mich darin aus. Ich weiß bei jeder einzelnen Tür, was sich dahinter befindet. Ich könnte die Augen schließen und von links nach rechts oder rechts nach links jedes sichtbare Detail eines Zimmers aufsagen. Was mir aber immer noch fehlt, ist die Geschichte: wie alle diese Dinge unter einem Dach zusammenkamen.

Das Häuschen ist wesentlich jüngeren Datums als die Reihenhäuser in der Nachbarschaft, und wir haben es dem Mann abgekauft, der es gebaut hat, hat Clyde mir erzählt. Im ganzen Haus ist eine graubraune, moosartige Auslegeware, die sich von einer Wand an die andere erstreckt, sieht man einmal von der gefliesten Küche und der kleinen Ecke im Flur vor Janeys Zimmer ab, wo ein zerfetztes Stück bezeugt, daß hier die Katze einmal wie wild versucht hat, sich unter der Tür hindurchzugraben. Mit einem gewissen innenarchitektonischen Gespür haben es Clyde und Kirsten geschafft, den Farbton des Fußbodens nirgendwo wieder aufzugreifen. Vielleicht paßt die Rumpelkammer noch am ehesten dazu, aber die schmuddeligen, beigen Reliefs stammen wahrscheinlich aus der Zeit vor uns. In den anderen Räumen haben wir Spuren hinterlassen, einen ganzen Regenbogen von Spuren. Ringelblumengelb in der Küche, grün im Bad. Das Elternschlafzimmer, also unseres, ist ganz in rosa gehalten, mit alabasterweißen, aufeinander abgestimmten Möbeln. Im Wohnzimmer sind die blauen Kleckse an den Wänden. Es wird geteilt, besser gesagt, es wird durch einen runden Durchgang vergrößert, so daß es am einen Ende einen langen Bereich mit Fernseher und Sesseln gibt, und am anderen die Eßecke mit einem dunklen, ovalen Tisch und vier dazu passenden Stühlen. Es muß sehr beengt gewesen sein, als es noch zwei getrennte Zimmer waren. Die Terrasse verläuft über die ganze Länge des Hauses. Vom Eßzimmerteil des Raumes führen zwei große Glastüren hinaus, während in der Fernsehecke nur ein kleines Fenster, vermutlich ein Rest des alten Entwurfs, Licht hereinläßt.

Genauso geht es einem am ersten Tag, vielleicht auch an den ersten beiden Tagen im Urlaub: Alles am Zimmer ist neu und unbekannt und steckt voller Überraschungen, und jedes noch so kleine Detail schaut man sich an. Nach einer Weile aber hat man sich an alles gewöhnt, die Besonderheit schwindet, und man bewegt sich pragmatisch im Raum, geht automatisch gleich an die richtige Stelle. Ich habe versucht, diesen ersten Zustand festzuhalten, weil ich nicht möchte, daß die Grenze zwischen den Dingen, die ich wirklich wissen will, und den Dingen, die ich wissen soll, verwischt wird. Gleichzeitig aber muß ich dieses Haus kennen, damit ich meine Erfahrungen irgendwie wieder in den Griff bekomme.

Jemima meint, ich soll mir Notizen über die einzelnen Gegenstände in den Zimmern machen, aber dazu bin ich noch nicht gekommen. Diesen Dingen eine Geschichte zu verleihen, wird sie stärker in die Wirklichkeit holen, und das erscheint mir viel zu verbindlich. Die Eingeborenen in Australien haben sich ihre eigenen Ahnen erwandert. Ich habe Angst davor, solche Traumpfade zu schaffen.

Ich habe mal gelesen, daß manche Architekten erst dann einen Weg auf einem Grundstück einrichten, nachdem sie beobachtet haben, wie sich die Leute im Gelände bewegen. Sie warten, bis sie sehen, wo das Gras niedergetrampelt ist, und legen dann dort die Pfade an. Diese Strecken werden in der Findungsphase »Wunschlinien« genannt.

Ich nehme mir einen Notizblock und einen Stift und male eine grobe Skizze unseres Hauses. Ich will meine eigenen Wunschlinien einzeichnen.

Ich beginne in der Küche, wo ich gerade stehe. Ich nehme einen rosa Buntstift von Janey – ihre Stifte sind immer gespitzt und liegen ordentlich im Täschchen aufbewahrt – und male eine Linie auf meiner Karte. Sie führt durch den Flur und geradewegs aus der Haustür heraus. Für meine nächste Linie nehme ich einen blauen Stift. Sie folgt der ersten. Ich gehe alle zwölf Farben vom Buntstifttäschchen durch, und jedesmal führt meine Wunschlinie geradewegs aus der Tür hinaus auf die Straße. Weiter nicht. Auf meinem Blatt reicht der Platz nicht für eine richtige Flucht.

Auf dem Papier herrscht ein Gewirr von vielfarbigen Streifen. Ein zerstörtes Spinnennetz.

Ich mache mir einen Becher Kaffee. In letzter Zeit benutze ich den mit den blauen Streifen.

Ich stelle das Radio an. Es gibt einen Lokalsender, der mir gefällt, weswegen ich die Frequenz gespeichert habe. Die spielen eine Menge Lieder, die ich kenne. Momentan läuft auch gerade eins – dieser Song von Genesis darüber, daß alles falsch ist und nicht richtig scheint. *»Everything's wrong, nothing seems right.«* Ich denke bei mir: Erzähl's mir, Baby.

Die Sonne legt sich über den Küchentisch und die ockerfarbenen Fliesen auf dem Boden. Mir fällt auf, daß ich seit meiner Rückkehr aus dem Krankenhaus den Boden nicht gewischt habe. Ich fülle das Waschbecken mit Wasser und Reinigungsmittel und nehme einen Lappen, um die Fliesen zu säubern. Sie sehen hinterher wirklich sehr ordentlich aus.

Heute fühle ich mich ruhiger. Ich überlege, was es mit diesem Gefühl auf sich hat, und erkenne, daß es mit dem PC oben zusammenhängt. Er hat mir eine Zielgerichtetheit im Leben zurückgegeben. Ich werde etwas über Kirsten herausfinden.

Ich kehre zu meinem Bild zurück. Kirstys Bild. Kirsty ist immer noch von ihrer Flucht besessen. Ich frage mich, wie es

Kirsten wohl damit gehen würde. Um für sie eine Wunschlinie zu zeichnen, benutze ich einen Kugelschreiber.

Es fühlt sich gut an, mit dem Stift in der Küche herumzufahren. Dann bin ich mir nicht mehr so sicher. Meine Hand wird unsicher, springt dann plötzlich den Flur hinunter in Janeys Zimmer. Da male ich viele kleine Kreise.

Wo sonst war Kirsten glücklich? Mir fallen keine anderen Linien ein, die ich malen könnte, also folge ich diesem Pfad, den Notizblock in der Hand. Ich gehe in Janeys Zimmer.

Mehr als jedes andere Zimmer in diesem Haus hat das von Janey ein wahrnehmbares und sehr persönliches Grundthema: Tiere. Der Deckenbezug ist mit einem Tieralphabet bedruckt. Die Regale sind mit Dekotierchen vollgestellt, und es gibt ein großes, rosa eingerahmtes Poster von einem Perserkätzchen mit sentimentalem Motto. Handschriftlich der Zusatz: »Alles Liebe von Granny«. Dies ist ein Tiertempel. Es gibt Tierbücher und Tiertaschen; häßliche Tiere mit hervortretenden Stielaugen und niedliche mit großen Augen. Früher hatte ich wohl auch einen Teddybär, aber keinesfalls einen solchen Zoo. Janey hat einfach nichts sonst, nur noch die eine spillerige Puppe, die sie meiner Meinung nach von Suzy geerbt haben muß. Die liegt meistens nackt in einer Ecke herum, die Beine wie eine halbgeöffnete Schere gespreizt, und das bonbonfarbene Hinterteil in die Luft gereckt. Janeys Sanftheit ist wohl auf ihren Zoo beschränkt. Von ihren Viechern ist sie völlig eingenommen, insbesondere von diesem Löwen, dessen Name, so erinnert sie mich dauernd, nicht Sindbad, sondern Simba ist. Clyde sagt, der Name komme aus irgendeinem Zeichentrickfilm, den wir zu ihrem Geburtstag gesehen haben, obwohl ich nicht glaube, daß Janey das erwähnt hat. Natürlich haben alle Tiere einen Namen. Aber ich habe mir nicht die Mühe gemacht, sie alle auswendig zu lernen, weil Janey die sehr nützliche Angewohnheit hat, sie mir beständig aufs neue vorzustellen. »Du kennst doch Bluebell«, sagt sie und holt ein winziges Kätzchen aus Gips hervor, das selbstzufrieden mit einem Ball unter der Pfote in die Welt blickt, oder »Mr. Zed«, oder »Montgomery« oder wer auch immer. Und dann redet sie noch ein bißchen weiter, und ich muß nichts weiter tun, als ein bißchen zu lächeln. Manchmal aber wirft sie diese Kreaturen ohne ersichtlichen Grund plötzlich zu Boden und stürmt von dannen.

Ich streiche Janeys Überdecke glatt und rücke ein paar der Tiere zurecht, die kuschelig auf ihrem Bett lauern. Dann fahre ich langsam mit meiner eigenen Besichtigung fort.

Im Badezimmer herrscht eine außerordentliche Liebe zum Detail: Die grünen Handtücher und der ebenso grüne Duschvorhang passen zum avocadofarbenen Porzellan und den auf Antik getrimmten Wasserhähnen. In unserem Schlafzimmer ist es genauso: geblümte Vorhänge, Weiß auf Rosa, die genau das Motiv der Tapete aufgreifen, nur umgekehrt – Rosa auf Weiß. Das ganze Mobiliar hat geblümte Griffe aus Porzellan. Auch da hat sich jemand wirklich Mühe gegeben.

Mir fällt ein, daß diese Zimmer nicht eigentlich von einer Frau eingerichtet worden sind. Sie wurden *für* eine Frau möbliert. Sie entsprechen der Vorstellung eines Mannes, was einer Frau gefallen würde. Vielleicht fällt es mir deswegen so schwer, Kirstens Geschmack zu erkennen. Es ist überhaupt nicht ihr Geschmack. Clyde hat das alles für sie getan, hat dieses Haus für sie zu einem Palast für sie eingerichtet. Alles wurde so ausgesucht, wie er dachte, daß es ihr gefallen würde. Aber die Hinweise auf die wirkliche Kirsten, die ich brauche, werde ich damit nicht bekommen.

Aber in diesem Gerät oben sind Hinweise. Hat er mir gesagt.

Janey kommt gegen drei Uhr nach Hause. Ich habe ein Glas Milch und ein paar Kekse für sie bereitgestellt. Zum ersten Mal hat sie mich nicht an dieses Nachmittags-Lieblingsritual erinnern müssen, aber sie mampft vor sich hin, ohne das weiter zu kommentieren. Statt dessen erzählt sie mit vollem Mund von einem Schmetterlingsbild, das sie heute bei Alice gemalt hat – eines dieser Dinger, bei denen man Farbe auf das Papier aufträgt und dann das Blatt faltet. Man soll angeblich in diesen Dingern die Gedanken und Phantasien eines Menschen erkennen können. Ich schaue und schaue, aber egal, in welche Richtung ich das Blatt wende, ich kann nur Janeys Schmetterling erkennen.

Ich hefte das Bild an den Eisschrank mit ein paar der kleinen Magnetbuchstaben, die wie Bienen über die Tür schwärmen. Janey scheint sich darüber zu freuen.

»Janey«, sage ich mit einem Blick auf die Uhr, denn in zehn Minuten laufen »Die fünf Freunde« im Fernsehen, und sie wird selektiv taub bei dieser Sendung – »weißt du, wie man mit dem PC umgeht?«

»Klar weiß ich das.« Ein Sprühregen von Kekskrümeln begleitet die Aussage. »Ich hab' meine Hausarbeit damit gemacht.«

»Kannst du mir zeigen, wie das geht?«

Das tut sie. Es dauert nicht lange. Als die letzten Noten des Abspanns von »Scooby-Doo« erklingen und Janey ins Wohnzimmer zurückgesaust ist, um ihre Sendung zu sehen, weiß ich, wie ich es anstellen muß.

Ich bewege die Maus so, wie sie es mir gezeigt hat. Ich schließe die Datei ihrer Hausarbeit (»Ein Tag im Leben eines Stadtfuchses«) und durchsuche die Dateien. Alles mögliche klicke ich an, öffne es, schaue hinein, schließe das Dokument dann wieder.

Es scheint, als hätte Kirsten den PC für ihre gesamte Korrespondenz benutzt. Nachfragen wegen irgendwelcher Produkte, ein paar standardisierte Protestbriefe wegen Umweltfragen – Bohrungen in der Antarktis, Straßenausbau. Das freut mich. Immerhin hat sie an manchen Sachen Anteil genommen. Ein Verzeichnis der Videokassetten erklärt, warum sie alle so anonym wirkende Codenummern tragen. Es freut mich, daß sie die gesamte Serie *Fawlty Towers* hat. Interessanterweise hat sie auch ein paar Kassetten einer Fernuniversität, ein Spanischlehrgang. Es gibt einen Ordner namens »Buchhaltung«, und unter den Dateien befindet sich ein weiterer Ordner, und der trägt den Namen »X«.

So einfach. Kein Wunder, daß Clyde den gefunden hat. Ich

frage mich, ob es ihm so ging wie mir jetzt. Schuldbewußte Aufregung durchfährt mich. Ich lüfte den Deckel von Kirstens Geheimnis. Ein X für ein U vormachen.

Klick.

Ich öffne den Ordner und finde eine ganze Reihe von Dateien. Ohne Namen, nur mit einer Zahl versehen.

Eine Zahl aussuchen. Natürlich die Sieben.

Ich klicke Dokument sieben an.

Mein Liebster,

es ist jetzt eine ganze Stunde her, seit wir zusammen waren, und schon fehlst Du mir. So sehr. Ich schließe die Augen und spüre noch einmal Deine starken Arme und heißen Küsse. Ich brenne überall, jeder Teil meines Körpers, den Du berührt hast, verlangt schon wieder nach Dir. Ach, Liebster, Du warst so wunderbar ... Wenn Du mich so ansiehst und mich herunterziehst auf Dich oder wenn Du in mich eindringst, dann weiß ich, daß wir uns nicht irren können. Als Du sagtest: »Warum nicht einfach genießen?«, damals vor all diesen Wochen, war mir nicht klar, wie sehr diese Worte mein ganzes Leben verändern würden. Mir wird ganz flau, Liebster, wenn ich an Dein errötetes Gesicht und die Berührung Deiner Finger denke, Dein wunderschönes Gesicht, von dessen Kinn meine Säfte tropfen ...

Ja, da ist noch mehr, aber ich hab' das Wesentliche wohl erfaßt.

Ich bin völlig durcheinander. Das ist mehr als bloße Scham, dieses brennende Gefühl, diese heiße Dusche in meinem Kopf. Es ist Schmerz. Diese Fragmente auf Clydes ungeschickte Anweisung hin zu lesen schmerzt wie eine frisch geschlagene Wunde. Ich weiß nicht, was schlimmer ist, dieser schockierende Beleg, den Clyde mir unter die Nase reiben will – oder der Verlust, an den ich mich nicht erinnern kann und der mir so grausam zeigt, daß ich nicht immer diese bleiche Geisterfrau war. Daß ich einmal leidenschaftlich und sinnlich geliebt habe. *Starke*

Arme und heiße Küsse. Meine ruhiggestellten Nervenenden wachen langsam auf, und ich kann mir die fordernden Liebkosungen fast vorstellen. Winzige, brennendheiße Pfeile des Verlangens schießen durch meinen gefrorenen Geist.

Mir ist natürlich klar, daß diese starken Arme nicht Clyde gehört haben. Das bedeutet, daß meine »Genesung« als verletzte Unschuld ein Ende hat. Dieser Beweis meines Betrugs bedeutet, daß meine Suche nach Kirsten sich sofort ändern muß. Ein schlechter Traum verdichtet sich zu einem Alptraum, ohne daß es eine Fluchtmöglichkeit gäbe.

Kirsten wußte, wessen heiße Küsse sie meint. Vielleicht wußte das auch Clyde.

Es kann allerdings sein, daß diese Briefe nie abgeschickt worden sind. Es könnte doch Gründe geben, warum Kirsten sie auf dem Computer schrieb. Gut, der Empfänger mußte auf diese Weise keine Serie handgeschriebener Briefe erklären – aber warum hat sie sie gespeichert, mit dem Risiko, daß sie gefunden und gelesen werden? Die Texte könnten auch nichts weiter als eine private Phantasie sein.

Ich öffne alle Briefe, einen nach dem anderen, in der Reihenfolge ihrer Numerierung.

1. Ich glaube nicht, daß wir jetzt »gute Freunde« sein können. Habe ich Dich überrascht? Deine Leidenschaft hat mich überrascht. Deine Sehnsucht entspricht meiner. Ich weiß, das ist wichtig – aber es fühlt sich ein bißchen verrückt an. Liebster, ruf mich nicht noch einmal an, wenn Du Dir nicht sicher bist. Wenn ich nichts von Dir höre, dann werde ich wild vor Enttäuschung und Trauer – aber ich werde es überleben. Das meine ich ernst. Sag nichts, wenn Du nicht mehr willst. Viel, viel mehr.

2. Kann nicht essen, kann nicht schlafen, kann an nichts anderes denken als an Dich. Liebster, Liebster, Liebster, bist Du Dir *sicher*?

3. Wie kannst Du mich beschuldigen, Spielchen zu spielen? Ich riskiere alles für Dich. Wenn Du meinen Worten nicht glauben kannst, dann wenigstens meinem Körper. Ich glaube Deiner Leidenschaft, warum Du nicht meiner?

4. Liebster, ach mein Liebster. Jetzt weiß ich, was perfekte Liebe ist. Mir schwindelt vor Glück. Ich weiß jetzt, daß Du mir vertraust. Bitte, könnte es jedesmal so sein, keine Tränen, keine Ängste vor der Zukunft. Unsere Liebe kennt jetzt keine Grenzen.

Fünf und Sechs sind so erotisch, daß ich beim Lesen knallrot werde. Vor dem siebten Brief scheint irgend etwas versprochen worden sein – *war mir nicht klar, wie sehr diese Worte mein ganzes Leben verändern würden.* Brief acht ist aufgeregt, neun glühend heiß. Zehn voller Angst, elf voller Hoffnung. Zwölf erscheint entschlossen, verbindlich.

Ich kann mir kein einheitliches Bild vom Empfänger dieser Zeilen machen. Mir fällt der wunderschöne Pizzaausträger ein, der mit den Korkenzieherlocken und den braungebrannten Schultern, und ich versuche, mir vorzustellen, wie ich mich an seinen bronzefarbenen Körper klammere, wie ich mich aufbäume, wie er knieend in mich eindringt. Die Vorstellung ist aufregend, aber sie ist keine Erinnerung. Reine Leidenschaft ohne Partner, den man sich vorstellen kann, hat etwas Irreales. Es ist wie eine Saftpresse, die aromatischen Saft produziert, ohne daß es eine Frucht gäbe. Oder wie eine Karte von Orten, an denen Feuerwerk abgebrannt worden ist. Ich kann es nicht beschreiben. Aber in den Texten herrscht eine hektische Lükkenhaftigkeit, die mich überzeugt, daß diese Briefe keine Fiktion sind. Irgendwo da draußen gibt es die sensationellen Umarmungen und dringlichen Erklärungen, gibt es die fehlenden Teile meines Mosaiks. Und irgendwo in mir gibt es einen winzigen Funken des Erkennens, so dünn wie Honig, den man auf kühlen Joghurt tröpfeln läßt und dessen süßer Faden in der

Glätte verschwindet, als wäre er eine Träne auf einer Wange aus Metall.

Nicht Clyde, und auch nicht erfunden. Ich versuche, meinen Körper zur Erinnerung an den Körper eines Geliebten zu zwingen, an den Namen eines Mannes. Mein Körper besteht aber darauf, von nichts zu wissen. Ich zucke vor der Tragweite meiner Untreue zurück. Mein Geist besteht auf Unschuld.

Ich schalte den Bildschirm ab und bleibe nachdenklich davor sitzen. Ich erinnere mich an Miles und an unser erstes Mal miteinander. Wie er sagte: »Aufgeregt? Ich schon«, und wie sehr ich ihn dafür geliebt habe, weil er so sehnsüchtig dabei klang. Ich erinnere mich an die Zeit lange davor, an das erste Mal, als ich Liebe machte. Es war inmitten von lauter Mänteln auf einer Fete in der sechsten Klasse gewesen. Irgendwann rüttelte jemand an der Tür, und ich sagte: »Ich glaube, wir sollten jetzt lieber aufhören.« Ich verstand gar nicht, warum der Junge das nicht tat, und legte mir zurecht, daß ich wohl unwiderstehlich sein mußte, weil er nicht aufhören konnte. Noch nicht einmal das auf meinen Oberschenkeln verschmierte Blut machte mir etwas aus, weil das alles so aufregend war. Ich erinnere mich, wie es mir am nächsten Tag ging. Wie ich stolz umherging und mich fragte, ob jeder Mann schon beim ersten Blick erkennen konnte, daß ich es gemacht hatte. Daß ich jetzt anders war. Ich erinnere mich, daß ich mich für unglaublich welterfahren hielt, bis irgendein Junge, den ich kaum kannte, auf mich zukam und flüsterte: »Willst du auch mal an meiner Zuckerstange lutschen?« Mir fällt jeder Mann ein, der mich je betatscht hat, befingert, gerieben, gefickt. Über eines denke ich nicht mehr nach, weil ich es nicht kann: die Frage, an wen diese Briefe gerichtet waren.

Schließlich denke ich an Clyde. Ich stelle mir vor, wie er die Dateien des Computers durchsucht hat, bis er meine geheimen Briefe gefunden hat. Wie er sie vielleicht wie die Fußabdrücke eines lahmenden Hasen betrachtet hat, auf der Suche nach dem einen Namen, den er wissen wollte. Um mir eine Falle stellen zu können. Aber Kirsten wußte, wie man mit Geheimnissen umgeht. Sie hat es uns nicht gesagt.

Ich stelle den Computer ganz ab, gehe nach unten und mache mir einen Kaffee.

Also hatte Kirsten einen Geliebten. Nun denn, Clyde muß sie dazu gebracht haben – jedenfalls weiß er Bescheid. Zwei gibt es also. Clyde und meinen Geliebten.

Nicht drei. Nicht ich.

Ich nehme einen Schluck und werfe den Kaffee fort. Becher und Inhalt. Ich weiß nicht, was ich tun soll, und das macht mich wahnsinnig. Ich habe hier nichts zu suchen, an diesem dämlichen Ort mit diesem dämlichen Mann, und er versucht, mir unterzujubeln, daß ich etwas falsch gemacht hätte.

Der kann mich doch mal. Ich bin ich, nicht der Mensch, für den er mich hält. Ich hasse diese Person – ich will sie nicht sein. Mir reicht diese dämliche Verschwörung. Hier bleibe ich nicht mehr. Lieber gehe ich zurück ins Krankenhaus.

»Warum denn?«

Aus irgendeinem Grund will Jemima, die bislang immer an meiner Seite gestanden hat, mir nicht zustimmen. Ich habe sie unter der Notfallnummer auf ihrem Handy angerufen. Aber es ist nicht möglich, ihr verständlich zu machen, wie wichtig es ist, daß ich jetzt sofort gehe. »Weil ich nicht hierhergehöre«, jammere ich.

»Na ja, aber ins Krankenhaus gehören Sie auf keinen Fall, selbst wenn das überhaupt möglich wäre«, sagt sie.

»Dann stecken Sie mich in eine Klapsmühle. Ist mir doch egal.«

»In die psychiatrische Klinik würden Sie gar nicht erst aufgenommen werden, meine Liebe. Heutzutage wird alles über ›Pflege in der Gemeinde‹ gemacht, und Sie werden sehr gut versorgt. Darauf achtet Ihr Mann.«

Ich weiß nicht, was ich dem entgegenhalten soll. Ich sage nur: »Ich will nach Hause. Ich weiß nicht, warum meine Mutter mich nicht haben will.«

»Das wissen Sie sehr wohl«, sagt mir Jemima. »Sie möchte, daß Sie zu sich selbst finden.«

»Ersparen Sie mir diesen Scheiß.«

Am anderen Ende der Leitung gibt es ein ermutigendes Zungenschnalzen. »Sie haben ein wunderhübsches Haus, Liebes, und einen Ihnen sehr zugetanen Ehemann. Er tut wirklich alles nur Erdenkliche für Sie.«

Im Klartext: Ich soll mich doch glücklich schätzen. Aber hier will ich nicht sein. Ich will das alles nicht. Ich habe Angst vor den Geheimnissen, die in diesem ach so wunderhübschen Haus versteckt sind. Ich habe Angst vor dem unbekannten Raum zwischen meinem ach so zugetanen Ehemann und mir. Und ich habe gleichzeitig Angst vor Nähe. Ich fange an zu weinen. Ich weine und weine und weine. »Bitte fragen Sie im Krankenhaus, ob man mich aufnehmen kann.«

Das wird sie nicht tun. Sie wartet, bis ich mit dem Weinen aufhöre, sagt dann: »Gutes Mädchen« und legt auf.

Draußen ist es fast Abend. Meine Augen sind vom Schluchzen ganz naß, und ich kann kaum etwas sehen. Mir scheint so, als stünde jemand in der Tür, aber es ist nur Clyde, der mich beobachtet. Ich hasse ihn.

Den ganzen Abend über rede ich nicht mit Clyde. Als Janey im Bett ist, bleibe ich draußen im Garten und sehe die hellorange Sonne riesig und klebrig über dem Horizont hängen, beobachte, wie sie untergeht und von den Ästen der Bäume in der Ferne festgehalten scheint. Ich sehe die Motten herauskommen und im Licht über der Terrasse tanzen, während die Dämmerung sich zu Dunkelheit verwandelt. Ich starre Janeys Fahrrad an. Es liegt auf der Seite, so, wie sie es direkt neben der Küchentür hingeworfen hat, und mir fällt die Stelle auf, an der einmal die Stützräder angebracht waren. Ich konzentriere mich intensiv darauf, mich an den Tag zu erinnern, an dem wir sie abgeschraubt haben. Aber ich kann es nicht. Ich denke an die leidenschaftlichen, unerlaubten Arme, die nicht

Clydes Arme sind, und an die kann ich mich auch nicht erinnern.

Gegen zehn Uhr abends gehe ich hinein. Clyde hängt über einer Flasche Whiskey. Er hat sein Hemd ausgezogen, und seine großen Schultern sehen welk aus und verwundbar.

»Du mußt es mir einfach sagen«, sage ich.

»Was?«

Ich hasse ihn. Er weiß genau, was ich meine. Aber sagen will ich es auch nicht. Statt dessen suche ich etwas aus, das ihm mehr Schmerz zufügen wird als mir. »Janey. Wessen Kind ist Janey?«

Er schluckt seinen Whiskey runter. Plötzlich wird mir klar, daß ich das wirklich wissen muß. »Bitte, Clyde.«

»Du hast es mir nie gesagt.«

»Was?«

»Vielleicht hast du es gar nicht gewußt.«

»Kirsten hat das nicht gewußt?«

»Herrgott noch mal. Du bist Kirsten. Sie ist du. Du weißt es nicht, na und? Ich auch nicht. Bevor wir geheiratet haben, hast du mir gesagt, du wüßtest nicht, wie du zu Janey gekommen wärst, und ich habe dir versprochen, dich nie wieder zu fragen.«

Ich träume. Eine Frau fliegt auf mich zu, nein, sie schwimmt, also muß ich im Wasser sein. Sie kommt schnell, taucht tief herab und auf mich zu, aber ich kann ihr Gesicht nicht erkennen. Soviel Licht, und das Wasser strömt so. Als sie mich erreicht, bricht sie auseinander, und ihre Gliedmaßen fallen langsam durch das klare Wasser. Sie glänzen metallen wie silberne Fischleiber. Ich sehe alle zerbrochenen Teile von ihr im Sand liegen. Ihr Aluminiumgesicht starrt zu mir hoch, und schon läßt sich weicher Sand in der tiefen Rinne auf ihrer Wange nieder, die die Tränen hineingeätzt haben. Tränen, vergossen, als sie noch eine Frau war. Der feine, blasse Sand wirbelt auf und legt sich wieder, und das Wasser um mich herum ist warm.

Ich wache auf, und mir fallen sofort die Briefe ein. Ein unglaubliches Gefühl der Erleichterung überkommt mich. Ich weiß nicht, warum es mir nicht gleich von Anfang an klar gewesen ist: Die Briefe sind gefälscht. Kirsten hat so was nie geschrieben. Es ist so offensichtlich: dieses ganze anonyme Zeug, von wegen *Liebster.* Und wer würde überhaupt Liebesbriefe im Computer speichern? Der Grund, daß ich mich so unschuldig fühle, ist eindeutig der, daß ich tatsächlich unschuldig bin. Clyde hat sich die ganze Geschichte ausgedacht.

Ich stehe rasch auf, ohne ihn zu wecken, ziehe das großkarierte Hemd an, das ich in letzter Zeit als Bademantel benutze, und gehe leise hinunter in die Küche. Die Dämmerung bricht gerade über den Feldern herein, schleicht durch die Bäume mit rosafarbenen und goldenen Fäden. Ich fülle den Wasserkessel, beschließe dann aber, ihn doch nicht anzuschalten. Es soll niemand davon aufwachen. Ich möchte jetzt allein sein.

Ich habe beschlossen, die X-Dateien aus dem Computer zu löschen. Nur beunruhigt mich der Gedanke ein bißchen, da noch einmal ranzugehen. Vor Jahren habe ich eine Geschichte gelesen, in der es um ein Bild von einem Haus und einer kriechenden Figur im Garten ging, die immer dichter und dichter an die Tür kommt, bis sie schließlich ins Haus eindringt. Ich habe so ein merkwürdiges Gefühl, die Briefe würden von Mal zu Mal anklagender, wenn ich sie lese.

Das Licht ist jetzt hell, und die Vögel singen wie wild im Garten. Es wird ein heißer Tag. Ich gehe wieder hoch, lege mich ins Bett in die Mulde an Clydes Rücken. Ich versuche, ganz leise zu atmen. Ich bin richtig wach und kann es nicht fassen, daß die Energie meiner Wut nicht groß genug ist, daß er sofort davon aufwacht. Aber er schläft weiter. Dann höre ich seinen kleinen Wecker piepsen. Rasch schaltet er ihn aus, und das Bett federt hoch, als er aufsteht. Ich drehe mich nicht um.

Ich liege da und denke über die Briefe nach, und langsam dringt eine andere Hitze in meine Gefühle ein, nicht Wut, nicht Peinlichkeit, sondern schlichte Begierde. Ich sehne mich danach, dieses erotische Verlangen noch einmal zu spüren. Dieses heiße Gefühl einer Flamme auf dem Eis. Starke Arme, ein suchender, hungriger Mund. Mein Finger ist klebrig, und ich liege da und stelle es mir vor, dieses atemlose Schweigen, das Riechen, Berühren, Streicheln, Liebkosen, (Oh, oh, ja), geflüsterte Worte wie Schlagsahne, der Duft des Verlangens, der klebrige süße Geruch der Begierde. Die drängende Eile aufgezerrter Reißverschlüsse und gelöster Gürtel, aufgeknöpfter Blusen, gelöster Krawatten und Manschetten und schließlich Haut auf köstlicher Haut. Dabei leise sein wollen, schreien wollen, oh, oh, oh. Schweigen. Das lange, zitternde Aufkeuchen, pulsierende Süße.

Und dann kommt er mit einer Tasse Tee herein, hat diesen ernsten, trauervollen Blick, und ich kann meinen tröstlichen Träumereien nicht länger nachhängen. Eines ist absolut sicher: Clyde hat nie im Leben erotische Geschichten auf dem Computer geschrieben. Ich tauche unter die Decke und weine, weil er mir die Unschuld geraubt hat. Er wartet eine Weile. Ich höre sein Atmen, dann leise Schritte, als er verschwindet. Janeys Plappern in der Küche ist lauter als das Radio, und so kann ich mich aufsetzen und meinen Tee trinken, zusammen mit den bitteren Resten an Selbstverachtung, die Clyde mir gelassen hat, schlucke ich ihn hinunter.

Ich halte mich an meinem verletzten Selbstwertgefühl fest, und ich möchte unbedingt die Schuld dafür ihm geben. Schließlich weiß ich gar nicht, wie Clyde als Ehemann ist. Janey zuckt nie vor ihm zurück, das ist wahr, aber zwischen uns beiden könnte es Geheimnisse geben, von denen sie nichts weiß. Vielleicht hat er mich bedroht und geschlagen und hält sich jetzt nur deshalb zurück, weil er schlau ist: Weil er weiß, daß ich unter ärztlicher Aufsicht stehe. Ich könnte im Krankenhaus noch einmal nachfragen, was genau meine Erinnerung hat auslöschen können – ob ich zum Beispiel nicht zuerst geschlagen und dann ins Wasser geworfen worden bin. Es kann ja nicht schaden, wenn die alle wissen, daß ich mir über solche Dinge Gedanken mache.

Aber dann fällt mir unser Gerangel neulich auf der Straße ein, Clydes erschrockene, hektische Hände, als er mich zurückhielt. Und mir ist klar: Das ist keiner, der seine Frau schlägt.

Nach dem Frühstück durchsuche ich alle Photoalben und durchforste alle Postkarten, selbst in die Schachtel mit den Zeichnungen von Janey und ihren Schulbüchern gucke ich auf der Suche nach einem Hinweis, den ich übersehen haben könnte. »Was suchst du denn?« fragt Clyde, als er nach Hause kommt. Er hat vielleicht erraten, daß ich die Briefe gefunden habe, aber das weiß er nicht sicher. Er weiß ja noch nicht einmal, daß ich sie gesucht habe. Wenn er nichts sagt, sage ich auch nichts.

Statt dessen hört er von mir: »Du hast neulich gemeint, wir hätten vielleicht Bilder von Leila und unserer WG. Von damals, als wir beide uns kennengelernt haben.«

»Die hab' ich auch schon gesucht. Ich hab' aber nichts gefunden«, sagt er.

»Also erzähl' mir von Leila.«

Es ist hoffnungslos, als er sie zu beschreiben versucht. Vermutlich ist sie so ungefähr mein Alter; an ihren Nachnamen erinnert er sich nicht; er weiß nicht, ob sie immer noch in der Druckerei arbeitet; und ob sie noch an demselben Ort wohnt wie damals ...

»Erzähl mir von dem Haus. Wie sah es denn von außen aus?«

»Ich kann dich hinfahren, dann kannst du es dir selbst anschauen«, bietet er an.

»Wann?«

»Jetzt, wenn du willst. Ich hab' mir den Nachmittag frei genommen.«

So einfach geht das also. Warum hat er das nie vorher angeboten? Obwohl es durchaus möglich ist. In letzter Zeit hatte ich nicht viel Energie übrig, um diese unwiderrufliche Verbindung zwischen dem »Damals« und dem »Heute« nachzuzeichnen. Eigentlich habe ich mich damit befaßt, ihr zu entkommen.

Ich rufe Janey aus dem Garten, und wir fahren los. Es fühlt sich alles an wie ein riesiger Ausflug, aber tatsächlich dauert unsere Reise nicht länger als die übliche Fahrt zum Supermarkt am äußersten Rand der Stadt. Fast bin ich enttäuscht.

Clyde hält vor dem Endhaus einer Reihenhaussiedlung aus der Vorkriegszeit. Es steht zu dicht an der Straße, um einen Vorgarten zu haben, und der Putz ist mit Kieseln aufgerauht. Neben der schwarzgestrichenen Tür ist eine Klingelleiste, aber die Namensschildchen aus Plastik sind vom Regen verwaschen. Ich drücke einen Knopf nach dem anderen. Bing-bong. Bing-bong. Bing-bong. Bing-bong. Niemand antwortet.

Ich gehe zum Auto zurück. Clyde springt heraus und öffnet mir die Tür wie ein Chauffeur. Er sieht noch nicht einmal fragend aus, aber meine Enttäuschung will ich loswerden und beantworte seine Frage, obwohl er sie gar nicht gestellt hat: »Das sagt mir nichts.«

»Das erstaunt mich nicht«, pflichtet er mir bei. »Es ist auch hübsch renoviert. Als du und Leila da noch gewohnt habt, sah das ziemlich anders aus.«

Er legt den Gang ein und fährt zum Ende der Straße. Nach ein paar Kurven hält er noch einmal an. »Da ist die Druckerei. Hast du nicht Lust, mal reinzuschauen?«

Die Druckerei ist ein riesiges Gelände mit einem Parkplatz auf der einen Seite und Ladegelegenheiten für Laster auf der anderen. Clyde deutet auf ein eher kitschiges Plastikschild mit dem Wort »Empfang«. Ich gehe hinein.

Innen ist es etwas eleganter, als ich erwartet hätte. Es gibt einen Kaffeetisch mit einigen Hochglanzbüchern darauf, eine teure Kaffeemaschine und einen Schreibtisch gegenüber der Tür, an dem eine Frau auf einer Tastatur tippt. Sie hat aschblondes Haar und trägt eine smaragdgrüne Bluse mit einer lasch am Hals herabhängenden Schleife. Sie dreht sich vom Bildschirm um, während ich murmle, ich hätte einmal hier gearbeitet und versuche, eine ehemalige Kollegin ausfindig zu machen. Nachdem sie ihren Kopf eine Weile lang von einer Seite zur anderen gewiegt hat, beschließt sie, sich doch noch an mich erinnern zu können. »Muß mindestens zehn Jahre her sein«, sagt sie.

»Fast.« Ich versuche, sie freundlich anzulächeln. »Ich weiß, daß Sie sehr beschäftigt sind, aber …«

»Hab' ein phänomenales Gesichtsgedächtnis«, prahlt sie und klingt mittlerweile freundlicher.

»Glauben Sie, da wäre vielleicht noch etwas in Ihren Unterlagen? Über meine Freundin Leila, meine ich.«

Sie schüttelt den Kopf. »Papierloses Büro«, erklärt sie. »Jetzt ist alles da drin.« Sie tippt mit dem Finger auf den Bildschirm. »Aber wir hätten auch keine aktuelle Adresse mehr. Warum rufen Sie sie nicht in der Bank an?«

»Ach so. Da ist sie also noch?«

»O ja. Jedenfalls glaube ich das. Ich hab' sie letztes Jahr beim Käsefest getroffen, und wir haben uns kurz unterhalten. Da arbeitete sie da noch. Wollte sich allerdings versetzen lassen, aber andererseits stand auch eine Beförderung in der Niederlassung an.«

»Sie meinen also, wenn ich einfach in der Niederlassung anrufe von ...?«

»Lloyds, genau. An der Straße, die zu den Wasserwerken in Bath führt.«

Sie fragt noch, wie es »der Familie« geht – also erinnert sie sich ein bißchen an mich –, und sagt mir dann, wie sehr sich der Betrieb doch verändert hat, seit alles auf maschinelle Produktion umgestellt wurde. Ich hänge noch ein bißchen herum und schaue interessiert drein, so daß sie irgendwann vorschlägt, ich sollte doch einfach hineingehen. »Ich hab' jetzt nicht die Zeit, Sie zu begleiten«, sagt sie, »aber ich bin mir sicher, daß es völlig in Ordnung für Sie wäre, wenn Sie ein paar bekannten Gesichtern guten Tag sagen.«

Das Telefon klingelt, und sie winkt mir zum Abschied zu, während sie schon in den Hörer lächelt. Solange die Gesichter zuerst mir guten Tag sagen, wird's wohl klappen, denke ich und gehe durch die innere Tür in die Werkshalle.

Die Hallen, in denen sich die Maschinen nur so stapeln, sind riesig wie Hangars. Ein leichter Nebel von Papierstaub verwischt den Blick; im strengen Neonlicht sieht man die Partikel wirbeln. Unsicher gehe ich an den Paletten und Stapeln, an den riesigen Papierrollen vorbei, unter klappernden, metallenen Bögen hindurch und an vorbeigleitenden, bedruckten Seiten entlang, die sich wie merkwürdige Gepäckbänder bewegen. Die Männer beobachten mich ohne besonderes Interesse und arbeiten weiter. Die Maschinen mahlen vor sich hin, und ein gedämpftes Summen erfüllt den Raum, das wie weit entferntes Wasserrauschen klingt. Dauernd sage ich: »Hallo, schaue nur kurz mal rein!« Aber ob sich irgend jemand an mich erinnert, ist mir nicht klar. Ich suche nach dem Farblabor, wo ich mit Leila gearbeitet habe. Wir haben dafür gesorgt, daß die Farblithos perfekt aufeinander abgestimmt waren, so daß die Gelb-, Magenta- und Blauformen übereinander montiert ein Bild ergaben.

An den Zimmertüren sind überall Schilder. Ich finde ein Schild, auf dem steht: »Photolithographie«. Zwei Männer sitzen an einem Gerät mit einem riesigen Bildschirm. Sie schauen auf, und dann sagt einer mit einem schweren walisischen Akzent: »Na, na, na, wenn das nicht meine Blondie ist. Lange nicht mehr gesehen!« Der andere beäugt mich neugierig.

»Fast zehn Jahre«, sage ich und werde dann ganz frech: »Hat sich ja kaum was verändert.«

»Ganz genau«, sagt er, als stimmte er meiner vorhersehbaren Ironie zu. »Damals war es noch das System mit dem roten Fensterchen. Ich erinnere mich noch, wie ich dir gezeigt habe, die Negative im Leuchtkasten zu bearbeiten. Vier waren wir, um den Druck vorzubereiten. Oder noch mehr? Und das Papier war einen Meter breit – erinnerst du dich noch an die ganzen Geräte da drüben?«

»Mhmhm«, sage ich, aber er ist schon wieder woanders mit seiner Nostalgie und hört mir gar nicht zu. »Massenhaft Arbeitsplätze verlorengegangen, massenhaft. Direkt von der Diskette auf die Druckplatte, siehst du? Wir überprüfen nur noch die Qualität. Großartige Sache, der technische Fortschritt, was?« Er wendet sich dem anderen Mann zu, der langsame Kaubewegungen macht und mich anstarrt. »Blondie war an den Farbplatten, bevor wir diese ganze neue Ausrüstung bekommen haben. Sie und ihre Freundin. Damals hatten wir tatsächlich zwei Frauen hier beschäftigt. Man stelle sich das einmal vor. Zwei Frauen!«

Der andere Mann lacht und sagt, ohne den Blick von mir zu wenden: »Drucken ist doch Männersache.«

»Das Druckereigewerbe ist eine Männerdomäne«, pflichtet ihm mein ehemaliger Mentor bei. Ich frage mich, ob er »Blondie« zu mir sagt, weil ihm mein Name nicht einfällt, oder ob er mich immer so genannt hat. Jedenfalls bin ich nicht mehr erstaunt, daß Kirsten ihre Karriere hier beendet hat. Ganz abgesehen von der Frauenfeindlichkeit unterscheidet sich das hier kaum vom Pizzabacken.

»Ich hab' auch keine Frau hier gesehen«, kann ich ihm ohne weitere Betonung zustimmen.

»Na, wirst du auch nicht. Auch nicht beim Packen am Fließband. Geht doch nicht, daß eine Frau auf einer Stelle sitzt, wo doch so viele Männer arbeitslos sind.«

»Ich sollte wohl mal lieber los«, sage ich, denn mir fällt nichts mehr ein. »Hab' nur mal vorbeigeschaut, um die ... die Veränderungen zu sehen.«

Der kauende Mann sagt: »Tschüs dann, Blondie«, und die beiden wenden sich wieder ihren Bildschirmen zu. Ich beende meinen Durchgang am gegenüberliegenden Ende der Fabrik, wo ein Mann, der geschickt einen Haufen goldbedruckter Umschläge auf eine Palette stapelt, mir hinterherpfeift. Keine Ahnung, ob ich ihn kenne.

Clyde parkt immer noch an derselben Stelle. Sein kräftiger Arm hängt aus dem Autofenster an der Tür herunter, und er trommelt leise mit den Fingern gegen das Metall. Janey lehnt mit geschlossenen Augen im Rücksitz und singt lautlos die gedämpfte Musik aus dem Radio mit.

»Tut mir leid, daß ich so lange gebraucht habe«, sage ich, als ich einsteige.

»Kein Problem«, sagt er. »Und?«

Ich schüttle den Kopf. Er legt den Gang ein, und wir fahren davon.

Mein nächster Plan, den ich zunächst Jemima anvertraue, ist, Leila anzurufen und mit ihr ein Treffen zu vereinbaren. Ich hoffe, daß Jemima jetzt sagt: »Ach, Sie sollten jetzt wirklich noch nicht allein ausgehen.« Aber das tut sie nicht. Sie sagt: »Wie werden Sie ihr denn erklären, was Sie brauchen?«

Gute Frage. »Könnten Sie mir vielleicht eine kleine Plastikkarte besorgen, auf der steht: ›Sie brauchen nicht laut zu werden. Ich werde mich trotzdem nicht erinnern‹?«

Sie nickt vermutlich eher, weil sie versteht, worum es mir geht, als daß sie diesen Gegenstand liefern könnte. Dann sagt sie: »Sehr häufig reagieren die Leute mit einer solchen Ungläubigkeit, mit Verweigerung.«

»Erzählen Sie mir davon«, sage ich, und das tut sie auch.

»Es ist eigentlich unausweichlich. Verweigerung ist der erste Teil der Trauerarbeit. Für die Menschen um Sie herum ist es ja eine Art Verlust. Beim Tod gibt es natürlich diese Endgültigkeit, aber bei ... ähem ...« Sie zögert.

Ich schaue sie an, ohne sie zu unterbrechen. Wir wissen beide, daß ich jetzt unbarmherzig darauf lauere, ob sie das schreckliche Wort *Kopfverletzung* hervorholen wird.

»... bei Veränderungen aber, die körperlich nicht wahrzunehmen sind, wie zum Beispiel bei einem Gedächtnisverlust«, fährt sie ohne deutliche Unterbrechung fort, »dauert es in der Regel sehr lange, bis die Menschen das volle Ausmaß des Schadens begreifen.«

»Sie meinen, die Leute glauben, ich tu' nur so.«

»Es ist nicht so, daß man Ihnen nicht glaubt. Für die Menschen ist es nur schwierig, sich so anzupassen, wie Patienten wie Sie es brauchen, und das dann durchzuhalten. Die verstehen vielleicht, daß Sie sich an eine Person oder an einen Ort nicht mehr erinnern können, aber dann reden sie doch wieder so mit Ihnen, als wüßten Sie genau, wovon die Rede ist. Aber das ist nur der Fall, wenn das Koordinatensystem dieser Menschen nicht flexibel genug ist, um sich anzupassen, was wahrscheinlich bei den meisten so ist. Die werden sich auf ihre eigenen, alten

Erinnerungen an die Zeit mit Ihnen berufen, nicht auf Ihre Koordinaten Rücksicht nehmen. Sie sehen genauso aus wie früher – also ist es für die Menschen kaum nachzuvollziehen, daß Sie deren Sprache nicht mehr sprechen können.«

»Und wie wäre es, wenn ich ein Schildchen trüge: ›Mein Körper ist von Aliens besetzt‹?«

Sie lächelt nur kurz. Jemima ist eine sehr ernsthafte junge Frau, so daß ich immer albern sein will. Aber eigentlich spreche ich gerne mit ihr. Sie begeistert sich über ihre eigenen Sätze, rollt mit den Augen und klaubt gestikulierend Worte aus der Luft, als würden die gleich in ein riesiges, unsichtbares Lehrbuch zurückrutschen, wenn sie nicht schnell macht. Und es ist schön, mit jemandem zu reden, mit dem ich keine gemeinsame Vergangenheit habe, denn vor dem Unfall habe ich sie ja nicht gekannt.

Da. Da war es. Ich habe gerade diesen Ausdruck benutzt. *Der Unfall.* Das werde ich nicht mehr tun. Ich werde diesem Augenblick in meinem Leben keine weitere Macht zubilligen. Ich werde mich selbst nicht als beschädigt definieren. Ich habe keine Kopfverletzung. Ich hab' ein paar Sachen vergessen, mehr nicht. Ich bin kein Opfer.

»Ich finde, Sie sollten eines tun«, beschließt Jemima. »Sie sollten sich einen Satz ausdenken, mit dem Sie sich wohl fühlen und den sie immer dann sagen können, wenn jemand mit Ihnen über Dinge redet, die Sie nicht wiederekennen. Damit gehen Sie gut mit sich selbst um, und Ihrem Gegenüber geht es auch gut. Irgend etwas wie ›Ich fürchte, ich kann mich nicht daran erinnern. Könnten Sie mir auf die Sprünge helfen?‹«

Auf dem Weg nach Hause erzähle ich Clyde von meinen Plänen. Er schaut aufmerksam geradeaus. Sagen tut er dazu nichts. Ich habe es auch so dargestellt, als wäre es eher Jemimas Idee und weniger meine. Seine Nichtreaktion irritiert mich.

»Und ich würde gerne das Auto nehmen und selber hinfahren, um sie in der Nähe von ihrem Arbeitsplatz zu treffen«, füge ich plötzlich hinzu. »Ich meine, wenn du mir soweit traust und nicht gleich denkst, ich würde mit einem Liebhaber ausbüchsen.« Er lächelt nicht und antwortet nicht. So nah an der Frage, was er wirklich über die versteckten Liebesbriefe weiß, war ich noch nie. Es ist ganz offensichtlich, daß er nicht darüber reden will. Sollte ich dafür dankbar sein? Woher soll ich das wissen?

Leila zu erreichen ist einfach. Ich rufe bei der Bank an, und man stellt mich sofort zu ihr durch. Leila behauptet, sie würde sich freuen, meine Stimme zu hören, es müsse ja ewig her sein, wie die Zeit doch vergeht, und schlägt vor, daß wir uns am nächsten Tag zum Mittagessen treffen. Ich fürchte schon, daß sie sagen wird: »Gehen wir in unsere Stammkneipe?«, aber sie sagt: »Wie wäre es mit dem Café in der Photographengalerie? Das ist gerade neu eröffnet worden.«

»Bestens«, sage ich, und kurz bevor ich auflege: »Hältst du bitte die Augen nach mir auf? Ich erklär's dir, wenn wir uns sehen. Es könnte nämlich sein, daß ich dich verfehle. Ich werde eine Sonnenbrille aufhaben.«

»Heuschnupfen, was?« sagt sie. »Meine Mutter ist blind, wenn die Pollenflugwerte hoch sind.«

»So ungefähr.«

Clyde hat mir auf einer Karte der Stadt gezeigt, wo sich das Café befindet. Es war ziemlich einfach zu finden, und ich hätte gedacht, daß ich zu früh dort ankäme, aber Bath ist sehr verwirrend. Es ist wie eine fremde Stadt. Natürlich ist mir diese Stadt fremd, schließlich kenne ich sie nicht, aber sie ist auf aufregende Weise fremd. Überall Menschen, überall fremde Sprachen, und an jeder Ecke gibt es Straßenmusik, als liefe hier ein Festival: Männer mit bemalten Gesichtern spielen merkwürdige Instrumente und tanzen dabei, ein Mann spielt auf einer Säge, drei junge Mädchen auf Blasinstrumenten. Dann gibt es ein halbes Dutzend Leute in bunten Kleidern, manche mit Hunden, die alle versuchen, mir die gleiche Zeitung zu verkaufen mit den Worten: »Obdachlosenzeitung«.

Das Restaurant ist Teil einer Galerie und sehr elegant. Jazzmusik läuft, winzige Spots beleuchten ebenso kleine Tische, und das Ganze sieht sehr neu aus. Eine eher junge Frau in einem eleganten dunklen Kostüm winkt mir zu, als ich hereinkomme. Sie ist etwas dicklich, und ihre Kleider sitzen zu eng, als hätte sie sich selbst hineingegossen und wäre noch nicht fest geworden. Aber sie wirkt nett. Ihre dunklen Augen sind ganz lebendig, und sie ist sehr freundlich. Als erstes sagt sie: »Wow, du siehst ja großartig aus. Ganz der neue Look – Heroin-chic?«, was in meinen Ohren unglaublich unhöflich klingt. Offensichtlich hält sie das für ein Kompliment, so daß ich nur lächle.

Wegen der Unterhaltung hätte ich mir auch keine Sorgen machen müssen.

»Ganz schön verändert, seit wir letztes Mal hier waren, findest du nicht auch?« will sie von mir wissen und redet sofort weiter: »Das muß wirklich über ein Jahr her sein, ich weiß gar nicht, wie die Zeit so schnell vergehen kann. Du siehst keine Minute älter aus.« Ich passe auf, mit welchem Namen sie mich anredet, aber sie nennt mich bei keinem Namen.

Ein Mädchen mit Pferdeschwanz kommt an und stellt sich neben uns, den Bleistift im Anschlag. Leila bestellt eine Suppe und Brot für uns beide, ohne mich überhaupt anzuschauen. Ich nicke eher passiv. Ich glaube, für Leila bin ich Kirsten.

Mit Leila ist es einfach. Sie macht gelegentlich eine Pause in ihrem Redefluß, aber ich muß mir gar keine Antworten einfallen lassen. Sofort redet sie weiter, im wesentlichen über sich selbst, ihre Karriere und ihre Unternehmungen abends. Das eine ist schwer mit dem anderen zu vereinbaren, und langsam wird es ihr alles zuviel. Mir geht es langsam ähnlich, aber ich glaube, das liegt an der Angst. Ich erwarte immer, daß es irgendeinen kleinen Reiz geben könnte, der den Schalter in meiner Erinnerung umwirft – ihre Eigenheiten, ihr Akzent aus Bristol, oder die Art, wie sie zur besonderen Betonung eines Satzes die Luft nach oben bläst, so daß sich ihr Pony leicht hebt und dann wieder herabsinkt. Nichts davon ist mir vertraut.

Die Suppe wird mit Brot und Butter und einem Glas Wasser mit einem Zitronenschnitz serviert.

»Das war's eigentlich über mich«, beendet Leila ihren Monolog. »Und *du*?«

Ich habe Zeitungsausschnitte mitgebracht, das wird es mir leichter machen. In der Lokalzeitung war ein Bild vom Lido abgedruckt worden. Alles sehr idyllisch, und darunter steht SICHERHEITSSORGEN NACH DRAMA BEIM PICKNICK. Im Artikel stand zu lesen:

> Große Besorgnis herrscht in der Gemeinde, nachdem ein Familienpicknick letzte Woche fast ein tragisches Ende genommen hätte. Bis letzten Freitag galt diese Flußbiegung, ein beliebter Schwimmplatz im Sommer, als sicher. Doch jetzt hat sich eine Frau aus dem Ort den Kopf am Ufer gestoßen und eine leichte Gehirnerschütterung erlitten. Ihre Freunde brachten sie ins Krankenhaus, und über das Wochenende wurde Kirsten Villiers unter ärztlicher Beobachtung gehalten. »Es hat nie die Gefahr bestanden, daß sie ertrinkt«, sagte ihr Ehemann unserem Reporter. »Kirsten war nur ein bißchen durcheinander, deswegen hat man sie dabehalten.« Mrs. Villiers hat sich mittlerweile gänzlich erholt, doch hat man ihr geraten, die Dinge in den nächsten Wochen langsam anzugehen.

Ich hatte Clyde gebeten, das so zu formulieren. Aber eine Krankenschwester oder ein sonstiger Angestellter muß eine dieser Yellow-press-Zeitschriften benachrichtigt haben, die mit den »Geschichten aus dem wahren Leben«. Wahrscheinlich kann ich von Glück reden, daß die die Sache nicht noch mehr ausgeschlachtet haben. Der andere Zeitungsausschnitt trägt den Titel DORNRÖSCHEN. Auf dem Bild ist eine Frau im BH zu sehen, die die Hände an die Wangen hält. Die Bildzeile lautet NACHGESTELLTES PHOTO, und im Text steht:

> Die Patientin wachte langsam auf. Um sich herum Monitore und ein Tropf. »Wer bin ich?« flüsterte sie. »Meinen Sie nicht, ›wo bin ich?‹?« fragte die Krankenschwester, die ihr gerade

den Puls maß. Aber die hübsche, 26 Jahre alte Karen Villiers meinte es tatsächlich so, wie sie es gesagt hatte. Karen, die jetzt Ehefrau und Mutter ist, hat ihre Familie VERGESSEN. Sie kann sich weder an ihr gemütliches Zuhause noch an ihre Arbeitsstelle ERINNERN. Sie WEISS NICHT MEHR – WER die Nachfolge von Mrs. Thatcher angetreten hat – WAS der schwarze Montag war – WANN die Berliner Mauer gefallen ist – WARUM sie nicht mehr zum billigen Sommerurlaub nach Jugoslawien reisen kann! »Ich habe das Gefühl, immer noch zu träumen«, sagte die blonde Karen, als sie ihren Ehemann und ihre Tochter traf, für sie: ZUM ERSTEN MAL. Liebe Leser: WEN ODER WAS aus den vergangenen zehn Jahren würden Sie am liebsten vergessen? Schreiben Sie uns! Wir drucken den verrücktesten Wunsch ab.

»Wow«, sagt Leila. »Stimmt das alles?«

»Na ja, abgesehen vom Namen, dem Alter und der Sache mit dem Tropf und den Zitaten«, sage ich. »Aber im Ernst, ich habe wirklich eine ganze Reihe von Dingen vergessen. Aber ich möchte sie alle wieder zusammenbekommen. Eine der Sachen …« – hier formuliere ich bewußt, um nicht zu lügen – »… eine der Sachen, an die ich mich nicht erinnern kann, ist dieser Sommer, in dem ich in der Druckerei gearbeitet habe. Ich war neulich da und hab' mich umgeschaut, aber ich kann mich überhaupt nicht mehr daran erinnern. Auch das Haus, in dem wir damals gewohnt haben, bedeutet mir nichts mehr. Obwohl es sich sehr verändert hat, so scheint es. Ich fände es wirklich toll, wenn du mir von den Zeiten damals erzählen könntest.«

Leila sieht plötzlich so mitleidsvoll und gleichzeitig schrecklich aufgeregt aus. Vermutlich überlegt sie jetzt schon, wie sie das alles am Nachmittag brühwarm ihren Arbeitskolleginnen berichten wird. Sie sagt: »Ach, diese Wohnung!« und rollt mit den Augen. »Wir waren wirklich wild, nicht wahr?« Es klingt so, als würde ihr das gefallen.

»Wie wild denn?« Ich versuche es mit einem Lächeln. Außerdem will ich nicht allzu nervös klingen.

»Na ja, wir wußten wirklich, wie man sich amüsiert. Wir konnten es uns damals nicht leisten, in die Clubs zu gehen, außerdem hatten wir keinen fahrbaren Untersatz, also gab es jedes Wochenende eine Party.« Sie lehnt sich zurück. Die Erinnerungen machen ihr Spaß. »Erinnerst du dich noch an meinen Freund Earl?«

Nein. Leila. Nein, ich kann mich verdammt noch mal wirklich nicht erinnern. Was habe ich denn gerade versucht, dir zu erklären, du dämliche Pute?

»Ich fürchte, ich kann mich nicht daran erinnern. Könntest du mir auf die Sprünge helfen?«

»Den würde ich auch gern vergessen! Ich hatte ihn in die Wüste geschickt, damals. Aber der Idiot hatte einen Haufen Marihuana bei uns in der Küche versteckt, und als er verhaftet wurde«, jetzt lehnt sie sich vor, es wird anscheinend spannend, »hat dieser Idiot doch tatsächlich unsere Wohnung als seine Adresse angegeben. Also kommen zwei riesige Polizisten mitten in der Nacht bei uns vorbei, die die WG durchsuchen wollten. Du bist mit ihnen herumgegangen, hast große Augen gemacht und warst so unglaublich hilfreich, hast ihnen jedes noch so kleine mögliche Versteck gezeigt. Ich hab' dabei einen Tee gekocht. Und natürlich hatte Earl genau da das Zeug versteckt, und es ist mir bis heute schleierhaft, wieso die darauf nicht gekommen sind. Jedenfalls sind sie ewig geblieben und wurden immer freundlicher und entspannter. Als sie gingen, hat der eine mir eine brüderliche Predigt gehalten, ich sollte mir meine Freunde etwas sorgfältiger aussuchen, und der andere versuchte die ganze Zeit, unsere Telefonnummer zu notieren, damit er sich mit dir verabreden kann. Was haben wir gelacht, als die endlich weg waren! Ich frage mich oft, was ihr Sergeant denen gesagt hat, als die wieder auf dem Revier waren.«

Es tut mir durchaus leid, diese Erinnerung nicht mehr zu haben. Aber damit verstehe ich immer noch nicht, warum Clyde ausgerechnet mich als seine Braut gewählt hat.

»Konnten die nicht am Geschmack erkennen, daß das kein Tee war?«

»Der eine fand es schon ein bißchen komisch, aber ich meinte, das wäre eben Darjeeling, und der andere sagte dann gleich: ›Ach so, ja, meine Mum hat den auch.‹«

»Bin ich dann mit ihm ausgegangen? Mit dem, der mich um die Telefonnummer gebeten hat?«

Sie zuckt mit den Achseln. »Das weiß ich nicht mehr. Du bist mit einer Menge Leuten ausgegangen.«

»Gab es irgend jemand besonderes? Abgesehen von Clyde, meine ich?«

»Ach, jede Menge. Aber nein, mir ist niemand aufgefallen.«

Es gibt eine kleine Pause, während ich darüber nachdenke. Dann sagt Leila beiläufig, ein wenig wie jemand, der eigentlich überhaupt kein Interesse an Kindern hat, aber jetzt gerade verzweifelt versucht, sich an den Namen des Kindes ihrer Freundin zu erinnern: »Wie geht's dem kleinen Mädchen? Sie sah so niedlich auf dem Bild aus, das du mir letztes Jahr zu Weihnachten geschickt hast. Nein, warte mal – jetzt fällt's mir wieder ein, das war das Weihnachten davor.«

Keine Gelegenheit ist so gut wie diese.

»Habe ich dir eigentlich je erzählt, wer der Vater ist?«

»Na ja, ich wußte, daß es nicht Clyde war. Er wußte das natürlich auch. Ich glaube aber nicht, daß das sonst irgend jemandem klar war.«

»Habe ich dir gesagt, wessen Kind sie ist?«

»Wir haben absolut nie darüber gesprochen. Du hast mir kein Wort über deine Zeiten am College erzählt. Ehrlich, das ist die eine einzige Sache, bei der du hundertprozentig konsequent warst. Ich hatte den Eindruck …«

»Ja?«

»Na ja, nur, daß du mit dieser Uniszene wirklich total abgeschlossen hattest. Und keiner unserer Freunde hatte, du weißt schon, einen Abschluß oder so was. Ich glaube, du wolltest unbedingt von allen akzeptiert werden. Du weißt schon, wolltest Teil der Clique sein, nicht irgendwie besonders.«

»Aber habe ich denn gar nichts darüber gesagt, wie ich schwanger geworden bin? Selbst dir nicht?« Diese Unterhaltung ist wirklich merkwürdig. Ich bin überzeugt, daß die Dame in dem maulwurfsgrauen Kostüm am Nachbartisch mich gerade sehr scharf fixiert. Ich komme mir lächerlich vor, aber es erregt mich auch. Leila wirkt auch nicht gerade gelassen. Trotzdem mache ich weiter, wenn auch mit leiserer Stimme. »Ich muß es doch gewußt haben? Ich meine: Ich weiß, mit wem ich am Anfang des Sommers befreundet war. Hab' ich dir erzählt, wieso ich den nicht angerufen habe?«

»Nein, du hast mir nie etwas gesagt. Vielleicht war es ja auch nicht sein Kind. Oder vielleicht hattet ihr euch da schon getrennt. Jedenfalls hast du niemanden angerufen. Du hast eigentlich gar nicht darüber geredet. Ganz lange hast du die Sache eher ignoriert – du wolltest dich einfach weiter amüsieren.«

Dieser Satz stört mich wirklich.

»Aber ... warum dann Clyde?«

»Na ja, er hat dich angebetet. Und er war ein Gentleman – ich meine, ein bißchen anders als die meisten Typen, mit denen wir sonst zu tun hatten. Und er bedeutete natürlich einen riesigen Fortschritt gegenüber den unreifen Studenten, mit denen du vorher Umgang hattest, als du noch auf dem College warst.«

Leila wirkt bemerkenswert wenig begeistert, was Studenten angeht. Ich kann schon verstehen, warum ich ihr diesen Teil meines Lebens verschwiegen habe, während ich mit ihr zusammenwohnte. Ich würde sie gern nach ihrer Ausbildung fragen, vielleicht wird mir das ihre Ablehnung verständlich machen, aber ich will sie auch nicht beleidigen. Ich sage: »Aber als wir uns kennenlernten, Leila, war ich doch noch Studentin.«

Leila zuckt mit den Achseln. »Na ja, meinetwegen, aber du warst ja nie eine typische Studentin.«

Ich spiele mit ein paar Krümeln auf dem Tisch herum. Nichts

von alledem ist wirklich das, was ich hören wollte, als ich mich mit Leila verabredete. »Vermutlich stand ich ein bißchen am Rand der Dinge. Eine Menge Leute im Semester waren älter als ich, und weil ich außerhalb wohnte, war ich nicht immer …«

»Ganz genau. Zuhause wohnen – das ist doch überhaupt nicht typisch Studentin, oder? Als wir zusammenzogen, warst du das erste Mal länger als nur ein Wochenende von deinen Eltern weg. Ich will ja nicht sagen, daß du ein Mauerblümchen gewesen wärst. Weit gefehlt. Wir haben uns verdammt gut amüsiert. Aber mittlerweile habe ich den Kontakt zu diesen Leuten verloren. Man kann nicht die ganze Zeit so leben. Ich wollte unbedingt mein Leben ändern – eine Stelle mit Zukunft. Aber heutzutage ist ja selbst ein Job bei der Bank nicht sicher.«

Wir scheinen schon wieder über Leila zu sprechen. Entschlossen sage ich: »Aber Clyde. Was dachtest du damals von ihm?«

»Na ja, er konnte durchaus ganz komisch sein. Nicht, weil er Witze erzählt hätte. Aber er hatte einen wunderbaren, trockenen Humor. Drollig.«

Drollig. »Ach so«, sage ich. *Aber war er gut im Bett?* Nein, natürlich frage ich das nicht. Ich kenne Leila nicht gut genug, um ihr bei einer Karotten-Koriander-Suppe eine derart wichtige Frage zu stellen. Und außerdem würde ich ihr damit sagen, daß ich es nicht weiß. Sie würde sich fragen, wieso ich das nicht selber herausfinde. Also sage ich einfach: »Aber warum haben wir denn gleich geheiratet?«

»Am Anfang wolltest du es ja noch alles alleine machen. Aber dann wurdest du so krank während der Schwangerschaft, und im Betrieb wollte man dir die Stelle nicht freihalten, und ich kriegte dann diesen Job in Bath und bin hergezogen und hab' den Mietvertrag von unserer Wohnung nicht noch einmal verlängern lassen … Es kam einfach alles zusammen, denke ich mal. Ich glaube, du bist dann einfach den Weg des geringsten Widerstands gegangen.«

»Also habe ich ihn nie geliebt.« Das macht mich total traurig. Ich wünsche mir, daß sie mir widerspricht, aber sie zuckt nur mit den Achseln.

»Du warst entschlossen, das irgendwie hinzukriegen.«

»Das ist aber nicht ganz dasselbe, nicht wahr?«

Die Kellnerin hat unsere Suppenteller und Brottellerchen weggeräumt, und Leila kramt in ihrer Handtasche nach dem Portemonnaie. »Ich lad' dich ein«, wehrt sie meine angebotene Banknote ab, während sie einen kleinen Stapel Münzen auf der Untertasse plaziert. Ich schaue hoch zu den Schwarzweißphotographien an den Wänden über unserem Tisch.

Leila folgt meinem Blick. »Ich hab' immer noch diese Bilder von deinem Babybauch, die du mir damals gegeben hast«, sagt sie. »Eines davon habe ich rahmen lassen und aufgehängt. Alle finden das immer ganz toll.«

Ich blicke sie voller Hoffnung an. Nach ein paar Augenblikken sage ich: »Ich fürchte, ich kann mich nicht daran erinnern. Könntest du mir auf die Sprünge helfen?«

»Ach so. Entschuldige bitte. Du hast ein paar Bilder von deinem Bauch gemacht. Im Spiegel. Sie sind wunderschön, ganz natürlich und irgendwie fruchtbar. Fast wie Landschaftsaufnahmen. Ich weiß nicht, wie du das hingekriegt hast. Wenn ich versuche, im Spiegel ein Bild zu machen, sind nur Reflektionen vom Blitz zu sehen.«

Das immerhin ist eine Sache, die ich wirklich weiß: »Es ist der Winkel der Reflektion«, sage ich sofort, »aber wahrscheinlich habe ich es bei natürlichem Licht aufgenommen mit einer langsamen Blende. Sind die Bilder weich – ich meine, nicht ganz scharf eingestellt?«

Sie schüttelt den Kopf und zuckt wieder mit den Achseln. »Sie sind wunderschön. Alle Leute sagen das.«

»Schwarzweiß?«

Diesmal nickt sie. Also habe ich in dem Sommer doch noch photographiert. Ich muß irgendwo eine Dunkelkammer zur Verfügung gehabt haben. Aufregung steigt in mir auf, als wäre ich ein Detektiv, der einen Knopf mit einem abgerissenen Faden gefunden hat.

»Bin ich zum College gefahren, um sie zu entwickeln?«

»O nein. Als du gemerkt hast, daß du schwanger warst, meintest du, da würdest du nie wieder hingehen. Dein Vertrauensdozent hat dich angerufen, und so. Er ist sogar vorbeigekommen und hat dich besucht. Ich glaube, der hat die Abzüge gemacht und sie dir geschickt. Vielleicht hatte er die Hoffnung, daß du deine Meinung noch ändern würdest. Aber das hast du nicht.«

»Ganz offensichtlich nicht.«

»Und als du dann ausgezogen bist, wolltest du sie wegwerfen. Ich meinte: ›Das kannst du doch nicht machen!‹ Also hast du gesagt, ich könnte sie haben, und ich habe sie auch genommen.«

Sie steht auf und windet sich aus dem knappen Raum zwischen Stuhl und Tisch heraus. Auch ich stehe auf. »Hast du noch irgend etwas vor? Einkäufe?« fragt sie.

»Eigentlich nicht. Vielleicht. Gibt es irgendwo etwas Besonderes? Irgendeinen Schlußverkauf oder so? Es gab so viele Bettler in der Stadt.«

»Ich glaube nicht. Das sind nur die üblichen Obdachlosen.«

Nachdem Leila fort ist, frage ich mich, ob ich den Mut hätte haben sollen, sie wegen des anderen Puzzleteils zu fragen. Vermutlich hätte ich es einfach versuchen sollen: *In Ordnung, Leila, lassen wir das mit der Vaterschaft. Sag mir doch einfach, wer momentan gerade mein Liebhaber ist? Keine Belege nötig, keine große Diskussion, jede vernünftige Anregung wird ernst genommen.* Aber ich glaube nicht, daß das einen großen Sinn gehabt hätte.

Ich schaue mir die Bilder im Flur an, der zur Galerie hochführt. Bekannte Namen. Cartier-Bresson, Steele-Perkins. Ich zahle an der Kasse und gehe in die Ausstellung.

Es geht um Amerasier in Vietnam – die von den amerikanischen Soldaten verlassenen Kinder. Auf dem Informationsblatt steht, daß diese verlorene Generation ungefähr so alt ist wie ich, zwischen zwanzig und dreißig Jahre alt – meine beiden Alter also. Sie werden *bui doi* genannt, der Staub des Lebens. »Die Verachtung ihrer Umgebung zwingt sie zum Zusammenhalten«, steht unter einem Bild als Unterschrift. Die amerikanischen Familien werden diese Kinder nie aufnehmen. »Die Abgewiesenen kehren in ihr altes Leben zurück, nur ohne ihre Träume.«

Meine Augen brennen. Ich suche in den Bildunterschriften nach einer Frau in meinem Alter – in meinem jetzigen Alter, meine ich. Hier ist eine, mit Kind. Sie wirkt älter; ihre Augen sind voller Trauer, aber auf ihrem Gesicht lächelt es. Vielleicht richtet das erzwungene Zusammenhalten so etwas mit einem an. »Vereint durch Verachtung« ist immer noch vereint. Nicht wie bei mir. Ich bin vollkommen allein.

Ich setze mich auf die prallgestopfte, kreisrunde Ledergarnitur mitten im Ausstellungsraum. Panik steigt in mir auf. Ich weiß nicht, warum ich mein Leben vergessen habe. Was ist, wenn es alles noch einmal passiert? Was ist, wenn ich jetzt hinausgehe, und die Welt hat sich noch mal verändert, ist schon wieder zehn Jahre älter, vielleicht noch mehr? Ich würde aufschreien: *»Aber ich war doch eben noch jung!«* Das würde man leugnen, würde mir sagen, daß ich schon seit Jahren alt bin. Vielleicht würde eine Frau mit versteinertem Gesicht auf mich zukommen und sagen: »Ich bin Janey. Clyde ist tot. Jetzt geh zurück in dein Altersheim.«

Mein Herz hämmert, und ich schwitze vor Angst. Wenn ich hier irgendwie hinausfinde, wenn die Straße noch so ist, wie ich sie eben verlassen habe, dann bin ich in Sicherheit. Einigermaßen sicher in dieser neuen Zeit, die ich gerade anfange zu lernen. Aber das Röhren der Klimaanlage klingt wie Wasserrauschen, und ich bin umgeben von diesen Bildern der Staubkinder mit ihren dunklen, ausdrucksvollen Augen; ich bin gelähmt.

Ich muß verrückt gewesen sein. Zu glauben, ich könnte alleine nach Hause finden. Ich kann mich noch nicht einmal an die Straßen erinnern. Ich hole Clydes Karte hervor. Sie ist sorgsam gezeichnet, mit allen Einbahnstraßen und Verkehrsschildern, auf die ich achten muß. Ich fühle mich ein bißchen ruhiger. Jedenfalls kann ich das zeigen, und man wird mir helfen. Als Clyde sie mir gab, sagte er: »Ich hab' meine Nummer bei der Arbeit auch draufgeschrieben. Damit du mich anrufen kannst, wenn es Schwierigkeiten gibt.« Ich schaue die Telefonnummer an und sehe, daß er darunter geschrieben hat: »FALLS DIESE FRAU VERWIRRT WIRKT, RUFEN SIE BITTE DRINGEND DIESE NUMMER AN!«

Idiot, denke ich. Damit sagt er der Welt, ich wäre verrückt oder krank oder beides. Mittlerweile zittere ich vor Wut. Ich stehe auf und gehe rasch aus dem Gebäude. Draußen beruhige ich mich wieder, ziemlich schnell sogar. Wenn Clyde das geschrieben hat, muß er mir glauben. Vielleicht wird er dann mit den verdeckten Seitenhieben und dem Spott aufhören. Vielleicht werden wir zum Zusammenhalten gezwungen – oder wenigstens zu einer Art Waffenstillstand.

Ich bin ein paar Meter weit gekommen, als mir meine Panik wegen eines möglichen weiteren Verrutschens der Zeit einfällt. Die Vorstellung erscheint mir jetzt ein bißchen albern. Ich fühle mich schon wieder zuversichtlicher, und außerdem habe ich noch ein paar Stunden auf meinem Parkschein. Ich beschließe, etwas zu bummeln.

An der Straßenecke ist ein Friseurladen. Im Fenster ist ein Bild von einem Mädchen, das ein bißchen so aussieht wie ich früher, als meine Haare noch keine Dauerwelle hatten. Ich gehe hinein und bitte darum, mir diesen Haarschnitt zu verpassen. Ein junger Mann, der wie ein italienischer Kellner aussieht, fängt an, die verschiedenen Möglichkeiten mit mir zu erörtern. Er zieht mein Haar zur Seite, als wäre es der Flügel eines verletzten Vogels und läßt es dann wieder herunterfallen. Ich sage ihm, er hätte vollkommen freie Hand, schließe die Augen und lehne mich zurück. Ich lausche dem sanften Rauschen des Wassers um meine Ohren, spüre die gelassene Wärme, die mich beruhigt.

Clyde glaubt mir. Endlich glaubt er mir wirklich. Aber vertrauen tut er mir nicht. Das liegt nicht einmal an diesen Briefen, über die er nicht reden will, sondern an der Person, die ich jetzt bin. Der mißtraut er. Ich sage ihm, daß ich durchaus ein paar Kilometer mit dem Auto fahren kann, und er glaubt, ich könnte das nicht. Ich sage, ich werde mich schon zurechtfinden, und er glaubt mir nicht. Im Prinzip glaubt er, daß ich außerhalb seines Blickfelds nicht in Sicherheit bin.

Ich koche fast schon vor Wut, als mir einfällt, daß mein Vater genauso war. Die nostalgischen Erinnerungen überraschen mich.

Ich weiß nicht, warum Vater so besitzergreifend war, denn er hat selbst soviel unternommen und war an so vielen verschiedenen Orten, als er jung war. »Genau das ist ja auch der Grund«, sagte er immer scherzhaft. »Ich möchte nicht, daß du Männer wie mich kennenlernst.« Aber unter dem scherzhaften Ton meinte er es ernst. Er traute mir nicht zu, daß ich es alleine schaffe. Warum sonst hat er nicht zugelassen, daß ich nach Exeter ziehe und mir mit Debs eine Wohnung teile? Das Geld war doch nicht das Problem. Meine Hilfe im Geschäft war absolut nicht notwendig. Es war einfach nur so eine Männerkiste – es ging darum, mich zu Hause festzuhalten. Und wenn ich damals weggegangen wäre, dann wäre mein Leben wohl in jeder Hinsicht anders verlaufen. Vielleicht wäre ich heute auch nicht hier. Die Gefühle überfluten mich wieder, eine Art verzweifelter, weinerlicher Frustration und der Wunsch ... der Wunsch ...

»Kaffee?« erkundigt sich der italienische Kellner und windet geschickt ein warmes, weißes Handtuch um meinen Kopf. Ich bin irgendwie in einen anderen Stuhl geraten, und er kämmt mir gerade die Haare. Dann geht es los, und er dreht mein nasses Haar in seinen Fingern und zieht es an meine Wangenknochen, legt sein eigenes, wohlgeformtes Kinn dicht an mein Gesicht, damit wir auf derselben Blickebene in den Spiegel schauen können. Meine Träumerei holt mich wieder ein. Warum habe ich mich an die Regeln meines Vaters gehalten? Warum habe ich die gleiche Rolle angenommen, die meine Mutter schon hatte: Friedfertig sein und gehorsam. Und fröhlich. *Na los, wo ist dein Lächeln? Zeig uns mal, wie du lächeln kannst.*

Die üblichen Aufforderungen. Erziehungsfragmente. Selbst jetzt, wenn ich sehe, wie mich ein Mann im Spiegel betrachtet, habe ich mein Gesicht schon wieder zu einem freundlichen, ruhigen Lächeln arrangiert.

Der italienische Kellner legt den Fön beiseite, und wir betrachten gemeinsam das Ergebnis seiner Arbeit. Meine Haare sind jetzt gerade, ganz glatt, und nachdem er die Lagen mit den Strähnchen abgeschnitten hat, sind auch die silbernen Glanzpunkte verschwunden. Ich bin jetzt dunkelblond, eine Art Toffeegold. Meine eigentliche Haarfarbe. Ich wende den Kopf langsam von einer Seite zur anderen, und mir gefällt, was ich da sehe.

»Sie wirken zehn Jahre jünger«, sagt das Mädchen an der Kasse, während ich nach einer der Kreditkarten von Kirsten suche. Mein Puls schlägt bei der Bemerkung deutlich schneller. Aber das sagen die Leute doch immer, insbesondere einer Frau meines Alters. So was ist kein Schlüssel für den geheimen Weg nach Hause. Es ist nur die Art, wie Friseusen ihren Kundinnen einen schönen Tag wünschen.

»Dann hast du es also geschafft«, sagt Clyde, als ich ihm den Autoschlüssel zurückgebe.

Ich will eigentlich: »Was denkst denn du?« sagen, aber die Leistung erscheint mir selbst so groß, daß ich einfach nicht so blasiert tun kann, selbst wenn ich sie lieber überspielen würde.

Während ich nach einer unverbindlichen Antwort suche, sagt er: »Gute Frisur.«

»Wirklich?«

»Sieht phantastisch aus. *Du* siehst phantastisch aus.«

»Findest du ehrlich?« Ein Schritt näher der Nacht, in der er sein Gesicht über meines beugen und sagen wird: »Das reicht jetzt, Kirsten. Ich habe lange genug gewartet.«

Ich wache früh auf und erinnere mich an meinen Traum. Ich war am Rennplatz von Newton Abbot und wartete auf die anderen, die mich mit dem Auto abholen sollten. Debs, Paul und

Miles sahen dem Rennen zu, aber ich ging auf der Rückseite der Tribüne entlang, weil ich aufs Klo wollte. Die Leute drehten sich dauernd um und starrten mich an, weil ich ein winzig kleines Baby-Doll-Nachthemd trug. Ich wußte, obwohl ich es nicht selber sehen konnte, daß ich mein Gesicht wie das einer Puppe geschminkt hatte. Meine Haare hatte ich zu zwei Zöpfen frisiert, die mir vom Kopf wegstanden, wie die einer Marionette. Es gab einen Grund, warum ich mich so gekleidet hatte, das wußte ich und konnte deswegen auch die Blicke ertragen. Außerdem fand ich, daß ich gut aussah und daß die meisten Männer mich trotz der allgemeinen Kicherei voller Begierde anschauten, und das törnte mich wiederum an. Ich fand das Klo, und es war voller Scheiße. Von oben bis unten. Es gab auch eine Badewanne darin, aber die war auch vollgeschissen. Die Wände waren von Scheiße bedeckt, die zum größten Teil auch noch grün und grau schimmelte. Das Gesumme der Fliegen war genauso schlimm wie der Gestank. Ich hielt entsetzt in der Tür inne und sagte laut: »Hier ist ja seit Jahren nicht mehr saubergemacht worden.« Eine Frau kam aus dem Klo und sagte: »Na ja, es ist ja auch alles deine Scheiße.« Entgeistert starrte ich sie an und erkannte, daß es Kirsten war. Draußen hörte ich wieder Gelächter, und mir wurde klar, daß das stimmte und daß das auch alle wußten.

Clyde schläft noch. Er liegt auf dem Rücken, die Haare ganz durcheinander. Er glänzt um seine Nase herum, wo er in der heißen Nacht geschwitzt hat. Ich kann nicht aufhören, über diese Briefe nachzudenken. Sie sind jetzt weg, für immer gelöscht, aber ihre Nichtexistenz ist genauso mächtig wie ihre Existenz. Es gibt sie noch immer in meinem Geist, halb erinnert, unvollständig, aber nicht mehr veränderbar. Sie haben keinen Kontext – keine Vergangenheit, keine Zukunft. Nichts als verlassene Briefe an einen abwesenden Liebhaber.

Wer war er? denke ich die ganze Zeit. Wer ist er? Und warum? Vielleicht gibt es eine Verbindung zwischen dem *Wer* und dem *Warum*. Vielleicht war Janeys Vater gar nicht Miles.

Vielleicht war er ein One-night-Stand und wußte nie, daß er eine Tochter hat. Dann entdeckte er das und folgte mir hierher, um mich zu überzeugen, daß wir eine gemeinsame Zukunft haben können.

Und wo ist er jetzt?

Genau das ist der Ärger. Jede sinnvolle Antwort auf die Frage *Warum* zieht als nächste und viel schrecklichere Frage nach sich: Warum nicht mehr?

Ich habe an den merkwürdigsten Orten gesucht, ob es dort ein Versteck für die Antworten auf die Briefe im Computer gibt. Ich erwarte aber nicht wirklich, irgend etwas zu finden. Je mehr ich darüber nachdenke, desto sicherer bin ich, daß es auf diese Briefe keine schriftlichen Antworten gibt. Es waren impulsive Reaktionen auf Treffen, nicht die Chronik einer sorgsam geführten, lange schon bestehenden Affäre. Irgend etwas ist passiert, dann eskalierte es, dann wurde etwas beschlossen. Ich wüßte nur gerne, was.

Aber ich suche trotzdem immer weiter. Ich erinnere mich, irgendwo gelesen zu haben, daß ein klassisches Versteck eine Plastiktüte im Wasserkasten vom Klo ist. Clyde erwischt mich, wie ich unter den Deckel schaue, und ich komme mir wirklich albern vor. »Mach nur gerade sauber«, sage ich.

Er war im Arbeitszimmer und hält jetzt einen Ausdruck in der Hand. Ich werde rot. Hat er schon wieder geschnüffelt? Gibt es noch etwas anderes, das ich seiner Meinung nach finden soll?

»Ich hab' gerade unsere Abrechnung gemacht«, sagt er mit einem Gesichtsausdruck, den ich nicht deuten kann. »Ich möchte nicht, daß unser Kreditkartenkonto zu sehr in Anspruch genommen wird.« Mir fällt der Friseurbesuch in Bath ein und die neuen Kleider, und ich komme mir plötzlich vor, als wäre ich Imelda Marcos. Vielleicht hat Kirsten deswegen immer nur Sachen aus dem Katalog bestellt.

»Du hast gesagt, das wäre in Ordnung.«

»Es ist auch in Ordnung. Es geht uns bestens – ich möchte nur die Ausgaben ein bißchen im Auge behalten.«

»Aber du hast doch gesagt, ich müßte noch nicht einmal arbeiten gehen.«

»Mußt du auch nicht. Aber ...«

»Aber was?« Man muß Clyde ja wirklich alles aus der Nase ziehen.

Er steht da und blinzelt mich schläfrig an. »Vielleicht brauchen wir später noch Ersparnisse, wenn Janey mal studieren will.«

Später. Ich schaudere, als würde mir eine eisige Spinne über die Schultern laufen. Ich sage: »Aber sie wird doch bestimmt ein Stipendium bekommen?«

»Wahrscheinlich eher nicht. Außerdem kostet ein Studium Studiengebühren.«

Studiengebühren? »Müssen wir die bezahlen?«

»Wahrscheinlich. Heutzutage kostet eine Ausbildung Geld. Alles kostet Geld.«

Harte Kanten drängen sich durch die neblige Realitätslosigkeit meines Lebens. Ich laufe immer noch auf Schlittschuhen über meine gefrorenen Jahre, aber um mich herum bin ich von Alltäglichkeiten umzingelt. Janey wird erwachsen, wir müssen für die Zukunft sorgen ... Allerweltsrealitäten. Felsen, die das Leben von Kirsten eingeengt haben. Ich fürchte, daß das Leben mich einsperrt. Vielleicht ist das aber so im Leben.

Am Ende der Woche passiert etwas Merkwürdiges. Mrs. Crabbe fängt mich im Supermarkt ab. Erst unterhält sie sich mit Janey und schickt sie dann weg, um Küchenkrepp zu besorgen. Sofort wendet sie sich an mich und sagt leise: »Ich habe Sie am Ende des Semesters vermißt. Ich hatte gehofft, wir könnten uns einmal unterhalten.«

Vorsichtig gehe ich zum Regal mit den Frühstücksflocken. Im Blick von Mrs. Crabbe liegt eine Entschlossenheit, die mir gar nicht gefallen will. Ich habe mich seelisch auf einen Einkauf eingestellt, nicht auf das hier.

»Wegen Janey?« frage ich unnötig und werfe ein Probierpäckchen Cornflakes in meinen Einkaufswagen.

Mir fällt auf, daß Mrs. Crabbe in ihrem Wagen Baisers und eine riesige Flasche Frascati hat. Ich stelle mir vor, wie sie diese Dinge mit Mr. Crabbe in einem kleinen Eßzimmer zu sich nimmt. Vielleicht gibt es auch gar keinen Mr. Crabbe, vielleicht sitzt sie verlassen unter irischen Settern und trinkt einsam Wein aus einem bauchigen Glas.

Sie nickt. »Ehrlich gesagt mache ich mir Sorgen. Sie hat sich so in sich selbst zurückgezogen.«

»Sie ist ein stilles Kind«, sage ich. Das ist mir aufgefallen. Im übrigen ist das ja wirklich nicht die Art von Unterhaltung, die man sonst so im Supermarkt führt.

»Ehrlich gesagt, nein. Das ist es ja gerade. Normalerweise ist sie eine richtige kleine Quasselstrippe«, sagt Mrs. Crabbe.

Das muß ich erst einmal verdauen. Ich nehme eine Packung Teebeutel, entdecke, daß man eine wahrhaft scheußliche Figur dazukauft, und stelle die Packung wieder ins Regal. Mrs. Crabbe fragt, ob mir irgendwelche anderen Anzeichen von Anspannung aufgefallen sind. Andere Anzeichen? Was meint sie denn? Janey spielt ein bißchen mit ihrem Essen herum. Machen das nicht alle Kinder?

»Ist sie Bettnässerin geworden?«

»Nein«, sage ich rasch. Aber das weiß ich gar nicht sicher. Ich habe mir nie darüber Gedanken gemacht, habe nie hingeschaut. Wenn sie ins Bett macht, aber nicht darüber spricht, bedeutet das, daß sie die ganze Zeit auf einem nassen Fleck geschlafen hat? Ich starre Mrs. Crabbe mit versteinerter Miene an. Sie soll sofort mit dieser Inquisition aufhören. Sie sagt jetzt, wie sehr sie Janey mag, wie sehr alle sie mögen. Als ob diese Tatsache ihr das Recht gäbe, mich unter Marmeladengläsern mit ihren Vorwürfen zu konfrontieren. Es ist mir unvorstellbar, wie jemand, den ich für so nett hielt, so etwas tun kann.

Als ich nach Hause komme, gehe ich geradewegs in Janeys Zimmer und fahre mit der Hand unter ihre Decke, betaste vorsichtig das Bett der Länge nach. Lauter Plüschtiere, aber völlig trocken.

Beim Nachmittagstee beobachte ich Janey. Es fehlt ihr nichts, und ich bin zunehmend verärgert über Mrs. Crabbe. Ich frage mich, was das eigentlich sollte, mich so unnötig wegen dieses Kindes in Angst und Schrecken zu versetzen. Mag ja sein, daß sie in ihren schulischen Leistungen ein bißchen nachgelassen hat, aber jetzt sind schließlich Ferien. Und überhaupt, was hat sie sich als Lehrerin einzumischen? Ich koche vor Wut, und ich kann es kaum erwarten, bei Clyde Dampf abzulassen, wenn er nach Hause kommt.

Aber bevor er zurückkehrt, fällt mir etwas auf. Wie Janey sich die Arme reibt – das macht sie oft. Winzige kleine Stellen hat sie von den Ellbogen bis hinunter zu den Handgelenken. Kleine Kratzspuren, wo ihre Fingernägel tief genug in die Haut eingedrungen sind, um ein Stück herauszureißen, um winzige, rote Striemen auf der Haut zu hinterlassen. Hunderte.

SIEBTE WOCHE

Clyde ist mit dem Kaninchenkäfig fast fertig. Ich liege auf dem Sofa und lausche, während er Janey jede Bauphase einzeln erklärt. »Der Maschendraht muß alles bedecken, auch das Häuschen. Das Kaninchen darf sich keinen Tunnel graben können, was es eigentlich immer tun will.«

Er wickelt den Maschendraht sorgsam um die Pfosten herum. »Der Draht muß galvanisiert sein, verstehst du? Zweieinhalb Meter – drei Meter sind noch besser.« Sie nickt nachdenklich.

Heute habe ich mir mit dem Mittagessen Mühe gegeben. Das bedeutet, ich habe eine Tüte mit fertiggemischtem Salat und ein Plastikschälchen mit Hummus aus dem Supermarkt geöffnet und dazu im Ofen Pita-Brot erwärmt. Ich dachte, es würde Janey vielleicht aufmuntern, wenn ich mich an mütterlichen Dingen etwas interessierter zeigte, zum Beispiel an der Zubereitung von Essen.

Janey kommt herein und sieht ziemlich schmuddelig aus. Ich sage: »Zähne und Hände.«

»Weiß ich doch«, flötet sie.

Clyde ist ihr gefolgt. Ich sehe seinen Gesichtsausdruck.

»Was?«

»Das hast du früher immer gesagt.« Seine Stimme ist rauh.

Ich spüre ein merkwürdiges, enges Gefühl um die Brust, als würde sich ein Stück des überschüssigen Maschendrahts für den Kaninchenkäfig plötzlich um mich schließen, als würde mich ein unsichtbares Geflecht einsperren.

»Das ist ja wohl nichts Besonderes. Meine Mutter hat mir das auch immer gesagt, als ich noch klein war«, sage ich so beiläufig es geht. Ich will unbedingt verhindern, daß er diese Sache so hochhängt. Janey tut das nicht, warum sollte er das also?

Ich sehe Janey vor Augen, wie sie jetzt im Badezimmer steht und sich die Hände einseift. Ein entsetzliches Bild steigt vor mir auf: Wie sie sich kratzt und wieder kratzt, immer die weiche Haut direkt über dem Handgelenk. Ich werfe das Salatbesteck hin und rase den Flur entlang zum Badezimmer.

Sie schaut erschrocken zu mir hoch. Der Warmwasserhahn tropft noch, weil sie ihn nicht ordentlich zugedreht hat, und im Waschbecken sind noch schmutzige Schaumreste. Sie bricht in Tränen aus. »Ich wasch' mir doch wirklich die Hände, ehrlich.«

Auch ich weine. Aus irgendeinem Grund habe ich ein großes Handtuch in der Hand und versuche, sie überall damit abzuwischen. Nicht nur die feuchten Hände und das Gesicht, sondern auch ihr Kleid und ihre Haare. Ich begrabe sie förmlich unter diesem flauschigen Leichentuch, und dann umarme ich sie und wiege sie in meinen Armen hin und her.

Nach einer Weile hören wir beide auf zu schluchzen, und Janey kichert nervös. Ich setze mich auf den Rand der Badewanne und mache eine lustige Grimasse, und dann gehen wir gefaßt wieder in die Küche.

Ich hoffe, daß sie Clyde nichts davon erzählt, und das tut sie auch nicht.

Am Nachmittag spielt sie wie üblich mit Alice im Garten. Zum ersten Mal höre ich, wie sie lange Spielregeln formuliert. Alice starrt sie verwirrt und stumm an. Meine Tochter sagt gerade: »Wir können so tun, als würden wir einander nicht kennen. Als ob du eine Fremde bist. Hallo, hallo, wie geht es Ihnen? Ich weiß gar nicht mehr, ob ich Sie mag. Mag ich Sie denn?«

Das ertrage ich nicht. Ich kann nicht dastehen und dieser Maskerade weiter zusehen. »Wie wäre es mit einem Spaziergang an den Fluß? Gehen wir schwimmen«, rege ich an.

Sofort hören die beiden mit ihrem Spiel auf und laufen herüber. Ich stopfe ein Handtuch und ein bißchen Obst in einen Korb, und wir ziehen los.

Es ist ein heißer Nachmittag. Kinderfahrräder liegen am Flußufer, und ihre Besitzer schwimmen am schäumenden Wehr. Ich führe die Mädchen zum flacheren Teil, etwas weiter flußabwärts. Dort spielt nur ein Kind, ein kleiner Junge in langen Shorts mit einem blassen, schmuddeligen Oberkörper. Er hält ein Glas mit trübem Wasser in der Hand.

»Hallo, Janeysmum«, sagt Daniel.

Er zeigt uns seinen Fang, und die Mädchen gehen in die Hocke, um die Schätze des Flusses zu bewundern. Der Hintern hängt ihnen im Wasser, aber das scheint ihnen nichts auszumachen. Daniel ist allein und wirkt so, als wäre er daran gewöhnt. Wir bleiben ungefähr eine Stunde. Als wir gehen, sage ich ihm aus einem Impuls heraus: »Komm doch mal vorbei, und spiel bei uns im Garten, wenn du Lust hast«, aber darauf antwortet er nicht.

Die Kinder sind in ihre Unterhaltung vertieft, während wir den verlassenen Feldweg vom Fluß zurückgehen. Ich beobachte sie, aber meine Gedanken gleiten weg, versinken in einer nachdenklichen Träumerei. Was weiß ich jetzt, nach fast zwei Monaten? Ich kenne diese sonnenbeschienene Dorfstraße, auf der ich gerade gehe, und die ockerfarbene, bröselnde Mauer mit dem rosa blühenden Baldrian. Aber was weiß ich schon von Kirsten Villiers? Womit hat sie ihre Tage ausgefüllt? Sie ist aufgestanden, hat im Haus aufgeräumt und vielleicht etwas im Garten gearbeitet. An manchen Tagen hat sie in der Schule ausgeholfen, an anderen ging sie ins Sportstudio. Abends war sie im Pizza Parlour beschäftigt, und wenn sie frei hatte, beobachtete sie die strahlende Sonne, wie sie hinter den Feldern auf der anderen Seite des Zaunes untergeht. Und dann hat sie eine unerlaubte Liebe gehabt.

Ich weiß nichts über ihre Gedanken. Nichts über die Leerräume zwischen den einzelnen Programmpunkten. Aber genau darin lag doch das wirkliche Leben von Kirsten, lag alle Leidenschaft, alle Energie, lagen ihre Sehnsucht und Lust und Liebe, das Chaos ihrer Gefühle, dic schwarze und die goldene Färbung ihres Lebens. Sie muß artig diese Straße entlanggegangen sein, wie ich es heute tue. Aber in ihr hat es getobt. Die arme Kirsten. Wartete, daß ein Prinz sie aus dieser Starre wachküßt.

Irgendwie muß ich Kirsty und sie zu einer Identität zusammenschweißen, damit ich sagen kann: »Das bin ich.« Aber erst muß ich das auch wollen.

Als Polly später vorbeikommt, um Alice abzuholen, biete ich ihr eine Tasse Tee und einen Keks an. »Auf deine Figur achtest du wohl nicht mehr«, sage ich und frage mich dann, ob ich sie beleidigt habe.

Aber sie lacht nur und gibt zu, daß sie sich darüber schon längst keine Gedanken mehr macht. »Eine der Freuden des Alters«, sagt sie fröhlich. »Früher habe ich mich immer danach gesehnt, daß mal einer eine Tablette erfindet, mit der das Essen mehr Energie verbraucht, als man Kalorien zu sich genommen hat. Man könnte den lieben langen Tag essen, essen, essen, und je mehr man ißt, desto mehr purzeln die Pfunde. Bei all den Pillen, die es auf dem Markt gibt, würde man doch meinen, daß ein so schlichtes Problem zu lösen wäre. Aber mit vierzig habe ich erkannt, daß man die Jahre nicht einfach wegessen kann. Auch nicht mit einer Zauberpille.«

Polly lächelt, aber in meinem Ohr klingt das ziemlich deprimierend. »Ich schaue nicht mehr nach Lösungen im Außen«, erklärt sie. »Man muß nach innen schauen.« Sie nimmt sich noch einen Kokoskeks und sagt beiläufig: »Und was machst du? Um in Form zu bleiben, meine ich.«

Ich weiß nicht, was ich mache. Na ja, ich weiß schon, was ich mache. Nicht sehr viel. Aber ich habe keine Ahnung, was Kirsten sonst noch tut. »Ich denke nicht groß darüber nach«, sage ich also.

Eine dritte Stimme schließt sich unserem Gespräch an. Die alte Mrs. Dingsda von nebenan, die eben noch in einer Ecke von ihrem Garten vor sich hin gemurmelt hat, kommt zu uns herüber und sagt etwas, das wie »Verflixter Finger« klingt. Sie kommt an den Zaun, richtet sich auf, fixiert mich mit einem merkwürdig starren Blick und sagt dann:

»Was wir sein werden, steht geschrieben, und so sind wir. Schreib weiter Finger, und achte nicht auf Gut und Böse! Alles Zukünftige entschied sich schon am ersten Tag, macht dies nicht ganz bedeutungslos all unser Leid?«

Ich bin beeindruckt. Irgendwo habe ich das schon einmal gehört, jedenfalls den ersten Teil, aber mir war nicht klar, daß es so traurig und so kraftvoll ist. Insbesondere, wenn nicht mehr identifizierbar ist, was die Finger geschrieben haben. Ich werde Blindenschrift lernen müssen, so scheint es mir. Dann kann ich die Pockennarben der Zeit betasten und so begreifen, was ich mit meinem Leben angestellt habe.

Polly steht da, die Hände in die Hüften gestützt, und schüttelt den Kopf. Wir sehen der alten Dame zu, wie sie ihren Gartenpfad herunterwandert.

»Verrückt zu werden ist ja wohl das Schlimmste, was einem passieren kann!« sagt sie. Dann streckt sie hastig eine Hand aus, faßt mich am Unterarm und sagt: »Ach, um Himmels willen, ich meinte doch nicht – oh. Wie taktlos von mir.« Und sie kichert voller Schuldbewußtsein. Ich finde das durchaus nett. Ich meine, wenn es jemand anderes gewesen wäre und nicht ich, dann wäre ich auch versucht, das alles komisch zu finden. Nicht komisch-witzig vielleicht, aber es gibt durchaus Augenblicke voll ironischer Leichtigkeit in meinem absurden Dasein. Wenn mir das schon selber aufgefallen ist, dann ist das todsicher auch anderen Menschen klar. Und deswegen ist es auch so schwierig, sie neu kennenzulernen, wenn man sich nicht an sie erinnern kann. Aber bei Polly fühle ich mich sicher. Ein bißchen taktloses Gekichere macht mir nichts aus.

»Ich glaube eigentlich nicht, daß es das ist«, sage ich. »Ich meine, daß Verrücktwerden das Schlimmste wäre. Das Schlimmste wäre doch, wenn es einem klar wird, daß man verrückt geworden ist. Wenn man die ganze Zeit verrückt bleibt, ist das doch in Ordnung. Ich finde das sehr egoistisch, unbedingt wissen zu wollen, wer man ist.«

»Egoistisch«, sagt Polly nachdenklich. »Ja ...«

Also mache ich weiter, geradezu entflammt von meiner eigenen Theorie. »Das nicht zu wissen tut ja nicht weh. Aber zu wissen, daß man etwas wissen müßte, von dem alle immer wieder sagen, daß man es eigentlich wissen müßte, da fühlt man sich ... ausgebrannt.« Ich wollte eigentlich sagen: »wie verkohlte Stoppeln auf einem abgebrannten Feld«, aber ich dachte, das würde vielleicht zu depressiv klingen. So habe ich bislang mit niemandem geredet, abgesehen vielleicht von Jemima. Polly scheint es aber nichts auszumachen, wenn ich etwas schwermütiger werde. Als sie mit Alice nach Hause geht, umarmt sie mich auf eine wirklich nette Weise.

Am nächsten Tag hat Clyde die Idee, wir sollten zu dritt in Bath einkaufen gehen. Er möchte mir einen Photoband schenken, was mich durchaus rührt, obwohl ich den Verdacht habe, daß das auch eine Form von Amanda-Therapie sein könnte, was meine Begeisterung wieder dämpft. Wir gehen in einen Laden, und nach verschiedenen Versuchen, sich beraten zu lassen, wählt er ein riesiges Buch, auf dessen Umschlag Sonnenblumen abgebildet sind. In der Zwischenzeit ist Janey ungefähr achtzigmal von der Kinderbuchabteilung zurückgesaust gekommen, ein kleiner, bibliophiler Bumerang. Sie will unbedingt, daß wir uns ein Buch anschauen – in anderen Worten: kaufen –, von dem sie erzählt, daß Alice es auch hätte. Es hätte ein Bastelfach, mit Perlen und Aufziehfäden. »Das ist zum Freundschaftsbänder-Machen.« Sie beäugt mein nacktes Handgelenk bei diesen Worten. Mir ist unwohl, denn mir fällt diese Plastikgeschichte ein, die ich neulich im Krankenhaus so heftig abgezogen habe. »Also, dann besorgen wir das doch, damit du mir ein neues machen kannst!« schlage ich fröhlich vor. Mir fehlt ein bißchen die Geistesgegenwart – oder besser: die Frechheit –, eine Lüge über den Verlust dieses Armbandes zu erfinden. Aber das scheint auch schon zu reichen: Janey strahlt wie verrückt und marschiert zurück in den Kinderbuchbereich, Clyde im Schlepptau. Ich will ihnen gerade hinterhergehen, als ich Helens Jeremy entdecke.

Er steht da und schaut sich Heimwerkerzeitschriften an. Er sieht wirklich gut aus. Helen hat richtig Glück. Er hat diese bewegliche, langbeinige Gestalt, bei der ich an Jaguare denken muß, wie sie durch nächtliche Landschaften schleichen.

Ich gehe zu ihm und sage »Hallo«, und da ich weder Sam noch Helen sehe, füge ich hinzu: »Ganz allein heute?«

Er wirft mir einen Blick von solch rätselhafter Intensität zu, daß ich mich fast schon frage, ob er mich nicht mehr wiedererkennt, seit ich mich von der Oberaufsicht seiner Frau über meine Kleidung und meine Frisur befreit habe. Ich will gerade wieder weggehen, als ein Mann mit einem vor den Bauch gebundenen Kleinkind plötzlich eine Hand nach einer Zeitschrift für Hobbytischler ausstreckt. Das Baby schläft, und sein zur Seite hängendes, kleines Gesicht ist ganz weich. An seinen dicklichen Armen schwitzt es leicht. Als der Vater weitergeht, drehe ich mich rasch zur Seite, damit ich die beiden nicht berühre und das Kind wecke. Ich schwanke leicht auf Jeremy zu. Meine Brust berührt seinen Arm. Es gibt ein leichtes Erschauern zwischen uns, wie ein kleiner elektrischer Schlag. Dann geht der Mann mit dem Kind weiter, und auch wir bewegen uns auseinander.

Jetzt muß Jeremy etwas sagen. Er kann es nicht mehr vermeiden, obgleich er mich nicht anschaut. »Schön, daß es dir wieder bessergeht«, sagt er zu seiner Zeitschrift, die er zu einer schmalen Röhre zusammenrollt und dann wieder glättet. Er hat wunderschöne Hände. Seine Stimme ist rauh. Er ist so völlig unfähig, mit diesem Treffen umzugehen, daß mir das alles sehr peinlich ist. Ich werde auch etwas wütend. »Also, man sieht sich«, sage ich kühl, und er nickt.

Ich sehe Clyde und Janey in der anderen Schlange stehen und gehe hinüber zu ihnen. »Da drüben steht Jeremy«, sage ich, und

Clyde nickt seinem Freund beiläufig zu. »Der tut sich aber schwer mit meinem Gedächtnisverlust«, sage ich, während wir den Laden verlassen, »noch schlimmer als Helen.« Mir fällt die arme alte Mrs. Dingsda von nebenan ein, und ich gelobe im stillen, in Zukunft nicht das Weite zu suchen, wenn sie noch einmal mit ihren exzentrischen Vertraulichkeiten anfängt. »Ich weiß nicht, warum die anderen Leute sich so verkrampfen. Das ist schließlich mein Problem und nicht ihres.«

Clyde kommentiert das nicht. Er will lieber, daß ich sofort mein Buch nehme und ausrufe, wie sehr es mir gefällt. Wie Janey das gerade mit ihrem macht. Sie plant schon Muster und Farben, die sie verarbeiten will, und macht Listen, wem sie was schenken will. Sie sagt großzügig: »Du kannst dann auch eins machen, Mummy.« Ich lächle einfach. Wem würde ich schon ein Freundschaftsbändchen schenken wollen?

Als wir wieder im Auto sitzen, ist Clyde wieder ganz ernst und angespannt. Ihm zuliebe sage ich: »Mir gefällt das Buch sehr – insbesondere die Tatsache, daß du es richtig für mich ausgesucht hast. Daß du es nicht aus einem von Helens Katalogen für den angemessenen Lebensstil bestellt hast.«

Das findet er nicht komisch. »So ein Snob warst du früher nicht.«

Oje. Und Janey sitzt auch noch hinten und hört uns zu. Höchste Zeit, die leichte, scherzende Stimme wieder zu aktivieren, denke ich. Ich krame sie hervor, mühsam. »Clyde, ich bin gerade dabei, mir eine fehlende Identität zusammenzubasteln. Hier geht es nicht um Snobismus. Es geht darum, einen Geschmack zu finden, der nicht so fade ist, daß man ihn als Dip für Chili-Tacos benutzen könnte.«

Auch darüber kann er nicht lachen. Er sagt: »Wenn du von Helen die Nase voll hast, warum triffst du dich nicht mit einer deiner anderen Freundinnen?«

Gute Frage. Ich versuche ihm zu erklären, wie sehr mich dieses Video von der ganzen Truppe verunsichert hat, und auch das Wissen, daß Clyde sich mit ihnen über mich unterhält. Unglücklich sage ich: »Aber hast du denn gar nicht gesehen, wie Jeremy mich im Buchladen angeschaut hat? Wenn sogar unsere besten Freunde so reagieren, kann es dich doch nicht erstaunen, daß ich mich den anderen nicht anvertrauen will.«

Eine Weile lang fährt er schweigend weiter. Dann sagt er: »Und was ist mit Pol?«

Was ist eigentlich mit Pol? Sie ist freundlich, und es ist durchaus interessant, sich mit ihr zu unterhalten. Ihre grauen Haare sind ihr egal, aber sie ist dabei nicht selbstzufrieden. Ehrlich gesagt hätte ich nicht erwartet, daß ich mich mit einer Frau in ihrem Alter wohl fühle – vermutlich klingt das naiv, aber es macht mir mittlerweile doch einiges aus, älter zu werden. Vielleicht habe ich Angst, daß es ansteckend ist. Daß ich über Nacht noch einmal zehn Jahre verpassen könnte, wenn ich zu lange mit Polly rede.

Polly ist immer nett zu mir gewesen. Als wir zu Hause ankommen, überlege ich tatsächlich, sie anzurufen. Nur verschwindet Clyde im Gästezimmer und kehrt mit einigen abgenutzten Katalogen zurück, in denen Handtücher aus ungebleichter Baumwolle und biologisch-dynamisch gezogene Hülsenfrüchte im Topf und grüne Jadeelefanten angeboten werden. »Zu Weihnachten reichen dir diese Dinger durchaus«, sagt er. »Kataloge sind einfach nur eine andere Art des Einkaufs. Sie sind wirklich kein Verbrechen, das eine Stilpolizei erfordert.« Ganz offensichtlich hat er in der vergangenen halben Stunde meine Bemerkung über Kataloge noch einmal bedacht, und dies entspricht wohl seiner Vorstellung von Schlagfertigkeit. Ich schenke ihm ein etwas dünnes Lächeln. Vielleicht ermutigt ihn das, denn er fährt fort: »Heutzutage kaufen die Leute auf die Weise, die ihnen am besten paßt – über den Fernseher, über den Computer, egal wie.«

»Was, wir könnten unsere Einkäufe über den PC erledigen?« Ich reiße die Augen weit auf. In meiner Stimme liegt alle meine Skepsis gegenüber diesem Science-fiction-Szenario, und zögerlich gibt er zu: »Noch nicht ganz. Aber wenn wir ein Modem kaufen, irgendwann vielleicht einen besseren Computer ...«

Ich höre ihm schon gar nicht mehr zu. Nicht nur, weil ich jetzt keine Lust auf eine Unterhaltung habe und schon gar nicht darüber nachdenken will, was man mit dem dämlichen Computer anstellen kann, sondern weil mir diese neue Argumentation von Clyde nicht paßt. Es gefällt mir nicht, wenn Clyde Zeitspielchen mit mir macht. Wie eben: *Heutzutage* hat er gesagt, ganz arrogant, weil ich für ihn ein wandelnder Anachronismus bin, ein wildes Kind aus den Urwäldern der Vergangenheit. Wenn er glaubt, er könne mir seine Regeln für *heutzutage* beibringen, dann hat er sich geschnitten. Ich werde schon selber herausfinden, was Kirsten wußte. Ich werde mich nicht von ihm manipulieren lassen, von niemandem, der glaubt, er wüßte, wie ich zu sein habe.

Womit ich wieder bei meinen Gedanken über Polly bin. Wir hatten uns darüber unterhalten, wie man jung und schön bleibt. *Ich denke nicht groß darüber nach*, hatte sie gesagt. Aber Kirsten hat doch jede Menge getan, oder etwa nicht? Es gibt doch Hinweise genug. Sie ging spazieren und schwimmen. Und das Sportstudio und dann die ganzen Rezeptkarten, alles Vollwertküche – ich hatte das alles für Helens Einfluß gehalten. Diese merkwürdigen Kassetten. Ich dachte, Polly hätte sie ihr vielleicht ausgeliehen. Aber Kirsten war auf der Suche nach etwas, und zwar nicht nach Zauberpillen.

Aber wenn Kirsten tatsächlich eigenständige Entscheidungen getroffen hat, dann helfen sie mir nicht, dieses verrückte Gefühl von Unwohlsein abzuschütteln. Denn wenn sie in ihrem Leben aktiv war, gar nicht so brav, dann war das vielleicht auch ihre Entscheidung, ihr Leben auf diese Weise zu verlassen. Sie hat mich hier in ihrer Welt sitzengelassen, eine Ersatzfrau, die keine Gelegenheit zur Probe hatte. Welche Rolle soll ich denn ihrer Meinung nach spielen? Was zum Teufel erwartet sie von mir?

Ich muß unbedingt jemanden finden, der Kirsten früher verstanden hat, der aber auch mich akzeptiert. Der nicht von mir verlangen wird, sie zu sein. Ich brauche jemanden, der ehrlich mit mir umgeht, ohne das alles zu verurteilen. Das letzte, was ich also brauche, ist eine fremde und mitleidlose Schwiegermutter, die ausgerechnet heute abend ohne jede Vorwarnung zu Besuch kommt.

Clydes Mutter ist eine Art zusammengeknautschte Ausgabe ihres Sohnes. Sie ist klein und stämmig gebaut, trägt eine dicke Brille und hat seinen Teint: die helle Haut und das rötliche Haar. Das ist der Grund, warum ich sie erkenne, als es an der Tür klingelt und sie dasteht, mit kampfeslustiger Miene. Sie trägt eine große braune Tasche in der Hand. »Mein Bus nach Hause geht übermorgen«, tut sie anstelle einer Begrüßung kund, während sie in unser Haus tritt.

Clyde umarmt sie pflichtbewußt, und es wirkt eher, als würde er ihr den Arm tätscheln. Dann nimmt er ihr die Tasche ab und sagt: »Nun denn, du wirst auf dem Klappbett in Janeys Zimmer schlafen. Ich möchte nicht, daß Kirsten woanders schlafen muß. Das klingt sehr entschlossen, als wäre ich eine Hündin mit Stammbaum, die demnächst läufig wird.

Seine Mutter atmet tief und verächtlich durch die Nase. Sie sagt: »Zu *meinen* Zeiten ging man ins Krankenhaus, wenn man *krank* war.«

»Du warst noch nie in deinem Leben im Krankenhaus«, erwidert Clyde gelassen. »Und außerdem ist Kirsten nicht krank. Sie ist nur ein bißchen vergeßlich. Man braucht aber nicht das Krankenbett zu hüten, um sich besser erinnern zu können.«

Sie schaut mich immer noch durch ihre Glasbaustein-Brille an. Darunter sehen ihre Augen riesig aus, wie zwei Käfer mit merkwürdig lackiertem Leib. »Die Ärzte sollten etwas unternehmen«, sagt sie.

Ich lächle sie schwach an. »Ich mache ja immer noch alle möglichen Tests«, sage ich einschmeichelnd.

»Spar es dir«, rät mir Clyde, durchaus hörbar, und sagt dann: »Jetzt bring uns hier mal nicht aus dem Tritt, Ma.«

Ich beschließe, ganz außerordentlich höflich zu sein. Gerade erhalte ich eine Menge sehr nützlicher Einsichten, wie es zu Clydes nicht übermäßig entwickelter Kommunikationsfähigkeit gekommen ist.

»Möchtest du einen Tee?«

»Ich hab' schon im Bus gegessen«, sagt sie Clyde, obwohl doch ich ihr diese Frage gestellt habe. »Ich hab' meine eigenen Sachen mitgebracht. Bei diesen abgepackten Sandwiches kriegt man ja nur stinkigen Brie. Ein vernünftiges Käsesandwich mit Chutney gibt es heutzutage gar nicht mehr.«

Die von Clydes Mutter gepflegte Form des Krankenbesuchs ist nicht allzu anstrengend, wenn man sich einmal an ihre Art gewöhnt hat, geradewegs an einem vorbeizuschauen. Grundsätzlich bedeutet es, daß man den ganzen Abend fernsieht und von Zeit zu Zeit einen völlig zusammenhanglosen Kommentar von ihr zu hören bekommt. Janey immerhin scheint sich zu freuen, daß sie da ist, was mich überrascht. Sie kommt gerade vom Spielen bei Alice zurück, als Clyde das Gästebett bezieht. Sie wirft sich sofort in die Häschen-Unterhaltung, und holt die Meinung ihrer Großmutter über die beste Rasse ein, was Flaumigkeit des Pelzes und Temperament angeht. »Ich hab' Hängeohren ja so gern, aber genau diese Kaninchen brauchen soviel Pflege«, erklärt Janey gerade.

»Der Pflaumenbaum da drüben wird vermutlich bald Wespen anziehen«, sagt meine Schwiegermutter.

Die allgemeine Art ihrer Großmutter muß es für Janey schwierig machen, denn sie kann nie genau wissen, wann sie gar nicht zuhört. Sie scheint das alles mit mir austragen zu wollen.

Als sie beide im Bett liegen und wir in unserem Schlafzimmer sind, frage ich Clyde: »War sie immer so? Ich meine, als du noch klein warst?«

Er geht sofort in die Defensive. »Sie hatte es wirklich schwer«, sagt er. »Ein Kind alleine zu erziehen war nicht einfach.« Er schaut mich empört an. Das hatte ich ja nie durchmachen müssen, scheint er zu sagen. »Sie wurde früh Witwe, als ich noch ein Kleinkind war. Und sie hat dann auch noch eines ihrer Kinder verloren.«

Ja, denke ich. Schwierig, und traurig. Und ich stelle fest, daß ich über Clyde nachdenke. Er wurde zur Waise, als er noch ein

Kleinkind war, und verlor wenig später seinen Bruder. Erzogen von einer Mutter, die Berührungen scheut, nicht lächelt, und einen auch nicht besonders oft anschaut.

Warum also hat er mich ausgesucht? Weil ich anders war, oder weil ich gleich war?

Am nächsten Morgen wache ich früh auf. Aus der Küche ertönt ein merkwürdiges Geräusch. Ein leises, vorsichtiges Kratzen, als würde jemand ein Messer über Eisklötze ziehen. Es ist Clydes Mutter, die das Gefrierfach vom Eisschrank abtaut. Sie hat ein Schüsselchen mit heißem Wasser hineingestellt und tupft an den Seiten mit einem Küchenlappen herum. Kleine Fetzen von gelbem Vlies hängen an den eisigen Kanten. Bislang haben mich Küchenfragen nicht sonderlich interessiert, aber als ich den durchweichten Haufen von Tiefkühlpackungen auf dem Abtropfblech sehe, schlägt mein Besitzerinstinkt sofort zu. Eisige Tröpfchen schwitzen auf einer Türe mit grünen Bohnen, Brötchenpackungen zum Aufbacken tränen vor sich hin, der Karton mit Eiscreme ist traurig in sich zusammengesackt und aus den Ecken suppt es schon heraus. »Dieser Eisschrank hat eigentlich eine automatische Abtau-Funktion«, sage ich, so kalt es in dieser Tauwetterküche geht. »Man muß nur das Tablett leeren.«

Clydes Mutter ignoriert meine Bemerkung vollkommen. »Manche Dinge müssen eben einfach gemacht werden«, singt sie in die schwitzende Höhle meines Gefrierfachs hinein.

Ich stampfe zurück ins Schlafzimmer. Clyde sitzt auf der Bettkante und sieht fast verängstigt aus. »Das meiste von dem Zeug können wir jetzt wegschmeißen«, sage ich ihm am Ende meiner kurzen Zusammenfassung. Wortlos hält er meine Hände in seinen umfaßt und umarmt mich dann. Es fühlt sich ein bißchen wie ein Trost an. Nur bin ich mir nicht sicher, wer von uns beiden gerade getröstet werden soll.

Als ich mich wieder beruhigt habe und nach unten gehe, steht Clydes Mutter im Garten und stößt mit der Schuhspitze gegen einen Flecken Moos im Gras. Clyde, der gleich zur Arbeit geht, stellt sich neben mich an das Küchenfenster. Wir beobachten sie gemeinsam, wie sie mit ihren dunkelblauen Pumps verächtlich auf unserem ordentlichen Rasen herumstochert. Er streicht mir über die Schulter.

»In unserem Garten wird trotzdem kein Gift gegen Unkraut verspritzt«, sage ich.

»Ich weiß«, sagt er, und dann: »Es ist ja nur für einen Tag. Morgen früh fährt sie ja schon wieder.«

Ich wende mich um, während sie sich bückt und wütend ein kleines Gänseblümchen fixiert. »Ich glaube nicht, daß ich sie einen Tag lang aushalte.«

»Nimm sie doch mit zum Markt.«

»Zum Viehmarkt?« Mir schießt eine Phantasie durch den Kopf, wie ich seine Mutter gegen eine Handvoll bunter Bohnen eintausche. Clyde sagt, nein, die Markthalle neben dem Fluß in der Stadt. Sie schaut sich so gerne die Stände an, sagt er.

»Läßt du mir dann das Auto da?« frage ich, aber er sagt, das hätte keinen Sinn. Seine Mutter würde sowieso darauf bestehen, mit dem Bus zu fahren.

Als sie dann zum Frühstück kommt – Clydes Mutter hat natürlich ihr eigenes Brot mitgebracht –, schlage ich vor, man könnte doch mit dem Bus in die Stadt fahren. Sie nickt. Janeys Freude ist etwas verhalten, und sie schüttet sich eine große Schüssel mit gezuckerten Frühstücksflocken ein, wobei sie die Bemerkungen ihrer Großmutter über Innereien und Verdauung gelassen ignoriert. Erleichtert seufze ich auf und bereite Toast.

Clydes Mutter hat auch einen Fahrplan mit den Busverbindungen hier am Ort mitgebracht, was eine ziemliche Planungsleistung verrät. Sie legt den Kopf zurück, streckt die Arme weit aus, um die kleine Schrift lesen zu können, und sagt dann: »Wir nehmen den um neun Uhr acht. Und dann können wir mit dem um drei Uhr dreiundzwanzig zurückfahren. Was, Janey?« Janey, der vielleicht nicht so ganz klar ist, daß das sechs volle Stunden in Gesellschaft ihrer Granny bedeutet, nickt heiter.

Die überdachte Markthalle ist eigentlich ein Flohmarkt, auf dem so ziemlich alles verkauft wird, was nicht neu ist. Bücher,

Postkarten, Karten, Medaillen, Knöpfe, Perlen, Schuhe, Kleider. Clydes Mutter geht die Stände durch, schaut sich alles genau an, ihre Geldbörse holt sie allerdings kein einziges Mal aus der großen braunen Handtasche, die sie fest umklammert hält. Janeys Geduld schwindet sichtlich. »Was ist das für ein Gestank?« fragt sie ein paarmal, zum Schluß immer lauter.

»Das ist Schimmel«, erkläre ich ihr, da weder der Besitzer des Standes noch ihre Großmutter bereit sind, sie aufzuklären.

Am Ende der Markthalle gibt es einen Stand, an dem Tee und kleine Kuchen, dekoriert mit Smarties, angeboten werden. Clydes Mutter setzt sich voller Erwartung an einen Tisch, also gehe ich an den Tresen und besorge uns zwei Becher Tee. Es gibt auch Dosen mit Cola, aber nur die billigen, nicht die Sorte, die Janey mag, und außerdem sind sie nicht gekühlt. Ich frage Janey, ob sie irgend etwas will, und sie schüttelt tapfer den Kopf. Ich trage unsere beiden Becher zu Clydes Mutter hinüber, die meine Ankunft immerhin registriert, indem sie die Becher auf dem Tisch umstellt und bemerkt: »Labbrigen Tee kann ich nicht ausstehen.«

»Ich bringe Janey nur mal kurz zur Bibliothek«, sage ich eilig, »damit sie etwas zu tun hat, während wir unseren Tee trinken.« Janey springt zur Tür wie ein von der Leine gelassener Jagdhund, und ich folge ihr.

Die Bibliothek ist an der Straßenecke, nur ein paar Meter von der Markthalle entfernt. Ich hatte eigentlich wirklich vor, Janey direkt dorthin zu bringen, aber die Sonne lacht so schön vor diesem unerfreulichen Markt, daß wir ein paar Augenblicke neben dem Fluß verweilen. Janey möchte sehen, ob welche der im Frühling geborenen kleinen Entchen die Ratten überlebt haben. Wir zählen sieben, und sie ist glücklich. Ein paar Tauben heben plötzlich vom Ufer ab, wirbeln und kreisen über uns. Im Sonnenlicht sieht es aus, als wären ihre Flügel aus Silber.

Während wir auf die Ecke zugehen, fällt mir der Eiscremewagen auf. Er ist von einer Firma hier am Ort, die köstliche Eiscreme herstellt. Janey sagt nichts, aber ihre Augen weiten sich voller Hoffnung. Also kaufe ich uns beiden eine Kugel, und wir setzen uns an den Fluß, um das Eis zu schlecken. Wie Janey sagt, kann man das Eis ja nicht in die Bibliothek mitnehmen.

Nach einer Weile tritt Clydes Mutter aus der Markthalle, und wir stehen rasch und voller Schuldgefühle auf. Sie marschiert auf uns zu, doch ohne spürbare Wut über unsere Flucht. »Vermutlich ist jetzt die Zoohandlung dran, Janey«, sagt sie ohne große Betonung, und Janey wechselt mit einem Händeklatschen augenblicklich die Fronten. Sie hüpft dazu von einem Bein aufs andere. Ich will ihr fast sagen, sie solle sich nicht so kindisch benehmen, aber schließlich hat sie einen Grund dafür, und damit hat sie mir etwas voraus.

Ich folge den beiden in den Laden und bete dabei jede Gottheit im Universum an, daß keine Kaninchen da sind. Mir ist jetzt schon ganz flau, und es ist noch nicht einmal Mittagszeit.

Da ist ein Kaninchen, ein großer, schwarzer Bock, aber an seinem Käfig hängt ein Schild, er wäre nur zu Besuch da, weil seine Besitzer in die Ferien gefahren sind. Janey geht in die Hocke, um sich über ihn zu begeistern, während Clydes Mutter einen Keilschwanzsittich bewundert. An seinem Käfig hängt ebenfalls ein Schild: »Bitte nicht mit den Fingern hineinfassen«, und darunter steht: »Bitte bringen Sie diesem Vogel keine unanständigen Worte bei.«

»Ist der Schwarze hier nicht wunderschön?« begeistert sich Janey.

»Womit füttern die eigentlich diesen Papagei?« fragt Clydes Mutter.

»Scher dich zum Teufel«, sagt der Sittich.

»Mittagessen«, sage ich mit fester Stimme, damit ich nicht mit einem leeren Magen an einem hysterischen Lachanfall sterbe.

Ich hatte eigentlich vorgehabt, sie in den Laden zu schleppen, in den Helen mich damals entführt hatte, aber Clydes Mutter führt uns in das Stadtzentrum zurück, in eine Bäckerei, in der tratschende Marktbesucherinnen vor dampfenden Tellern sitzen. Im ganzen Raum steht der Zigarettenrauch, und so kann ich sie überzeugen, unsere Käsesandwiches draußen zu essen. Wir setzen uns neben eine Pyramide aus großen Plastiktüten mit Broten und Brötchen, die alle für ein Pfund verkauft werden. Clydes Mutter fragt sich so oft und so laut, wie die das eigentlich zu dem Preis schaffen, daß ich mir überhaupt nichts einfallen lassen muß, was einer Unterhaltung gleichkäme.

Wir essen unser Mittagessen auf, und ich schaue voller Verzweiflung auf meine Uhr. Es ist erst eins. Und dann erscheint wie ein Engel, mit wehendem Haar und klingelnden indischen Glöckchen, Polly, Alice an der Hand.

»Wir wollen eine Geburtstagskarte kaufen«, sagt sie, »in dem Laden da oben, auf dem Kamm der gepflasterten Straße, durch die der kleine Bach fließt. Kennen Sie die schon, Mrs. Villiers?«

Clydes Mutter nickt knapp. »Ermüdend, diese steilen Straßen«, bestätigt sie, aber Polly sieht das aus einem anderen Blickwinkel. »Ja, das ist so hügelig und pittoresk. Letztes Jahr hat das Fernsehen da sogar einen Film gedreht.« Ich segne sie im stillen, während Clydes Mutter sich auf die Füße schwingt und davonzieht, als würden die Kameras immer noch laufen. Pol und ich folgen ihr, lächeln uns gegenseitig an. Alice und Janey hinter uns sind augenblicklich in eine Unterhaltung vertieft.

Als wir auf den Laden zugehen, sagt Polly: »Ach, schau mal, da sind Geoff und Amanda. Hast du heute frei, Geoff?«

»Nur den halben Tag«, präzisiert Geoff. Er tritt vor, um allen die Hand zu geben. Er sieht nett aus, hat sonnengebleichte Haare und ist um die Dreißig, vermute ich. Er entspricht nicht ganz dem, was ich von der Videokassette erwartet hatte. Amanda hat lange Haare, die sie im Nacken zusammengebunden hat, und wunderschöne Augen. Sie umarmt mich leicht, wie man das eben auf der Straße so tut, und lächelt mich an. Dann wird mir klar, daß ich sie schon mehrfach im Dorf gesehen habe. Eigentlich müßte ich die meisten meiner Freunde schon öfter gesehen haben – in einem Dorf läßt sich derlei wohl kaum vermeiden.

»Habt ihr Tony gar nicht dabei?« frage ich und Geoff lacht. »Den haben wir zu Hause festgekettet«, sagt er, und Amanda fügt hinzu: »Er ist nicht so wild darauf, Geburtstagsgeschenke für andere Menschen einzukaufen.« Sie schiebt das grüne Packpapier oben in einer silbernen Papiertüte beiseite, um einen hübsch gerahmten Spiegel vorzuführen, den die beiden gerade erstanden haben. Es geht alles so leicht und ist so freundlich, daß ich mich frage, warum ich eigentlich so entschlossen allen Leuten aus dem Weg gegangen bin. Woher die Scheuklappen, der Wille, mich selbst wie eine Einsiedlerin zu verstecken? Diese Menschen sind sanft und angenehm, wie Polly: Bei ihnen muß ich mir gar nicht vorkommen, als wäre ich völlig grotesk. Helens spitze Nervosität hatte mich überzeugt, daß ich mich zu Recht versteckt hatte. Aber vielleicht habe ich mich da geirrt.

Als wir wieder die Straße hinuntergehen, fragt Polly, wo ich geparkt habe, also erkläre ich ihr voller Bedauern die Sache mit dem Drei-Uhr-dreiundzwanzig-Bus. Pol sagt, sie würde uns fahren, und ich schaue mich noch nicht einmal um, ob dieses brüske Luftholen bedeutet, daß Clydes Mutter zusagt oder ablehnt. Ich sage einfach nur ja.

»Heute morgen sind wir zum Markt gegangen«, erzähle ich Clyde, als er nach Hause kommt. »Kurz nach dem Mittagessen waren wir wieder hier. Deine Mutter hat einen schönen Nachmittagsschlaf im Garten gemacht.«

»Ich hoffe, du hast dir nichts bieten lassen«, sagt er.

»Hab' ich nicht.«

»Sie meint es ja gut, weißt du.« Ich nicke. Ich weiß nicht, wie Clyde aus diesen Schreckensgrimassen und den zusammenhanglosen Bemerkungen seiner Mutter freundliche Intentionen lesen kann, aber ich frage nicht weiter. Sie verbringt den Abend damit, mit Janey Karten zu spielen, und wir sind uns alle einig, daß wir früh ins Bett gehen wollen.

Clyde liegt auf dem Rücken im Bett, als ich mich dazugeselle. Das tut er immer, wenn er zuerst darin liegt. Ich rolle mich dann immer rasch auf meiner Seite zusammen, den Rücken ihm zugekehrt, und er wirft sich dann auf seine Seite, so daß wir Rükken an Rücken liegen, ungefähr einen Millimeter auseinander. Heute liege ich flach auf dem Rücken. Ich berühre ihn nicht ganz, aber ich habe mich auch noch nicht fortgedreht.

Es gibt eine Art Schweigen, als hätte er schlicht aufgehört zu atmen, und dann höre ich einen schweren, tiefen Seufzer, und seine Hand kommt vorsichtig über meinen Bauch gekrochen. Ich konzentriere mich auf meinen eigenen Atem. Es fällt mir ein, daß ich mich entspannen sollte. *Diese Kraft kann genutzt werden, um Kontakt zu ätherischen Intelligenzen im Weltall aufzunehmen, sollten Sie das wollen.* Ich hoffe, daß ich nicht zu kichern anfange, aber auch nicht zu weinen.

Clyde hat sich mir zugewandt. Einen Arm hat er um mich gelegt, während er mich mit der anderen Hand überall streichelt. Sein Arm ist ein Tentakel geworden, den er bis zu meinen Waden ausstrecken kann, und er streichelt mich überall. Sein Schwanz ist riesig, preßt sich oben an meinen Schenkel und zittert, und ich weiß, daß wir es jetzt tun müssen. Ich muß ihn an mich heranlassen, es wäre einfach zu schrecklich, wenn ich es nicht täte. Jetzt küßt er mit seinen weichen, knabbernden Lippen meinen Hals, und ich hoffe, daß ich nicht schaudere. Dann frage ich mich, ob ihm das überhaupt auffallen würde. Es ist ein bißchen merkwürdig, daß er es ausgerechnet jetzt machen will, wo seine Mutter im Haus ist. Andererseits paßt mir das auch ganz gut, weil ich so eine Ausrede habe, nicht sonderlich zu reagieren. Mir fällt ein, daß er das vielleicht selber auch weiß – daß er mir damit möglicherweise eine Ausrede lassen wollte, mich ihm zu verweigern. Vielleicht wollte er sich nur vor einer Verletzung schützen, wenn ich ihn fortschob. Vielleicht ist Clyde ein bißchen sensibler, als er wirkt.

Seine Hand geht zwischen meine Beine, und ich denke: Jetzt wird er es merken, und ich frage mich, wie ich das denn durchstehen soll, ohne daß dieses große Ding mir weh tut. Aber seine Finger sind naß und klebrig, als er mich an den Schenkeln streichelt. Er rollt sich langsam auf mich, stöhnt dabei sehr leise. Er dringt vorsichtig in mich ein und fängt langsam an, auf- und niederzugehen, murmelt etwas und küßt mich. Ich muß nichts tun, nur die Augen schließen und mich darauf konzentrieren, das Gesicht nicht wegzudrehen. Und als er kommt, weint er – nicht laut, aber ich weiß es, weil sein Gesicht ganz naß ist von Tränen. Er glättet meine Haare und küßt mich auf die Stirn mit seinen sanften, weichen Lippen und löst sich dann von mir. Als er einschläft, liegt sein Arm immer noch auf mir.

Am Morgen lächelt er und blinzelt und ist so sanft und zärtlich zu mir, als wäre ich eine Tausendpfundnote, die durch einen schrecklichen Sturm geflattert ist und die er jetzt an einem sicheren Ort zum Trocknen hinlegen muß. Er flüstert mir zu, daß er sich heute den Tag frei nimmt und daß »sie« glauben wird, er täte das, um sie zum Bus zu bringen. »Also wird sie sich auch freuen«, sagt er *sotto voce*. Ich hatte *sie* schon fast vergessen. Aber *sie* ist schon aufgestanden und sucht hektisch nach ihrem Schirm. Ich versuche noch zu sagen: »Ich glaube nicht, daß du mit einem Regenschirm gekommen bist«, aber als Antwort schimpft sie nur auf das leere Zimmer ein: »Ich bin ganz sicher, daß ich Weihnachten meinen Schirm hier liegengelassen habe.«

Gegen halb neun Uhr geht sie, nachdem sie sich auf ein kleines gekochtes Ei zum Frühstück eingelassen hat. Sie zögert im Flur, und ich frage mich gerade, ob ich sie wohl auf die strenge Wange küssen soll. Aber während ich vortrete, holt sie rasch eine kleine Puderdose mit Emailledeckel hervor und pudert sich hektisch die Nase, während sie in den kleinen Spiegel schaut und sagt: »Ich bin noch gar nicht richtig geschminkt.« Ich spüre, wie Clydes Arme mich umfassen, mich fest drücken. Sein Körper preßt sich an mich, heiß und liebevoll. Er sagt: »Kommst du mit, Granny verabschieden, Janey?«, und die beiden begleiten sie zum Busbahnhof. Als sie wiederkommen, sieht er unglaublich glücklich aus.

»Hättest du sie nicht mit dem Auto zum Bus bringen sollen?« frage ich, aber er hört gar nicht mehr auf zu lächeln.

»Das hat gar keinen Sinn«, sagt er. »Sie tut die Dinge gerne auf ihre Weise.«

Mir fällt jede Menge ein zu den Dingen, die sie gerne auf »ihre Weise« tut, aber ich verzichte darauf. Außerdem bin ich mit meinen eigenen Plänen beschäftigt. Clyde kommt zu mir und umarmt mich. »Sie hat sich auch auf ihre spezielle Weise von dir verabschiedet. Dieses Puderdöschen hast du ihr zu ihrem letzten Geburtstag geschenkt.« Er lächelt, als wäre das eines unserer besonderen Geheimnisse. Ich schenke ihm ein flüchtiges Lächeln, und er fängt wieder an, mich zu umarmen. Ich mache eine Geste zum Wasserkessel und entziehe mich ihm. Aber langsam, und er drückt dabei meine Arme bis hinunter zu den Handgelenken, so daß wir uns noch lange nach der Trennung auf unsichtbare Weise zu berühren scheinen. Ich fülle den Kessel, spiele mit den Bechern herum und den Teebeuteln. Er scheint wirklich zu glauben, letzte Nacht sei ein Schalter umgeworfen worden. Die unsichere, mürrische Zurückhaltung ist verschwunden. Er kann die Finger gar nicht von mir lassen. Seinen männlichen Geruch rieche ich stärker als meinen eigenen.

Wir stehen beide da und warten, daß das Wasser kocht. Janeys Kleinmädchenstimme singt aus ihrem Schlafzimmer hervor, wo sie einen ihrer Ausflüge plant. Er hat seinen großen Bärenarm um meine Schultern gelegt und vorsichtig meine Hand herübergezogen, sie um seine Taille gelegt. Sie scheint da gut hinzupassen.

»Gestern habe ich Amanda und Geoff getroffen.«

»Schön.«

»Vielleicht hast du recht. Vielleicht sollte ich wirklich ein bißchen mehr unter Leute gehen.« Meine Stimme klingt streng und unfreundlich. Dabei sieht er so erfreut aus. »Ich meine aber nicht jetzt sofort«, sage ich rasch. »Schließlich sind jetzt Ferien, und die Leute sind verreist.«

Ich löse mich von ihm, um unseren Tee zu bereiten, und wir nehmen unsere Becher an das Fenster. Es ist wirklich ein wunderschöner Tag. Vermutlich ist es für Clyde sehr spät – es ist schon nach neun Uhr –, aber ich bin noch ganz schläfrig und frage mich, wie ich ihn von meinem Vorhaben für heute überzeugen kann.

Ich bin noch nicht soweit, daß ich Kirsty ganz aufgeben und Clyde vollständig nachgeben will. Ich habe beschlossen, nach Devon zu fahren, nach Newton Abbot, wo ich früher gewohnt habe. So kann ich das jetzt formulieren: *Wo ich früher gewohnt habe.* Vielleicht ist es jetzt an der Zeit zurückzukehren, und vielleicht werde ich da endlich das Ende des Fadens finden, der mir irgendwann gerissen ist, als dort noch mein Zuhause war und ich ich selbst war. Bevor ich zu dieser »sie« mutiert bin, die ich jetzt wohl auf ewig sein muß.

Er ist nicht überzeugt. Er findet die Fahrt zu lang. Aber ganz offenbar ist das nicht der einzige Grund: Eindeutig hatte er für heute eigene Pläne.

»Ich hab' mir überlegt«, sagt er, »wir könnten doch versuchen, ein paar von den Leuten ausfindig zu machen von dem Sommer damals. Als du in der Druckerei gearbeitet hast. Vielleicht eine Wiedersehensparty feiern? Alle einladen, sie bitten, Musik aus den alten Zeiten mitzubringen und das anzuziehen, was sie damals getragen haben – das könnte doch gut für dich sein, Kirst.«

Ist das nicht ein bißchen spät für gute Ideen? Wochenlang hat er mich in entsetzlicher Isolation gelassen, und jetzt, nach einmal Bumsen, will er losziehen und eine große Fete feiern.

Ich löse mich aus seiner sanften Umarmung. »Ich glaube nicht, daß das einen großen Sinn hat. Wie gesagt, jetzt sind alle verreist. Und außerdem war das nur *einer* von ganz vielen vergessenen Sommern. Ich muß vor dieser Zeit nachforschen. Und glaub es mir, Clyde, ich muß das wirklich machen.«

Mit diesen letzten Worten wollte ich endlich zu ihm durchdringen, diese glückselige Kurzsichtigkeit durchbrechen. Ganz offenbar ist es mir gelungen.

Der glückliche Ausdruck verläßt sein Gesicht. Alle weichen Linien verhärten sich wieder zu mißmutigen Kanten. »Fertig?« fragt er und starrt auf meinen Becher. Ich nicke, und er nimmt ihn mir aus der Hand und spült ihn mit langsamen Bewegungen ab. Ich stehe mit gekreuzten Armen neben ihm und beobachte, wie er sich über den Spülstein beugt, sorgsam die Flecken mit einem Lappen ausreibt.

Als er sich umdreht, sagt er: »Es war nicht immer so. Wir haben früher miteinander gelacht, Kirst.«

Darüber muß ich nachdenken. Lachen ist genau das, was mir fehlt. Ich kann mir nicht vorstellen, daß Clyde früher viel gelacht hat. Außerdem irritiert es mich, daß er meinen Namen zu Kirst verkürzt. Es klingt wie eine genervte Form von *Jesus Christ*. Ein Fluch.

Ich sage: »Ich bin Kirsty.«

Er blinzelt kurz und sagt: »Hallo, ich bin Clyde«, schüttelt mir die Hand und küßt mich dann auf den Mund.

Sind das die Art Sachen, über die wir früher gelacht haben? Wie traurig.

»Ich muß einfach mein altes Zuhause anschauen können. Bitte überlaß mir das Auto, Clyde. Nur für diesen einen Tag.«

Er redet davon, daß Autofahren zu anstrengend für mich wäre und daß ich den Zug nehmen solle. Aber es ist ganz offensichtlich, daß mich die neuen Fahrpläne einfach vollkommen durcheinanderbringen werden. Schließlich will er mich fahren. »Ich warte auch bestimmt im Auto.« Er weint fast. Mir fallen die Lakaien und die gläserne Kutsche ein, die Aschenputtel vom Ball nach Hause bringen sollen.

»Das würde nicht funktionieren«, sage ich. »Ich würde mir deinetwegen Sorgen machen. Ich könnte nicht frei herumlaufen, meinen eigenen Instinkten folgen.«

»Time for dead or alive«, singt es aus dem Radio. Clyde streckt die Hand aus und schaltet es mit einer Kraft ab, daß das Plastikgehäuse fast zerbricht. Dann reicht er mir den Autoschlüssel.

Ich sage Janey ausführlich auf Wiedersehen, daß sie einen wunderbaren Tag mit Daddy verbringen wird und daß ich ihnen beiden heute abend noch etwas Besonderes mitbringe.

»Ein lustiges Mitbringsel?« fragt Janey in einem beiläufigen Ton nach.

Manchmal habe ich mich schon gefragt, was sie eigentlich alles mitbekommt, während sie da in ihrem Schlafzimmer hockt und spielt. Sie umarmt gerade die Katze, die nicht in die Schlafzimmer gehen darf. Damit hat Janey immer eine sehr gute Ausrede, halb in der Tür zu knien, halb im Flur – immer unter dem Vorwand, Dandy müßte gerade gestreichelt werden. Dandy ist eine einigermaßen freundliche Kreatur, die sich diese Überfälle friedlich gefallen läßt. Aber daß die Katze es dringend darauf abgesehen hat, so umarmt zu werden, leuchtet mir nicht unbedingt ein. Ich denke an die kurze Auseinandersetzung mit Clyde in der Küche, an ihr brutales Ende. Ich frage: »War es früher lustiger bei uns? Es tut mir leid, wenn ich dieser Tage nicht so lustig bin.«

Janey läßt die Katze los. Sie gleitet ohne besondere Grazie zu Boden und verschwindet. »Na ja, dieses Jahr ist wohl dein trauriger Sommer, Mummy. Daddy sagt, daß du wieder lachen wirst, wenn es dir wieder gutgeht.«

Die Prinzessin, die nicht lachen konnte. Die verfluchte Kirsten. Wo ist mein Prinz, der mir den vergifteten Apfel aus dem Hals holt? Warum hat er mich so allein gelassen?

Die Fahrt nach Exeter war relativ einfach zu bewältigen, trotz der vielen Baustellen. Aber die Stadt selbst ist ein einziger Albtraum. Ich hatte vor, hier haltzumachen und meine früheren Lieblingsplätze aufzusuchen, aber irgendwie gerate ich in ein System von Einbahnstraßen und bin so erleichtert über die Schilder, die mich nach Torbay und Plymouth weisen, daß ich sofort wieder aus der Stadt herausfahre. Außerdem wird hier nicht viel los sein im August, jedenfalls nichts, das mich an meine Studentenzeiten erinnern würde. Ich sollte diesen Teil der historischen Recherche auf das nächste Semester verschieben.

Nach diesem Entschluß biege ich auf die A380 ab und fahre in Richtung Newton Abbot. Kaum angekommen, parke ich schon das Auto und gehe hinauf zu dem großen gregorianischen Platz am Park, an dem ich früher einmal gewohnt habe.

Während ich heranwuchs, hat man den Park näher an unsere Straße gerückt. Ich weiß nicht, wie oder warum das geschah. Es war einmal eine Zeit, in der ich klein war und in der es ein Sonntagsritual gab: Man schaute sich die Fische im Park an, der damals durchaus einen Spaziergang entfernt lag. Oft wurde ich auf den Schultern meines Vaters nach Hause getragen – meine persönliche Kutsche und ein Privileg, das ich nur unter kreischendem Protest aufgab, als Suzy auf die Welt kam. Als ich dann in die große Schule ging, erschien in irgendeiner Nacht irgendein Herkules, vielleicht auch ein stilles Volk, und rückte den gesamten Park um Hunderte von Metern näher. Der Park schien bei diesem Transport nicht sonderlich gelitten zu haben, obwohl er auf eine lächerliche Größe schrumpfte. Der See mit den Seerosen wurde zu einem Teich, der lange Anstieg den Berg hinauf zum Orchesterpavillon zu einem schlichten, gut gemähten Hügel. Und diese großen, glitzernden Fische in der Farbe eines Sonnenuntergangs auf dem Meer, gefleckt von silbernen Wolken – die waren alle durch stinknormale Goldfische ersetzt worden.

Heute ist der Park kaum mehr als ein paar Schritte von unserem alten Haus entfernt. Der Orchesterpavillon steht immer noch da, und auch die grüne Membran des Teiches hinter einer schwarzen Reling gibt es noch, wie auch das Gewirr buschiger Bäume. Es gibt einen Duftpfad für Blinde mit kreisrunden Strecken, die alle mit kleinen Betonbläschen belegt sind. Ich schließe die Augen, tue so, als hätte ich kein Augenlicht, und gehe um die duftenden Beete herum. Das surreale Gefühl, blind zwischen unsichtbaren Mauern herumzugehen, paßt genau zu meiner Stimmung. Als ich die Augen öffne, befinde ich mich in der Mitte in einem Kreis aus Gras, und niemand sonst ist da.

Die Dächer der Stadt erstrecken sich dicht aneinandergedrängt bis in die verschwommene, blaue Skyline des Moores hinein. Ich gehe die kurze Verbindungsstraße zu dem Platz, an dem ich früher einmal gewohnt habe, hinunter. Die Gebäude sind in letzter Zeit frisch gestrichen worden, und alles sieht eleganter aus, als es in meiner Kindheit war. Ich beschließe, den Weg zu gehen, den ich jeden Tag zur Grundschule gegangen bin, hinter unserem Haus den Berg hinauf zum Haus von Debs' Familie, und dann zur Schule über den Weg, den wir Hundertstufen nannten.

Debs hieß mit Nachnamen Adolfi. Wir haben lange Gespräche über unsere Nachnamen geführt. Dabei saßen wir meistens auf diesen Stufen und aßen ein Twix. Früher verabscheute Debs ihren Nachnamen, weil er so ungewöhnlich war, aber später hat sie sich nicht nur an ihn gewöhnt, sondern fand ihn toll. Sie erfand italienische Vorfahren, darunter eine Contessa und einen Onkel mit einer Eiscremefabrik in Mailand. Mein Name hat mich nicht sonderlich beschäftigt. Middleton ist ... na ja, eher mittelmäßig. Nicht sehr bemerkenswert, aber auch nicht absolut nichtssagend, nicht zu kurz und auch nicht zu lang. Ein Name aus der Mitte des Alphabets, der Mitte der Gesellschaft, aus der Mittelschicht, aus dem mittleren England. Als Debs und ich uns darüber unterhielten, ob wir die Namen unserer Männer annehmen wollten, wenn wir einmal heirateten, meinte ich, ich wollte nach jemandem Ausschau halten, der einen ähnlich nebulösen Nachnamen hätte. Paul heißt Parr, was ich für einigermaßen akzeptabel halte. Miles heißt Vellacott, also eher rasant. Der Name paßt gut zu ihm, aber ich habe keine Lust auf diese ganzen Könnten-Sie-das-bitte-buchstabieren-Fragen, die solche esoterischen Namen natürlich immer provozieren.

Ich frage mich jetzt, ob Debs zu einer Deborah Parr geworden ist und ob ihr das besser gefällt.

Innerhalb von drei Minuten bin ich oben auf dem Hügel angekommen, was mich erstaunt. Ich hätte gedacht, daß ich mindestens zwanzig brauchen würde. Vermutlich haben wir immer getrödelt, auch als wir schon alt genug waren, um den vermeintlichen Berg als lange, steile Straße zu erkennen. Das Haus von Debs' Eltern sieht so aus, als wäre es in jüngster Zeit renoviert worden, und ich überlege kurz, ob ich an der Tür klingeln soll. In der Auffahrt steht ein Auto, ein Range Rover. Möglicherweise ist es deren Wagen. Aber ich fühle mich auf merkwürdige Weise in meiner Isoliertheit sicher, wie ein unsichtbarer Geist. Ich schlendere weiter.

Das Hinweisschild zum öffentlichen Fußweg ist neu, und es gibt auch eine neue Reling, die zu unseren Hundertstufen führt. Die aber sind gleich geblieben, abgenutzt und ein bißchen verrottet. Vor mir wirft eine alte Frau ihrem Hund einen gelben Ball zu. Er hüpft hinunter und verschwindet an jeder Biegung der Stufen im Gebüsch, und der kleine Hund saust wie wild dahinter her. Seine kurzen Beine sind gerade so hoch wie die Stufen, aber er schafft es, mit dem Ball im Maul zu seinem Frauchen zurückzuklettern, ehe sie mehr als ein paar Stufen hinuntergestolpert ist. Es gibt etwas an diesem Ritual, der schweigenden Übereinkunft zwischen der Frau und ihrem Hund, das mich zum Lachen, vielleicht auch zum Weinen bringt. Mir wird klar, daß es die tröstende Zeitlosigkeit ist, die mich bewegt. Ich bin absolut in der Zeit verloren.

Ich überquere die Straße unten am Fuß des Hügels. Sie ist wesentlich befahrener als früher, scheint mir. Unser alter Laden steht immer noch da. Keine Videothek mehr, sondern ein Supermarkt. Jetzt sieht er eher so aus wie damals, als ich noch klein war, jedenfalls seit ich ihn das letzte Mal gesehen habe. Draußen steht sogar eine Tafel, auf der mit Kreide geschrieben wurde: »Scrumpy 2½ Liter nur £ 3,25«. Ganz offensichtlich ist da heute ein Getränkemarkt drin. Vermutlich haben Satelliten- und Kabelfernsehen den Videomarkt zerstört.

Ich will gerade zu unserer alten Grundschule spazieren, als etwas unglaublich Merkwürdiges passiert. Es ist so bizarr, daß ich einen Augenblick meinen Augen nicht trauen will, und als ich es dann doch tue, habe ich das deutliche Gefühl, daß ich überhaupt nicht auf dem Bürgersteig stehe, sondern schwebe.

Direkt vor mir steht Debs. Sie ist gerade aus diesem Getränkemarkt herausgekommen, eine Flasche Wein und ein Päckchen Kekse in der Hand. Sie ist bemüht, beides in ihre große Tasche zu stopfen, ohne dabei hinzuschauen. Und das ist so typisch für Debs, daß ich fast laut aufschluchze. Diese Geste erkenne ich vor allem anderen wieder.

Der Rest ist anders. Elegant, aber auf eine eher lässige Weise. Sie trägt eines dieser Leinenkostüme, die sofort gebügelt werden müssen, kaum hat man sie angezogen. Ihre Bluse schreit förmlich nach einer klassischen Brosche am Hals. Der Haarschnitt ist allerdings gut: sehr kurz im Nacken, mit einem glänzenden Pony, ganz jungenhaft und elegant. Ich nehme das alles in dem Augenblick wahr, in dem ich sie entdeckt habe. Als würde sich diese eine Sekunde endlos hinziehen, wie bei einem Autounfall.

Und dann sieht sie mich. »Ich fasse es nicht!« Ihre Stimme hat sich nicht verändert. Sie sagt das, als wäre eine Fernsehkamera auf sie gerichtet, die ihr Erstaunen in Nahaufnahme filmt.

»Ich bin's«, sage ich dämlich, und sie erwidert: »Ich weiß – das ist es doch, was ich nicht fassen kann.«

Wir reden beide gleichzeitig los: »Wie –« Sie hält inne.

Ich mache weiter: »Wie kommst du denn hierher?«

»Ich mußte ein paar Formulare besorgen.« Sie macht eine weit ausholende Geste hinter sich, zeigt ins Irgendwo weiter die Straße hinunter. »Wir Lehrer kriegen nicht dieselben langen Ferien wie Kids, verstehst du.« Jetzt klingt sie doch anders. *Wir Lehrer* und *Kids* sind etwas, was meine Freundin Debs nicht sagen würde, jedenfalls nicht in dem Ton. Dann begreife ich, daß sie in Richtung unserer alten Grundschule gewinkt hat. Sie grinst, und ich sehe die wirkliche Debs noch einmal aufblitzen. »Genau. Bin einfach klebengeblieben. Na ja, seit ich mein Referendariat dort gemacht habe, um mir die ewige Fahrerei nach Exeter zu ersparen. Dann wurde mir eine Stelle angeboten, und seither bin ich da. Voll in die Falle getappt.« Sie lacht. »Und was ist mit dir? Du siehst so großartig aus – bist um keine Minute gealtert, blöde Ziege.« Sie zieht eine Grimasse. »Das müssen doch bald zehn Jahre sein!«

»Neun«, sage ich. »Neun Jahre und anderthalb Monate.«

Wir stehen beide so dicht beieinander – einfach absurd, daß

wir uns nicht berühren. Und plötzlich berühren wir einander doch, plötzlich gehen unsere Arme gleichzeitig nach vorn, und ich greife mir ein Stück von ihrem Ärmel, während sie ihre Tasche ungeschickt zwischen uns drückt. Sie küßt die Luft neben meiner Nase.

»Ach, Kirsty. Ich freue mich ja so, dich zu sehen! Nach all dieser Zeit.«

Wir lösen uns voneinander und stehen da, lächeln einander an. Dann sagt sie: »Oh, aber du darfst jetzt nicht gleich wieder gehen, noch nicht sofort. Wir müssen uns unbedingt unterhalten. Was macht deine Karriere? Ich schaue immer, ob ich deinen Namen irgendwo in der Sonntagsbeilage sehe.«

»Das habe ich alles aufgegeben«, sage ich.

Debs wirft mir einen Blick zu, den ich nicht ganz verstehe, und sagt dann: »Komm, wir trinken einen Kaffee. Wir haben uns doch so viel zu erzählen.« Aber wir stehen beide immer noch da, als hätten wir auf dem Bürgersteig Wurzeln geschlagen, und schauen einander an.

»Wohnst du immer noch da oben auf dem Berg?« Ich erinnere mich daran, wie es zu meinen Schulzeiten war. Die Lehrer verschwanden abends, wenn wir nach Hause gingen, einfach in Schubladen, so erschien es mir. Es hat mich wahnsinnig erstaunt, wenn ich sie draußen sah, wo sie ganz normale Dinge taten, zum Beispiel auf einen Bus warten. In Debs' Fall scheint das Umgekehrte passiert zu sein. Sie hat ihr gesamtes Leben im Schatten der Schule verbracht.

Aber sie schaut schockiert drein und sagt: »O nein. Meine Eltern wohnen da noch, aber wir haben ein kleines Cottage in Shaldon.« Ich frage mich gerade, ob ich bei dem *wir* einhaken soll, als sie sagt: »Hör mal, ich hab' den Wagen im Stadtzentrum geparkt. Komm doch mit und laß dich von mir auf einen Kaffee einladen.«

Sie führt mich in das Stadtzentrum, in ein Café, das ich noch nie vorher gesehen habe, und bestellt am Tresen einen Cappuccino. Silbrige Saxophontöne gleiten durch das dämmerige, fast leere Lokal, und ein Ventilator summt kühl vor sich hin. Wir nehmen die mit Kakao bestäubten, schaumgekrönten Tassen mit an einen Tisch, und Debs gleitet aus ihrer Jacke. »Für dich muß die Stadt ja vollkommen verändert aussehen«, sagt sie. Ich freue mich: Mit dieser Aussage hat sie wirklich vollkommen recht. Ich weiß von Mom, daß ich nicht besonders oft zu Hause zu Besuch war, abgesehen von Weihnachten vielleicht. Und das hörte ja auch auf, als die beiden nach Spanien zogen. Also ist das hier merkwürdigerweise eine vollkommen normale Unterhaltung, ganz anders als die Gespräche, die ich in dem Dorf führe, wo ich immer irgend etwas wissen müßte, was ich aber nicht weiß. In dieser besonderen Unterhaltung ist der Ausgangspunkt meine verständliche Unkenntnis. Das ist neu, und gleichzeitig sehr erleichternd.

Der Small talk ist auch eine Erleichterung, aber Debs selbst … das wiederum ist etwas ganz anderes. Denn nachdem ich mich einmal von dem Schock erholt habe, jemanden tatsächlich von alleine zu erkennen – anstatt zu wissen, den *müßte* ich jetzt wiedererkennen, ohne zu wissen, wer es ist –, nach diesem Erlebnis also schlagen die vergangenen Jahre schmerzhaft in meiner Magengrube ein. Debs hat um ihre Augen feinste Krähenfüße bekommen, und um ihr Kinn herum ist es weich geworden. Meine scharfe, komische, wunderhübsche Freundin ist eigentlich noch da, aber doch nicht mehr ganz. Wie eine Tuschezeichnung, über der ein Glas Wasser ausgekippt worden ist, das dann abgetupft wurde. Die Umrisse sind nicht mehr ganz dieselben. Ich habe Angst vor der Feststellung, auch ihre Persönlichkeit sei an den Ecken und Kanten aufgeweicht.

»Dieser Laden ist ein bißchen anders als zu unseren Doughnut-mit-Kaffee-Zeiten«, sagt sie gerade. »Ich hoffe, das stört dich nicht?« Das tut es überhaupt nicht. Völlig neu ist wesentlich weniger beunruhigend als halb erinnert. Die Innenausstattung hier ist vollkommen in Ordnung, Debs. *Du* bist diejenige, die mich aus dem Konzept bringt. Ich weiß nicht, ob ihr überhaupt klar ist, daß sie mich gerade mit Lehrer-Fachterminologie erschlägt. Jedenfalls ist das überhaupt nicht Debs' Art. Früher hätte sie sich über diese zu laut redende Frau mokiert.

Sie bricht mitten im Satz ab, obwohl ich glaube, daß sie ohnehin fertig war, und preßt dann mit einem lauten Stöhnen den Kopf in die Hände. Schließlich kippt sie den Rest Kaffee hinunter und fragt: »Viel wichtiger aber: Wie steht es um *dich*?«

Das erinnert an Leila im Restaurant. *Genug von mir geredet – Wie geht es dir?* Ich frage mich, wie ich über die Jahre immer diese Art Menschen angezogen habe. Selbst Helen scheint auf ihre naive Art immer bestimmt zu haben, was wir taten. Der Gedanke macht mich wütend. Ich habe zu lange warten müssen, um mich ihr anzuvertrauen; jetzt ignoriere ich die Aufforderung und fahre fort, sie mit Fragen zu löchern.

»Ein Cottage in Shaldon! Das muß ja wunderschön sein! Aber braucht ihr da nicht zwei Autos?«

»Ja, klar. Wir haben beide einen Fiat. Punto und Uno. Einen für ihn und einen für sie!« Clyde hätte wahrscheinlich mehr Erkenntnisse aus dieser Information gewinnen können als ich. Ich lächle einfach weiter. Aber sie hat plötzlich die Vorstellung, daß ich unbedingt mitkommen und mir das Cottage ansehen muß. Ich muß, ich muß. Denn ihre bessere Hälfte wird sie umbringen, wenn sie erzählt, wir wären einander über den Weg gelaufen, ohne daß sie mich mit nach Hause genommen hat.

»Also hast du geheiratet?« frage ich in meiner fröhlichen und leichten Stimme, und finde, daß die bewußte Verwendung von Abgedroschenheiten wie *bessere Hälfte* bei einer erwachsenen Frau total unwitzig klingt. Ich hoffe, Mom hat mich nicht auf den Holzweg geführt mit ihrer Erzählung. Vielleicht war ich ihre Brautjungfer. Momentan habe ich wirklich keine Lust, meinen Gedächtnisverlust zu thematisieren.

Sie nickt und rührt mit dem Kaffeelöffel den klebrigen Kaffeeschaum in ihrer leeren Tasse um. »Studentenliebe ist ja ein schreckliches Klischee, nicht wahr? Aber wir sind einfach zusammengeblieben, und die Mütter waren so heiß drauf. Du kennst ja die Eigenarten von Müttern. Meine brauchte einfach nur eine Ausrede, um sich endlich einen Hut zu kaufen.« Dann senkt sie die Stimme. »Ich hätte mir wirklich gewünscht, daß du gekommen wärst, Kirsty. Ich hab' dir über deine Mutter eine Einladung geschickt, aber du hast nie geantwortet.«

»Wahrscheinlich war ich viel zu eifersüchtig«, sage ich pathetisch und versuche, das Ganze wie eine flotte Erwiderung klingen zu lassen. Mir schaudert ein bißchen, als mir Paul einfällt. Wie wird das, ihn wiederzusehen?

Sie redet immer noch von der Distanz zwischen uns, als ich das College verlassen habe. Mir will langsam scheinen, daß sie unter dem bedauernden Tonfall auch ein bißchen defensiv klingt.

»Ich hab' ja so unglaublich oft versucht, dich zu erreichen! Aber du hast einfach alles stehen- und liegenlassen, alle Menschen um dich herum, ob deine Familie oder deine Freunde – alle haben das erzählt. Also hab' ich es irgendwann aufgegeben. Du wolltest es wohl so.«

»Ja, ich glaube, so war das.« Ich höre meine Stimme, die nicht nachdrücklich, aber doch klar und sicher klingt. Hier erhole ich mich von den ungemütlichen Erinnerungen. Ich fühle mich zuversichtlicher. »Ich brauchte damals den Raum. Aber die Zeiten ändern sich, und ich hatte das Gefühl, dieser Sommer sei die richtige Zeit, um zurückzukehren.«

In dem Augenblick steckt ein Mann seinen Kopf durch die Tür des Cafés und sagt: »Was macht ihr beiden Mädels denn hier drin an einem so herrlichen Tag? Ihr solltet doch draußen in der Sonne spielen!« Debs lacht laut auf. Als er wieder weg ist, sagt sie: »Das ist Tom, unser stellvertretender Direktor – wirklich ein großer Witzbold!« Und mir wird klar, als ich sie anlächle, daß dieses Nachspielen typischer Rollen in der Schule ihre Art der Kommunikation ist. Unter Erwachsenen scheint man so miteinander umzugehen. Ich denke über Clyde nach, wie er sich über Autos unterhält und sich aufregt, wenn ich über Gefühle sprechen möchte. Ist es das, was Älterwerden bedeutet? Gespräche in Spurrillen. Clyde und seine Autos, Debs und ihre

Unterrichtssystematik, ich und mein – mein was? Keine Karrierefragen, wie alle Erwachsenen um mich herum. Nur ein geheimer Geliebter. Vielleicht ist das der Grund, warum ich diese Briefe auf der Festplatte gelassen habe. Um mich zu behaupten, zu zeigen, daß ich existiere, auch wenn ich nichts zu sagen habe.

Ich frage mich langsam, wie ich eigentlich auf dieses Leben gekommen bin. Wachsen wir zufällig, beiläufig, in unsere Rolle als Erwachsene hinein, die wir dann sind? Oder wählen wir nach Jahren der Beobachtung, vorsichtig, all die Eigenheiten aus, die uns am einfachsten nachzumachen scheinen? Bewegen wir uns unausweichlich, Zentimeter um Zentimeter in unsere Vorlieben und Angewohnheiten hinein, in unseren Platz in der Zeit? Aber dann kamen die Zweifel. Ich wollte Kirsten verändern, ohne das zu können. Also habe ich sie verloren – oder schlimmer noch, ich habe sie absichtlich weggeworfen, alles fortgetan, was sie war und was sie tat. Und indem ich das tat, verlor ich auch den Grund für diese Tat aus den Augen.

Das alles ist ein bißchen merkwürdig für ein Treffen unter alten Freundinnen, also sage ich statt dessen: »Ich erinnere mich noch gut, wie wir manchmal an heißen Sommertagen die Schule schwänzten, um an den Strand zu fahren. Wir haben die Fähre über den Fluß nach Shaldon genommen.« Tatsächlich erinnere ich mich wirklich so genau daran, als sei das nur ein paar Wochen her, aber das sage ich natürlich nicht. »Damals war das wirklich ein sehr eleganter Ort. All diese schicken Katamarans ...«

»Ja, da gibt es noch jede Menge Boote«, stimmt sie mir selbstzufrieden zu. »Es gibt sehr viele Superreiche, die bei uns anlegen und sich dann in den Kneipen den Hintern plattsitzen. Man gewöhnt sich dran.«

Auch ich habe jetzt meinen Kaffee ausgetrunken. Wir schauen einander an, sind beide einen Augenblick unsicher, und dann beschließt Debs: »Du kannst nicht – du kannst *unmöglich* jetzt fahren, Kirsty. Nicht jetzt, wo wir uns nach all den Jahren wiedergetroffen haben. Komm mit nach Hause zu uns. Dein

Auto ist doch kein Problem. Ich fahre dich da vorbei, und dann kannst du hinter mir herfahren.«

Also werde ich doch noch Paul sehen. Ich spüre ein kleines Schaudern einer fast automatischen Eifersucht, selbst nach all diesen Jahren. Vor vier Wochen, als meine Träume vom College deutlicher waren als die Zeiten, in denen ich wach und bei Bewußtsein war, fragte ich mich, wie Paul wohl jetzt aussehen würde. Das werde ich bald herausfinden. »Mein Herr und Meister wird mittlerweile wieder zu Hause sein, also hoffe ich, daß er meine Pfeife und meine Pantoffeln schon fertig hat – oder wenigstens den Wein kalt gestellt hat!« sagt Debs, während ich neben ihr einsteige. Sie wirft den CD-Spieler mit einer Fernbedienung an, und irgend etwas mit Violinen jault uns voll, bis sie nach einer absichtlichen Pause die Musik leiser stellt.

Während ich ihr unser Auto am anderen Ende des Parkplatzes zeige, frage ich: »Heißt du weiter Debbie Adolfi?«

Sie lächelt und zieht eine Grimasse. »Nein, ich muß zugeben, daß ich nachgegeben habe. Ich hatte tatsächlich überlegt, meinen Namen zu behalten – oder mir einen Bindestrichnamen zuzulegen. Haben ja so viele von unseren alten Freundinnen gemacht. Aber es wäre einfach ein viel zu langer Name geworden.« Adolfi-Parr, denke ich. Parr-Adolfi. Sie hält neben dem blauen Escort. »Ich bin jetzt einfach Deborah Vellacott«, sagt sie.

Mein Mund fühlt sich an, als wäre er eine offene schwarze Wunde um ein einziges Wort herum. *Miles.*

Nicht Paul, sondern Miles. Debs hat ihre Studentenliebe geheiratet: Miles Vellacott.

Miles. Ich wende das Puzzlestück noch einmal. Hier haben wir mal wieder einen Teil des gesamten Bildes fertiggestellt, aber ganz und gar nicht so, wie ich es erwartet hätte. (Dieser weit entfernte Flecken, keine Steine, sondern dichte Bäume ...). Debs hat Miles geheiratet.

»Wir wurden in unserem zweiten Studienjahr ein Paar. Nachdem du weggegangen bist. Nach dem Festival in Glastonbury. Aber du siehst ja aus, als wüßtest du gar nicht, von wem ich überhaupt rede. Du mußt dich doch noch an Miles erinnern können, Kirsty! Schließlich seid ihr früher miteinander gegangen, Liebes!«

»Ich weiß. Ich meine, ich kann mich daran erinnern.«

»Na ja, wir sind eben irgendwie zusammengeblieben.«

»Ach. Wie schön.«

Und ich meine das ernst, wirklich. Schließlich hat Debs mir nach all diesen schrecklichen Wochen einen Hoffnungsschimmer gegeben, wie ich vielleicht ein kleines Stück Selbstachtung retten kann.

Denn das erklärt alles. Janeys Vater ist Miles. Ich kann jetzt endlich erkennen, warum ich das nie irgend jemandem erzählt habe. Warum ich mich so isoliert habe. Als mir klar wurde, daß meine ausbleibende Regel etwas Ernstes war, begriff ich gleichzeitig, wahrscheinlich durch einen dieser unbeantworteten Briefe, daß die Sache zwischen Debs und Miles auch ernst wurde. Also habe ich diese unglaublich tapfere, unglaublich *gute* Tat getan und bin in ein neues Leben aufgebrochen, um meinen Freunden einen klaren Start miteinander zu ermöglichen.

Ich fühle mich so gut. Kirsten war nicht ausschließlich eine Zicke. Kirsten war auch eine Heldin. Vielleicht nicht gerade Mutter Theresa, aber doch auf eine ziemlich beeindruckende Art und Weise altruistisch.

Ich überlege, was das alles bedeutet, während ich Debs' Auto folge, während die Stadt sich zu einer Landschaft auflöst. Die Sonne pulsiert durch die gebogenen Zweige der überwachsenen Straße auf mich herab. Ich kann Miles unmöglich nach all diesen Jahren erzählen, daß er jetzt eine Tochter hat. Aber ich will auch nicht wegen Janey lügen. Vielleicht ist es besser, sie überhaupt nicht zu erwähnen. Andererseits könnten Miles und Debs selber auch Kinder haben. Dann hätte sie eine kleine Halbschwester oder einen Halbbruder. Ich muß von vorne überlegen. Vielleicht bin ich dazu verpflichtet, Janey zu sagen, daß sie Geschwister hat.

Andererseits war Kirsten nicht der Meinung, daß sie irgend

jemandem etwas schuldig war. Sie hat sich seit Jahren nicht mehr gerührt.

Daß Miles sich mit Debs zusammengetan hat, ohne überhaupt zu ahnen, daß er ein Kind hat, sprengt das Denkvermögen. Aber gleichzeitig ergibt das einen Sinn. Zum ersten Mal nach Wochen ergibt etwas für mich einen Sinn. Es muß unglaublich schwer gewesen sein, dieses Geheimnis so allein mit mir herumzuschleppen. Ich frage mich, ob Clyde gelogen hat, als er sagte, ich hätte ihm nie erzählen wollen, wer der Vater sei. Ich muß doch mit ihm darüber gesprochen haben. Warum ich meinen Geliebten schützen wollte – und wichtiger noch, meine Freundin Debs. Aber selbst wenn ich mich ihm nicht anvertraut habe: Clyde hat beschlossen, mir mein Geheimnis zu lassen. Er muß sich ziemlich wie ein Held vorgekommen sein, als er mich geheiratet hat. Vielleicht haben wir uns beide selbst bewundert.

Debs fährt sehr schnell, aber die Straße ist kaum befahren, und ich bleibe ihr dicht auf den Fersen. Wir kommen an die große Flußmündung, wo der Teign in die See mündet. Ich sehe das hohe Kliff, das den Schmugglerstrand schützt. Dort verbrachten wir diesen verrückten, glücklichen Tag, als Miles noch mit mir zusammen war. Es muß fürchterlich gewesen sein, als er mich verließ und ich wußte, daß ich schwanger war. Ich bin immer noch ganz überwältigt, eine so außerordentliche, so unerwartete edle Haltung bei Kirsten zu finden. Ich bin so erleichtert, daß ich fast in die blendendhelle See fliegen möchte, um mich darin aufzulösen.

Wir überqueren die lange Brücke über den glasig-grauen Fluß, der weich und glatt daliegt. Vorübergleitende weiße Schwäne hinterlassen winzige dunkle Wolken. Langsam wird mir klar, daß auch inmitten meiner Euphorie etwas herumschwimmt. Etwas, was dazu nicht passen will. Janeys Vater ist Miles. Wenn man einmal annimmt, daß meine Liebesbriefe Janeys Vater galten … *Nach all dieser Zeit*, hatte Debs gesagt. *Das muß doch bald zehn Jahre her sein!* Noch einmal diese Schuldgefühle, ein Mühlstein um meinen Hals. Entspricht das der Zeit, die ich Miles nicht gesehen habe, oder haben wir uns erst vor kurzem gesehen? Haben wir gerade erst gemerkt, daß wir unmöglich wieder zum Status von *Nur-gute-alte-Freunde* zurückkehren können?

Debs hat den Blinker angeschaltet, um in einen kleinen Weg einzubiegen. Ich parke hinter ihr vor einem hübschen Cottage mit Blick auf die Flußmündung. Es ist gerade Ebbe, und eine regelrechte Schlange teuer aussehender Boote liegt auf dem schlammigen Sand, so daß man eher glaubt, auf einen Parkplatz zu schauen als auf einen Strand.

Die Tür ist nicht abgeschlossen. Debs führt mich hinein, und ich folge ihr in die Küche. Miles steht mit dem Rücken zu uns und preßt gerade eine Zitrone aus. »Huhuu«, sagt er, ohne sich umzudrehen. »Ist gleich alles fertig.«

»Schau mal, wen ich mitgebracht habe«, sagt Debs. Ich habe einen schrecklichen Augenblick Zeit, in dem ich mich frage, ob wir ein Geheimnis miteinander teilen. Dann dreht er sich um.

Wenn überhaupt, dann hat sich Miles stärker verändert als Debs. Aber das liegt daran, daß seine Haare jetzt wesentlich spärlicher sind als damals. Im Vergleich zu Miles, dessen Schädel fast kahl ist, hat Clyde nur eine etwas hohe Stirn. Immerhin hat Miles seine Haare ganz extrem kurz schneiden lassen, anstatt durch irgendwelche Tricks diese Tatsache verbergen zu wollen. Er trägt ausgebeulte, knielange Shorts und ein T-Shirt, auf dem steht: SCHLUSS MIT DEN FUCHSJAGDEN. Die grüne Gandhi-Sonnenbrille nimmt er ab, als er mich entdeckt.

»Du liebe Zeit«, sagt Miles.

Dann – und das, finde ich, hat Stil – wirft er krachend die Kühlschranktür auf, holt eine Flasche Sekt heraus und hat innerhalb von ungefähr zwei Sekunden den Drahtverschluß abgepfriemelt, den Korken knallen lassen und mir ein Glas eingeschenkt. Dabei stehe ich immer noch da und sage nichts. Er kommt auf mich zu, das schäumende Glas in der Hand, und küßt mich auf die Wange.

»Keine Gelegenheit auslassen!« flötet Debs und macht seine

schöne Geste ein bißchen runter, indem sie sagt: »Ist leider kein Champagner«, und ihn auch noch dafür ausschimpft, daß er die falschen Gläser genommen hat. Miles nimmt einfach überhaupt keine Notiz von ihren Bemerkungen. »Christy! Ganz die Alte. Zum Anbeißen«, sagt er.

Debs, das war vorauszusehen, macht ihn natürlich gleich zur Schnecke, weil er sich nicht an meinen Namen erinnert. Aber er lächelt mich unbeeindruckt an, und ich lächle zurück. Ganz eindeutig haben wir uns seit Ewigkeiten nicht gesehen. Miles ist freundlich und selbstsicher, ein netter Ehemann und ein netter Gastgeber. Nicht jemand *mit starken Armen und heißen Küssen,* von dessen Kinn meine Säfte tropfen ... ich wünschte, ich könnte diese Briefe genauso leicht aus meinem Hirn löschen wie von der Festplatte.

Ich murmle eine angemessene Bewunderung für ihr Cottage. Miles erzählt davon, wie mühsam es ist, ein denkmalgeschütztes Haus zu besitzen, wie teuer echte Butzenscheiben sind, und Debs erklärt, sie würden eines Tages gerne ein Boot haben. Die beiden haben keine Kinder. Sie sagt: »Du liebe Zeit, ich sehe doch wirklich genug *Kids* jeden Tag, herzlichen Dank!« und zieht eine Grimasse, als hätte ich ihr eine Halbtagsstelle in einem Schlachthof angeboten. Sie hat etwas Schrilles, als wolle sie mir beweisen, daß ihre Welt wichtig ist – wie vorhin, als sie im Café vor Lachen über ihren Lehrerkollegen förmlich gekreischt hat. »Ich habe ein Leben«, scheint sie mir demonstrieren zu wollen. Ich schaue zu Miles, aber er sagt dazu nichts, obwohl er wohl kaum jeden Tag *Kids* sieht.

Es tut mir ein bißchen leid für Miles. Jedenfalls werde ich jetzt Janey bestimmt mit keinem Wort erwähnen. Ich habe sogar das kleine Bild von ihr an meinem Schlüsselbund in meiner Handtasche versteckt, damit er nicht zufällig einen Blick darauf erhascht. Man stelle sich vor, er würde sagen: »Liebe Zeit, sie sieht ja genau aus wie meine Schwester, als sie klein war«, oder so etwas. Solange die beiden ausschließlich über sich selbst reden, bin ich in Sicherheit.

Sie bestehen darauf, mich zum Abendessen einzuladen, und nach einem Glas Sekt erscheint mir das tatsächlich angeraten, bevor ich mich auf die Reise nach Hause mache.

Miles zieht eine Plastikschürze mit großen, aufgemalten Brüsten an, die mit Troddeln verziert sind. »Seine Grillschürze«, sagt Debs, »Hauptsache Busen!« Ich weiß spätestens jetzt, daß die beiden einander verdient haben.

Sein Abendessen ist zugegebenermaßen köstlich. Er hat eine Vorspeise gemacht, von der er sagt, sie bestehe aus gedünstetem Spinat mit Cashewnüssen, Sultaninen und Essig (»natürlich Balsamico«, sagt er und wedelt mit einer Flasche in der Luft herum). Es schmeckt göttlich. Dann Nudeln mit einer Sauce aus schwarzen Oliven, dazu Salat und ein mit Kräutern gewürztes Brot. Ich beschließe, mir mit dem Kochen mehr Mühe zu geben, wenn ich zurückkehre. Vielleicht muß ich nicht gleich mit Helen Rezepte-Quartett spielen, aber ich könnte vielleicht das eine oder andere kulinarische Abenteuer wagen. Auch für Janey wäre das schön. Ich könnte ihr beibringen, wie man kleine Rosetten aus Tomaten schneidet; das wird ihr sicherlich Spaß machen.

Er macht jetzt in Computern, sagt Miles mir, und arbeitet im wesentlichen zu Hause. Er versichert mir, daß die Photographie mittlerweile ein totes Geschäft ist. Er nimmt eine Zeitschrift von dem dunklen Ledersofa auf und blättert sie auf der Suche nach einem Bild durch, das ich sofort als eines von Liz Taylor erkenne. Sie sieht genauso aus, wie ich mich an sie erinnere. »Computer«, sagt er, »mit denen kannst du heutzutage Bilder viel besser manipulieren als damals mit den alten Retuschiermethoden in der Dunkelkammer. Du kannst Falten wegmachen, die Hauttönung verändern, Augen vergrößern ... schau es dir doch mal an.«

Auf dem kleinen Bild, das dem großen Porträt beigefügt ist, sieht sie tatsächlich aus wie eine Kreuzung zwischen einem durchgekauten Kaugummi und einem von Janeys Kartoffelkopf-Püppchen. Aber warum dem Schicksal nachhelfen?

»Ein Zauberspiegel für die böse Königin«, sagt Debs.

»Sehr beeindruckend. Aber warum? Das ist doch so, als würde man sagen: Es ist besser, jung zu sein, ob man das in Wahrheit ist oder nicht. Wäre es nicht besser, einfach so auszusehen wie die Person, die man eben ist?«

Debs lacht sich schief. »Aber es will doch jeder die Zeit anhalten, Kirsty«, sagt sie.

Das ist nun wirklich eine Ironie, die ich nicht erklären kann. Ich wende mich wieder an Miles. »Aber ohne das Photo kann man ja solche Bilder gar nicht herstellen«, sage ich, aber er schüttelt den Kopf und sagt von oben herab: »Digitale Bildverarbeitung. Man kann alles damit.«

Ich kann mich nicht wirklich dagegen wehren, weil ich mit der Photographie ja aufgehört habe. Aber ich habe dauernd das Gefühl, ich müßte widersprechen. Ich wünschte, ich wüßte besser, warum eigentlich.

Egal. Jetzt lastet mir etwas Dringenderes auf der Seele, und ich warte nur auf den richtigen Moment, um die Frage zu stellen. Als Miles aufhört zu reden und die Teller abräumt, frage ich sehr beiläufig: »Und was ist aus Paul geworden?«

Debs antwortet. »Na ja, natürlich hab' ich von Paul nicht mehr viel mitbekommen, nachdem er und Miles aus ihrer WG ausgezogen sind. Nach dem Examen ist er nach Amerika gegangen – ach so, das weißt du ja alles nicht, nicht wahr?« Sie dreht sich um und stellt die Salatschüssel auf das Regal hinter sich, von wo sie auf geheimnisvolle Weise durch die Durchreiche hindurch in die Küche gleitet.

»Wovon weiß ich nichts?«

Unsere abgegessenen Teller verschwinden und werden von einer großen, hölzernen Schale mit Obst ersetzt. Obendrauf Pfirsiche. »Ach, vor zwei, drei Jahren ungefähr habe ich gehört, daß er beim Surfen in Long Beach umgekommen ist.«

Ich zucke tatsächlich zusammen, als hätte man mir ein Messer zwischen die Rippen gestoßen. Ein Schmerz durchfährt mich, als hätte man mir alle Innereien aus dem Leib gerissen, wäre mir mit einem Waschlappen durchs Hirn gefahren. Als wäre das alles meine Schuld, als hätte ich ihn dort hingeschickt und zugesehen, wie er stirbt. Die Arroganz der Liebe, denke ich. Die vollkommene Selbstbezogenheit romantischer Leidenschaft. Und er hat das noch nicht einmal gewußt.

»Ich muß zugeben, daß ich ihm nicht besonders nachgetrauert habe. Wir hatten uns nach dem Festival vollkommen aus den Augen verloren«, sagt Debs gerade. »Na ja, klar. Weißt du noch? Er hat sich total besoffen, und wir mußten Miles' Bruder anrufen, daß er uns abholt. Obwohl, du hast es geschafft, von deinem Vertrauensdozenten auf dessen Motoguzzi nach Hause gebracht zu werden. Nicht wahr, Milo? Wir haben Kirstys Klamotten vorbeigebracht, und ihr Vater hat uns richtig rundgemacht.« Er verteilt die Obstmesser, und beide lachen sie herzhaft.

Ich kann darüber nicht lachen. Alles in mir schmerzt, wenn ich an Paul denke. Die Erinnerung an sein schönes Gesicht und seinen schlanken, muskulösen Körper überkommt mich. Sie ist viel lebhafter als dieses Zimmer und diese Menschen. Meine Vorstellung von Debs und Miles – also von den echten Menschen, von meinen Freunden – ist verwischt worden durch ihre Ehe, verwirrt durch ihr Älterwerden. Aber Paul, der schöne Paul, sieht noch so gut aus, ist noch so jung und klar in meinen Gedanken. Ich kann es nicht ertragen, daß er jetzt tot sein soll.

Debs ist jetzt voll auf dem Erinnerungstrip. »Und stell dir mal vor, wen ich bei einem Lehrertreffen wiedergesehen habe! Nicholas! Der ist jetzt Leiter einer Kunstfakultät, irgendwo in den Midlands. Kannst du dich noch erinnern, wer Nico ist?«

Deutlicher, als du es vielleicht glaubst, Debs. Ich sage statt dessen: »Wirklich? Spazzo Nico?«

Sie zuckt übertrieben zusammen und lacht dann. »Das ist mehr als deutlich formuliert, Kirsty! Er hat das Tourette-Syndrom. Obwohl uns damals nie klar war, daß seine ganzen nervösen Ticks da herrührten.« Sie lächelt mein fragendes Gesicht an.

»Diese ganze Zappelei? Das kam alles vom Tourette-Syndrom? Ich dachte, er jongliert einfach nur gern«, sage ich. Sie blickt mit den Augen himmelwärts.

»Zu deiner Lektüre hat Oliver Sacks wohl nicht gehört!« sagt sie mit besonderem Genuß. Und ich denke, Scheiße, jetzt kriege ich von Mrs. Vellacott eine Strafarbeit in aktueller Psychologie aufgebrummt.

Miles wischt sich die Finger an einer dunkelblauen Serviette ab und steht auf. Er nimmt die CD heraus, die im Gerät ist, obwohl Debs mit einer vermutlich spielerisch gemeinten Stimme sagt: »Ich bin überzeugt, es wäre Kirsty lieber, wenn du Nigel Kennedy noch einmal spielst.«

Miles lächelt und ignoriert sie. Das scheint er gewohnt zu sein. »Kirsty wird bestimmt nichts dagegen haben, ein bißchen in der Zeit herumzustromern«, sagt er gleichmütig und zeigt mir das Cover der CD, die er gerade ausgesucht hat. Dabei sagt er »Oysterband – der Remix von vierundneunzig.«

Das Lied kenne ich nicht, also muß es aus meinen fehlenden Jahren stammen. Es ist ein schöner, trauriger Song, dessen etwas undeutlich gesungener Text wie Insekten in meinen Ohren summen. *We can forget our names.* Mein Herz trommelt langsam gegen mein Brustbein. Es scheint so, als fände die Welt doch immer eine Möglichkeit, unsere geheimsten Geheimnisse zu verraten. *We can forget each other's faces.* Das unerklärliche Rätsel, das ich zu verbergen suche, kommt tröpfchenweise hervor, verbindet sich mit dem Surround-Sound von Miles' aufgemotztem Stereosystem, mit zusätzlichen Bässen und Fünffach-CD-Wechsler. Glücklicherweise erklärt Miles mir gerade diese technischen Aspekte und hört dem Lied gar nicht zu, aber die kaum wahrnehmbare Energie der uns umgebenden Luft weiß Bescheid, der Raum weiß es, die winzige Spinne, die zitternd an dem Faden am Fenster hängt, weiß es. Ich atme rasch. Ich gieße mir den letzten Rest Mineralwasser ins Glas und trinke hastig. Die merkwürdig passenden Worte schweben um mich herum. *Don't be afraid, don't be afraid.*

»Diese CD hab' ich gar nicht«, sage ich beiläufig, und Miles beschließt sofort, mir auf der Stelle im Hochgeschwindigkeitsmodus eine Kassette zu überspielen. Ein quietschendes Kauderwelsch erfüllt den Raum, und ich bin erleichtert, als er den Ton abstellt.

Mir wird klar, daß ich zwei Gläser Sekt getrunken habe und daß mir ein bißchen zu flau ist, um jetzt sofort nach Hause zu fahren. Debs drängt mir Kaffee auf und lockt mit einem Tratsch unter Freundinnen, denn Miles muß zu seinem Kurs im Korbflechten, weswegen sie so früh zu Abend gegessen haben. Eigentlich sollte ich Clyde anrufen, aber uneigentlich habe ich keine Lust dazu. Es könnte ja sein, daß Janey rangeht, und die müßte ich meinen neuen Freunden dann erklären.

Als wir uns auf den großen Sitzkissen auf dem Boden niederlassen, finde ich, es war eine großartige Idee, sich mit Debs zu treffen. Nicht nur, weil ihre Ehe mit Miles mein langes Schweigegelübde erklärt. Die Art, wie sie sich verändert hat, hat mich aus meiner Nabelschau und meiner inneren Reglosigkeit katapultiert. Die Feststellung, daß meine Eltern alt geworden sind, hat mich unglücklich gemacht. Aber auf dieses Ehepaar zu treffen ist ganz anders. Jetzt jedenfalls bin ich wirklich überzeugt, daß meine Studentenzeiten auf ewig vorüber sind. Hier gibt es nichts, was ich über meine Zukunft erfahren könnte. Ich muß mich auf die jüngere Vergangenheit konzentrieren – und auf das andere Stück vom Puzzle. Auf diese Briefe. Ich kann nichts entscheiden, bis ich nicht genau weiß, was es mit denen auf sich hat.

Als Debs mir also sagt, ich müsse, ich müsse jetzt einfach unbedingt alles von mir erzählen, ergreife ich die Flucht nach vorn. »Also. Weißt du noch, was du vorhin gesagt hast? Daß alle die Uhren anhalten wollen?« Noch während sie nickt, erzähle ich ihr, was mit mir passiert ist, erzähle, daß mir die anderen Menschen nur oberflächliches Zeugs erzählen können darüber, was ich früher eigentlich gemacht habe – und daß das wohl daran liegt, daß kein Mensch weiß, was ich früher eigentlich gedacht habe.

Ich bereite sie vorsichtig auf das Wesentliche vor, aber ich bin mir nicht sicher, ob Debs das alles überhaupt begreift, obwohl ich es schon sehr vereinfacht darstelle. Ich gebe nicht zu, daß ich Clyde vollkommen vergessen habe, wie alles über meine Ehe. Das lasse ich für den Anfang lieber weg. So, wie ich es Debs erzähle, fehlt mir gerade mal ein Jahr. Auch das klingt ja schon einigermaßen unglaublich, wenn man darüber nachdenkt. Debs scheint auch gerade darüber nachzudenken.

Der Sekt ist alle, und sie hat eine Flasche Weißwein aufgemacht, die sie mir mit fragendem Blick entgegenhält. Ich erinnere sie daran, daß ich noch fahren muß. Sie nickt und füllt ihr eigenes Glas bis zum Rand. Dann zieht sie die Schuhe aus und kratzt sich am großen Zeh, und fast sieht sie wieder so aus wie meine alte Debs. Ganz offensichtlich fragt sie sich, wieso ich aus heiterem Himmel bei ihr erschienen bin, um ihr diese merkwürdige Geschichte zu erzählen. Ich erkläre, ich hätte langsam die Nase voll davon, mich dauernd zu entschuldigen, weil ich alle um mich herum enttäusche, sie mit meinem Gedächtnisverlust so tief im Dreck sitzen lasse. Daß ich endlich einmal jemanden sehen wollte, von dem ich weiß, daß ich ihn kenne. Während sie sich in ihren Puff sinken läßt wie ein kleines Mädchen in der Märchenstunde, sprudelt alles aus mir heraus. Daß ich keine Spuren eines Lebens finden kann, das mir irgendwie vertraut wäre, Bücher oder sonst etwas. Und dann hätte ich versteckte Liebesbriefe gefunden ...

»Liebesbriefe!« sagt Debs und ist sofort wieder wach. Da haben wir die alte Debs wieder. Die war immer schon neugierig. Also erzähle ich ihr, wie leidenschaftlich sie sind, und während ich davon rede, wird mir zunehmend klar, daß ich unbedingt in Erfahrung bringen muß, wer dieser Mann ist. Vielleicht wartet er noch auf mich, vielleicht fragt er sich, warum ich nicht mehr schreibe. Diese Affäre lebt möglicherweise noch – sie kann mich vielleicht noch retten. Diese Verschwörung aus Schweigen um mich herum hat mich in Angst und Schrecken versetzt, meine eigene Machtlosigkeit hat mich gelähmt. Ich fühle mich unsicher und ängstlich, aber ich kann diesen Teil meines Lebens nicht mehr ignorieren. Ich muß meinen Liebhaber finden und ihn treffen.

Debs wird ganz aufgeregt. »Getippt? Du hast Liebesbriefe gefunden, die du auf dem Computer geschrieben hast?«

»Ich weiß, es klingt verrückt«, sage ich, »aber ich wollte vermutlich, daß sie wie Geschäftsbriefe aussehen.«

»Na, dafür hättest du auch einen Adressenaufkleber benutzen können«, sagt Debs. »Ich denke eher, du wolltest ihm die Texte per E-Mail schicken. Ihr habt gar kein E-Mail?« Ihr Erstaunen ist nicht zu übersehen. »Wir haben das schon seit Ewigkeiten – ohne das könne Miles sein Büro einpacken. Dieser Tage wird eigentlich jedes Geschäft mit den USA über E-Mail abgewickelt. Du weißt schon, Dateien herunterladen, Bilder, all solche Sachen.« Und dann legt sie erst richtig los. Fast ziehe ich mich schon wieder in meinen Zeitreisekokon zurück, bis mir einfällt: Das alles hat rein gar nichts damit zu tun, daß ich allein in einer längst verschwundenen Welt bin, sondern jede Menge damit, daß Debs mit ihrer topaktuellen High-Tech-Ausrüstung angeben will. Also hole ich tief Luft und sage: »Jetzt halt den Mund, Debs, wir waren gerade dabei, über mich zu reden.« Und sie schaltet auch sehr rasch wieder um.

»Und dein Mann wußte, daß es die gibt? Du mußt unbedingt mit ihm darüber reden, Kirsty. Er weiß bestimmt, an wen du sie geschrieben hast. Warum redet ihr nicht miteinander?«

»Glaubst du nicht, daß die Unterhaltung ein bißchen anstrengend werden könnte, Debs? Es war schon schwierig genug, ihn nach dem nächsten Postkasten zu fragen, glaub es mir.«

Sie wischt das mit einer Geste weg. »Du mußt ihn damit konfrontieren. Kirsty, deine Zukunft könnte doch da draußen auf dich warten. Du bist wie Rapunzel, eingesperrt, wartest auf den Retter.«

»Eher wie Dornröschen, so hat mir … neulich jemand gesagt.«

Debs ist von den Märchenmetaphern sehr angetan. »Eigentlich ist es ja eher wie Schneewittchen: Das Leben ist weitergegangen, während du verzaubert warst. Ich muß mal nachschlagen, was Bettelheim dazu sagt – der hat ganz ausgezeichnete Sachen über die Psychologie von Märchen geschrieben.« Eilig geht sie ans Regal. »Jede Wette ist der Schlüssel irgend etwas, das mit deinem Vater zusammenhängt. Du weißt ja, daß die böse Stiefmutter eine Projektion von Schneewittchens Eifersucht auf ihre Mutter ist. Und der vergiftete Apfel ist natürlich die Sexualität, vor der sie solche Angst hat.«

Was für eine Scheiße. Debs hat sich wirklich unglaublich verändert. Diese pseudopsychologische Denke hätte sie damals schwer genervt. Mir tut es schon wieder leid, daß ich mein Vergessen auch nur erwähnt habe. Und die Briefe. Ich wünschte, ich hätte nicht mit Debs darüber gesprochen, also über meinen heimlichen Liebhaber und wer er ist. Ich dachte, es würde sich so anfühlen wie früher, als wir alles, wirklich alles miteinander besprechen konnten. Aber wenn Debs jetzt so loslegt, wie eine typische Lehrerin, erscheint mir alles, was ich ihr lang und breit erklärt habe, völlig absurd.

Nach einer längeren Pause, in der das Schweigen zwischen uns fast mit Händen zu greifen ist, hört Debs auf, im Regal zu suchen, und geht lieber noch einmal an die Weinflasche. Dann läßt sie sich wieder in ihren Puff fallen. »Weißt du, ich wußte sofort, als wir uns wiedergesehen haben, daß du irgendein Geheimnis hast. Frag mich nicht, woher. Ich wußte es einfach. Als du sagtest, du würdest keinen Photojournalismus machen, hab' ich überlegt: Sagt sie mir jetzt gleich: ›Ich hab' einen großen Auftrag für ein Buch‹? Oder sagt sie: ›Ich bin jetzt beim Film und drehe Pornos‹? Bei Kirsty könnte wirklich beides sein.« Sie wedelt mit der Hand in der Luft, als sei Kirsty schon wieder eine abwesende Dritte.

»Ach, komm schon, Debs – ich und Pornos?«

Sie zuckt mit den Achseln und schlürft ihren Wein. »Wenn du gewollt hättest. Unter deinem schüchternen Lächeln hast du's faustdick hinter den Ohren.«

Faustdick hinter den Ohren? Ich? Ich stehe auf. Mir ist schlecht vor Kummer, und ich wünschte, ich hätte ihr nie irgend etwas erzählt.

Auch sie springt auf. »Ach, Kirsty, du hast mir ja so gefehlt. Mir war gar nicht klar, wie sehr es mich verletzt hat, als du einfach weggegangen bist. Und es ist bis heute nicht richtig verheilt.«

Ich setze mich unsicher wieder. Jetzt setzt sie sich neben mich, ohne mich anzusehen. Aber sie plappert weiter. »Ich hatte solche Schuldgefühle. Nein, ich fühlte mich verletzt. Nein, beides. Aber ich glaube, damals bin ich auch ein Stück weit erwachsen geworden. Miles war es, mit dem ich geredet habe, denn dich gab es ja nicht mehr. Damit hatte ich zum ersten Mal eine wirklich erfüllende Beziehung mit einem Mann, nicht bloß eine Bettgeschichte. Und ich wollte es dir doch sagen – ich hab' es so oft versucht. In allen meinen Briefen hab' ich dir davon geschrieben, und als du mir nie geantwortet hast, hat mich das mitten ins Herz getroffen. Ich hab' deine Mutter angerufen, ob ich auch die richtige Adresse habe, und ich hab' ihr erzählt, daß ich dich besuchen wollte. Da meinte sie nur: ›Ach, ich glaube, sie ist mit ihrer neuen Stelle sehr beschäftigt‹, und ich fragte: ›Auch am Wochenende?‹ und hab' dabei ein bißchen gelacht. Da gab es eine lange Pause, und dann hat sie auch gelacht, und ich wußte, ich *wußte* es einfach: Du hattest ihr gesagt, daß du mich nicht mehr sehen willst. Es war schrecklich.«

Debs nimmt ein paar hektische Schlucke und starrt auf den Boden ihres Weinglases.

»Mum hat das alles wahrscheinlich genauso verletzt«, sage ich. Leider weiß ich nur gar nicht, wovon ich eigentlich rede. Aber wenn ich das wüßte, wäre ich ja auch nicht hier. Ironie des Schicksals.«

»Na ja, mir war das damals nicht so klar«, sagt Debs zu ihrem Glas. Eine kleine Träne fällt leise in den letzten Rest, und eilig gießt sie sich Wein nach. »Und außerdem sagte Miles, Andy hätte immer wieder angedeutet, daß ihr beide noch in Kontakt steht. Dein Vertrauensdozent. Das hat mir so weh getan. Handy Andy, so nannte Miles ihn immer.«

»Welche Art von Kontakt denn?« Das will ich nun wirklich wissen.

Debs lehnt sich zurück und schließt die Augen. Das Glas, das sie mit beiden Händen umklammert hält, schwankt gefährlich. Ich stelle es sanft auf den Boden zwischen uns. »Miles sagt, er hätte in der Dunkelkammer einen Abzug gesehen, eine Silhouette von nackten Brüsten. Andy hätte sie aus dem Entwicklungsbad gezogen, aufgehängt und gefragt: ›Kein Wiedererkennungseffekt, Miles? Kommt dir nicht bekannt vor?‹, und dann hat er gelacht. Miles war überzeugt, er wollte damit sagen, es seien deine Brüste gewesen.«

Ich höre Leila, wie sie sagt: »Ich hab' immer noch diese Bilder von deinen Babybauch.« Ich stelle mir vor, wie sie langsam in der Fixierflüssigkeit aufschwemmen, im roten Dämmer der Dunkelkammer. Wie Andy den Abzug aus der Flüssigkeit nimmt und ihn aufhängt, wie er sich langsam die Hände abtrocknet, als hätte er etwas Schönes, Klebriges gestreichelt, was er eigentlich gar nicht abwischen wollte. »Du hast ein paar Bilder von deinem Bauch gemacht. Im Spiegel«, so hatte Leila es gesagt. »Sie sind wunderschön, ganz natürlich und irgendwie fruchtbar. Fast wie Landschaftsaufnahmen.« Ich stelle mir meine von der Schwangerschaft geschwollenen Brüste vor, denke über die Haltung nach, die ich eingenommen hätte, um die Kurven zu einer Körperlandschaft werden zu lassen.

»Andy hat tatsächlich ein paar Abzüge für mich gemacht«, sage ich vorsichtig, »weil ich ja keine Dunkelkammer mehr hatte. Aber ich hab' noch photographiert. Vielleicht wollte ich mir die Möglichkeit einfach offenhalten.«

»Du hattest keine Dunkelkammer? Wir waren überzeugt, du hast irgendeinen großartigen Job als Studioassistentin.«

»Nein. Ich hab' im Labor gearbeitet, hab' repräsentative Bildbände anderer produziert.«

»Ehrlich? Es war ja schon immer so, daß du deine Geheimnisse für dich behältst.« Debs scheint neun Jahre Bitterkeit neu ordnen zu müssen. »Na ja, vielleicht war das kein Geheimnis, aber du sagst ja nie genau, was du vorhast. Behältst alles für dich und wunderst dich dann, daß die Leute den falschen Eindruck von dir haben.«

Debs war als Kritikerin immer scharf, aber ich kann mich nicht erinnern, daß sie früher Bissigkeit als Psychologie verkauft hätte. Sie vernichtet mich mit diesen Worten und einem vertraulichen Grinsen, als wolle sie sagen: *»Ist nur ein Witz!«* Ich soll jetzt wohl verletzt oder beleidigt sein und Humorlosigkeit demonstrieren. Damit sie recht haben kann. Aber auch ich scheine mich in den fehlenden Jahren verändert zu haben. Ich kann sie anschauen ohne ein entschuldigendes Lächeln im Gesicht.

Außerdem rolle ich mich nicht zusammen und sterbe auf der Stelle, und verteidigen tu' ich mich auch nicht. Ich sage nur: »Es tut mir leid, daß du dich damals so verletzt gefühlt hast. Aber heute scheinst du ja mit Miles sehr glücklich zu sein.«

Sie nickt und gießt einen weiteren Millimeter Wein in ihr ohnehin schon randvolles Glas. »Das war eben gemein, nicht wahr? Vermutlich liegt es daran, daß ich unglaubliche Schuldgefühle hatte. Hatten wir beide, natürlich. Dagegen kamen wir ja gar nicht an.« Sie macht eine Pause.

»Aber ich war doch weg ...«, sage ich. Ich lasse die Worte in der Luft hängen, mit einem kleinen Rest Frage darin.

Sie schluckt. »Ja, natürlich. Du warst weg. Und – ehrlich gesagt, Kirsty, ihr beide hättet es doch nicht lange miteinander ausgehalten. Du und Miles. Oder?« Es ist keine Frage, also wage ich auch keine Antwort. »Es sprach ja auch alles dagegen. Und es war nicht unsere Schuld ...«

Jetzt liegt in ihrem Satz ein Rest von Frage. Rasch sage ich: »Nein, natürlich nicht.«

Debs ist schon wieder heiterer geworden. »Ach, Kirsty, es tut mir so leid – jetzt rede ich die ganze Zeit über meine Gefühle, und du bist doch so arm dran!« Sie tätschelt mir das Knie.

»Ich bin nicht hergekommen, weil ich Mitleid wollte«, sage ich freundlich und fröhlich. Ist auch besser so, denke ich dabei.

Aber es geht mir trotz ihres Angriffs immer noch ganz gut. Heute bin ich ein gutes Stück weitergekommen – ein weiteres Stück von dem Puzzle ist einsortiert, und ich habe eine wichtige Entscheidung getroffen. Ich werde mit Clyde reden. Ich werde ihn wegen der Briefe fragen.

Ich stehe auf, und Debs begleitet mich zur Tür. Sie sagt: »Irgend etwas an dir ist wie ein Katalysator, Kirsty.« Ich denke an das weiße Rauschen, durch das ich mich gerade taste, und ich muß lachen. Aber sie beharrt darauf: »Ich meine das ernst. Das war immer schon so. Die Menschen reagieren einfach und unglaublich intensiv auf dich. Die Frauen können nicht anders, als dir eins auswischen zu wollen, und die Männer können nicht anders, als dir hinterherzuhecheln. War immer schon so. Mit dir unterwegs zu sein war eine prima Methode, sich einen Freund zu angeln.« Ihre Wangen sind jetzt sehr rot. Es sind diese rötlichen Dreiecke, die sie immer unter den Augen hat, wenn sie ein bißchen beschwipst ist.

Ich weiß nicht, was ich darauf antworten soll, also schweige ich lieber. Wir treten aufeinander zu und wiederholen die ungeschickte kleine Umarmung, mit der wir uns schon in der Stadt bedacht haben, als wir uns nach so vielen Jahren wiederfanden. Aber diesmal umarmt sie mich fester, und die Wärme ihres Gesichts ist ganz nah, als wir uns küssen.

Ich umarme sie fest und sage: »Ich freue mich wirklich, daß ich mitgekommen bin«, und das stimmt sogar.

Während ich gehe, ruft Debs mir noch hinterher: »Alles Gute bei der Suche«, und fügt hinzu, als wäre es ein Witz, den sie unmöglich unterdrücken kann: »Vielleicht ist es ja gar kein Mann!«

Ich muß lächeln, als ich ins Auto steige. Es freut mich, daß das letzte, was ich von Debs höre, ein Aufblitzen ihres alten Humors ist.

Auf der Fahrt nach Hause denke ich über alles nach, was ich erfahren habe, und fühle mich ... eigentlich betäubt. Vermutlich klingt das kalt. Ich habe Paul so sehr geliebt, und er ist für mich immer noch deutlicher spürbar als dieser neue Miles, spürbarer sogar als Clyde. Aber diese Welt, in der ich aufgewacht bin, ist so voller außerordentlicher Neuigkeiten, daß es mir schwerfällt, angemessen zu reagieren. In den letzten zwei Stunden habe ich erfahren, daß der Mann, den ich für meinen Freund hielt, seit Jahren mit meiner besten Freundin verheiratet ist, und daß ich für ihn nur noch eine alte Flamme bin, deren Namen er fast schon vergessen hat. Nur hat er mir irgendwo zwischendrin ein Kind gemacht.

Ich lege die Kassette von der Oysterband ins Gerät und höre mir noch einmal das Lied von vorhin an. *We can leave right now …* Mir fällt die Geschichte über das Schilfrohr ein, das dem Fluß zuflüstert: »König Midas hat Eselsohren.« Damit gelangt die skandalöse Nachricht bis an den Ozean. Mir fällt auch ein, ohne besonderen Grund, daß das wohl Debs gefallen würde. Vielfach interpretierbare Mythen hat sie gern. *All you need to do is walk away … Don't be afraid.*

Debs fand, daß ich mich ihr gegenüber richtig beschissen verhalten hätte. Aber das hatte ich gar nicht. Man stelle sich einmal vor, wieviel wütender sie bei der Mitteilung gewesen wäre, daß ich Miles' Baby erwartete, wo sie sich doch gerade mit ihm zusammengetan hatte. Für mich muß diese Entscheidung, sie beide vor diesem Wissen zu schützen, unglaublich schmerzhaft gewesen sein. Aber mein Schweigen ist immerhin etwas, worauf ich stolz sein kann.

Wegen des frühen Abendessens bei Debs fühlt es sich später an, als es eigentlich ist. Ich bin überrascht, daß der Himmel gerade erst dunkel wird, während ich mich meinem Zuhause nähere. Auf der ganzen Fahrt denke ich darüber nach, daß Janey die Tochter von Miles ist. Es hat eine Logik, die aber irgendwie doch nicht ganz hinhaut. Miles hat braune Augen, um die herum nette Falten entstehen, wenn er lächelt. Janeys Augen dagegen – so ausdrucksvoll, so blau.

Und ich denke über Clyde nach und an die Briefe im Computer. Wie entsetzt Debs war, als ich ihr sagte, daß keiner von uns sie jemals wieder erwähnt hat, seit er mich auf ihre Spur gesetzt hat. Wie sie sagte: »Warum redet ihr denn nicht darüber?«

Und ich denke: Hast du denn mit mir geredet? Als ich verloren war in dieser fremden Stadt mit diesem aussichtslosen Job, weil ich Angst hatte zurückzukehren – da hast du doch auch nicht mit mir geredet. Du hast mich verlassen, weil du glaubtest, ich wollte das so. Es war einfacher. Mehr nicht. Also halt du mir keine Vorträge übers Ausweichen. Deborah Adolfi-Vellacott.

Aber ich hätte Clyde wirklich sofort bei meiner Rückkehr auf die Briefe angesprochen, wäre er nicht aus dem Haus gekommen, als er das Auto hörte, und hätte gesagt: »Janey ist weggelaufen.«

DAS ENDE DER SIEBTEN WOCHE

Ich laufe geradewegs zum Fluß.

Mir ist nie wohl gewesen bei Clydes gelassener Haltung dem Badestrand am Fluß gegenüber. Ganz abgesehen davon, was mir dort passiert ist – dies ist kein sicherer Ort für Kinder. Niemand sonst hier in der Gegend scheint das zu finden, und jetzt habe ich wahnsinnige Angst, daß ausgerechnet heute die Tragödie passiert ist, die sie zum Umdenken zwingen wird. Einen richtigen Plan habe ich gar nicht, ich will nur Janey finden. Ich bin schon fast hundert Meter weit gekommen, als Clyde mich einholt und keuchend zum Anhalten zwingt.

»Ich glaube, ich weiß, wo sie ist – Jeremy war eben bei uns. Die anderen Kinder sagen, sie wäre zum Tal gefahren. Dahin machen die Großen immer Fahrradausflüge. Ihr Fahrrad ist auch weg.«

Ich weiß genau, was er meint. Das ist kilometerweit weg, außerhalb der Kreisstadt, wo wir immer einkaufen gehen. Janey auf ihrem kleinen Fahrrad, ausgerechnet auf dieser Straße, auf der Lastwagen entlangfahren, sich eng an den Straßenrand drükken, die Gänseblümchen und die Äste der Büsche dort zerquetschen. Mir stockt der Atem vor Angst. Ich spüre, wie mein Herz wie wild hämmert, meine Beine sind eisig kalt und bestehen nur noch aus Wackelpudding. Ein Auto hält neben uns, nicht das von Clyde – den Schlüssel halte ich ja immer noch in der Hand –, sondern Jeremys grauer Peugeot. Er macht die Beifahrertür auf, und ich steige wortlos ein.

Jeremy wartet, daß auch Clyde einsteigt, aber der sagt: »Ich bleibe lieber hier, falls …« Er ist leichenblaß. Dann geht er die Straße hinunter. Ich würde gerne das Fenster herunterdrehen und ihm zurufen, er solle die Polizei benachrichtigen, aber es gibt keinen Griff, und ehe ich begreife, daß man auf einen Knopf drücken muß, sind wir schon weggefahren.

Jeremy fährt schnell, aber jede Kurve auf dem Weg wirkt auf mich verlängert. Als befände ich mich in Zeitlupe, wie im Traum. Er murmelt die ganze Zeit: »Das wird schon, das wird schon«, aber er wirkt völlig neben sich. Ich sage kein einziges Wort. Ich beobachte die Hecken und den wilden Kerbel, der am dunklen Straßenrand wächst. Das kenne ich jetzt alles so gut. Mir fallen wieder die Straßen von Newton Abbot ein, wo ich gerade unterwegs war. In sieben Wochen ist mir das Fremde vertraut geworden. Ich kann nicht mehr sagen, das eine wäre mein Zuhause und das andere völlig unbekannt.

Plötzlich biegt Jeremy ab, in eine schlammige Zufahrt für Forstarbeiter, die in den Wald hineinführt. Er zeigt über die Straße in Richtung der Hügel hinter dem Zaun.

Überall Kaninchen. Dutzende, Hunderte. Sie hocken zitternd auf dem dunklen Hügel, kaum sichtbar. Kleine, runde Klumpen, bräunlichschwarz gefärbt, und ihre hellen Ohren leuchten in der Dämmerung. Manche sieht man im Profil, wie sie abgesehen von den Knabberbewegungen reglos dasitzen. Der Anblick an sich ist schon surreal, auch ohne das kleine Mädchen, das über dem Zaun hängt und sie schweigend beobachtet. »Alice hat mir davon erzählt«, sagt sie mir, als sie mich über die Straße auf sich zukommen sieht. Sie kratzt den Schorf an ihrem Arm und macht keine Bewegung auf mich zu. Ich will sie packen und schütteln und umarmen, aber ich warte. Ich scheine vergessen zu haben, wie man redet. Sie sagt ganz gelassen: »Ein paar Kaninchen sind aus ihren Käfigen entkommen und haben all diese Babies bekommen. Die sind halb zahm und halb wild. Tagsüber sieht man sie nicht, aber Alice hat gesagt, daß sie herauskommen, wenn es dunkel wird. Siehst du?«

Ich nicke, immer noch sprachlos. Jeremy sitzt schweigend im Auto. Der Motor ist abgestellt.

»Silflay.« Janey kratzt sich wieder. Ich strecke instinktiv die Hand aus. »Du hast gesagt, wir würden einmal hierherfahren«, sagt Janey. Sie wirft mir einen Blick aus ihren tiefblauen, dunklen Augen zu – einen Blick, den ich noch nie so gesehen habe.

Ich finde meine Stimme wieder. »Ich hab' es vergessen«, sage ich schwach, und sie antwortet eisig: »Das sagst du immer.«

In diesem Augenblick fange ich an zu weinen. In diesem Augenblick knie ich mich auf der Straße neben dem Zaun hin, nehme sie schluchzend in den Arm. Jeremy ist innerhalb von Sekunden aus dem Auto gestiegen, packt uns beide, und irgendwie sitzen wir jetzt zusammen hinten im Auto. Janey kreischt auf: »Mein *Fahrrad*«, mit einer empörten und doch etwas verlegenen Stimme, und er sagt fest: »Das kommt in den Kofferraum.« Und das Auto zittert, als er das Fahrrad hineinwirft und den Kofferraum mit einem Knallen zuschlägt. Kurz bevor er in den Fahrersitz steigt, schaut er uns an, wie wir uns schluchzend in den Armen liegen. Er zieht seine Jacke aus und legt sie um uns. Seine Augen begegnen meinem Blick, und es liegt ein Ausdruck intensiver, merkwürdiger Hilflosigkeit darin.

Dann richtet er sich auf: »Ab nach Hause, denke ich mal«, sagt er, steigt vorne ein und fährt uns nach Hause.

Helen ist bei uns, kocht gerade Kaffee, und Sam sitzt auf unserem Sofa und sieht fern, als wir nach Hause kommen. Clyde holt uns aus dem Auto, während Jeremy seine Familie einsammelt und wieder fährt. Ich marschiere mit Janey ins Badezimmer und setze sie auf den Wäschekorb, um dann die Wasserhähne aufzudrehen. Sie flüstert, zeigt auf die Figur mit dem Badeschaum, den sie haben will. Dabei hat sie nicht mehr ihre übliche, lebhafte Stimme. Ich gieße die Seife wortlos hinein, und wir beobachten, wie sich unter dem Schaum das Wasser brombeerschwarz färbt.

»Ich kann mich auch selber waschen«, sagt sie etwas beunruhigt, als sie hineinsteigt. Ich bleibe am Rand der Badewanne sitzen.

Ich nehme den großen, weichen Schwamm und streichle damit sanft über ihren kleinen Körper. Hebe ihre Haare hoch, damit ich sie am Hals waschen kann, ohne daß ihre dunklen Locken ganz naß werden. »Heute abend ist es zu spät, um Haare zu waschen«, sage ich. Ich wasche auch ihre armen kleinen Arme, und sie schaut mich plötzlich mißtrauisch an. »Nicht mehr kratzen, Janey«, sage ich. Sie wendet sich ab. »Warum bestrafst du dich denn selber, wenn du eigentlich auf mich wütend bist?«

»Es war keine Strafe«, sagt sie mit leiser, aber sehr nüchterner Stimme. »Ich hab' mich nur jedesmal gekratzt, wenn du etwas vergessen hast.«

»Häschenbuch vorlesen«, sagt sie, als ich sie zu Bett bringe. Sie benutzt den Befehlston, bei dem Clyde normalerweise mit warnender Stimme »Janey!« sagt, so daß sie den Mund hält. Ich hab' aber keine Lust, jetzt zu schimpfen. Ich sage: »Janey, stell mich nicht auf die Probe. Du weißt, daß wir beide nur unglücklich sein werden, wenn ich es nicht hinbekomme.«

Einen Augenblick sieht sie störrisch drein, aber dann steigt sie aus dem Bett und holt *Watership Down* aus dem Regal.

Ich lese von der Seite an, die sie mir gezeigt hat. Sie liegt da, die Decke hochgezogen, bis ihr die Augen zufallen.

Mein Gott, wem ähnelt sie bloß?

Ich lese ewig weiter, bis ich spüre, daß wir eine Art Waffenstillstand erreicht haben. Dann küsse ich sie, schalte das Oberlicht aus und schaue mir die Schatten ihrer Wimpern an, die im Dämmerlicht des kleinen Nachtlichts lang auf ihren Wangen liegen. Ich überlege, wie ich ihr sagen kann, daß ich es begriffen habe. Daß sie dieses Buch ausgesucht hat, um mir zu helfen. Und wie ich ihr dafür danke. »Das erinnert mich an diese Kaninchen, die wir heute abend gesehen haben«, sage ich, »dieser Teil über Silflay.« Ihre Augen öffnen sich kurz und schließen sich dann wieder. Sie nickt. Eine Strähne dunkles Haar kringelt sich sehr dicht an ihrem Mund. Ich beuge mich herab, um sie vorsichtig wegzuschieben. Sie atmet tief, schläft fast schon. Ich schiebe die Winkel ihres Mundes hoch zu einem kleinen

Lächeln, wie ich es bei Clyde manchmal geobachtet habe. Sie sagt: »Hab' dich lieb, Mummy.«

Ich sage: »Ich dich auch, Janey«, denn das scheint mir ins Puzzle zu passen.

Aber nach dieser rührenden Szene herrscht noch lange nicht allseits Frieden. Clyde hat sich mit der Whiskeyflasche auf das Sofa zurückgezogen. Dann klingelt das Telefon. Meine Mutter aus Spanien. »Du mußt sofort mit deinem Vater sprechen. Sag es ihm um Himmels willen. Auf mich will er ja nicht hören.«

»Was soll ich ihm denn sagen?« Aber er ist schon dran, und ihm geht es noch schlechter als Clyde. Seine Stimme ist ganz tief, und ich verstehe überhaupt nicht, was er mir sagen will. Aber als ich es dann endlich verstehe, wünschte ich mir, ich hätte nichts begriffen. Ich sage: »Ich will jetzt mit Mum sprechen – gib ihr sofort den Hörer zurück!« Und sie bestätigt mir mit trauriger Stimme, worum es in diesem Telefonat geht.

»Er macht sich gerade verrückt. Er glaubt, man würde behaupten, er hätte dich mißbraucht, als du ein kleines Mädchen warst. Er hat irgendwelche Fallgeschichten gelesen, daß Therapeuten Frauen dazu bringen, unter Hypnose zu behaupten, ihnen wären als Kinder schreckliche Sachen passiert, so daß sie traumatisiert durchs Leben gehen.«

»Natürlich werde ich so etwas nie behaupten.« Die Sache ist mir peinlich, und gleichzeitig schockiert es mich. Es macht mich traurig, daß mein Vater sich betrinkt, um über solche Sachen zu reden. »Es ist ja nicht so, daß ich meine Kindheit vergessen hätte. Die Erinnerungen daran sind vollkommen eindeutig.«

Sie zwingt mich, das immer und immer wieder zu sagen. Jetzt lallt er nur noch: »Hab' dich nie auch nur berührt. Niemals angefaßt.« Seine Stimme ist mir ganz fremd. Im Hintergrund höre ich das Schimpfen meiner Mutter. Herrgott noch mal, was geht hier eigentlich vor?

Als das Telefonat endlich vorbei ist, zittere ich. Natürlich hat er mich angefaßt. Suzy auch. Jeden Tag. Er hat uns umarmt, gebadet, angezogen, und wenn er uns zu Bett gebracht hat, dann hat er uns geküßt. Es ist grotesk, daß er jetzt diese unschuldigen Erinnerungen durchkämmt und versucht, sie zu verleugnen. Nur, weil er aus irgendeinem Grund Angst hat, ich könnte unsere Vertrautheit falsch darstellen und versuchen, ihm die Schuld für alles, was in meinem Leben schiefgelaufen ist, vor die Füße zu werfen.

»Hast du denen diese schreckliche Idee eingeimpft?« frage ich Clyde. Er hat zugehört, also weiß er, wovon ich rede.

»Ich hab nur erzählt, daß man eine Regressionshypnose für dich vorgeschlagen hat, mehr nicht. Man weiß doch, was sich diese Leute heutzutage alles einfallen lassen.«

Ich stemme die Hände auf die Hüften und schaue ihm gerade in die Augen. »Mit mir ist nichts passiert, während ich zu Hause bei meinen Eltern wohnte. Da bin ich mir vollkommen sicher. Es ist passiert, seit ich hier mit dir lebe. Wenn mich jemand mißbraucht hat und ich diese Erinnerung unterdrücke, dann warst du das vielleicht.«

Er wendet den Blick nicht ab. Er sagt tödlich ruhig: »Das habe ich erwartet, daß du irgendwann damit anfangen würdest, mir die Schuld zu geben. Also, ich sage es dir jetzt ein für allemal, und du kannst es mir gerne glauben. Ich habe weder dich noch Janey auch nur berührt. Ich habe dir nie auf irgendeine Weise weh getan, sosehr du mich auch provoziert hast. Wenn du Wahrheiten willst, dann ist das eine.«

Er hat eine zerknitterte Würde an sich, als er das alles sagt. Er schaut mir in die Augen und will unbedingt, daß ich ihm glaube. Ich setze mich, sage nichts, denke darüber nach, was er gerade gesagt hat. *Nie auch nur berührt* – mit genau denselben Worten hat es eben mein Vater gesagt. Als ob das Wort seine eigentliche Bedeutung verloren hätte und nicht mehr für einen Kontakt verwendet werden kann, der liebevoll oder freundlich ist. *Berührt* bedeutet heutzutage *mißbraucht*. Wie bizarr, und wie außerordentlich traurig.

Es gibt ein leises, schnuffelndes, stöhnendes Geräusch. Ich schaue Clyde an, und er weint. Er steht da, den Kopf auf die

Brust gesenkt, die von diesen schrecklichen, unterdrückten Schluchzern zittert. Ich weiß nicht, was ich tun soll. Wenn ich ihn zum Weinen bringe, dann gibt es niemanden mehr, an den ich mich wenden kann. Ich stehe auf und gehe zu ihm. Was kann ich jetzt eigentlich noch sagen? Aber er legt seine schweren Arme über das Gesicht wie ein Kind, das sich vor Schlägen schützen will. Und da stehen wir also. Er schweigt, und ich beobachte ihn dabei, wie er versucht durchzuatmen, aber die unterdrückten Tränen hindern ihn daran.

All die scharfkantigen Sicherheiten, die ich von meiner Unterhaltung mit Debs zurückgebracht habe, haben sich aufgelöst. Bei dem Gedanken an dieses schreckliche Telefonat wird mir speiübel. Daß Mum mir so etwas antun konnte. Daß Dad überhaupt auf die Idee kommen konnte – und sie auch noch ausspricht. Schmerzhaft werden mir die Auswirkungen meines Gedächtnisverlusts im Leben anderer bewußt. Ohne mein Wissen breitet er sich wie Säure in einem See aus. Wie viele Nächte voller Verzweiflung und Raserei gab es, bevor Mum zugestimmt hat, ihre Rücksicht auf mich fahren zu lassen, und dieses Telefonat gestattete? Ich weiß, daß mein Vater nicht ohne Fehler war, und vielleicht hätte ich niemals versuchen sollen, ihn so lange auf ein Podest zu stellen. Aber er hat mich nie mißbraucht. Und er hat mir auch nie absichtlich weh getan. Clyde hat das auch nicht. Ich kann niemand anderem die Schuld zuschieben, nur damit ich weiter glauben kann, ich wäre unschuldig. Wir brauchen alle eine Richtung nach vorne, keine anschuldigend vorgestreckten Zeigefinger. Und jetzt schnüffelt Clyde, sieht aus wie ein Kaninchen mit rosa Augen und sagt: »Darauf habe ich nur gewartet.« Egal, wo ich an dieser Beziehung kratze, ich finde nichts als Mißtrauen.

Ich kann nicht mit ihm reden.

Aber ich habe immer noch die Autoschlüssel, und der Wagen ist vollgetankt. Ich habe meine alten Freunde wiedergefunden. Nur kann ich mir Debs' zufriedenes Grinsen genau vorstellen, wenn ich um zwei Uhr nachts an ihrer denkmalgeschützten

Haustür klopfe. »Wußt ich's doch. Du hast ein Geheimnis«, würde sie sagen. »Ach, Kirsty, was freue ich mich, daß du wieder da bist.«

Ich lasse Clyde stehen und gehe in den Flur, um die Karte vom Spiegel zu nehmen, die mit dem Bild von Glastonbury und dem hingeschmierten Namen. Pol. Das P ist deutlich geschrieben, genau wie das L, aber gibt es nicht eine ganz entfernte, winzige, mikroskopisch kleine und kaum wahrnehmbare Chance, daß zwischen den beiden Buchstaben kein O steht, sondern, wenn es kein O ist, dann A und U? Und wenn das der Fall ist …

Debs und Miles wissen gar nicht wirklich, ob Paul gestorben ist. Sie haben ein Gerücht gehört, mehr nicht. Debs hatte gesagt: »Ach, vor zwei, drei Jahren ungefähr habe ich gehört, daß er beim Surfen in Long Beach umgekommen ist.« Sie weiß noch nicht einmal, wann sie das gehört hat, ganz zu schweigen davon, wann er gestorben ist. Wenn er überhaupt gestorben ist …

Und wenn das der Fall ist …

Ich müßte ja ziemlich cool sein, Clyde so anzulügen. Bekomme ich diese Karte von einem Liebhaber und überzeuge meinen Mann, daß ich an dem Tag mit meiner Freundin Polly wandern war.

Aber Kirsten war ja auch eine Lügnerin. Ich weiß immer noch nicht sehr viel über sie, aber das ist jedenfalls klar. Kirsten kannte die Euphorie einer leidenschaftlichen Liebe. Das hat die schmerzhafte Schuld gedämpft. Das fehlt mir jetzt. Ich habe nur diesen Alptraum von Schuldgefühl, der mich jeden Tag aufs neue überfällt. Ich sehne mich nach jemandem, dem ich die Schuld geben kann. Ich denke an Janey und an ihre kaputten Ärmchen, gezeichnet von ihrem täglichen Kummer. Die unschuldige Janey weiß sehr gut, wie man sich selbst die Schuld gibt. Ironie des Schicksals.

Ich gehe zur Tür von Janeys Kinderzimmer. Während ich ihrem regelmäßigen Atem lausche, weiß ich genau, daß ich nirgendwo hinfahre. Nicht ohne Janey. Mitten in all diesen dunklen und verworrenen Gefühlen gibt es dieses merkwürdige, traurige, wunderbare Wissen, daß ich für den gesamten Rest meines Lebens für sie verantwortlich bin. Ich werde nie wieder morgens aufwachen, ohne an sie zu denken und mich zu fragen, ob sie glücklich ist. Das wird noch so sein, wenn sie erwachsen und aus dem Haus ist. Vermutlich muß ich dieses Gefühl schon gekannt haben, als sie ein winziges Baby war. Dann hat das Wunderbare daran vielleicht irgendwann nachgelassen, und der Alltag hat eingesetzt, wie alltägliche Probleme das eben tun. Es ist für mich richtiggehend ein Privileg, daß ich dieses besondere Gefühl noch einmal erleben kann.

Ich bin nur so schrecklich müde. Clyde schaut noch nicht einmal auf, als ich ihm sage, ich würde jetzt ins Bett gehen.

Ich wache auf, von Clydes Ankunft neben mir aus dem Schlaf gerissen. Sein Atem stinkt nach Whiskey, und sein ganzer Körper stinkt nach Schweiß, als er sich auf mich rollt. Er hält mich mit seinem schweren, nackten Bein fest, während er mit seinem Mund sehr dicht an meinem Gesicht entlangfährt. »Willst du das?« flüstert er. »So? Ich hab' dich nie gezwungen, Kirst. Aber vielleicht willst du es ja genau so haben.« Das sind noch die verständlichen Worte. Der Rest ist nur betrunkenes Fluchen. Er preßt mich an den Schultern in die Matratze, zwingt mich zum Stilliegen, schiebt sich in mich hinein, dick, aber doch weich, er tut mir mit seinem Daumennagel weh, während er sich hineindrängt, und ich bin entsetzt, weil es stimmt und weil es unfaßbar ist: Genau so will ich es. Ich spüre, wie meine Säfte seinen lächerlichen, betrunkenen Schwanz überfluten, und er spürt es auch, und am Ende holt er seinen Schwanz heraus und stößt seine Finger und seinen Daumen in mich hinein, immer wieder, und ich schreie auf und klammere mich an ihm fest, zerkratze seinen ganzen Rücken, packe ihn am Oberschenkel und an seinem Hintern, bäume mich jedes Mal auf, wenn er in mich hineinstößt, damit der brennende, löschende Schmerz wieder über mir zusammenschlagen kann. Und als ich noch einmal in die Stille schreie und er seine klatschnasse Hand sanft über meinen

Mund gelegt hat, um mich zum Schweigen zu bringen, als der Gestank meine Nase füllt und er mir die klebrige Süße meines Safts in den Mund schiebt, dann, erst dann spüre ich, daß er nüchterner geworden ist, denn jetzt ist er ganz hart. Ich rolle mich auf die Seite zu ihm, und er zieht mich auf sich und hält mich wie ein Kätzchen, packt mich unter den Achseln, und ich fühle mich wie ein Kind, so leicht und wunderschön, ein Engel in seinen Armen. Meine Haare schwingen vor, und als er sagt: »Lieber Gott«, weiß ich, was er meint. Er stöhnt, während er eindringt, in meinen heißen und geschwollenen zarten Ort vordringt, und er stöhnt einfach immer weiter, bis ich das Feuerwerk in uns aufleuchten spüre, das meine ganze Wirbelsäule so zum Kribbeln bringt, daß ich Nasenbluten bekomme, und dann mache ich langsamer und langsamer und hebe mich irgendwann halb ab und gleite herunter und lasse mich neben ihn fallen. Vermutlich sollte ich jetzt aufstehen und mich waschen, eine Menge Flüssigkeit läuft an meinem Oberschenkel herunter, aber das schneckengleiche, kalte Gefühl ist ganz schön, weil mir so heiß ist. Schließlich schlafe ich auf seinem Arm ein, so daß er wahrscheinlich am nächsten Morgen eingeschlafen sein und kribbeln wird.

In der Nacht höre ich, wie Clyde sich im Badezimmer übergibt. Aber daran denke ich nicht, als ich aufwache, denn ich wache aus einem Alptraum auf. Jeremy fuhr mich und Janey eine sonnenbeschienene Straße entlang, schneller und immer schneller, bis die von der Sonne beschienenen Bäume am Fenster vorbeiwirbelten und Janey leise aufschrie. Ich schaute mich um, und auf der Straße lagen lauter Leichen von überfahrenen Kaninchen. Kurz vor dem Aufwachen hatte ich mich gerade zu Jeremy gewandt, hatte ihn angebrüllt, er solle anhalten. Und er hatte mich mit demselben, unergründlichen Blick angeschaut, den er mir gestern abend zugeworfen hatte, lang und zögerlich.

Und ich denke: Das sind Janeys Augen. Aber das ist unmöglich. Und während ich mir Mühe gebe, wach zu werden, weiß ich, daß Janeys Augen nicht ganz so sind wie seine. Und sie hat absolut nicht die Augen von Miles. Der Traum hat mir nichts erklärt; er hat mich nur daran erinnert, daß dieser Teil des Puzzles ganz falsch zusammengelegt ist.

Als ich aufstehe, läuft das Radio, und Clyde steht in der Küche an der Spüle und läßt sich ein Glas Wasser ein.

»Du willst doch nicht etwa zur Arbeit?« frage ich, und er schüttelt den Kopf und sagt, heute hätte er sowieso frei. Er füllt sich das Glas erneut, stellt den Hahn ab und trinkt noch einmal in tiefen Schlucken. Ich warte auf den richtigen Moment, frage mich, was wohl die richtigen Worte sind, um ihn wegen dieser Briefe zu fragen.

Das Intermezzo von gestern nacht hat mich etwas – sagen wir einmal, erschöpft. Aber gleichzeitig habe ich das Gefühl, daß es eine Chance für uns gibt, daß Clyde und ich möglicherweise doch miteinander kommunizieren können. Ich habe sogar eine wilde, halbe Hoffnung, die versteckten Briefe könnten an ihn gerichtet sein. Vielleicht war es ein Spiel für uns beide, und er war nur wütend, weil ich auch das vergessen hatte. Nur erscheint mir diese Theorie nicht besonders glaubwürdig.

»Wir müssen miteinander reden«, sagt Clyde, und ich denke an gestern nacht. Wie die trauervolle Gewalt von Clydes Leidenschaft sich in außergewöhnliche Zärtlichkeit verwandelte. »Wir müssen mit Janey reden«, sagt er. »Sie muß uns versprechen, daß sie so etwas nie wieder tut.«

Ich möchte eigentlich über uns reden, nicht über Janey. Ich möchte nicht, daß Janey noch mehr durcheinandergebracht wird. Ich kann mir nicht vorstellen, daß Schimpfen irgend etwas bringt. Eigentlich würde ich mir wünschen, daß Clydes merkwürdige Mutter ein bißchen länger dageblieben wäre – es wäre eine Ablenkung gewesen, sie hierzuhaben. Aber er hat schon wieder diesen Blick, den ich früher einmal für selbstgerecht hielt und von dem ich jetzt weiß, daß er nur sorgenvoll und unsicher ist. Also sollten wir wohl lieber loslegen.

Janey sitzt vorm Fernseher und schaut Amandas Video. Ich

sehe sie in ihrem Nachthemd sitzen, ein abgebissenes Stück Toast in der einen Hand und die Fernbedienung in der anderen, wie sie auf den Vorlaufknopf drückt. Teile des Kegelausflugs rasen vorbei, dann weißer Schnee.

»Was suchst du denn?«

Sie antwortet nicht. Sie drückt auf »Play« bei einem Teil, den ich noch nicht gesehen habe, eine Stelle nach dem Schnee. Es ist eine Gruppe von Freunden im Garten, den ich als Pollys erkenne. »Limbo«, sagt Janey knapp, während Clyde sich im Türrahmen zu uns gesellt und mit seiner Warnstimme »Janey ...« sagt. Ein Lied spielt, der Text klingt wie »Ooh, Margarita«, und eine Schlange lachender Menschen versucht, unter einer Stange hindurchzutanzen, die eigentlich ein Besenstiel ist, den ich auf der einen und Helen auf der anderen Seite festhalten. Die Menschen, die nicht so gut sind, kommen zu mir herüber, weil ich mein Ende ein bißchen hochhebe, damit die Tänzer durchkommen. Helen dagegen ist eher streng. Ich beobachte fasziniert, wie Polly mit ausgestreckten Armen und Beinen hindurchpaddelt, den Kopf weit zurückgeworfen, und wie ich den Besenstiel dabei ungefähr dreißig Zentimeter anhebe, um sie durchzulassen. Alles johlt. Auf dem Video erscheint Clyde neben mir. Fast unmerklich hebt er meine Haare hoch und flüstert mir etwas ins Ohr, und ich sehe, wie ich lache und mein Gesicht zu seinem wende, wie ich ihn kurz küsse.

»Was hast du mir denn da gesagt?« frage ich den Clyde, der jetzt ohne zu lächeln neben mir steht.

»Weiß ich nicht mehr. Stell das ab, Janey. Warum bist du gestern einfach weggelaufen, ohne etwas zu sagen?«

Mir scheint, daß Clyde das ganz falsch aufzäumt. Ist doch klar, warum Janey ohne Bescheid zu sagen, weggegangen ist – hätte sie etwas gesagt, hätte er es ihr nicht erlaubt. Aber Janey ist immer für eine Überraschung gut. »Ach, das weiß ich nicht mehr«, sagt sie mit affektiertem singendem Tonfall.

Clyde schaut mit einem Da-siehst-du's-Blick zu mir herüber, also sage ich: »Das hast du doch selbst auch gerade gesagt.«

Er schaut mich schockiert an. »Was?«

»Gerade eben. Ich hab' dich gefragt, was du mir damals gesagt hast, und du meintest: ›Weiß ich nicht mehr.‹«

Scheiße, jetzt sieht er richtig peinlich berührt aus. Als wäre unser Erlebnis von gestern nacht völlig ausgelöscht und als wäre auch die süße, alberne Zuneigung auf dem Video nie gewesen. Er glaubt, ich wolle ihm eine Schuld zuschieben. Er ist schon wieder auf diesem Trip, wer woran schuld ist.

Noch mehr Verwirrung. Die alte Mrs. Dingsda, die mit der Geisterwäsche, hat sich dem Mann im Mond gestern abend noch ein bißchen mehr angenähert. Anscheinend hat man sie entdeckt, wie sie splitterfasernackt die weißen Rosen in ihrem Garten köpfte. Ihre Tochter Eleanor ist herbeigerufen worden, und diese Dame hat auch gerade bei uns an der Tür geklingelt und sitzt jetzt ganz aufgelöst in unserer Küche. Sie schreibt Telefonnummern auf, unter denen sie im Notfall zu erreichen ist, und sagt unglücklich, sie wisse, dies sei nur der Anfang. »Sie schaut mich an, als kenne sie mich gar nicht«, klagt Eleanor. Janey erscheint ausgerechnet jetzt noch einmal in der Küche, um sich ein Schälchen mit Coco Pops zu bereiten. Sie betrachtet Eleanor mit großen, neugierigen Augen. Clyde macht ein mitleidiges Gesicht, so gut es geht. Mit seinem riesigen Kater wird er es kaum besser hinbekommen. Ich versuche herauszuhören, ob Eleanor mir schon einmal ihre Sorgen erzählt hat oder ob das gar eine regelmäßige Veranstaltung war. Es tut mir für sie leid, aber – ohne herzlos klingen zu wollen – ich glaube doch nicht, daß die Situation ihrer Mutter so schrecklich ist, wie Eleanor sie zu finden scheint.

»Möglicherweise ist es für Sie viel schlimmer als für Ihre Mutter«, sage ich irgendwann und schenke ihr Tee nach. »Sie haben eine feste Vorstellung, wie sich Ihre Mutter verhalten sollte. Sie ist aber ganz entspannt. Wahrscheinlich sieht sie das alles gar nicht so eng.«

Aber Eleanor schüttelt den Kopf und erzählt mir, was für eine stolze Hausfrau ihre Mutter früher einmal war. »Da lag alles an seinem Platz«, sagt sie, »aber jetzt sollten Sie mal sehen, in welchem Zustand das Silber ist.« Im übrigen hat Eleanor die Gartenschere konfisziert.

Ich bin mittlerweile zu dem Schluß gekommen, daß es nicht so unnormal ist, Dinge zu vergessen. Ich glaube, die Leute machen sich das nur nicht klar. Wie diese Szene auf dem Video vom Limbo-Tanzen. Warum sollte man sich an jeden kleinen Kommentar erinnern, den man in seinem Leben gegeben hat, und sei er noch so witzig? Es passiert doch ständig, daß Clyde beim Photoalbenansehen einen Schnappschuß herausnehmen muß, um auf der Rückseite nach Ort oder Datum zu schauen, weil er sich nicht mehr daran erinnert. Es gibt Tage, an denen Polly mich anruft, weil sie vergessen hat, was wir ausgemacht hatten. Und Janey vergißt oft, wo sie etwas hingetan hat. Das fällt mir alles auf. Mir fällt auf, wie nebensächlich und akzeptabel das ist. Daraus schließe ich, daß Vergessen in Ordnung ist, solange man weiß, was man vergessen hat. Diese Lücken sind kleine Löcher in einem festen Gewebe, die sich leicht wieder stopfen lassen. Wenn aber das Gewebe fast ausschließlich aus Löchern besteht, wie bei mir und der alten Mrs. Dingsda, dann erschreckt das die anderen. Und warum? Vielleicht, weil wir ein schon trüb gewordener Spiegel sind und ihnen ein Land zeigen, das sie, so fürchten sie, eines Tages auch bewohnen werden. Und was ist eigentlich so schlimm an diesem Land? Warum gehen alle davon aus, daß man unbedingt jedes einzelne Ding wissen muß, das in der Vergangenheit passiert ist? Wie kann man dem Wissen von etwas einen Wert beimessen, wenn man nichts mit diesem Wissen anfängt?

Als Eleanor wieder gegangen ist, sage ich zu Clyde: »Vielleicht ist es ja ganz gut, wenn ihre Mutter den Schmerz der Vergangenheit auslöscht. Wenn sie einfach die Dinge im Kopf behält, die sie glücklich machen.«

»Und du findest, daß es eine gute Sache ist, wenn sie nackt vor ihrem Haus steht?«

»Ist es denn schlecht? Mir scheint, es gibt eine Menge Schlimmeres, als etwas zu vergessen. Bei all den schrecklichen Dingen, die passieren.«

Clyde reibt sich da über das Gesicht, wo er noch einmal mit dem Rasierer drüber müßte, und sagt müde: »Ja. Aber egal, ob wir die ›schrecklichen Dinge‹ vergessen oder nicht: die werden weiter passieren.«

Ganz offensichtlich ist er nicht mit ganzem Herzen bei dieser Diskussion, aber ich möchte nicht, daß er Janey jetzt noch einmal anfährt. »Erinnern reicht aber nicht. Sich an die Vergangenheit erinnern ändert nichts an der Zukunft, jedenfalls nicht so. Warum ist es wichtig, daß ich mich an den Niedergang der Sowjetunion erinnere? Janey erinnert sich nicht an den Krieg um die Falklandinseln. Ich tu' das aber, und es hat uns weder gut noch schlecht getan – und auch niemandem sonst.«

Clyde sagt langsam und geduldig: »Ereignisse zu kennen, die man erlebt hat, macht einen zu dem Menschen, der man ist. Das bildet die Grundlage für die eigenen Gedanken und die eigene Persönlichkeit.«

Ich sage rasch und ungeduldig: »Und während des Kriegs um die Falklandinseln hielten wir diese Schlachten für wichtig und heroisch. Nur: nach dieser Fernsehsendung neulich meintest du selbst, es sei alles vollkommen unnötig gewesen und eine Tragödie. Was macht es also, was man damals von den Dingen gehalten hat? Was macht es denn aus, wenn man sich an diese Dinge erinnert oder eben nicht?«

»In Ordnung«, erwidert er. »Hör mal, ich weiß, du versuchst mir zu sagen, daß das, was mit dir passiert ist, nicht wichtig ist. Aber sei ehrlich, Kirst. Es macht dir das Leben schwer, und das weißt du auch selbst.«

»Es macht den anderen das Leben schwer. Es sind die anderen Menschen, denen es etwas ausmacht – mehr will ich ja gar nicht sagen.«

Clyde zuckt mit den Schultern und schlurft hinüber zum Wasserkocher, um frischen Tee zu machen. Ich weiß nicht, ob ich das wirklich alles glaube, was ich gerade gesagt habe. Aber ich will, daß er mich als eine wirkliche Person sieht, deren Erlebnis ungewöhnlich und interessant ist. Ich will nicht einfach eine schattenhafte, ehemalige Person sein, der ein großes Stück fehlt. Vielleicht hat es mir gutgetan, über den Unterschied zwischen Vergessen und Erinnern nachzudenken. Vielleicht würden wir alle feststellen, wachten wir plötzlich in einer unbekannten Welt auf, daß wir die Vergangenheit gar nicht brauchen. Wir könnten alle von hier, von heute an neu anfangen.

Ich versuche, das für Clyde zusammenzufassen. »Ich hab' von einem Mann gelesen, der seine Erinnerung vollkommen verloren hat. Nicht nur ein Stückchen aus der Vergangenheit wie ich. Er weiß nicht, ob er gerade eine Mahlzeit zu sich nimmt oder was ihm jemand gerade gesagt hat oder was er selbst gerade hat sagen wollen. Das macht das Leben ja nun wirklich schwierig.«

»Tatsächlich?« sagt Clyde, tut sich Zucker in den Becher und knallt ihn dabei heftig auf die Arbeitsfläche. »Es überrascht mich, daß du daraus nicht auch einen besonderen Fall konstruierst. Zum Beispiel: eine großartige Freiheit.« Und er schnappt sich seinen Tee und marschiert in die Garage.

Solche Ausbrüche von Clyde überraschen mich. Habe ich so etwas tatsächlich einmal behauptet? »Ich streite mich nicht gern«, hatte er mir vor Wochen gesagt, als ich ihn noch kennenlernte. Aber das bedeutet nicht, daß er immer vollkommen friedlich ist. Ich bin fast erleichtert, daß Clyde hin und wieder einen schnellen Seitenhieb austeilen kann. Ich denke über unsere Konfrontation nach, die ich immer wieder aufgeschoben habe. Was soll ich sagen? Darüber denke ich immer noch nach, als Helen erscheint und fragt, ob sie mir bei den Vorbereitungen für die Grillparty helfen kann.

Die Grillparty! Verdammt! Die hatte ich ja ganz vergessen. Die Gegeneinladung nach dem Abend bei ihnen.

Ich hätte das erinnern müssen, als ich Clyde in der Garage herumräumen sah, als er die ganzen Sachen herausholte. Aber es ist noch nicht einmal elf Uhr, und wir brauchen ja nur Sachen zum Grillen, ein bißchen Salat und Brot. »Ich glaube nicht«, sage ich Helen. »Eine Grillparty dürfte gerade noch zu bewältigen sein, selbst von jemandem wie mir.«

Vielleicht klingt das nicht besonders komisch. Vielleicht ist das auch nicht besonders komisch. Helen schaut mich einen Augenblick traurig an und sagt dann: »Du hältst dich wohl für ziemlich toll, was? O ja, das tust du. Du lehnst dich zurück und beobachtest und wartest, daß die Dinge passieren. ›Mit mir hat das alles nichts zu tun‹, sagt Kirsten Villiers!«

Ich bin schockiert. Ist das einfach die berühmte Zickigkeit von Helen, wenn sie ihre Tage kriegt, oder geht es hier um was Wesentliches? »Erzähl mir davon. Ich meine das ernst. Helen, bitte. Mehr als alles andere möchte ich, daß man ehrlich mit mir ist.«

Das gebe ich weiß Gott nicht gerne zu, aber diese glitzernde Stacheligkeit von Helen, diese fast schon unkontrollierte Note in ihren ansonstigen sahnig-seidigen Tönen – das alles erscheint mir wie eine Chance, die ich auf gar keinen Fall verpassen darf.

Sie läßt die Schultern fallen, putzt sich die Nase und blickt mich über das Taschentuch hinweg an. »Na ja, um dich herum passiert immer irgendwie was«, gibt sie zu. »Wir haben dich manchmal Kate Adie genannt. Du weißt schon, diese Journalistin, die in Kriegsgebiete fährt, und kaum ist sie da, gehen direkt vor ihrer Nase die Kämpfe los.«

Ich werde mich von Helens Analyse über Medienverantwortung nicht ablenken lassen, obwohl sie damit sehr nah dran ist, näher als je zuvor, eine interessante Frau zu sein. Aber etwas anderes fasziniert mich viel mehr.

»Wir? Wer hat mich Kate genannt?«

Aber das läßt sie sich nicht entlocken. »Es war eigentlich ein Kosename. Wir wollten dich bestimmt nicht angreifen damit oder so was. Und außerdem waren wir beide beste Freundinnen, Kirsten!« Sie schaut mich jetzt bittend an, auch ein bißchen weinerlich. Vielleicht, so denke ich mir, ist sie ein bißchen betrunken. Für diese Uhrzeit an einem Sonnabend morgen etwas merkwürdig.

»Ich möchte mich wirklich wieder mit dir versöhnen«, sage ich, und das stimmt sogar. Es scheint mir schrecklich wichtig zu sein, daß ich diese Frau jetzt beruhige. Nicht nur, damit wir uns von diesem unerfreulichen Fast-Streit erholen. Es geht auch um meine gesamte Zukunft. Denn wenn ich hierbleibe, brauche ich ihre Freundschaft, und wenn ich weggehe, muß es ein sauberer Schnitt sein. Ich will nicht, daß Kirsten noch einmal wegläuft. Schon wieder überkommt mich dieses merkwürdige Gefühl, daß man mich hierhergesetzt hat, um etwas zu tun, was für sie nicht möglich war. Ich weiß nicht, ob es Bleiben oder Weggehen bedeutet – aber egal was, ich brauche dabei Helen.

»Im Krankenhaus hat man mir gesagt, daß ich möglicherweise eine ganze Zeitlang psychisch krank war, bevor ich mein Gedächtnis verloren habe.« Ehrlich gesagt, hat Jemima nur ganz vage eine klinische Depression als einen von vielen möglichen Faktoren des Gedächtnisverlusts erwähnt, aber ich habe ein Bauchgefühl, daß Helen die Erwähnung einer Depression übelnehmen könnte.

»Mit psychisch krank« liege ich aber goldrichtig. Sie wischt sich den trostlosen Blick vom Gesicht und legt eine schwer mit Armreifen behängte Hand auf meine. »Das muß ja schrecklich gewesen sein für dich«, sagt sie. »Einfach schrecklich!«

So, wie sie das Wort ausspricht – *schräck-lich* –, sehe ich mein ganzes Leben vor Augen, wie es schräg in der Gegend herumsteht, wie es in viele Teile auseinanderfällt.

»Dann erzähl mir doch davon.«

Aber das will sie nicht. Der Augenblick der Wahrheit oder der Wut, oder was auch immer das war, bleibt zwischen den Kaffeebechern auf dem Frühstückstisch liegen. Sie wendet sich an Janey, die in der Tür herumhängt, und fragt: »Und, wirst du Mummy heute abend helfen?«

Janey nickt mit einem etwas abfälligen Gesichtsausdruck, den ich als Reaktion auf den albernen Tonfall dieser Frage für vollkommen angemessen halte. Ich frage, ob Sam mit von der Partie sein wird, aber Helen sagt, nein, er wäre an diesem Wochenende in einem Zeltlager mit dem Woodcraft Folk.

Also stelle ich eilig einen Einkaufszettel zusammen, und sobald sie weg ist, gehen wir zum Supermarkt. »Wir« ist die übliche Besetzung; trotz seiner nur mit Mühe offen gehaltenen Augen und der Tatsache, daß er bestimmt noch weit mehr als die gesetzlich erlaubte Alkoholmenge im Blut hat, besteht Clyde darauf, uns zu fahren.

Harvey kommt auf den Parkplatz geröhrt, als ich mit dem Einkaufswagen aus dem Supermarkt heraustrete. Er sitzt diesmal nicht auf seinem glänzenden Motorrad, sondern fährt einen abgerockten goldenen Sierra. Die dunkelrosa Flecken von Rostschutzmittel sehen aus wie Sauce auf einem panierten Stück Fisch. Ich warte am einen Ende des Parkplatzes, weil Clyde und Janey mit dem Auto zur Mülltrennanlage gefahren sind. Harvey hält auf dem leeren Parkplatz neben mir: »Hi«, sagt er beim Aussteigen. Im Auto sitzen zwei große Wolfshunde, und einer springt auf und steckt die Nase durch den offenen Fensterschlitz. Ich muß lachen. Ich streichle ihr über die hervorstehende Schnauze, und sie wedelt mit dem Schwanz. »Das ist ja mal eine Nette!«

»Allemal besser als eine Freundin«, stimmt Harvey mir zu. Seine Stimme ist ganz langsam und rauh. Ich lächle vage und frage mich, ob ich wußte, daß er ein Auto hat. Mehr haben wir uns eigentlich nicht unterhalten, als Clyde viel zu schnell herangefahren kommt und wütend aussteigt. Harvey mustert ihn von oben bis unten. Mir war gar nicht klargewesen, daß Clyde größer ist als Harvey.

»Wann wollen Sie denn Ihre hübsche kleine Frau endlich wieder zur Arbeit lassen?«

Clyde sagt ohne besondere Betonung: »Sie macht, was sie will. Ohne Zweifel wird sie zu Ihnen zurückkommen, wenn sie das will. Und wenn sie es nicht will, dann wird sie es eben nicht tun.«

Harvey grinst und wendet sich ab, um den Hund noch einmal

zu streicheln, bevor er weggeht. Clyde wirft die Tüten in den Kofferraum und steigt dann ins Auto. Auch ich steige ein.

»Du warst ja richtig unhöflich.«

»Tatsächlich?« sagt er ohne jedes bißchen Neugier. Hinter uns hustet Janey leise.

»Aber macht ja nichts«, sagt er, »ich bin überzeugt, du warst nett genug für uns beide.«

Ich zwinge mich Janeys wegen zu einem Lachen, als wäre das ein unheimlich gelungener Witz. Aber es macht mir auch nichts aus. Clyde hat etwas Gefährliches an sich, wenn er wütend ist. Auf eine Weise, die ich gar nicht richtig erklären kann, wirkt seine Persönlichkeit straffer. Eifersucht gibt ihm Ecken und Kanten, eine festere, aufregendere Haltung, und das gefällt mir durchaus.

Und: Clyde will mich. Trotz allem begehrt er mich immer noch. Das reicht doch schon, oder? Was sonst will ich denn von einem Mann, abgesehen davon, freudvoll zu stöhnen und die Beine breit und feucht zu spreizen? *Was sonst gibt es denn da?* höre ich Debs' Stimme in meinem Kopf. Aber diese Debs ist schon lange fort. Sie ist erwachsen geworden. Sie ist erwachsen geworden. Sie hat jetzt andere Antworten auf diese Frage – ein georgianisches Haus, Autos im Partnerlook, Ersparnisse, um ein Boot zu kaufen. Das ist die Art von Liste, die eine Frau meines Alters braucht. Das ist es auch, was ich machen muß. Eine Liste aufsetzen. Wobei ich genau weiß, daß am Anfang und am Ende dieser Liste Janey stehen wird. Die Grundvoraussetzung ist, daß ich nie Janey verlassen könnte. Ich weiß einfach, daß ich das nicht tun würde. Vielleicht ist also jemand in mein Leben zurückgekehrt – ihr Vater, mein verlorener Liebhaber. Wo ist er denn dann?

Gefährliche Spiele, denke ich. Dieser Satz geht durch meinen Geist wie ein Blitz, der durch stürmische Wolken schießt.

Clyde weiß es. Clyde hat mir nicht von den Briefen erzählt, weil er nicht gewußt hätte, an wen sie gerichtet waren, sondern weil er es ganz genau wußte. Clyde wartet auch nur auf die direkte Frage, vor der wir uns beide fürchten und die sich jetzt nicht länger aufschieben läßt.

Es gibt keine einfache Art, seinen Ehemann zu fragen, wie der eigene Liebhaber heißt. Ich wähle einen Augenblick, als wir die Einkäufe wegräumen. Während er die Eiscreme mit den Karamelfäden und den Stückchen aus Mokkabaiser in das Gefrierfach tut. Clyde scheint es erheblich leichter zu fallen, mir eine Antwort zu geben, als ich mich mit dieser aufgestauten Frage getan habe. Er hebt den Kopf und schaut mich an wie ein Wilderer, der schon lange neben seiner Falle gewartet hat, und sagt: »Jeremy«.

Jeremy.

Scheiße. Nicht irgendein verlockender, ungebundener Arbeitskollege, nicht der lang verloren geglaubte Vater von Janey, kein romantischer Fremder aus meiner Vergangenheit. Der Ehemann meiner besten Freundin.

Jeremy.

»Und die kommen heute abend zu uns zum Grillen? Das ist ja alles wirklich außerordentlich wohlerzogen!« Ich knalle die Einkäufe auf die Arbeitsfläche und schmeiße dann den ganzen Haufen auf den Boden.

Clyde hebt es nicht auf. Die Küche wirkt jetzt sehr voll, obwohl nur er und ich und das ganze Durcheinander von Fleisch und Fischen drin ist. Janey ist irgendwohin verschwunden, vermutlich in den Garten.

»Warum hast du mir das nicht vorher gesagt?«

Er hebt den Arm mit wild übertriebenem Achselzucken und knallt dann mit der Faust auf die Arbeitsfläche.

Ich zucke zusammen.

Er sagt: »Du hast noch nicht mal dein eigenes Kind wiedererkannt! Wie sollte ich mit dir über so etwas reden?«

Na ja, das ist wohl einzusehen. Aber er muß ja nicht gleich so wütend werden, als hätte ich das absichtlich getan, als hätte ich gewollt, daß es soweit kommt.

Dann sagt er ruhiger: »Wir wollten nur, daß die Dinge so sind wie vorher. Vor dieser ganzen Geschichte.«

Wir? Wir? Wer ist denn wir? Vielleicht habe ich das sogar laut gesagt, denn er antwortet: »Wir alle. Für die Kinder.«

Ich habe den Verlobungsring aus der kleinen Schüssel genommen und tippe jetzt ein rasches Stakkato auf der Arbeitsfläche damit. Eigentlich will ich nur das knallende Geräusch dabei hören, aber ich merke an der Art, wie Clyde mich dabei beobachtet, daß er das für symbolisch hält. Und es gefällt ihm nicht. Er hebt die Einkäufe auf, und ich klopfe einfach weiter. Ich spüre, daß es in mir überkocht, und ich weiß nicht, was das für Gefühle sind, die so brodeln.

Jeremy.

»Also habt *ihr alle* beschlossen, die Vergangenheit wie ein Kätzchen in einen Mehlsack einzunähen und zu ertränken? Mein Gehirn ist ja ausgelöscht. Das hätte gut klappen können. Warum hast du denn angefangen, mir die Dinge zu erzählen?«

»Du hast mich gefragt«, sagt er grimmig.

»Aber Helen und Jeremy wissen nicht, daß du eure Abmachung gebrochen hast«, sage ich. »Deswegen kannst du heute abend auch nicht absagen und ihnen mitteilen, sie sollten sich freundlichst ins Knie ficken. Hättest du dazu nicht viel eher Lust?«

Wieder knallt die Faust herab. Sie könnte mühelos das Hirn eines Kaninchens zu Brei schlagen. »Es ist ein kleines Dorf. Wenn wir vier uns zerstreiten, dann wüßte es jeder. Böse Zungen.«

»Böse Zungen«, äffe ich ihn nach. Ich strecke ihm meine heraus und ziehe die häßlichste Fratze, die ich kann. Ich wünschte, meine Zunge wäre ein geladenes Gewehr. Er schaut mich angewidert an.

Ich wische mir den Mund, der vor Wut ganz feucht geworden ist. »Also spielst du bei der Maskerade gerne mit«, sage ich mit deutlicher Verachtung.

»Helen hat immerhin ihre Ehe retten können. Und das habe ich auch versucht.«

Irgendwo da drin gibt es eine Frage. Irgendwo zwischen seinen angespannten Schultern und der jetzt schlaff geballten Faust lauert eine Frage. Ich will nicht, daß er sie stellt, weil ich die Antwort nicht kenne. Ich denke nur die ganze Zeit: Jeremy.

Jeremy mit den langen Gliedern, den langen Wimpern, der so konzentriert und still vor den Zeitschriften im Buchladen stand. Jeremy, wie er sich vorbeugte über den Eßtisch, voller Leben, intensiv. Jeremy im Garten, sein schwarzes T-Shirt, seine sonnengebräunten Schultern, die Augen dämmerig und rätselhaft, wie er mir beim Ankommen zusieht. Ich gehe jede Erinnerung durch, jeden Blick auf Jeremys starke Arme, aber die heißen Küsse sind da nirgends.

Jetzt ist Clyde wieder ruhig. »Ich dachte, das lohnt sich«, sagt er, und ich könnte ihn treten. Verfluchtes Arschloch.

Ich sage: »Du kannst gerne den Leuten vorspielen, was du willst. Aber jetzt verlangst du, daß ich euer Spielchen mitspiele, indem ich bei diesem lächerlichen Grillfest heute abend mitmache. Mit ihm herumsitze, mit ihr und mit dir, und mit euch dreien so tue, als wäre nie irgend etwas passiert.«

»Warum denn auch nicht?« fragt er. »Früher hast du das doch ziemlich gut gekonnt.«

Oh. Ich bin besiegt. Ich zucke vor Schmerz zusammen. Diese Schlacht ist vorüber. Janey kommt mit der letzten Tüte aus dem Kofferraum zurück, setzt sich mitten auf den Fußboden und öffnet eine Packung Katzenfutter. Aber mir wäre auch nichts eingefallen. Er hat diese Schlacht gewonnen.

Aber den Krieg nicht unbedingt, und ich weiß, daß es in der festgefügten Mauer dieses Triumvirats eine Schwachstelle gibt. Nicht Jeremy, der sich vollkommen von mir zurückgezogen hat, als sei unsere Leidenschaft nichts als ein Traum gewesen, und auf keinen Fall Clyde, der mich in Ketten werfen würde, um mich hierzubehalten. Helen. Ich weiß, wie schwach sie ist, und ich weiß, daß ich selbst in diesem nebligen Durcheinander noch die Stärkere bin von uns beiden.

Gefährliche Spiele. Diesmal hat er damit angefangen.

Also werde ich so tun, als ob. Wenn die das so wollen, dann können sie es haben.

Ich bereite alles vor und genehmige mir schon einen Wein, bevor ich überhaupt umgezogen bin. Clyde beobachtet mich, aber über den Abend verliert er kein einziges Wort mehr. Als Janey und ich fertig angezogen sind, habe ich ungefähr vier Gläser Chardonnay intus. Sie trägt Leggings und das T-Shirt, das ich ihr neulich geschenkt habe, und eine kleine weiße Wolljacke, zu der ich sie überredet habe, damit ihre Arme bedeckt sind. Ich habe einen langen Rock angezogen, ein durchsichtiges New-Age-Teil, und dazu ein kurzes Oberteil, das den Bauchnabel freiläßt. »Geht das in Ordnung so?« frage ich und sehe Clydes Unterkiefer herunterklappen, als er dorthin schaut, wo meine nackte Haut das Bündchen des aschenbrödelartigen Rockes berührt. Mein Körper zwischen meinen Brüsten und meinem Bauch ist nackt und vollkommen fest.

Gefährliche Spiele ... diese Formulierung kommt mir immer wieder in den Sinn, wie der Kehrreim eines Liedes. Nur nicht von einem dieser Songs, die mir dauernd so schmerzhaft mein Leben vor Augen führen. Der Spruch kommt von irgendwo anders her, ich weiß nur nicht, von wo.

Ich habe beschlossen, Helen betrunken zu machen. Ich weiß gar nicht, warum. Vielleicht nur aus Wut. Ich muß irgend etwas unternehmen, um diese Verschwörung zu zerreißen. Im übrigen bin ich selber halb betrunken, als alle ankommen.

Jeremy sieht einfach göttlich aus. Zum Anbeißen. Ich überlege, auf ihn zuzugehen und mich an ihm zu reiben wie neulich im Buchladen, um dieses nicht zu leugnende Knistern wieder zu spüren. Dann würde ich frech sagen: »Clyde hat mir erklärt, wie es zu dieser elektrisierenden Atmosphäre zwischen uns kommt. Man stelle sich vor, ich hab' tatsächlich geglaubt, das läge an statischer Reibung.«

Statt dessen sage ich: »Hallo. Wie wär's mit einem Wein? Hier ist ein Dip.«

»Tzatziki«, sagt Helen. »O nein, das darf ich gar nicht. Ist das etwa griechischer Joghurt, kein Magerjoghurt?«

»Ja«, sage ich. Ich habe keine Ahnung. Ich habe das Zeug fertig gekauft, in einem Plastikbecher mit abgelaufenem Mindesthaltbarkeitsdatum. »Mach schon – die eine kleine Sünde! Die verbotenen Früchte schmecken doch immer am besten.«

Clyde wirft mir über den rauchenden Grill einen scharfen Blick zu und sagt dann knapp: »Wird es dir warm genug sein? Es zieht sich gerade zu.«

»Vielleicht gibt es sogar Regen«, sagt Jeremy und begutachtet den Himmel. Mir fällt Pu der Bär aus den Kinderbüchern ein. Wie er die Bienen in die Irre führen wollte, um ihren Honig zu klauen. Ich muß bei dem Gedanken wie verrückt kichern. Ich gehe ins Badezimmer und spritze mir kaltes Wasser ins Gesicht. Im Spiegel ist mein Haar ganz wild, mein Gesicht rot. Ich sehe wirklich etwas merkwürdig aus.

Jeremy.

Jeremy, wie er mich und Janey auf dem Rücksitz seines Autos anschaut, als würde er für uns bis zur Hölle fahren, wenn wir das von ihm verlangt hätten. Jeremy im Buchladen, wie er sich von dem kleinen Zusammenstoß mit mir erholt, als wäre er eine Wunde, von der ich gerade den Verband entfernt habe. Jeremy, der langsame, sexy Musik auflegt, kurz bevor wir nach diesem Abendessen nach Hause gehen, der Helens boshafte Panik ignoriert, der ungläubig, brennend dasteht, als ich mich ahnungslos abwende.

Ich weiß gar nicht, wieso ich darauf nicht gekommen bin.

»Unmöglich siehst du aus, aber großartig«, sage ich meinem Spiegelbild. Dann gehe ich wieder hinaus. Ich habe unsere tragbare Stereoanlage eingeschaltet und die Kassette eingelegt mit der Aufschrift *Everything Must Go*. Jetzt ist mir klar, woher ich sie habe.

»Die habt ihr doch auch, nicht wahr?« frage ich triumphierend. Ich weiß nicht, warum mich das so froh macht; ich weiß noch nicht einmal, wer von beiden mir diese Kassette gegeben hat. Ich weiß auch nicht, ob das ein geheimes, bedeutungsvolles Lied zwischen mir und Jeremy war oder eine Aufnahme, die Helen für mich gemacht hat. Damals, als unsere Freundschaft noch unschuldig war, bevor ich ihr Vertrauen mißbraucht habe.

»Los, tanzen wir«, befehle ich. Ich hole Jeremy auf die Beine und tanze ihm vor der Nase herum. Clyde und Helen starren mich an, also ziehe ich auch Helen hoch.

Ich bin so nah, ich könnte seinen Schmerz berühren.

Ich kann das nicht ertragen. Ich strecke die Hand aus –

Plötzlich Stille. Clyde hat die Musik abgeschaltet.

»War eh zu langsam«, sage ich. »Helen kann uns ja zeigen, wie Line-Dancing geht. Du teilst die Seitenhiebe aus, Helen, und ich untermale das mit einem Stechschritt. Nein? In Ordnung, dann reden wir. Worüber haben wir uns letztes Mal unterhalten? Ach so, ja, wir haben Frauen schlechtgemacht. Waren uns einig, daß der Feminismus völlig out ist. Wenn ihr mich fragt, dann ist unsere ganze Welt völlig out.«

Mir ist klar, daß ich rede, als käme ich von einem anderen Planeten. Aber dieses Versteckspiel macht mich so wütend und diese ganze vorgespielte Partylaune frustriert mich derartig, daß mir ihre Meinung egal ist. »Ihr wollt die Zeiten wiederhaben, als Frauen mit eigener Meinung als Hexen verbrannt wurden«, sage ich wild, »als es Widerspenstige zu zähmen galt. ›Die Pflicht, die der Vasall dem Fürsten zollt, die ist die Frau auch schuldig ihrem Gatten.‹ So sagt es Kate doch zum Schluß.«

Ich erinnere mich an diese Zeile, weil ich in der Schule in diesem Stück mitgespielt hatte. Ich bin mir nicht sicher, daß ich die syntaktischen Besonderheiten alle richtig hinbekommen habe, der Satz scheint mir einigermaßen kompliziert formuliert zu sein. Während ich das also alles mit so viel Würde aufsage, wie mir möglich ist, sticht mich plötzlich ein anderes Zitat aus diesem Stück. »Kiss me, Kate.«

Jeremy hebt den Kopf und schaut mich an. Sein Blick ist vielsagend. Fast schon unverschämt deutlich. Jetzt kann ich es glauben. Ich weiß jetzt absolut sicher, daß dieser Mann mich umarmt hat. Daß er mit diesen geschmeidigen Händen meinen

Leib entlanggefahren ist, während ich für ihn erschauerte. Die Luft zwischen uns scheint zu zittern, wie eine vor Hitze glühende Straße, die vor einem Sommergewitter bebt. Die pure Sehnsucht ist in der Stille um uns herum fast körperlich greifbar. Und es macht mich verrückt, daß mein Kopf nicht zugeben will, was mein Körper weiß.

Aber dann fängt es langsam an.

Jeremy, wie er den Duschvorhang zurückzieht. Jeremy nackt, wie er mich anstarrt, auf mich zukommt, sich auf die Knie fallen läßt, damit er meine Beine umfassen kann. Jeremy, wie er stöhnend sein Gesicht an mich preßt, während das spritzende Wasser zwischen meinen Brüsten entlangrinnt über meinen Bauch und sein wunderschönes, schwarzes, lockiges Haar durchtränkt und oh … oh … Jeremy.

Clyde hat Schwierigkeiten mit den Sardinen, weil sie dauernd zwischen den Rost fallen. Als ich ihn frage, warum er sie nicht einfach auf Alufolie gelegt hat, sagt er ausweichend: »Normalerweise machen wir keinen Fisch.«

»So ein Pech aber auch«, sage ich. »Mein Fehler. Wir sollten ja auch wirklich nichts tun, was wir normalerweise nicht tun, nicht wahr? Die Leute würden nur reden.« Ich sehe Janey, die die Hände durch die Armlöcher ihrer Strickjacke gesteckt hat, und ich könnte schreien.

Jeremy, wie er im Wald auf mich zukommt, als wäre er eine Gestalt in einem Traum. Jeremy, wie er mich umarmt, mich festhält, mit kleinen Bissen in mein Ohr flüstert. Kann nicht schlafen, kann nicht essen, kann an nichts anderes denken als an dich, deinen Geruch, deinen Geschmack, das Gefühl von dir. Ohne dich kann ich nicht atmen. Du bist so schön, so köstlich. Laß mich dort sein, wo du bist, laß mich das Öl in deinem Badewasser sein, der Schlamm unter deinen Stiefeln, lach jetzt nicht, oh, bitte lach jetzt nicht, und ich werde das Fältchen im geheimen Winkel deines Mundes sein, oh, bitte, bitte, Kate, Liebling, bitte –

Was?

– laß uns von hier weggehen.

Anstatt Janey anzuschreien, stehe ich auf und hole mir noch etwas Wein. Ich stehe in der Küche und öffne eine neue Weinflasche, und dann ist da ein Geräusch hinter mir. Ich erschrecke wahnsinnig.

Jeremy, der mich von hinten packt. Sei vorsichtig, sei vorsichtig, ist mir egal, weißt du nicht, daß ich für dich brenne? Jeder Augenblick der Trennung ist schrecklich, voller Leid –

Nein. Es ist Clyde. Er fährt mit der Hand über meine Schultern, legt seinen Arm quer über mich und küßt mich fest auf den Nacken.

»Du siehst wunderschön aus«, sagt er mit rauher Stimme.

»Du zerquetschst mir den Busen«, sage ich.

Diese Einladung ist nicht ganz so elegant wie Helens Abendessen neulich. Die Unterhaltung verläuft auch weniger geordnet. Im Grunde tun wir nichts anderes, als sehr schnell sehr viel trinken. Janey hat fünf Würstchen gegessen und sich ins Wohnzimmer verzogen, um irgendeine Tiersendung zu sehen. Ein paar verkohlte Rippchen liegen noch auf dem Grill, und die Sardinen drapieren sich schlaff über die ausgebrannte Holzkohle, dreckig und verschmäht. Ich sage Clyde, er solle sie der Katze hinwerfen, und er sagt: »Du hättest vorher die Köpfe abschneiden müssen.«

»In Spanien macht man das aber nicht.«

Woher weiß ich das? Meine Mutter muß es mir erzählt haben.

Jeremy im Auto, bei unserem ersten Mal. Als er mich zum Kinderfest mitnahm und ich ihn insgeheim beobachte, seine Augen mit den langen Wimpern, die er so konzentriert auf die Straße richtet. Aus jeder Pore seiner Haut entweicht Sehnsucht, und während das Auto langsamer wird, strecke ich meine Hand zu ihm aus, lege sie auf seine und flüstere: »Fahr weiter.« Und er fährt ohne ein weiteres Wort schneller, biegt aus dem Parkplatz und in das Wäldchen, wo uns keiner sehen kann. Jeremy, wie er das Auto anhält und sich zu mir wendet, die Lider schwer, der Mund trokken und fest. Ich löse meinen Sitzgurt und beuge mich über seinen Schoß. Jeremy, wie er mit den Händen durch meine Haare fährt, vor Leidenschaft zittert, leise aufstöhnt. Und hinterher, als wir unsere Kinder mit den bemalten Gesichtern verspätet abholten, sagte er: »Ruf mich nicht an. Schreib mir.«

Jetzt sagt Helen, wir sollten abräumen, die Sachen hineintragen, weil es regnet. Diese Information fasziniert mich, bis ich feststelle, daß sie recht hat: Ich bin bis auf die Haut durchnäßt. Mein eben noch duftig-leichter Rock klebt mir an den Beinen, ist vollkommen durchsichtig.

»Hol sie rein«, sagt Clyde zu Helen. Ich lache, tanze von ihr fort. Auf keinen Fall gehe ich hinein. Ich tanze im Regen, wirbele herum, und die Lichter der Fackeln in unserem Garten drehen sich um mich. Ich frage: »War es bei unserem Picknick auch so? Wir sind doch in den Fluß gegangen, nicht wahr? Alle bis auf die Haut durchnäßt.«

Jeremy tritt nach vorn, und Clydes Stimme ertönt laut: »Laß sie.«

Jeremy in seinem Büro, meinen ersten Brief in seinem Filofax, und ich sagte: »Helen erkennt meine Handschrift sofort, da solltest du meine Briefe nicht aufbewahren.« Aber er bestand darauf: »Ich brauche deine Worte bei mir, ich muß sie berühren können, ich brauche meine Dosis von dir.« Ich sagte: »Nächstes Mal schreibe ich dir auf der Maschine – aber antworte mir nicht, unsere Post kommt, bevor Clyde das Haus verläßt.« Und er sagte: »Heb dir eine Kopie auf, lies sie und denk an mich, während du sie liest. Jedesmal, wenn du an mich denkst, werde ich auch an dich denken.«

Sie sind jetzt alle ins Haus gegangen. Nur ich bin draußen geblieben, tanze auf dem Rasen. Die Regentropfen glänzen golden im Licht der Fackeln. Helen steht unter dem kleinen Dach über der Terrasse und beobachtet mich. Die Feuchtigkeit überall um mich herum durchweicht mich. In diesem überwältigenden Gefühl von Isolation überkommt mich plötzlich die Erkenntnis. Mir ist schwindlig. Jetzt bloß mich nicht übergeben. Vorsichtig gehe ich hinüber zu Helen. »Du mußt mir nichts sonst erzählen, nur dieses eine. Wer hat mich geschlagen?«

»Es war ein Unfall«, sagt Helen. »Wirklich, Kirsten. Niemand hat dich geschlagen.«

»Und wie ist es mir also passiert?« Ich schreie sie an, klopfe gegen meinen Kopf, als sei der Schädel gebrochen und blute.

»Wer hat mir das angetan? Hab' ich versucht, mich selbst umzubringen? Das will ich wissen. Bin ich in den Fluß gesprungen?«

Helen weint. Ihre Worte kommen wie ein Stöhnen, rutschen auf der feuchten Bahn ihres Schluchzens aus. Sie sagt: »Ich hab' das nie so gewollt. Ich hab' das nie so gewollt.«

Ich bleibe sofort stehen. Sie sagt: »Ich hab' dich nur ein kleines bißchen geschubst – du hast dir gar nicht am Kopf weh getan, du warst nur ganz kurz unter Wasser.«

»Du hast mich geschubst?«

Helen knickt ein. Sie ist zur Wand gestolpert, und ich muß sie festhalten, muß sie stützen, damit sie nicht weinend auf den Boden fällt.

»Du wolltest alles! Du hast mir Jeremy weggenommen. Und auch Sam. Wie konntest du das einem kleinen Jungen antun? Wenn du schon mir gegenüber nicht loyal sein konntest, mußtest du auch noch ein Kind verraten?«

Ich schaffe es nicht, uns beide aufrecht zu halten, und so rutschen wir langsam an der Wand herunter, klammern uns aneinander fest in der vergeblichen Hoffnung, die eine könnte die andere stützen. Helen weint immer noch mit ihren stöhnenden kleinen Schluchzern. Ich versuche, ruhig zu klingen, schlucke meine verzweifelte Dringlichkeit herunter, wünschte mir, ich wäre weniger betrunken. »Erzähl mir den Rest.«

»Dieser Auftrag. Davon hat er mir nie erzählt. Er wollte ihn eigentlich annehmen. Und du wolltest mit ihm gehen. Clyde hat es herausgefunden. Er hat es mir auf dem Weg zu unserem Picknick erzählt. Wir wußten nicht, was wir tun sollten. Wir haben einfach weiter so getan, als wüßten wir es nicht, aber ich konnte es nicht ertragen.«

Clyde, der großartige Schauspieler. Ich sehe, wie er in der Tür zur Terrasse steht und uns wie ein nachdenklicher Bär beobachtet. Jeremy steht als zierlicher Schatten hinter ihm. Jetzt wünsche ich mir, ich wäre betrunkener. Am liebsten wäre ich ohnmächtig. Helen jammert weiter: »Ich wollte dich doch nur aufhalten.« Sie zuckt vor mir zurück, als ich den Arm zu ihr ausstrecke. Aber ich will sie nur zum Zuhören zwingen, weil ich ihr etwas schrecklich Wichtiges erklären muß.

»Ich wollte Jeremy gar nicht. Er war es nicht, den ich wollte. Ich wollte Paul.«

Ich weiß jetzt endlich, was vor neun Jahren geschehen ist.

Ich weiß, warum ich nie wieder ans College zurückgekehrt bin, warum ich Debs nie wieder gesprochen habe, weder Debs noch Miles noch Paul. Ich weiß, warum ich aufgehört habe zu photographieren und warum ich versucht habe, ein neues Leben anzufangen. Ich weiß, was geschehen ist, und ich weiß, wessen Kind Janey ist. Denn jetzt kann ich mich wieder erinnern.

Woran ich mich erinnere:

Naß. Die Luft war von Feuchtigkeit erfüllt, und das Gras war naßgeregnet. Drachen flogen in der Luft, und Papierbanner flatterten überall herum, und die Sonne schien. In der Ferne vibrierten Trommeln. Ich saß mit Debs auf einer Öltonne vor dem Teezelt, umfaßte mit kaltgefrorenen Fingern meinen heißen Becher und dachte an Pauls schönen Körper, stellte mir vor, wie er keucht, wie er im Zelt liegt; ich wollte zurücklaufen und ihn überall ablecken und meine Hand langsam und sanft in seinen Schritt schieben, um ihn vor Verlangen stöhnen zu hören.

Und Debs sagte gerade: »Ach, hol's der Teufel, Kirsty – warum tauschen wir nicht einfach?«

Bei dem Gedanken durchschauerte es mich. Sie sagte: »Der hat eh keine Lust mehr auf mich, soviel ist klar«, und fuhr dann grinsend fort: »Wir sollten einfach unsere Typen tauschen.«

Ich lauschte dem Trommeln der Trommler auf den Holzbänken hinter dem Teezelt, erinnerte mich an den vorigen Abend und daran, wie schön es gewesen war, zur Musik der Oysterband herumzutanzen, zu wissen, daß Paul und Miles mir dabei zusahen. Und wie Miles immer, wenn ich mich umdrehte, mit geschlossenen Augen im Takt zur Musik nickte, aber Paul uns anstarrte. Insbesondere mich.

»In Ordnung«, sagte ich.

Debs lachte und sagte dann: »Ernsthaft? Und was ist, wenn die nein sagen?«

»Wir fragen sie einfach nicht«, sagte ich ruhig. Wenn du glaubst, dir könnte eine Antwort nicht gefallen, dann stell die Frage nicht, sagt mein Vater immer. »Aber ich weiß, wie wir das anstellen. Wir bleiben den Tag über zusammen, alle vier, und teilen uns dann am Abend in Pärchen auf. Eins mit mir, und eins mit dir. Du und Miles, ich und Paul. Einfach die Dinge laufen lassen ... Und hinterher sagen wir ihnen, daß es eigentlich kein Zufall war.«

»Wie? Ich soll Miles erst verführen und ihm hinterher sagen, du hättest das genehmigt? Kommt nicht in die Tüte! Dein Miles hat schließlich Skrupel.«

»Meinetwegen dann nicht hinterher. Aber auf keinen Fall vorher, dann könnten sie doch nein sagen. Am besten also mittendrin.«

»Mittendrin?«

»Mittendrin.«

Wir kriegten uns kaum ein vor Lachen, als sei das ein irrsinnig komischer, völlig unplausibler Witz, den wir später als Phantasie abtun könnten. Aber ich wollte Paul unbedingt, und als wir zurück zum Zelt gingen, hatte ich den Eindruck, er müßte irgendwie gespürt haben, was wir vorhatten. Er war richtig süß mit mir, flirtete richtiggehend, und es war sehr einfach, beim Gang über das Zirkusfeld dicht an seiner Seite zu bleiben. Wir sahen ein paar Feuerschluckern zu, aber das Wetter wurde immer schlechter, und der Drahtseilakt wurde abgeblasen.

Dann gingen wir an das Ende des Green Field, auf der Suche nach dem Trommler, zu dessen Musik Debs und ich am Abend zuvor getanzt hatten. Den fanden wir nicht, aber dafür waren andere Leute im Sacred Space, die auf einer Art Xylophon spielten, was sich toll anhörte. Ein paar kleine Kinder mit struppigen Haaren rannten nackend herum. Ein drei Meter großer Typ in silberner Rüstung kam vorübergeklappert. Dann tauchten irgendwelche Theaterleute mit einem riesigen Gummiglobus auf. Sie rollten damit über das Gras und ließen die Kinder raufklettern. Es war herrlich. So sollte die Welt sein: ein Meer von Farben und Musik und Verrücktheiten. Ich wollte fast schon eine Narrenkappe aus samtenen Spitzen und klingelnden Glokken kaufen, aber Debs wies mich darauf hin, daß ich (a) mir diesen Hut nicht leisten konnte und (b) absolut lächerlich damit aussah.

Also tanzten wir um den von Steinen umgebenen Kreis herum, bis Miles und Paul zu den Märkten zurückwollten, um sich an der japanischen Nudelbar etwas zu essen zu holen.

Es fing schon wieder an zu regnen, und an manchen Ständen räumten die Verkäufer ihre Sachen weg. Von den buntbedruckten Schals tröpfelte der Regen, und die Körbe mit Decken waren durchweicht. Unser Programmzettel war zu unlesbarem Pappmaché geworden, so daß wir uns einfach zum Theater aufmachten, um in dem stabilen Holzhaus mit einigen Tausend anderen Schutz zu suchen. Es war schwierig, sich nicht in der Menge zu verlieren, aber ich hing an Paul wie eine Klette. Eine großartige Komödiantin stand auf der Bühne, die laut und vulgär ihre Witze machte, und deswegen und wegen des Weins und Debs' Ellbogenstupsern bei den schlüpfrigen Stellen schwebte ich vor Glück. Ich hatte das Gefühl, ich könnte gleich abheben.

Als wir den Wein ausgetrunken hatten, bot ich an, eine neue Flasche aus dem Zelt zu holen. Das war doch gute Methode, die Jungs am Abwandern zu hindern, dachte ich.

»Es regnet doch wie verrückt«, sagte Miles, aber ich sagte, das wäre mir egal, und zog los.

Der Pfad über die Felder, vorhin noch steinhart und ausgetreten, verwandelte sich langsam zu flüssigem Schlamm. Zigarettenkippen lösten sich auf, Plastikbierbecher wurden vom Regen heruntergespült und erlitten im Matsch Schiffbruch. Alles in unserem Zelt war feucht. Ich nahm die letzte Weinflasche und machte mich auf den Weg zurück, als mich ein Typ in einer schwarzen Lederjacke ansprach.

»Na, wenn das nicht unsere köstliche Kirsty ist!« sagte Andy Gray. Er hatte die Augen weit aufgerissen, und sein Gesicht sah selbst im Gegen schmierig aus. »Darf ich dich auf ein Bier einladen?« Er bot mir einen halb gerauchten Joint an, während er das sagte, und ich nahm einen tiefen Zug. Auch er zog noch einmal daran. Ich fing an zu lachen, und er lächelte mich freundlich an.

»Warum hast du einen Teebeutel auf deinem Zeh, Andy?«

Er lachte, als hätte ich einen großartigen Witz gemacht. Als er merkte, daß ich wirklich auf seine Doc Martens zeigte, schaute er nach unten und wirkte ganz angetan.

»He!«, sagte er, und dann noch einmal: »He, he! Ich hab' ja tatsächlich einen Teebeutel auf meinem Zeh.« Das schien ihm zu gefallen. »Den muß ich wohl zur späteren Verwendung da hingetan haben«, sagte er.

»Aber später wird er nicht viel taugen. Da wird er ganz ausgelaugt sein«, sagte ich, und er nickte weise.

»Wir sollten uns besser an das hier halten«, schlug er vor und ließ mich noch einmal an seinem Joint ziehen.

Es kam mir komisch vor, daß mein Vertrauensdozent völlig zugekifft auf einem zugeregneten Feld herumlief. Ich kicherte die ganze Zeit darüber, bis ich merkte, daß er den Arm um mich gelegt hatte und außerordentlich dicht an meinem Ohr atmete. Ich löste mich aus seinem Griff. Das schien ihn nicht zu überraschen, obwohl er tief aufseufzte. »Kirsty, Kirsty. Weißt du eigentlich, daß ich deinetwegen schon das ganze Jahr über feuchte Träume hatte?«

Das war wirklich kein Thema, das wir in den Tutorengesprächen erörtert hatten. Ich sagte ihm das auch, aber darüber konnte er nicht lachen. Er stöhnte auf und zwirbelte eine Haarsträhne um seine Finger. »Momentan siehst du aus wie eine Undine. Weißt du, was eine Undine ist, Kirsty Middleton? Natürlich weißt du das nicht. Du bist fest entschlossen, deine außerordentliche Schönheit auf Studenten zu verschwenden, die sie überhaupt nicht zu würdigen müssen.«

Da fiel mir wieder ein, daß ich ja zutiefst in Paul verliebt war, und sah zu, daß ich Andys grabschenden Händen entkam. Er seufzte noch einmal und rollte seine Augen, so daß nur noch das Weiße zu sehen war.

»Was ist eine Undine?« fragte ich, als er seine Augen wieder klar fokussiert hatte und mich weiter anstarrte.

»Eine absolut wunderschöne, aber unerreichbare Kreatur, die die Männer vor Begierde wahnsinnig macht.«

»Ach so. Ich dachte immer, das wären die Sirenen.« Das fühlte sich gut an, dieser Schlagabtausch mit meinem Vertrauensdozenten. Es verstärkte meine Sehnsucht nach der aufregenden Fremdheit von Pauls Umarmung – ich hatte das Gefühl von Macht und war sicher, ich würde es mit ihm schaffen.

»Du hast recht«, überließ mir Andy galant den Sieg. »Aber eine Undine ist auch wunderschön. Eine Undine ist eine Wassernixe. Ihr wird eine Seele verliehen, wenn sie einen Sterblichen heiratet und ein Kind von ihm bekommt. Kannst du dir vorstellen, mit mir zu schlafen, Kirsty Middleton? Um eine Seele zu bekommen?«

Es erschien mir nicht besonders fair, weiter seinen Joint zu rauchen, nachdem ich nein gesagt hatte, also machte ich mich auf den Weg zu den anderen.

Es dämmerte schon, als ich zum Theater zurückkam. In der feuchten Dämmerung leuchteten Fackeln und Laternen. Ich glühte von innen, wegen des Weins und der aufregenden Pläne, die wir hatten, und es war mir völlig egal, daß ich von oben bis unten durchnäßt war. Miles wollte hoch zur Hauptbühne gehen, wo Elvis Costello spielte, und als Paul sagte, er wolle lieber die Afrikaner am unteren Ende des Feldes hören, meinte ich, das würde mir auch zusagen. Debs behauptete, voll auf Elvis Costello zu stehen, und schlug vor, loszugehen, damit sie auch weit genug vorne Plätze bekämen. Und wenig später waren Paul und ich allein.

Wir hatten den meisten Wein schon getrunken, und ich hörte die Musik kaum noch, nahm nur noch den drängenden Rhythmus wahr, der mir direkt in die Glieder fuhr. Paul bewegte sich wie alle anderen auch zum Rhythmus hin und her, und ich schwankte ein bißchen hin und her und sah zu, daß ich ihn dabei so oft wie möglich berührte. Das schien ihm zu gefallen. Als die afrikanische Gruppe aufhörte, gingen wir langsam zu unserem Feld mit den Zelten, zunächst mit einer großen Gruppe Menschen. Bald waren wir allein, nachdem viele Leute abgebogen waren, die ihr Zelt gefunden hatten.

Mittlerweile war der Himmel schwarz, und wir blieben stehen, schauten hoch zu den unendlich vielen Sternen. Offene Feuer leuchteten überall auf dem Feld. Um uns herum rochen wir den undefinierbaren Kräuterduft des Festivals. Ein aufregender Geruch, der einem sofort zu Kopf stieg.

Ein Feuerwerk ging über den Himmel. Das Geräusch der Trommeln in der Ferne, das schon den ganzen Tag über in meinem Kopf pulsiert hatte, wurde plötzlich vom Wind herangetragen. Ich legte die Arme um Paul, und er lachte. Plötzlich zog ich ihn zu mir und küßte ihn leidenschaftlich auf den Mund.

»Wow«, sagte Paul mit einer Stimme wie schmelzende Schokolade, »was geht denn hier ab? Was ist denn mit Miles?«

Mein Plan stand mir so deutlich und klar vor Augen, daß ich fast schon vergessen hatte: Paul wußte nichts. Miles war Meilen entfernt. Ich kicherte. »Miles ist doch egal«, flüsterte ich.

»Wie du meinst«, sagte Paul und fuhr mit seiner Zunge in meinen Mund und küßte mich, während seine Hände sich tief unter meine Jacke gruben. Er erwähnte Debs mit keinem Wort, als er fester zupackte, und ich dachte: Vielleicht weiß er Bescheid, vielleicht hat er es erraten, oder vielleicht begehrt er mich so sehr, daß es ihm einfach egal ist. Unter all dem feuchten Stoff fühlten sich meine Brüste kalt an, aber ich spürte, wie meine Brustwarzen hart wurden, als er sie berührte. Ich küßte ihn weiter, lang und warm und ausdauernd. Er ging mit seinen Händen tiefer und schob sie mir von oben unter das Bündchen meiner Jeans und sagte meinen Namen dicht an meinem Haar. Seine Stimme kam von irgendwo ganz tief und war sehr verführerisch. Ein unglaubliches Glück durchschauerte mich. Ich hatte recht gehabt, meiner Sehnsucht nachzugeben – die Intensität seiner Erwiderung war der Beweis. Paul liebte mich. Er stöhnte jetzt sanft, auf die köstliche, sehnsüchtige Art, die mich so antörnt, und ich spürte, wie er sich an mich preßte. Ich flüsterte: »Berühr mich.« Ich wußte, daß er das unbedingt wollte, und plötzlich schien es mir ganz wichtig, ihm zu erklären, daß alles auch auf das schönste geregelt war. Ich sagte: »Es ist in Ordnung, Paul. Debs weiß Bescheid.«

Er entzog sich mir, als wäre er angeschossen worden. »Wassollndasheißn?«

Wir waren auf einem Pfad neben einer Hecke, als wir stehengeblieben waren. Er stolperte und fiel praktisch in die Büsche hinein. Fluchend richtete er sich wieder auf. »Wo ist Debs denn?«

Ich streckte ihm noch einmal die Hand entgegen. Mit einem versuchten Lachen sagte ich: »Mit Miles zusammen.«

»Ihr habt das geplant«, sagte er, und sein Gesicht war eine einzige Maske aus Haß. »Ich bin abserviert worden.«

Er fing leise an zu heulen, wie ein Hund, der sich verlaufen hat. Dann schüttelte er schwerfällig den Kopf und wollte zum oberen Teil des Feldes laufen. Ich hielt ihn an seinem Ärmel fest. »So ist das doch gar nicht«, bettelte ich, und er wandte sich zu mir. »So ist es doch gar nicht«, wiederholte ich. »Ich liebe dich doch.«

»Nutte«, sagte er. »Biest.« Und in dem Augenblick, als ich dachte, daß er sich wieder von mir abwenden würde, fiel er auf dem naßgeregneten Weg auf die Knie und schluchzte. Ich versuchte, ihn zu umarmen, aber er schob mich weg.

»Ich bin sitzengelassen worden«, murmelte er immer und immer wieder. Ich spürte, wie Panik in mir aufstieg. Zum Teil hatte ich Angst vor seiner Wut und seiner Verwirrung, aber am meisten schmerzte mich die schreckliche Ablehnung, die ich erfuhr. Er hatte gar nicht verstanden, wie schön und wie ordentlich das alles gelaufen war. Ich wollte unbedingt verhindern, daß jetzt alles schiefging.

Vermutlich bin ich ihm auch deswegen gefolgt, als er wieder auf die Beine gekommen war und zu unserem Campingplatz zurückstolperte. Und deswegen bin ich ihm auch ins Zelt gefolgt, habe mich neben ihm hingeworfen und versucht, ihn zu trösten. Habe versucht, ihn zu umarmen, versucht, ihn zu zwingen, mich zu lieben.

»Du warst ja schon immer eine, die die Männer gerne reizt«, sagte er. Und dann packte er mich an den Schultern und drückte mich auf den Boden. »Gefährliche Spiele, Kirsty.«

Er rollte sich auf mich, und mein Kopf schlug auf dem harten Boden auf. Ich wollte so verzweifelt, daß er mich begehrt und liebt, daß ich immer noch versuchte, ihn zu streicheln und zu küssen. In den ersten paar Minuten spürte ich den Schmerz gar nicht. Er prügelte wild auf mich ein, auf die Schultern, in den Bauch, in den Schritt. »Ist es das? Willst du es so haben, Kirsty?«

Ich konnte gerade noch flüstern: »Du tust mir weh« und versuchte, seine prügelnde Hand festzuhalten. Aber er entzog sie mir und preßte mein Gesicht in den Schlamm. »Bitte ... bitte«, wimmerte ich, »nicht so, Paul«, aber er erwiderte nur giftig: »Wie denn? Es ist ein Loch, oder etwa nicht? Ein gieriges, biestiges Loch, und das will gestopft werden.« Er hatte mir die Jeans heruntergezerrt und grabbelte jetzt mit seiner Hand draußen vor dem Zelt. Entsetzt spürte ich, daß er mich mit Schlamm anfüllte, daß er den kalten Schmodder mit einer Hand in mich hineinschob, während er mich festhielt und mich mit Schimpfwörtern überhäufte. Ich machte mir in die Hose, spürte, wie der heiße Strom über meine Beine, meine Jeans, über seine Hand lief, und ich wußte, daß er sich jetzt die Hose aufmachte, daß er es endlich tun würde.

Er fickte mich. Und fiel danach in Ohnmacht. Ich nahm meine durchnäßten, befleckten Kleider und ging. Erloschene Lagerfeuer glimmten schwach zwischen den Zelten. Aus dem Dragon Field stieg gelegentlich ein Feuerwerk auf. In der Ferne hörte man Trommeln. Ich schlich fort, in Richtung der Lichter.

Ich erinnere mich jetzt. Die Leute von der Mission gaben mir eine Decke und behielten mich über Nacht da, und am Sonntag morgen brachten sie mich hinunter zum Treffpunkt, weil ich immer wieder sagte, ich könnte nicht zurück in mein Zelt, daß ich nach Hause wollte. Und da hat Andy mich aufgegabelt. Andy war es, der erkannte, daß etwas Unwiderbringliches passiert war. Er brachte mich nach Hause, besorgte mir den Job für den Sommer.

Und das alles hatte ich vergessen. Hatte vergessen, daß ich versucht hatte, mir Paul zu nehmen, und daß er mich abgewiesen hatte. Ich hatte aus meinem Hirn gelöscht, daß seine Wut und nicht seine Liebe Janey gezeugt hatte. Viele Jahre später hatte ich Jeremy gefunden und noch einmal versucht, etwas, worauf ich keinen Wert legte, zu tauschen gegen etwas, was ich unglaublich gern haben wollte. Nur hat mich diesmal etwas anderes aufgehalten.

Helen ist weggegangen. Alle sind sie weg. Ich weiß nicht, wie lange ich hier draußen gesessen habe. Es regnet immer noch, und der Garten wirbelt jetzt etwas langsamer um mich herum. Es wird ruhiger um mich.

Clyde versucht, mich zu umarmen. Ich kämpfe in seinen Armen gegen ihn an. »Ich muß es Janey sagen. Ihr Vater ist tot – das muß ich ihr sagen. Ich habe ihn geliebt, aber er ist gestorben.«

»Herrgott noch mal, Kirsty! Doch nicht jetzt, wo sie schläft – du wirst sie in Angst und Schrecken versetzen.«

Das will ich nicht. Ich höre auf, mich gegen ihn zu wehren, und er führt mich hinein und zum Küchentisch. Da steht ein schwarzer Kaffee, und er zieht an meinem nassen Rock herum. Das lasse ich nicht zu. Ich muß jetzt reden, und das sage ich ihm dauernd.

»Also, dann red mit mir.«

Er ist da. Mit ihm wird's gehen.

»Ich weiß es. Ich weiß jetzt alles, was wichtig ist. Ich weiß, warum ich aufgehört habe, zu photographieren.«

»Und das ist alles, was wichtig ist? Was ist denn mit mir?«

Er scheint nicht zu verstehen, wie absolut wichtig das ist. Er starrt mich an und sagt weinerlich: »Kannst du dich gar nicht an uns erinnern?«

Jetzt weiß ich wieder, warum es mit Clyde nie im Leben gehen wird. Clyde ist einer derjenigen, die mich verraten haben. Ich springe auf. Der Kaffee spritzt aus dem Becher und verbrüht mich.

»Du weißt, daß sie mich geschubst hat.«

Er sitzt da und starrt mich wütend an. »Kannst du ihr das vorwerfen?«

Und ich soll diejenige sein, die hier verwirrt ist – diejenige, die sich ihren Gefühlen nicht stellt. Was ist denn mit Clyde, der mich verteidigen will und gleichzeitig Kronzeuge für die Anklage ist.

»Wolltest du, daß sie mich umbringt? Und wenn ja: Warum bringst du mich dann jetzt nicht um, Clyde?«

»Du bist hysterisch«, sagt er.

Hysterie, das wäre ja noch vernünftig. Das, was ich gerade fühle, ist aber eher ein Schnee-Gefühl, als wäre mein Kopf voll zitternder Schneeflocken, die herumwirbeln und nirgends liegenbleiben wollen.

Ich habe versucht, von hier zu entkommen, aber Helen hat mich davon abgehalten. Vielleicht habe ich mich selber auch abgehalten.

Flucht. Jeremy war die falsche Lösung. Die Tatsache, daß er mich begehrt hat, hat mich verwirrt, wie das Verlangen von Männern es immer schon getan hat. Clyde hat die Tür zum Garten hinter unserem Haus verschlossen, so daß ich durch den Flur laufe und aus der Haustür entkomme.

Ich stehe am Tor zur Straße und sehe zu, wie der Regen in goldenen Strichen auf die dunkle Straße fällt. Irgendwann hört die Straßenlaterne auf herumzuwirbeln, und die Blätter des Ahorns wirken auch nicht mehr wie eine Supernova. Eine Gestalt wie eine Mondgöttin steht vor mir, ringt die Hände, tropfnaß und nackt.

Es ist aber keine nackte Mondgöttin, es ist die alte Mrs. Dingsda von nebenan.

Für eine alte Dame hat sie einen merkwürdig schönen Körper, schwer, aber beweglich, mit glatter, perlweißer Haut. Im freundlichen Regen strömt ihr graues Haar wie das einer Undine.

Ich gehe auf sie zu.

Sie kommt meiner Neugier zuvor. »Ich warte, Liebes.«

»Auf Ihre Wäsche?« Das erscheint mir komisch, und ich kichere.

»Auf mein Silkie«, sagt sie glücklich, frei von Vorwurf oder Ärger. Und plötzlich fängt sie an zu singen.

»Ein ird'sche Mutter sitzt und singt, das tut sie bei Tag und bei Nacht. Wenig kenn' ich den Vater vom Kind, noch weniger das Land, wo er wacht.«

Diese Ballade kenne ich. Die habe ich vor Jahren gehört, noch am College in einem Folkmusik-Konzert. Alle Lieder scheinen etwas auf eine etwas neblige Art zu sagen zu haben, aber dieses ganz besonders.

»Ist das ein Lied für mich?«

Sie schnalzt mit der Zunge.

»Es ist ein Lied für einen Silkie«, sagt sie. »Aber er kommt ja nicht.« Dann legt sie die Hand über den Mund, als hätte sie ein Geheimnis verraten, und beginnt zu schluchzen: »Oh – oh – oh –«

Es beunruhigt mich ein bißchen, dieses wilde Weinen. Vielleicht ist es doch nicht so schön, Mrs. Dingsda zu sein. Ich beschließe, sie in ihr Haus zurückzubringen, bevor sie sich hier draußen den Tod holt. Während ich ungeschickt über den kleinen Zaun zwischen unseren Gärten klettere, durchschneidet das rauhe Röhren eines Motorrades die Dunkelheit, und ich sehe Harveys Pizza-Bike die Straße hinunterrasen. Ich halte mich am oberen Teil des Zaunes fest und höre, wie mein Rock reißt.

Mrs. Dingsda läßt zu, daß ich sie in ihr Haus führe. Ich stolpere, werde aber langsam nüchterner. Die Küche stinkt nach Bleichmittel, offenbar ein Rest von Eleanors Putzorgie. Kein Wunder, daß ihre Mutter einmal an die frische Luft wollte.

Sie trabt fort und holt ein Handtuch, ohne daß ich sie darum gebeten hätte, und dann haben wir einen kleinen Zweikampf, denn sie versucht, mir die Haare zu trocknen, und ich versuche, sie in das Handtuch zu wickeln. Ich muß schon wieder kichern und bekomme Schluckauf, und sie gibt dann irgendwann freundlich nach. Jetzt sieht sie ganz schwach aus, wie ein kleiner Vogel, und ich weiß gar nicht, was ich mit ihr anstellen soll.

»Haben Sie ein Nachthemd?« bekomme ich zwischen Hicksern noch heraus.

Aber sie schüttelt den Kopf und sagt traurig: »Alles mit meiner Wäsche verschwunden«, und dann weint sie, und ich muß auch weinen.

Jetzt steht Clyde hier in einem verdammt riesigen Regenmantel, als wäre er ein Leuchtturmwächter. Er sieht mindestens zweieinhalb Meter groß aus. »Du bist ganz schön groß«, sage ich bewundernd.

»Geh nach Hause«, sagt er. »Eleanor kommt.«

»Um diese nachtschlafende Zeit hättest du Eleanor wirklich nicht anrufen müssen. Es geht ihr doch jetzt gut. Ich kann für sie sorgen.« Das muß ich in kurzen Abständen hervorpressen, wenn mir meine Hickser Luft lassen.

»Und wie man für jemanden sorgt, das weißt du unheimlich gut, nicht wahr?«

Lieber Gott, ich bin seine höhnischen Kommentare ja so leid. Ich schaue mich um, womit ich ihm wirklich weh tun kann, aber Eleanor hat wirklich bestens aufgeräumt: Nirgends ist etwas zu sehen, das auch nur eine halbwegs scharfe Kante hat.

»Ich kann sie ins Bett bringen«, lasse ich nicht ab.

»Sie muß ordentlich versorgt werden. Sie blutet ja.«

»Sie hat sich nur an den Rosen gekratzt.«

»Geh nach Hause. Du bist nicht in dem Zustand, um unter Leuten zu sein.«

Und plötzlich ringen wir miteinander, mitten in der aseptisch sauberen Küche von Mrs. Dingsda. Er in seinem nassen Regenmantel, und ich in meinem zerrissenen, durchweichten Rock. Es gibt nichts, was wir uns über den Kopf hauen könnten, und ich will auch nicht schreien oder auch nur fluchen, weil die arme Mrs. Dingsda in ihrem Handtuch eingewickelt dasitzt, den Mund zu einem großen, dunklen Oh des Entsetzens aufgerissen. Also packen wir einander und wiegen uns hin und her und kämpfen in der Stille, die nur von unserem schweren Atem erfüllt ist. Er kneift mich schmerzhaft in den Arm, damit ich ihn nicht mehr würge, und ich schaffe es, ihm mit dem Knie eins in den Schritt zu geben, und höre ein unterdrücktes, keuchendes Stöhnen. Jetzt habe ich die Hände an seinem Hals, versuche, ihn umzubringen, aber er hält mich fest, drückt mir den Atem aus der Lunge, und ich kann noch nicht einmal reden, um ihm zu sagen, daß ich mich übergeben will. Plötzlich sagt Mrs. Dingsda sehr klar und deutlich: »Nun denn, vielen Dank für Ihren Anruf, aber mir reicht es jetzt.« Womit wir entlassen sind.

Wir lassen voneinander ab. Ich fühle mich ganz lasch und lächerlich. »Ich geh' jetzt wohl besser«, sage ich mit einem letzten, winzigen Rest an Würde. »Wegen Janey.«

Clyde muß mich über den Zaun heben, und dann stelle ich fest, daß ich gar nicht mehr stehen kann, also trägt er mich in unser Haus zurück und bringt mich zu Bett.

DER ANFANG DER ACHTEN WOCHE

Ich wache mit einem fürchterlichen Kater auf. Clyde sagt mir, es sei fast zehn Uhr. Ich strecke die Hand vor, um das zu überprüfen.

»Wo ist denn meine Uhr? Die kleine, die du mir letztes Jahr geschenkt hast, die mit dem Emailleanhänger.«

Er sagt: »Vermutlich immer noch in der Werkstatt. Du wolltest die Schließe reparieren lassen.«

Darüber muß ich nachdenken. Die dürfte doch schon längst fertig sein, schließlich ist die doch schon seit Wochen da.

Ich stehe auf und stolpere ans Fenster, um auf unseren Garten zu schauen. Alles ist vollkommen durchweicht. Im Grill liegt eine schmuddelige Pfütze Wasser, und unsere Terrasse ist von heruntergespülter Asche ganz schmutzig. Die ausgebrannten Fackeln vom Garten stehen immer noch in den Blumenbeeten, und auf allen Blättern und Blütenblättern glitzern schwere Regentropfen.

»Ja oder nein?« sagt Clyde gerade. Seine Stimme klingt weit entfernt, wie eine Erinnerung. Er kommt in das Zimmer und lehnt sich zu mir. »Möchtest du ein Frühstück, ja oder nein?« Ich lege die Hände an den Kopf, schützend. Der Gedanke allein ist schon zuviel. Clyde hebt mich auf und legt mich wieder auf das Bett.

Er ist so ruhig. Das ist ausgesprochen beunruhigend.

»Es müßte doch ...« Ich will jetzt sagen, daß es Fanfarenstöße geben müßte, aber ich weiß eigentlich gar nicht, warum. Es ist doch vollkommen normal, daß man morgens weiß, wer man ist, und außerdem tut mir der bloße Gedanke an einen Fanfarenstoß schon weh.

Clyde hebt die Augenbrauen: »Tee?« sagt er. »Gerne. Ich bring dir gleich eine Tasse.«

Mir fällt ein, daß Leila fand, er sei *ein Gentleman*. Mir kommt in den Sinn, daß mein Jawort Clyde gegenüber mehr als eine ängstliche Kapitulation war, weil ich mit Janey schwanger war. Vielleicht hatte ich damals verstanden, wie schnell der Reiz gefährlicher Spiele vorübergeht. Und habe mir einen sanften Mann ausgesucht. Ein Jammer, daß ich nicht dabei bleiben konnte, bevor es zu spät war.

Ich stehe vorsichtig auf und gehe in Janeys Zimmer. Sie sitzt aufrecht im Bett und liest. Ich setze mich neben sie auf die Kante und hebe ihre langen Haare hoch, die immer noch ganz locker hängen und dick von der Nacht sind. Ich halte sie locker hinter ihrem Kopf empor, so daß sie sich dicht an ihre Wange schmiegen. Sie schaut nicht auf.

»Möchtest du dir immer noch die Haare abschneiden lassen?«

Vorsichtig wendet Janey eine Seite. »Mhmhm.«

»Vielleicht können wir das nächste Woche machen lassen, bei Sasha's in der Stadt. Wenn du möchtest.«

Sie blickt mich ganz kurz aus ihren langbewimperten Augen an. »Mhmhm«, sagt Janey.

Aber wir wissen beide, daß sie seit Ewigkeiten um einen Haarschnitt bettelt, noch vor dem Anfang des Sommers. Wir wissen auch beide, daß Sashas der Friseur ist, zu dem sie unbedingt gehen möchte, obwohl sie das schon lange nicht mehr erwähnt hat.

Eine kleine Sache, aber immerhin ein Anfang.

Ich fühle mich immer noch etwas unsicher und gehe vorsichtig in die Küche.

Clyde hat aufgeräumt, und die leeren Weinflaschen sind alle im Mülleimer.

Er steht da und schaut den Wasserkocher aufmerksam an, als brauche das Gerät seine moralische Unterstützung, um zu kochen. Aber seine Hand streckt sich vorsichtig nach mir aus, als ich an ihm vorbeigehe, und ich lasse sie auf mir liegen.

»Ich habe das Gefühl, ich wäre nach einem langen Sturm an ein Ufer geschwemmt worden«, sage ich.

Er nickt. »Wo du jetzt angefangen hast, dich zu erinnern, können wir eine Menge von dem ganzen Zeug einfach hinter uns lassen. Wir können einen Neuanfang machen.«

»Ach, Clyde.« Ich habe mich auf einen Hocker gesetzt und lege meinen Kopf auf meine Hände, spreize meine Ellbogen so weit auf der Arbeitsfläche, bis meine Wange auf der kühlen Fläche liegt. Ich habe diese Geste nicht willentlich ausgeführt. Ich kann einfach nicht gegen sie an, als ich seine hoffnungsvolle und doch so ungeschickte Prognose höre. »Das ist doch nur der Anfang. Es wird soviel zu ordnen geben, bevor ich irgend etwas wegwerfen kann.«

»Das können wir auch zusammen tun«, sagte er störrisch. »Jetzt, wo du weißt, was passiert ist.«

Ich schüttle langsam den Kopf. Ich spüre, wie er mir über das Haar streicht, sehr sanft.

»Liebling ... Kirsty?«

Ich hebe den Kopf. »Es tut mir leid, daß ich eine solche Zicke zu dir war, als ich noch Kirsten war. Aber verstehst du denn nicht? Das alles würde nur wieder von vorne anfangen.«

»Warum?« fragt er. Er klingt unglaublich unglücklich.

»Weil wir beide wissen, daß ich dazu fähig bin. Clyde, du hast Besseres verdient.«

»Ich möchte gerne, daß du ... bleibst«, sagt er nach einer langen Pause, und einer Pause zwischendrin.

»Warum? Du kennst mich gar nicht. Ich bin nicht mehr diese Kirsten.«

Clyde sagt: »Ich weiß. Du bist Kirsty.«

Er tut mir wahnsinnig leid. Er hat akzeptiert, daß er mich nie gekannt hat, weder mich noch Kirsten, und es ist ihm egal. Er will mich immer noch. Will, daß ich bleibe.

Aber man kann auf Mitleid keine Beziehung gründen. Man kann nicht Dankbarkeit an die Stelle von Liebe setzen. Kirsten hat das versucht, und wir wissen doch jetzt, was für eine Ziege sie geworden ist.

Er gießt mir einen Tee ein. Dafür benutzt er den Becher, den

Janey mir mit ihrem Geburtstagsgeld geschenkt hat. »Du bist Kirsty Villiers«, sagt er störrisch. »Wir können jetzt über alles reden – worüber du nur willst.«

»Können wir auch über Löwen reden, Clyde? Wenn ein Löwenbändiger plötzlich dächte: Was mache ich hier eigentlich? Glaubst du, in dem Augenblick würde ihn der Löwe angreifen?«

Clyde zögerte, aber nicht länger als einen Herzschlag. »Wahrscheinlich. Es sei denn, daß der Löwe auch gerade denkt: Was mache ich hier eigentlich?«

Ich weiß, es ist albern, aber wie Clyde das so trocken sagt, ist es ziemlich komisch. Nicht witzig-komisch, sondern einfach drollig.

»Ich weiß nicht, was ich tun werde«, sage ich. »Darüber muß ich noch nachdenken.«

Er reicht mir den Becher mit Tee und geht. Ich weiß, daß er noch nicht aufgegeben hat.

Der neugebaute Kaninchenstall braucht noch eine letzte Schicht Holzschutzfarbe. Das Gras im Garten ist schon trocken; der Boden hat den Regenguß vom vorigen Abend aufgenommen, und die Wassertropfen auf den Blättern sind alle verdunstet. Janey macht Handstand, während Clyde einen weichen Pinsel sucht, indem er prüfend die Borsten gegen seine breite Handfläche drückt. Die Art und Weise, wie Janey Handstand macht, erinnert an eine Ballettänzerin, auch wenn sie die Stellung nur kurz halten kann. Und eindeutig hat sie die atemberaubenden Augen ihres Vaters.

Es war nicht wirklich eine Vergewaltigung, oder? Das gefällt mir gar nicht, daß meine kleine Janey das Kind eines Vergewaltigers sein soll. Sie ist mehr ein Kind der Liebe – einer Verführung, die schiefgelaufen ist. *Kirsty muß lernen, die Initiative zu ergreifen.* Das hat sie und hat dabei fast die gesamte Welt um mich herum zerstört. Und Paul, wenn er sich überhaupt jemals an seine wütende Leidenschaft erinnert hat, wußte nie von seinem Kind, weil ich ihm nie davon erzählt habe. Ich habe nie irgend jemandem davon erzählt, noch nicht einmal mir selbst.

Mir fällt Leila wieder ein, die sagt: »Ganz lange hast du die Sache eher ignoriert – du wolltest dich einfach weiter amüsieren.«

Ich habe mich heftig verabscheut, als sie das gesagt hat, aber Leila hat sich geirrt. Ich wollte mich nicht bloß amüsieren: Ich suchte einen sicheren Ort, an dem meine eigenen Wünsche mir nie wieder Schaden zufügen.

Vielleicht hätte mir klar sein müssen, daß das Zerstören der einen Welt nur bedeutet, daß man sich eine andere schafft.

Ich habe mir selbst die Schuld gegeben, aber es war nicht nur meine. Wir waren alle daran beteiligt. Wenn man sich das Durcheinander der vergangenen paar Wochen anschaut, das Ausweichen und Schweigen, wo ich Wahrheiten und Sicherheiten gebraucht hätte. Clyde, der mich verzweifelt behalten will, dem die Hinweise enttropften, als würde man einen blutigen Lappen auswringen; Helen und Jeremy mit ihrem panischen Schweigepakt, die versuchten, den Riß in ihrer Ehe, der schon als Abgrund zwischen ihnen gähnte, zuzukleistern. Und lange davor gab es noch eine andere geheime Verschwörung. Debs und Miles haben mittlerweile jede unangenehme Erinnerung gelöscht, aber vor neun Jahren haben sie mich fallen gelassen wie eine heiße Kartoffel. Selbst meine Eltern ließen zu, daß ich gehe, ohne mir eine einzige Frage zu stellen. Dad war wahrscheinlich verletzt und wütend, so daß Mum das tat, was sie zu seinem Schutz immer getan hat – nichts. Mir wird peu à peu der lange Weg klar, über den ich hierher gekommen bin, um dann als Dornröschen zu enden.

Clyde kommt herein und fragt, als er mich sieht: »Was ist denn so komisch?«

»Nichts. Eigentlich ist es auch nicht komisch, eher eine Ironie des Schicksals. Mir fiel gerade ein, wie leicht man anderen Leuten die Schuld zuschieben kann, wenn man einmal herausgefunden hat, was geschehen ist.«

»Wirst du also alles wieder vergessen, oder bleibst du lieber beim Schuldzuschieben?« Diese leicht ironische Stimme, die ich früher für mürrisch hielt, klingt jetzt sehr verletzlich.

»Ist das die einzige Wahl, die mir bleibt?« Ich sage das ganz obenhin, aber er lächelt nicht.

Er sagt: »Ich wollte nur die Kamera holen. Janey möchte ein Bild vom Kaninchenstall.« Das ist so offensichtlich der Versuch, mich einzubeziehen, daß ich nicht anders kann, als zu fragen: »Wäre ihr nicht ein Bild vom Kaninchen lieber?«, und er bleibt, ohne zu antworten, im Türrahmen stehen. Es ist mir ziemlich klar, was er gerade denkt: *»Laß mich wissen, ob du mit Janey gehst, bevor wir uns ein weiteres Lebewesen anschaffen, das du dann verläßt.«*

Ich hole die Pentax. Sie ist noch so neu, daß sich das Umhängeband immer noch in Falten zusammenlegt.

»Du könntest dich in einen richtigen Kurs einschreiben«, sagt Clyde. »Nachdem du mit dem Pizzaservice aufgehört hast, könntest du ja abends zu einem Kurs gehen.«

»Wir können eigentlich ganz gut den Film aufbrauchen«, weiche ich aus. »Der ist doch schon seit Weihnachten drin. Diese Aufnahmen von Sam und Janey auf dem Schlitten – höchste Zeit, daß wir die entwickeln lassen.«

»Siehst du? Jetzt, wo du anfängst, dich zu erinnern, wird alles wieder normal. Es wird dir bestens gehen.«

Hinter ihm sehe ich, wie ein kleiner Junge über unseren Gartenzaun klettert. Es ist Daniel. Er läuft zum Stall und geht neben Janey in die Hocke.

»Ich mach' den beiden etwas zu Trinken und hole ein paar Kekse«, sage ich und nehme die Getränkedosen aus dem Eisschrank.

»Wir werden es bestens haben«, läßt Clyde nicht locker und folgt mir in der Küche.

»Sich zu erinnern reicht nicht«, sage ich, so sanft es geht, und konzentriere mich auf die Keksdose. »Die Dinge zu wissen reicht auch nicht. Man muß auch etwas tun.«

»Und was wirst du tun?« sagt Clyde trostlos.

Daniel streichelt den Käfig so sanft, als wäre es ein Tier, das er in der Wildnis gefangen und hierhergebracht hat, um es zu zähmen.

»Ich weiß es nicht«, sage ich.

»Lauf nur nicht wieder weg«, sagt er.

»Hättest du mich denn gehenlassen, als du es herausgefunden hast?«

»Du kannst tun, was dir gefällt«, sagt er, und fügt dann etwas weniger scharf hinzu: »Ich war mir sicher, daß Helen die Sache irgendwie beenden würde. Die hätte alles in Gang gesetzt, angefangen vom Kinderschutzbund bis dazu, seinen neuen Auftraggeber anzurufen.«

Armer Jeremy. Armer Clyde, der sich so sehr vor Streit fürchtet, der vor seiner eigenen Stärke Angst hat. Ich seufze laut bei dem Gedanken an ihre Panik und an ihren Schmerz.

»Aber wie hast du es denn herausgefunden? Nachdem du meine Briefe gefunden hast, wie hast du herausgefunden, für wen sie waren?«

»Ich hab' an einem Abend den Pizza-Parlour angerufen, um mit dir zu sprechen, und Harvey sagte, du würdest gerade eine Zigarettenpause machen. Nur rauchst du ja gar nicht.« Das ist nun nicht gerade Detektivarbeit. Harvey weiß, daß ich nicht rauche; Harvey redet immer von Zigarettenpausen, wenn er irgend jemanden nicht findet. Trotzdem ...

»Also hab' ich Helen angerufen, ob sie wohl eine halbe Stunde vorbeikommen kann«, fährt Clyde fort, ohne mich anzusehen, aber sie meinte, es täte ihr leid, sie wäre auch allein zu Hause, Jeremy hätte gerade noch mal rausgemußt, um irgendeinen Kunden im Design Studio zu treffen.«

»Und du hast zwei und zwei zusammengezählt?«

Clyde antwortet nicht. Ich spüre langsam, zögerlich, wie etwas ähnliches wie Scham mich überkommt, weil mir klar wird, daß er mehr als nur eine Vorstellung von zwei und zwei eingeholt haben wird. Er muß uns gefolgt sein, muß leise an die alte Kapelle herangeschlichen sein, sein Gesicht schweigend an das Fenster über der Tür gepreßt haben. Und ich weiß genau, was er dort gesehen hat. Es gab nur ein einziges Mal, daß wir das Risiko eines abendlichen Treffens eingegangen sind, anstatt die anonymen Nachmittage für unsere Schäferstündchen zu nutzen. Jetzt weiß ich also, daß das, was Clyde mir nicht erzählt, unser Anblick ist: Er hat uns nackt gesehen, kniend, Gesicht an Gesicht, wie uns das Abendlicht durch den Fensterbogen über der hohen Tür mit magischen Tätowierungen dekoriert, uns Flügel verleiht, als wären wir Engel. Nur, daß wir uns wie siamesische Zwillinge aneinander festhielten und keuchten wie Bergsteiger, die gerade atemlos die letzte Spitze erreichen.

»Ich hab' Janey gesagt, ich würde mal eben im Pub ein paar Biere besorgen«, sagte Clyde. »Ich war nicht lange weg.«

Vielleicht ist er noch lang genug geblieben, um zu sehen, wie Jeremy sich anschließend in meine Arme geschmiegt hat, wie ich ihn gewiegt habe wie ein Baby. Vielleicht hat er da aufgehört, ihn töten zu wollen. Vielleicht hat er da angefangen zu planen, wie er mich zurückgewinnen kann.

Ich trage das Tablett hinaus zu den Kindern. Eleanor ist nebenan im Garten und parkt ihre Mutter in einem Liegestuhl. Sie kommt herüber an den Zaun, als sie mich sieht. »Ich glaube, das ist jetzt wirklich das Ende der Leine«, sagt sie, und eine surreale Sekunde lang stelle ich mir das Ende jener Geisterwäscheleine vor, vollgehängt mit zierlicher Spitze und frivolen Unterröcken aus einem anderen Jahrhundert. Vor meinem geistigen Auge sehe ich, wie ihre Mutter langsam und triumphierend ihren Fang einholt, während Eleanor auf das Ende der Leine wartet.

»Gestern abend«, macht Eleanor mir klar, und ich sage: »Ach so, ja. Ihre Mutter ist wirklich ziemlich naß geworden.«

»Ach, es ist nicht nur das Unwetter, obwohl das natürlich außerordentlich ungünstig war.« Diese Wortwahl finde ich durchaus interessant – wir brauchten nur noch eine verdammte Heidelandschaft anstelle eines Vorstadtgärtchens, dann hätten wir den letzten Akt von *König Lear* aufführen können. »Es ist ja nicht nur das Wetter, das mir Sorgen macht. Es ist die Verantwortung. Ich möchte nicht mehr verantwortlich sein.«

»Aber ...« Ich schaue zu Janey, die Daniel harsche Anweisungen gibt, wie man die losen Seiten aus Clydes spiralgebundenem

Hobbyschreiner-Handbuch wieder einlegt, die sie irgendwie aus dem Buch geholt haben. Ich möchte sagen: »Aber Liebe bedeutet doch Verantwortung übernehmen, oder nicht?«, aber ich glaube nicht, daß Eleanor kurz vor ihrer Entscheidung ausgerechnet von mir eine Predigt zu diesem Thema braucht. Vielleicht liebt sie ihre Mutter gar nicht – oder besser gesagt, vielleicht liebt sie diese fremde Frau nicht, die jetzt den Körper ihrer Mutter bewohnt. Verantwortung ist ein schwieriges Erbe.

»Wenn ich Ihnen irgendwie helfen kann ...«, sage ich zögerlich.

Eleanor sagt es noch einmal, störrisch und nicht wirklich traurig: »Ich glaube, das ist jetzt wirklich das Ende der Leine. Sie ist vollkommen weggetreten, verstehen Sie. Meilenweit entfernt. Sie sucht nach Sachen, die sie überhaupt nicht mehr besitzt – im Moment redet sie dauernd von einer Mangel.«

Aber ich weiß, daß es nicht die Griffe einer Mangel sind, die Eleanors Mutter jetzt in ihrem verwirrten Geist dreht. Es ist eine alte Handschrift aus lang vergangener Zeit, die jetzt von Korrekturen übersät und von Tränen befleckt ist, um die sie trauert. Nichts, was ich sagen könnte, würde helfen. Also sage ich nur: »Sagen Sie mir bitte, wo Sie sie untergebracht haben. Ich würde sie gerne einmal besuchen«, und Eleanor nickt.

Ich höre, wie der Zeitschriftenlieferant vorbeifährt, und beschließe, ein paar Sonntagszeitungen zu kaufen. »Schaust du bitte nach unsern Lottozahlen«, bittet mich Clyde, während ich mein Portemonnaie nehme, und routiniert sage ich: »Klar.«

Ein grauer Peugeot fährt am Gartentor vorbei. Er wird langsamer. Hält an. Jeremy schaut geradeaus, er wendet nicht den Kopf. Aber ich weiß, daß er weiß, daß ich hier bin. Ich weiß das, wie wir es immer wissen, durch die sehnsuchtsvolle Osmose unserer Nähe. Sein schlanker brauner Arm ruht auf dem offenen Fenster, sein Ellenbogen lehnt am heißen, grauen Metall. Die Haltung ist mir schmerzhaft vertraut. Ich könnte langsam über den Gartenpfad zu ihm gehen. Ich kenne ihn so gut. Ich weiß, daß er sagen wird: »Es ist noch nicht zu spät für uns, Kate«, und er wird mich innig bitten, wie schon einmal. Nur werde ich mich diesmal entschieden haben.

Ich gehe über den Flur zur Haustür und trete in den Garten. Die Straße vor unserem Haus ist leer.

Als ich mit den Zeitungen zurückkomme, kommt Clyde von der Terrasse in das Haus. In seiner Hand liegen lauter grellrote Tomaten, die in seinen Pranken winzig wie Murmeln aussehen, und er streckt sie mir entgegen wie Zaubersteine. Er sagt: »Soll ich uns zum Mittagessen einen Salat machen, Liebling?«

»Ich bin Kirsty«, sage ich.

Clyde sagt: »Ich weiß.«

»Ich bin nicht Kirsten, und ich bin nicht Kate.«

»Ich weiß.«

Ich will ihm sagen, daß das, was er vorhin über das Weglaufen gesagt hat, nichts mit irgend etwas zu tun hat. Ich will ihm sagen, daß das, was ich jetzt fühle, wichtiger ist als die Frage, ob ich mich erinnere, oder ob ich etwas vergesse.

»Ich bin Kirsty Villiers«, sage ich.

Ich habe eine große Tasche mit Kleidern gefüllt, die ich nicht mehr will. Ich werde sie Pol für ihren Flohmarkt geben. Als ich am Telefon vorbeikomme, fällt mir wieder ein, daß ich noch etwas anderes vorhatte. Dandy, die wie immer auf dem Notizblock sitzt, bewegt sich hochmütig fort, als ich sie wegschubse. Wie üblich hat sie Pfotenabdrücke auf dem vollgekritzelten Papier hinterlassen. Die Handynummer von Eleanor, die Nummer für den Abendkurs in Photographie, das Sportstudio, die Schule. Da ist sie. Die Nummer aus den Kleinanzeigen, wegen Kaninchen mit Hängeohren. Die Frau, die ans Telefon geht, nennt mir ihre Adresse. Ich sage ihr, ich wüßte, wo das sei, und vereinbare mit ihr für nachmittags einen Termin, um eins auszusuchen.

Danksagung

Ich danke der Oysterband für die Erlaubnis, die folgenden Texte zitieren zu dürfen:

»We Could Leave Right Now«, Text von Ian Telfer und Alan Prosser – Nachdruck des englischen Textes mit freundlicher Genehmigung der Momentum Music Ltd.

»The Oxford Girl«, Nachdruck des englischen Textes mit freundlicher Genehmigung von Pukka Music/Complete Music Ltd.

Die deutsche Übersetzung des Rubaiyyat (Zitat S. 211) von Omar Khayaam durch Marieliese Göpel und Kathleen Göpel basiert auf der englischen Übersetzung von Edward Fitzgerald.

»The Silkie of Sule Skerrie« ist ein traditionelles Volkslied.

In seinem Bestseller *Der Sturm* beschrieb Sebastian Junger Linda Greenlaw als einen der besten Hochseekapitäne der Ostküste. Nun erzählt sie selbst aus ihrem Leben. Linda Greenlaw ist weltweit die erste und einzige Kapitänin eines Schwertfischfängers. Aber für sie selbst hat das keine Bedeutung: »Ich fische, um meinen Lebensunterhalt zu verdienen, und zufälligerweise bin ich eine Frau. Ich will damit keine Politik machen.« Der Leser erlebt einen kompletten Fischzug mit – einen abenteuerlichen Monat auf See voller Gefahren, Stürme, technischer Pannen und härtester Arbeit. Für Überraschungen sorgt auch die fünfköpfige Crew, deren Mitglieder Unmengen von Alkohol konsumieren, schwere Krankheiten durchleiden, während der Nachtwache einschlafen oder in wilden Raufereien übereinander herfallen. Doch sind die rauhen Seebären ihrer Kapitänin blind ergeben, und Lindas berufliche Brillanz sorgt immer wieder für Rekordfänge.

Eine abenteuerliche Hochseegeschichte, packend dargeboten mit seemannstypischem Erzähltalent!

Linda Greenlaw

Das hungrige Meer

Meine Abenteuer als Kapitänin eines Schwertfischfängers

Deutsche Erstausgabe

List GRANDE

Econ | ULLSTEIN | List

G05